Runes of Magic

SHAREENA
Legenden Taboreas

W0394858

Roman von
Michael T. Bhatty

PANINI BOOKS

Bibliografische Information der Deutschen Nationalbibliothek
Die Deutsche Nationalbibliothek verzeichnet diese Publikation in der Deutschen Nationalbibliografie; detaillierte bibliografische Daten sind im Internet über http://dnb.d-nb.de abrufbar.

Dieses Buch wurde auf chlorfreiem, umweltfreundlich hergestelltem Papier gedruckt. In neuer Rechtschreibung.

RUNES OF MAGIC: *Shareena – Legenden Taboreas* von Michael T. Bhatty, herausgegeben von Panini Verlags GmbH, Rotebühlstraße 87, 70178 Stuttgart.
Alle Rechte vorbehalten.

© 2010 Frogster Online Gaming GmbH. All rights reserved.
„Runes of Magic" published by Frogster Online Gaming GmbH.
All rights reserved.
© „Radiant Arcana" is the copyright and trademark of Runewaker Entertainment Corp.. All rights reserved.

No similarity between any of the names, characters, persons and/or institutions in this publication and those of any pre-existing person or institution is intended and any similarity which may exist is purely coincidental. No portion of this publication may be reproduced, by any means, without the express written permission of the copyright holder(s).

Lektorat: Susanne Picard, Dr. Sabine Jansen
Redaktion: Mathias Ulinski, Holger Wiest
Chefredaktion: Jo Löffler
Umschlaggestaltung: tab indivisuell, Stuttgart
Satz: Greiner & Reichel, Köln
Druck: GGP Media GmbH, Pößneck
Printed in Germany

ISBN 978-3-8332-2046-3
1. Auflage, März 2010

www.paninicomics.de/videogame

Für Svenja,
wie immer für mehr Gründe, als sich hier nennen lassen (und die euch auch nichts angehen),
und für all jene Damen,
die mich mit ihrer ‚Magie' inspirieren, die diese Geschichte um Shareena, Sybilla und Asiya brauchte.

Zum Geleit

Ich liebe Fantasy. Als Schöpfer der SACRED-Welt und -Story weiß ich, wie schwer es ist, eine konsistente Welt zu erschaffen und ich ziehe den Hut vor den kreativen Köpfen von Runewaker und Frogster, die hier einen atemberaubenden Spielplatz kreiert haben, auf dem ich mich austoben durfte.

In den vergangenen Monaten bin ich oft mit meinen Charakteren durch die offenen Server wie auch internen Testserver von RUNES OF MAGIC gestreift, habe spannende Dinge gesehen und auch tolle Leute erlebt, mit denen es Spaß machte, durch Ystra, Rabenfeld oder die Heulenden Berge zu reiten.

Es liegt in der Natur der Sache, dass die dramaturgischen Anforderungen einer jeden Medienform unterschiedlich sind und somit manche Bereiche Raum für Interpretationen lassen. So, wie Peter Jacksons LORD OF THE RINGS von J. R. R. Tolkiens Werk zu Recht abweicht, mögen damit auch hier verschiedene Elemente des Romans vom Spiel abweichen. Puristen mögen mir dies nachsehen ;-)

Ich wünsche euch spannende Unterhaltung und freue mich wie immer auf konstruktive Leserpost.

Euer Mike
www.michael-bhatty.de

Das Erste Buch der Runen

Oh, Ayvenas, Schöpfer Taboreas,
Dein Buch, Taborea, geschrieben mit der Macht der Runen,
Uns zum Geschenk gegeben, wurde besudelt!
Flecken der Schande auf Deinen erhabenen Seiten,
Beschmutzt durch eine unreine Brut,
Geboren aus dem Blute befleckter Weiber,
Gestählt durch den Arm wankelmütiger Männer.

Oh, Ayvenas, oh Richterfürst,
Sühne unser Fehlen, strafe unser Scheitern und
Reinige unsere Seelen mit dem Heiligen Feuer der Runen!

Aus den Chroniken der Erneuerung:
Grußformel aus der Antrittsrede
des Großinquisitors Leonidyr II.,
Kaiserhaus der Haidon, Kolydia
(Fünfte Abschrift des handschriftlichen Manuskripts A'lathyr d. J.)

Prolog

Blitze zuckten über die aufgewühlte See.

Für einen weiteren Herzschlag erhellten sie den schwankenden Zweimaster in der finsteren Nacht.

„Bei Ayvenas!“, rief Kapitän Chellwyn, den obersten Gott der Schöpfung beschwörend. Der hochgewachsene Mann, der einen Brustkorb wie ein Rumfass hatte und in eben jener befehlsgewohnten Pose dastand, die sein Amt mit sich brachte, fluchte und schwankte auf dem nassen Achterdeck.

„Und bei Narfas' Bart!“, lachte Dunstan, der bullige Steuermann der *Janus,* über das Donnern des Sturmes hinweg. „Noch so eine Welle und das Heckruder zersplittert wie ein alter Rumkrug!“

Chellwyn warf ihm einen bösen Blick zu. „Ich glaube nicht, dass es eine gute Idee ist, Narfas einen Bart anzudichten. Auch wenn sie nur eine Botin der Götter ist und kein Gott.“

Dunstan grinste. Er war kein religiöser Mensch, und die Debatten der Priester, Magier und Gelehrten über die Götterboten – Menschen, die der Gott Ayvenas einst auserkoren und zu seinen Sprachrohren erhoben hatte – wurden nicht nur in den Tempeln geführt, sondern auch in den Tavernen und Spelunken. „Ich kenne da eine *Priesterin*, die einer anderen Ansicht ist. Und ob Gott oder Bote. Die Quellen Narfas' nähren auch diese verfluchte See!“

„Deine Priesterin war vermutlich eine Diebin, Mörderin oder sonst eine Schurkin, die sich selbst jeden Tag den Bart rasieren muss!“

Dunstan warf Chellwyn einen dunklen Blick zu und beobachtete dann wieder, wie sich die Mannschaft verzweifelt an Reling, Tauen und Wanten festklammerte, um von den dunklen Wellen, welche das Deck wieder und wieder überspülten, nicht hinweggefegt zu werden. Der kalte Regen stach den Seeleuten wie eine Salve aus Tausenden von eisigen Pfeilen in die nackte Haut auf Gesicht und Händen.

Zerfaserte, verästelte Blitze zuckten durch den nächtlichen Himmel, und der tosende Wind schien mal aus dieser und mal aus jener Richtung auf sie einzupeitschen, als sei er das Werk jener sagenumwobenen Windelementare, die die Küstenregion von Rabenfeld wie die Pest heimsuchten.

Auch Chellwyn klammerte sich an der Reling des Oberdecks fest; eine neue Welle schlug die luvseitige Wandung des Schiffes ein. Nur wenige Schritte von der Position von Dunstans Steuerrad entfernt, blickte der erfahrene Seemann in seinem durchnässten Ölzeug aus dunkelbraunem Leder in den finsteren Nachthimmel hinauf. Vor dem blauschwarzen Hintergrund aus wirbelnden Wolken, Blitzen und schäumendem Wasser betrachtete er besorgt das scheinbar lebende Gebilde aus Masten, Seilen und Segeltuch. Die quadratischen Segel am Fockmast sowie die dreieckigen Rahsegel der Brigantine, eines zweimastigen Segelschiffs, wurden an der Steuerbordseite zu sehr vom Wind erfasst; mal von jener Seite gebläht, mal von der anderen, und jeden Augenblick drohten sie in den Böen zu zerreißen, die wie bösartige Geister mit ihren scharfen Klauen aus Luft an der Takelage und dem schlagenden Tuch zerrten.

Das Gebilde aus Tuchstück, Seilen, Tauen, Masten und Schoten bot dem Sturm zu viel Angriffsfläche, und Chellwyn fluchte, dass es ihnen nicht gelungen war, die Segel rechtzeitig einzuholen.

Tatsächlich war der Sturm aus heiterem Himmel über sie hereingebrochen. Und bei allen Versuchen, die Segel zu trimmen, waren bereits vier Seeleute über Bord gegangen, einem kalten Tod zum Opfer gefallen. Ein erneutes Krachen verriet dem Kapitän, dass eine weitere Segellatte – jene dünnen Latten aus Eschenholz, die der Formgebung der einzelnen Segeltuchbahnen dienten – gebrochen war.

„Der Sturm ist nicht natürlich! Das ist Hexenwerk!“, schrie Dunstan und hielt das Steuerrad mit seinem eisernen Griff umschlossen. Chellwyn blickte seinen langjährigen Gefährten einen Moment lang nachdenklich an. Waren die beiden Männer auch von ungefähr gleicher Größe, wirkte Dunstan doch durch seine vorgebeugte Haltung und den massigeren Körperbau immer kleiner und gedrungener; mehr wie ein Pitbull, immer kurz davor, seine Beute anzuspringen. Dunstans Kinn war glatt rasiert, der Backenbart zierte nur seine Wangen, während Chellwyn nach alter Kapitänstradition einen vollen Bartwuchs bevorzugte. Er war schon so sehr ergraut, dass er nur noch wenig von dem haselnussfarbenen Haar hatte, das sein Gesicht in seinem frühen Mannesalter einst geziert hatte.

Zauberer, Magier, Hexer! Man sollte sie alle den Flammen übergeben!, sinnierte der Kapitän, und er dachte einen Moment lang an den Passagier, den er in seiner Kajüte untergebracht hatte. „Ich wünschte, unser Gast hätte ein Luftschiff genommen …“

Dunstan lachte kalt und blies salziges Meerwasser von seinen Lippen. „Hat vermutlich Höhenangst, der feine Herr!“

Die Expedition zur Schattenmondbucht sollte nur eine kurze Reise an den östlichen Küsten des Kontinents Candara werden; die *Janus* brachte den Passagier, der mit varanasianischen Goldmünzen bezahlt hatte, durch die riffreiche Meeresenge der Kettenküste. Der seltsame Magier hatte sich einige Zeit auf einer der mit Palmen bewachsenen Inseln vor Rabenfeld herumgetrieben. Eigentlich hatten sie schon wieder auf dem Weg nach Varanas sein sollen. Doch kaum waren sie erneut auf hoher See, war der blaue Himmel diesem seltsamen Sturm gewichen, der wie ein Hammerschlag auf sie einschlug.

„Bring sie in diesen götterverfluchten Sturm! Dreh sie in den Wind, diese bockige, alte Hure!“, brüllte Chellwyn. „Sie mag es, wenn du sie hart rannimmst!“

Dunstan berührte seine Stirn, ein Vergebung erflehendes Zeichen, und der bärbeißige, alte Seemann fragte sich, ob es klug sei, genau jenes Schiff zu verfluchen, das ihre einzige Rettung vor dem kalten, dunklen Grab des Meeres war.

„Hör nicht auf ihn“, murmelte der Steuermann leise genug, dass Chellwyn ihn nicht hören konnte. Der kräftige Mann, der mehr als vier Dekaden auf See gelebt hatte, stemmte sich mit aller Kraft gegen das Steuerrad. Die Wassermassen drückten gegen das Ruder, und einen Moment lang fürchtete er, dass eher seine Sehnen, Muskeln und Knochen reißen und brechen würden, als dass sich das Schiff auf den Kurs bewegen würde, auf den er es zwingen wollte. Ächzend, fluchend und schließlich schreiend forderte Dunstan von dem Schiff Gehorsam ein. „Beweg dich, Liebes!“

Chellwyn kam und packte ebenfalls einen der Handgriffe. „Was ist los, Dunstan?! Zu viel Süßholz mit den Schankmaiden von Varanas beim letzten Landgang geraspelt, was?“, spottete der Kapitän und lachte. Seine weißen Zähne blitzten in dem längst durchnässten Bart auf, und seine klaren, stahlgrauen Augen zeigten keine Furcht. „Kein Sturm währt ewig!“

Grimmige Entschlossenheit erfüllte auch Dunstan, und er fiel in Chellwyns Lachen mit ein. „Aye, Käpt'n! Zu viel Rum und junge Weiberröcke auf meine alten Tage. Wird wohl Zeit, dass ich mir eine dralle, junge Wirtin oder reiche Witwe suche und mich an Land den Freuden eines beschaulichen Lebens hingebe!“

„Mit Suppe und Pantoffeln aus Filz, was?! Lach dem Tod ins Gesicht, Dunstan! Weigere dich, schon jetzt ins nasse Grab hinabzusteigen! Niemals aufgeben, niemals ergeben!“

„Aye! Niemals aufgeben, niemals ergeben!“

Dem Tod ins Antlitz lachend, kämpften die beiden Männer mit dem geschundenen Holz, drückten sich dagegen und beteten zu allen Göttern, Götterboten und Schutzheiligen, die über das Wohl und Wehe der Seeleute auf allen Meeren der Welt Taborea bestimmten.

Endlich, nach einer Ewigkeit, wie es ihnen erschien, gab das Ruder nach, und der Rumpf der Brigantine knarrte und ächzte. Langsam drehte sich das Schiff durch die von weißer Gischt gekrönten Wellenberge.

Der Wind rauschte in ihren Ohren, und das Salz der See brannte auf ihren spröden Lippen und in ihren geröteten Augen. Endlich blähten sich die Segel wieder stärker, und die Brigantine, die durch ihre dreieckigen Rahsegel besser schräg gegen den Wind segeln konnte als eine Brigg oder ein Schoner, bewegte sich aus der fatalen Seitenposition heraus.

„Niemals aufgeben, niemals ergeben, Dunstan!“ Chellwyn gab seinem alten Weggefährten einen Klaps auf die Schulter. „Nur so kannst du dem Tod ein Schnippchen schlagen!“

Mit dem Wind nun vollends heckseitig in den Segeln schoss das Schiff mit einem Satz vorwärts und ritt auf den Wellen vor den Sturm. Dunstan und Chellwyn atmeten auf.

Unter Deck bemühte sich eine fieberhaft arbeitende Gestalt darum, das pausenlose Schwanken und Rollen des Schiffsrumpfes zu ignorieren. Die roten Roben aus Samt und Seide wiesen den

Magier als einen der Wohlhabenderen seiner Profession aus. Der kahl rasierte Kopf und die längliche, sichelförmige Nase gaben seinen Zügen etwas Raubvogelartiges, und auch sein Gebaren war von einer wachsamen Art, wie man sie eher bei Greifvögeln auf der Jagd beobachten konnte.

Der plötzliche Sturm hatte den Magier überrascht, doch er hatte ihm keine weitere Beachtung geschenkt, war es doch Sache der Seeleute, sich um das Schiff zu kümmern. Wichtiger als irgendein Sturm war die Aufgabe, die er so lange vorbereitet hatte und die zu dieser Stunde durchgeführt werden musste. Auch wenn die Sterne am Firmament nicht sichtbar waren, sie waren dennoch da, und die Konstellation der *Dreizehn Fürsten des Blutes* – einer Konstellation, die sich nur in wenigen Schriften fand, da viele Astronomen, Astrologen, Priester und Magier sich vor dem Namen allein schon fürchteten – war hier und heute perfekt für sein geplantes Unterfangen. Die relative Position der Sterne zu seiner Position in der Meeresenge vor der Kettenküste bot ihm … Zugriff.

Mit langen, feingliedrigen Fingern ordnete Marcellus der Ältere die Ingredienzien an, die er für seine Arbeit benötigte. Auf dem Tisch in der von sphärischen Lichtern hell erleuchteten Kapitänskajüte mit den großen Heckfenstern und den weiß getünchten Wänden hatte er ein komplexes Gebilde aus Materie und Energieströmen erschaffen. Im Gegensatz zur Habe des Kapitäns, die in den Wandregalen mit den Frontleisten umherrollte, trotzten die Objekte des Konstrukts dem Rollen und Schwanken des Schiffes auf unnatürliche Weise. Sie verharrten einfach an den ihnen zugewiesenen Plätzen, als sei der Sturm nicht existent.

Marcellus blätterte in einem der Bücher, die er auf diese Expedition mitgenommen hatte, und las eine Rezeptur nach, die für den Versuchsaufbau erforderlich war.

Nacheinander berührte er die Ingredienzien, ließ sie aufleuchten, schweben und schob sie an die vorgesehenen Positionen und Höhen über dem *Arkanen Umwandler*; ein quadratisches Gebilde mit Einlassungen und eingravierten Liniennetzwerken, welches zur Erstellung und Verbindung besonderer Runen diente. Und diesen hier hatte er selbst entworfen und mit diversen Änderungen versehen.

Zufrieden betrachtete er die Objekte. Pulver von zerstoßenem Minotaurenhorn, die Fußklaue einer frisch geschlüpften Harpyie – Marcellus dachte mit Grauen an die Attacken der Mutter zurück, als er eigenhändig das Ei aus dem Nest gestohlen hatte –, eine Handvoll glitzernder Diamantsplitter, getrocknete, bräunliche Moxakräuter und langfaserige Rindenstücke vom Tarslins Teufelsholz sowie vom Sequoiabaum schwebten eine Handbreit über dem Umwandler, der ruhig und fest auf der abgewetzten Tischplatte aus Eichenholz stand. Die Objekte und der Umwandler waren umsponnen von feinsten Fäden aus golden glühender Energie.

Doch das Herzstück dieses Aufbaus bildete ein Fragment aus Stein. Die flache, handtellergroße Steinplatte war mit einem altertümlichen Symbol versehen, welches tief in die Steinplatte eingelassen war. Der graue Stein war fest und hart, und die Kanten des Schriftzeichens waren nicht eingemeißelt, sondern mittels Zauberei eingelassen worden. Eine Rune.

Ayvenas' Erbe, dachte Marcellus und streute fein geriebene Eisenspäne in einer Kreisbewegung in das Konstrukt. Das Glühen nahm an Intensität zu und erhellte die Kajüte mit einem so grellen, weißen Licht, als käme es aus der Sonne selbst.

Marcellus intonierte den Zauber, lenkte die Ströme der Energie und sogleich erloschen alle Lichter. Er sackte ob der Erschöpfung, die das Wirken der Magie mit sich brachte, kurz zusammen, fing sich jedoch und betrachtete sein Werk in dem dämmerigen Halbdunkel, in dem es jetzt nur noch ein einziges, schwaches Leuchten gab. Zart und golden, wie vom Licht einer einsamen Kerze.

Die steinerne Vertiefung in der Rune funkelte, begann zu glühen, und schließlich formte sich eine glänzende Masse in der Vertiefung, in ihren flüssigen Bewegungen an Quecksilber erinnernd, doch zunehmend von einem rotgoldenen Widerschein.

Zufrieden betrachtete Marcellus das Runenkonstrukt, welches nun eine senkrecht stehende Scheibe projizierte, die von feinen Linien durchdrungen war. Meridiane, Längen und Breitengrade, geodätische Dreiecke bildeten sich heraus, und die Scheibe formte sich zu einer plastischen Kugel, einem Abbild der Welt Taborea.

Marcellus wandte sich ab und suchte auf dem Regal, welches er ebenfalls mit dem Stabilitätszauber versehen hatte, zwischen Schriftrollen, Büchern und Pergamentkarten nach der richtigen Schriftrolle, auf der er Notizen zum Fortgang des Zaubers notiert hatte. Beinahe hätte er ein Fässchen mit arkaner Tinte über sein Transportbuch verschüttet, doch dann fand er, wonach er gesucht hatte. Er öffnete das Pergament und flüsterte leise den nächsten Abschnitt des Zauberspruches.

Dem Konstrukt fügte sich eine neue Dimension hinzu. Ober- und Unterwelt entstanden, Reiche der Götter und der Dämonen, abgegrenzt durch arkane Sperren und Blockaden.

Marcellus spürte diese neuen Ebenen mehr, als dass er sie sehen konnte.

„Es ist so weit …“, murmelte der Magier. *Endlich ist es so weit, endlich habe ich den Schlüssel gefunden.*

Marcellus atmete tief ein, blickte noch einmal auf ein Buch, das seinen Namen trug und welches an den Akademien der Gelehrten als eine verbotene Schrift galt, statt als *das* Grundlagenwerk über die Erforschung der Leere und der Teleportation gefeiert zu werden. *Arrogante Narren …*

Mit fester Stimme rezitierte er die Worte in der Sprache der Alten, welche er in den Ruinen auf der Insel hatte entschlüsseln können.

Mit einem Ruck wurde er einen halben Schritt nach vorne gerissen. Marcellus schwebte einen Fußbreit über dem Boden und sah Lichtströme um sich herumwirbeln, manche schnell, manche langsam.

Wunderschön!

Sein Verstand war mit der leuchtenden Rune im Zentrum des Umwandlers verbunden, doch Marcellus sah nicht mehr die Kajüte, die Bücher in den Regalen oder den Tisch. Er sah einen Nexus der Magie. Ströme reinster Energie offenbarten sich ihm, und er spürte Raum und Zeit.

Die Rune der Magie, die er erschaffen hatte, ließ ihn die Substanz der Welt erfassen. Nicht sehen, aber wahrnehmen. Spüren. Mit jeder Faser seiner Existenz.

Gedanken der Welt strömten auf ihn ein, kindliche Gefühle, ein Baby an der Brust der Mutter, ein Krieger, der seinen letzten Atemzug aushauchte und niemals die vergiftete Klinge sah, die ihm in einer dunklen Gasse von Varanas in den Rücken gestoßen wurde. Marcellus Geist flog über die schneebedeckten Hänge und Gipfel des Drachenzahngebirges und über das eisige Hochland von Ystra. Er sah, wie ein junger Minotaurus seine Blutweihe vollzog und mit einem wilden Berhu rang, ihn zu Boden warf und schließlich zähmte.

Zeit und Raum flossen dahin. Marcellus erblickte eine weitere Pioniersiedlung in den Heulenden Bergen entstehen, sah die Menschen dort leben, heiraten und alt werden, sah Banner, die er nie zuvor gesehen hatte, über den Mauern von Varanas und der Feste aus Obsidian wehen. Feuer am Himmel …

Er verstand. Die Zukunft war nicht in Stein gemeißelt, sondern den Veränderungen und Anpassungen der Ströme des *Jetzt* untertan.

Ich denke zu linear! Diese elementare Erkenntnis beflügelte ihn, und er zwang den Strömen des Nexus seinen Willen auf, kehrte die Zeit um und schaute in die Vergangenheit. Er sah sich selbst als jungen Mann seinen ersten Zauber wirken; ein Flammenstoß hüllte einen Goblin ein, der ihn in jener Höhle überfallen wollte, nachdem sie Marcellus aus dem Dorf vertrieben hatten. Ein schon in jungen Jahren feister Richter, ein Magier des *Auges der Weisheit*, hatte den Bannspruch verhängt und die Meute hatte ihn mit Steinen beworfen.

Narren! Einfältige Narren. Ich wollte den Tod Linettes nicht. Es war nie meine Schuld!

Er sah sie. Linette, schlank und feenhaft, lange, rotbraune Zöpfe und jene schneeweiße Haut. Oh, wie hatte er sie begehrt und doch hatte sie ihn nur ausgelacht. Ihr Lachen hallte wie damals in diesem Moment durch seinen Geist. Erinnerungen und seine Reise durch den Nexus verschmolzen. Er wurde wütend und entfesselte die Kraft seines Geistes. Winde erfassten sie – hatten sie erfasst? –, und blitzende Entladungen verunstalteten ihre Schönheit.

Diese Ablehnung, dieser Schmerz. Marcellus versuchte die real gewordenen Erinnerungen abzuschütteln, wollte nicht sehen, was geschah. Linette, von Narben gezeichnet, stürzte sich von einer Klippe in den Freitod.

Der Magier rüstete sich in kalter Arroganz und wies so den nagenden Schmerz von sich. *Dumme Gans! Als wenn Schönheit alles wäre.*

Endlich war es vorbei, und seine Gedanken schnellten weiter zurück. Er war jünger, spielte mit anderen Kindern, nein, er wurde gehänselt.

Seine Mutter im Zelt der Niederkunft. Sie schrie und presste ihn mit aller Kraft aus ihrem Leib. Blut, Unmengen an Blut. Seine Geburt. Ihr Tod. Sein Vater, der ihn kalt und voller Abscheu betrachtete.

Unerwünschte Gedanken. Vergangenheit, die keine Bedeutung mehr haben durfte.

Der Magier fokussierte seine Gedanken weiter. Schneller und schneller reiste er zurück; sah, wie sich Siedlungen erhoben, die Menschen Land nahmen und andere Völker zurückdrängten.

Er reiste über die Welt, sah Orte, die niemand zuvor gesehen hatte. Er schaute Kunst und Schönheit. Gigantische Statuen, architektonische Wagnisse und visionäre Größe. Dann, wie eine fehlerhafte Note, gespielt von einem Barden, der abgelenkt wurde, sah er die Gier. Menschen, die zusehends von ihrer eigenen Gier korrumpiert wurden.

Eine kriechende Dunkelheit, die die Seelen der Menschen vergiftete. Schwelende Konflikte wurden zu Morden, Morde zu Scharmützeln und diese zu Schlachten. Er sah Soldaten, die mit Äxten die Schilde ihrer Gegner zersplittern ließen, Körper, die von Lanzen durchbohrt wurden.

Doch die Gräuel, die er sah, berührten ihn nicht. Er empfand nichts, als er miterlebte, wie besiegte Soldaten auf Pfähle gesetzt wurden, um einem qualvollen Ende entgegenzugehen. Es kümmerte ihn nicht, wie Frauen, deren Männer erschlagen worden waren, als Beutestücke verkauft und wie deren Kinder zur Arbeit in Minen gezwungen wurden.

Die Welt Taborea brannte. Ein Krieg, der die ganze Welt umfasste und über Jahrhunderte hinweg andauerte. Die unterworfenen Völker mussten ihre Knie vor den siegreichen Herrschern beugen. Herrschern, die ihre Körper mittels der Macht der Runen verändert hatten, bis nichts Menschliches mehr an ihnen war.

Da sind sie! Die Dämonen!

Marcellus betrachtete einen der dreizehn Dämonenfürsten, nach denen er so lange gesucht hatte. Eine Rüstung aus rotem Metall, die glühte und leuchtete, hüllte den muskulösen Oberkörper wie ein Schuppenpanzer ein. Hörner traten aus Stirn und Rücken hervor, Haken und Horn hatten sich an Gelenken gebildet und lederartige Schwingen, denen einer gigantischen Fledermaus gleich und doch auf diabolische Art und Weise verzerrt, wuchsen aus den Schulterblättern hervor.

In den Krallenklauen hielt dieser Dämonenfürst eine gezackte, schwarz glänzende Klinge. Sein Schädel war ein abstoßendes Knäuel aus Knochen, Zähnen und Hornbewuchs. Glühende Augen funkelten, und Marcellus musste miterleben, wie der Rote Fürst einen geringeren Dämon in Stücke hieb, einen Attentäter einer seiner Widersacher.

Sie waren zerstritten. Das war ihre Schwäche. So blind vor Gier, dass sie nicht sahen, wie sie verraten wurden, dachte der Magier.

Er wurde Zeuge, wie Hunderte, Tausende von Leben gegeben wurden, um die Welt von den Dämonenfürsten zu befreien.

Doch der Preis war immens. Verwüstung. Städte zerfielen und Kontinente wurden zerschmettert. Seuchen und Krankheiten wüteten. Archive des Wissens verfielen, und Schriftrollen und Bücher, all jenes kostbare Wissen, welches die Menschen des Altertums über die Runen angesammelt hatten, gingen verloren.

Er sah, wie die letzten geschwächten Truppen den letzten der *Dreizehn* in die Falle lockten, ihn durch ein Portal verbannten und begannen, magische Siegel anzubringen. Er studierte den Vorgang. Wie in Trance spürte er den roten Dämon dicht neben sich, so, als würde er der Bestie über die Schulter schauen. Das Siegel verschloss die Ebene der Dämonen, und Marcellus begann zu zittern. Etwas stimmte nicht. Er hätte nicht hier sein sollen. Er *war* auf der falschen Seite des Nexus!

Bevor er seinen Gedanken zu Ende denken konnte, drehte sich der rote Dämonenfürst zu ihm um und grinste ihn boshaft an. „Ah, Marcellus, dort bist du …“

Panik ergriff den Magier, und er begann den Rückruf in die Wege zu leiten. Nur fort von hier, weg aus dem Reich der Dämonen, zurück in die Welt der Sterblichen. Nur zurück!

„Riff voraus!“, hallte es vom Bug herüber. Ein kalter Schauer lief den Männern an Deck über den Rücken. Chellwyn bedeutete Dunstan, das Ruder nach Backbord zu drehen. „Fünfzehn Grad …“

Dunstans „Aye, aye!“ war über das schnelle Rotieren des Steuerrades kaum zu hören. Langsam drehte das Schiff seinen massigen Leib nach Backbord. Der Kiel der *Janus* tauchte tief in die nächste Welle ein. Angsterfüllt warteten die Seeleute auf das Bersten und Brechen des Kiels, jenes endgültige Signal ihres Untergangs. Doch wieder hob sich der Rumpf des Schiffes, und wieder hatte kein Felsen ihn aufgerissen.

Im Widerschein der Blitze sahen Chellwyn und Dunstan die schwarzen Felsen aus der wogenden Wassermasse hervorlugen. Scharfe Gesteinsformationen, die dem Wasser trotzten und die eine Gefahr für das zerbrechliche Schiff sein würden.

„Das wird hart, Käpt'n!“, brummte Dunstan.

„Ja, es scheint, als seien die Götter noch nicht gewillt, unsere armen Seelen ziehen zu lassen!“, stimmte Chellwyn zu.

„Götter? Oder Dämonen? Ich frage mich, wer hier unsere Geschicke lenkt!“

Eine weitere Welle rollte über das Deck des Schiffes und tauchte Fässer, Seile und Reling in ein kaltes, salziges Nass. Die Männer in ihrem durchnässten Ölzeug klammerten sich verzweifelt an rutschigem Holz fest, verhakten ihre Arme an Mastarmen und

Brüstungen oder krallten sich mit klammen Händen an die rauen Hanfseile.

Dunstan blickte besorgt zu seinem Kapitän herüber. Ein weiterer Blitz durchzuckte die Nacht, und der Steuermann erstarrte. Für einen Moment hatte er geglaubt, einen dunklen Schemen hinter dem Kapitän zu sehen.

„Käp…", weiter kam Dunstan nicht. Chellwyn blickte ungläubig an sich herunter und betrachtete das Blut, welches von der Klinge in seinem Brustkorb troff und vom Regen sogleich wieder fortgespült wurde.

Dunstans Beine wurden einen Moment lang schwach und er spürte, wie sich sein Magen zusammenzog. Er begriff, dass etwas Schreckliches an Bord gekommen war, dass die Sanduhr des Lebens am Verrinnen war und der Tod des Freundes tatsächlich passierte. Chellwyn sackte zusammen, und Dunstan ließ das Steuerrad los, um den Sterbenden aufzufangen.

„Chellwyn!" Eine unendliche Traurigkeit erfüllte den alten Seefahrer, der schon die Schreie vom Vorderdeck hörte. Die Schemen waren über sie gekommen.

Dunstan legte Chellwyn behutsam auf das Deck und zog sein Segelmesser. Die Waffe war zwar nur klein, aber in der ein oder anderen Tavernenschlägerei hatte sie ihm schon gute Dienste geleistet, wenn ein Spiel einmal eskaliert war und es das nackte Leben zu verteidigen galt.

Eine erneute Kette von Blitzen erhellte die Nacht, und der alte Steuermann sah die Schemen nun deutlicher, die er zuvor aus den Augenwinkeln zu sehen geglaubt hatte. Vor ihm standen Männer, drei, nein, vier an der Zahl, mit langen Umhängen, Mänteln, die an der Front offen geschnitten waren. Darunter waren sie in Leder gerüstet und mit schlanken, geschwungenen Klingen bewaffnet. Ihre Köpfe wurden von tiefsitzenden Kapuzen verdeckt, und ihre

Gesichter von eigenartigen Masken verborgen. Diese Masken gaben den Angreifern etwas Unwirkliches, denn es schien Dunstan, als verhüllten sie nicht nur die Gesichter der Männer, sondern verschleierten auch zugleich ihre Seelen. Er erkannte sie mit Entsetzen.

Zurhidon! Ein verlogenerer Abschaum existiert nicht!, schoss es ihm durch den Kopf. Er hob grimmig die Klinge, um den Schurken seine ungebrochene Kampfbereitschaft zu signalisieren. Doch das Schreien seiner sterbenden Kameraden sagte dem alten Steuermann, dass nun auch seine Stunde gekommen war. Die Hexer der Zurhidon hatten sie heimgesucht, und nun war der Tod mit ihnen.

Der vorderste der vier Männer, jener, der Chellwyn mit seiner bösartig aussehenden Klinge getötet hatte, trat vor, und Dunstan wusste, dass der Mann unter seiner metallenen Maske lächelte, ihn verhöhnte.

Diese Masken – Kriegsmasken der Zurhidon – bestanden aus getriebenem Metall mit einem stilisierten Gesicht, dessen Ausdruck kein Gefühl zeigte. Ein neutrales Antlitz mit einer langen, geraden Nase, leicht geschwungenen Augenbrauen und schmalen, von etwas zu dicken Augenlidern umgebenen Sehschlitzen, unter denen die wahren Augen verborgen blieben. Nur schwarze Löcher, die ihm den Blick auf das Lebende in seinen Gegnern verwehrte. Und auch der fein ziselierte Mund war einfach nur gerade und ebenmäßig, nicht aufgerissen oder mit brutalen Fängen versehen.

Nein, es war diese … *Gleichgültigkeit*, die Dunstan Angst machte.

Wut und Hilflosigkeit rangen in seiner Seele. Sollte er einfach auf den todbringenden Hieb warten? Doch warum? Wenn er schon starb, dann konnte er auch ein paar von diesen Kerlen mitnehmen! Er lachte, als er sich der Lächerlichkeit seines Unterfangens bewusst wurde. Er, ein alter Seemann mit einem kleinen, abgewetzten Segelmesser, gegen ein paar gedungene Schurken mit ihren silberglänzenden Kriegsmasken. *Das sind keine Krieger, keine Ritter. Nur Hexer und Mörder. Ruchlose Mörder!*

Mit einem Aufschrei sprang er vor und sah, wie der Zurhidon mit schnellen Reflexen seine eigene Klinge hob, um ihm den Garaus zu machen. Ein wuchtiger Schlag durchfuhr seinen Körper, und er fühlte, wie der Boden unter seinen Füßen weggerissen wurde. Dunstan fiel hart auf den Planken des Decks auf und rutschte über den nassen Boden auf die Reling zu.

Das Schiff! Das Schiff ist auf ein Riff gelaufen!, sagten ihm seine Sinne, die in dieser Stunde seines Todes auf unerklärliche Weise geweitet zu sein schienen. *Wir sind der Küste so nahe! So nahe!*

Er hatte den Geschmack seines eigenen Blutes im Mund, und die Zeit selbst schien sich zu verlangsamen, sich auszudehnen, quälend in ihrer Endlosigkeit.

Wie durch einen fernen Nebel hörte er das Zersplittern von Holz, dann ein Ächzen und Knarren. Der Fockmast brach aus seiner Verankerung und neigte sich seitwärts. Schreie seiner sterbenden Kameraden verhallten wie durch ein Daunenkissen gedämpft.

Der Zurhidon mit der Klinge blickte ihm einen Moment lang nach, dann drehte er sich um und schickte sich mit seinen Handlangern an, unter Deck zu gehen.

Der Boden glitt unter ihm weg. Nein! Dunstan rutschte über die Kante. Die rettende Reling, an der er sich hätte festhalten können, war nicht mehr da; gebrochen, als das Schiff auf Grund lief.

Verzweiflung gab ihm neue Energie. Er versuchte sich mit seinen Händen an dem Holz festzuklammern, konnte er doch wie die meisten Seeleute nicht schwimmen. Aber jeder Vorsprung, jede Unebenheit aus Holz oder Metall war nass und rutschig. Kein Halt für die rauen Hände des alten Mannes.

Einen Herzschlag später fiel er in die Tiefe. Aus den Augenwinkeln sah er den aufgerissenen Rumpf der *Janus*. *Ich gehe mit dir unter, meine treue* Janus*!*

Ein letzter Atemzug und das dunkle Wasser des Meeres deckte Dunstan wie ein kaltes Leichentuch zu. Seine durchnässte Kleidung, das lederne Ölzeug und seine durchweichten Stiefel wirkten wie Bleigewichte und zogen ihn schnell immer tiefer und tiefer. Seine Lungen brannten und schrien nach Luft. Sein Wille zwang ihn, das Wasser nicht einzuatmen. Herzschlag um Herzschlag verging.

Niemals aufgeben, niemals ergeben! Aber sein sterbender Körper zwang ihn schließlich zu einem letzten Atemzug, der keine Luft in seine Lungen brachte …

Blut rann über Marcellus' Stirn. Er hatte sich den Kopf angeschlagen und das Bewusstsein verloren, als die *Janus* auf das Riff auflief und starb. Wie lange er ohne Bewusstsein gewesen war, wusste er nicht mehr, doch der Sturm hatte nachgelassen.

Der Himmel des neuen Morgens war aufgerissen und schenkte der Kettenküste seine ersten Sonnenstrahlen. Seevögel schrien in der Nähe; das Land musste nah sein.

„Gut! Ihr seid wach, Marcellus!" Die Stimme war durchdringend, markant.

Marcellus blinzelte und sah sich um. Sein Versuchsaufbau lag zerstört auf dem Boden, die schwereren Teile waren auf dem leicht schrägen Boden in die tiefer liegende Ecke gerutscht. Die Fenster der Kajüte waren geborsten und ließen das Licht des frühen Morgen herein.

Der Mann vor ihm saß auf der Kante des Tisches und hielt die Rune, die Marcellus erschaffen hatte, in seinen Händen. Neben ihm auf dem Tisch lag die metallene Maske mit dem stilisierten, neutralen Gesicht der Zurhidon. *Neutralität,* dachte Marcellus mit plötzlicher Verbitterung, *gibt es etwas Grausameres, um eine gequälte Seele darzustellen?*

„Zurhidon", murmelte Marcellus mehr zu sich selbst denn zu dem Mann. Dieser lächelte ihn kalt an, als er den Namen des Bundes nannte. Wie er selbst war der Mann in mittleren Jahren. Er zählte vielleicht vierzig Sommer. Seine Haut war sonnengebräunt – er schien die Maske also nicht dauerhaft zu tragen, wie die meisten annahmen, und war offenbar auch kein ‚Nachtschattengewächs', ein Dieb und Schurke, der sich in dunklen Gängen herumtrieb und nur aus seinem Unterschlupf herauskam, wenn die Sonne längst untergegangen war. Seine Züge waren gleichmäßig und markant, hatten eine Härte, die viele Frauen als attraktiv bezeichnet hätten. Das schwarze Haupthaar wies noch keine grauen Spuren auf und war auf eine halbe Fingernagellänge kurz geschoren worden. Die Stirn war hoch, und die kahlen Ecken deuteten eine beginnende Glatze im Alter an.

Doch was Marcellus Angst einjagte, waren die Augen. Sie waren menschlich. Kein rotes Glühen oder eine unnatürliche gelbe Iris, wie in den Tavernen getuschelt wurde, wenn dort Schauergeschichten über die Zurhidon verbreitet wurden. Es waren einfach nur schwarze Augen.

Nein, etwas ist anders. Sie sind so leblos wie die eines Hais, kein Glanz in der Iris, einfach nur schwarze Löcher, seelenlose Abgründe.

Der Mann lächelte und zeigte seine ebenmäßigen Zähne. „Zurhidon", wiederholte er. „Ein gebildeter Mann seid Ihr, Meister Marcellus." Der Anführer der Zurhidon betrachtete die Rune in seinen Fingern. „Ein Meisterwerk."

Der Magier setzte sich auf und dachte fieberhaft nach, wie er die Sammlung seiner magischen Runen erreichen und wie oder welchen einen Zauber er gegen den Eindringling wirken konnte.

„Sagt mir, Marcellus, wie war es in der Gegenwart von … *Ihm*?“ Ehrfurcht und eine fanatische Hörigkeit lagen in der Stimme des Mannes, doch seine Augen waren scharf und wachsam und studierten jede Bewegung des Magiers genau.

„Wer … seid Ihr?“ Marcellus stützte sich mit seiner rechten Hand auf und tastete mit der Linken nach der Rune eines Flammenzaubers, die er für Notfälle immer im Saum seines Rockes versteckt hielt. Sie war fort.

„Ich bin Zarhir, mein Freund! Ein Krieger und Hohepriester des wahren Glaubens!“ Spöttisch verzog der Zurhidon sein Gesicht, und Marcellus konnte die Bösartigkeit seiner Seele erkennen. Dunkle Magie hatte ihn verändert. Etwas Böses, das nicht von dieser Welt war. Der Mann war nicht am Leben und nicht untot, aber er war *anders*. Entrückt, fanatisch, entwurzelt. Mit spitzen Fingern zog er die Rune des Flammenstoßes hervor, nach der Marcellus gesucht hatte.

„Aber, aber, mein Freund. Warum denn unsere so profitable Geschäftsbeziehung auf so unschöne Art und Weise beenden?“

Marcellus horchte auf. Gab es eine Möglichkeit, dem Tod durch diese Mörderbande zu entgehen? „Ich höre.“

Zarhir studierte die Züge des Magiers einen Moment lang. Er hatte den Fisch am Haken. „Eure Reise in die Leere hat Euch nur ein Bruchstück der Wahrheit sehen lassen. Ihr habt Türen aufgestoßen und neue Wege entdeckt, doch Euch ist nicht bewusst, was Ihr entdeckt und aufgestoßen habt. Ihr seid ein Künstler, Marcellus, und vor Euch wartet ein Kunstwerk.“ Zarhir deutete auf den Umwandler. „Ein Kunstwerk, welches Ihr vollenden könnt, wenn Ihr meinem Weg folgt.“

Marcellus betrachtete Zarhir. „Ihr glaubt, ich würde mich auf Euren dunklen Pfad begeben?!“

„Dunkler Pfad", äffte Zarhir ihn nach und schüttelte den Kopf. Sein kalter Blick musterte den Magier. „Ihr redet wie ein verängstigter Arbeiter in den Tavernen von Varanas, der nicht weiß, wovon er spricht. Ihr seid ein Mann des Wissens, der Besonnenheit. Und Ihr hattet schon immer ein Interesse am Verbotenen. Mein Gebieter ist auf seine eigene Art und Weise gütig! Wo andere Eure Lehren missachteten, bietet er Euch einen Weg an, sie zu meistern! Oh, und *sie* zu besitzen."

Die Stirn runzelnd, schüttelte der Magier den Kopf. „Sie?"

„Eure Linette."

Marcellus erbleichte.

„Sie wäre gehorsam und würde Euch bedingungslos dienen."

„Schweigt!" Marcellus hielt sich die Ohren zu und wandte den Blick ab, schloss die Augen einen Moment lang. Sein Verlangen nach ihr wuchs mit jeder Silbe, die Zarhir von sich gab. Diese Pein in seiner Seele. Linette, die Schöne, die ihn zurückgewiesen, ihn ausgelacht hatte.

„Unterwürfig, Euch ausgeliefert." Zarhirs Stimme war ein Flüstern in seiner Qual. „Ihr würdet ihre Seele besitzen! Eine Dienerin für Eure … speziellen Gelüste!"

Der Magier öffnete die Augen. Die Geschehnisse der vergangenen Tage ergaben einen Sinn. Der Sturm, das Ritual, seine Rune. Fäden des Schicksals flossen hier zusammen. Er war unachtsam gewesen, beschränkt in seinem Denken, hatte die Lehren und Mechanismen von Zeit und Raum, Leben und Tod falsch interpretiert. Hier war eine Möglichkeit, mehr über die *Arkanen Künste* zu erlernen, als es all jenen Narren, die dem *Auge der Weisheit* und den anderen Gruppen folgten, jemals vergönnt sein würde. Und hier war eine Möglichkeit, die Schmach zu sühnen, die ihn sein Leben lang verfolgt hatte.

Zarhir blickte Marcellus an, und ein Schmunzeln verzog die

Ihr persönlicher Jonesy

Freischalten Ihres persönlichen Frettchens

Bitte geben Sie Ihren Key auf www.runesofmagic.com/de/box.html ein und schalten Sie Ihren persönlichen Jonesy-Frettchen-Begleiter gemäß den Anweisungen frei.

Runes of Magic

337_MWJ267aWMN

frogster frogster

Runes of Magic

schmalen Lippen des Zurhidon. Die Stimme des Hohepriesters der Zurhidon war nur ein Flüstern, die Offenbarung einer langjährigen Verlockung: „Sie wäre wehrlos!“

Marcellus nickte und verkaufte seine Seele.

1. Shareena

Die Schatten wurden bereits länger. Glitzernd spiegelten sich die Strahlen der warmen Nachmittagssonne auf dem Wasser des Sees. *Wie funkelnde Kristalle,* dachte das junge Mädchen, das mit verschränkten Beinen im Gras saß und den Flug der Schmetterlinge betrachtete, die über die sanften, grünen Hügelkuppen flatterten. *Ein Feentanz.*

Shareena liebte diese Ausritte in die Freiheit, die ihr das weite Land bot, und oftmals stieg sie vom Pferd, setzte sich ins hohe Gras oder schwamm im See, um die Ruhe der Natur in sich aufzunehmen, die sie hier umgab. Ihr Tagewerk hatte sie bereits erfüllt: Todd, ihr Stiefvater und ‚Hauptmann' der Minenarbeiter am Talgrund, hatte sie ausgeschickt, um Kräuter zu sammeln, welche er als zusätzliche Einnahmequelle an die Rüstungsmacher, Trankbrauer und Alchemisten von Logar und Varanas verkaufen konnte. Die Satteltaschen ihres Pferdes waren voll genug, um sich keine Rüge einzuholen, und so blieb ihr bis zum gemeinsamen Abendmahl mit ihrem strengen Stiefvater noch ein wenig Zeit. Sie verzog das Gesicht, als sie an die oftmals strenge Ordnung in der Pioniersiedlung und insbesondere an Todds Tisch dachte; das Abendmahl würde durch endlose Gebete eingeleitet werden und dann schweigend in der dunklen, stickigen Küche des Pionierhauses eingenommen werden. *Aber noch nicht, noch kann ich einen Moment der Freiheit genießen!*

Haras, ihr Pferd, ein alter brauner Klepper, der für die Feldarbeit kaum noch zu gebrauchen war, graste unweit unter einer Esche, und in der Nähe hörte sie das Plätschern eines der zahlreichen Gebirgsbäche, die die Region der Heulenden Berge durchzogen und die sich in die kleinen Seen ergossen. Sie zog ihre Sandalen aus, raffte ihren hellen Leinenrock bis zu den Knien hoch und setzte sich auf einen der größeren Felsbrocken am Ufer. Vorsichtig ließ sie ihre nackten Füße in das klare Wasser gleiten.

Die Kälte des Sees überraschte sie nicht. Sie war in diesem Landstrich aufgewachsen und kannte die Jahreszeiten, konnte den Wechsel von Wind und Wetter deuten und auch die wichtigsten Kräuter und Pilze zuordnen. Shareena schloss die Augen und genoss die warme Nachmittagssonne auf ihrem Gesicht.

Freiheit!

Als sie zu frösteln begann, zog sie ihre Füße aus dem Wasser und beobachtete die Ringe, die sich an den Stellen, an denen sie sie herausgezogen hatte, auf der Oberfläche ausbreiteten und schließlich verebbten.

So vergänglich.

Sie betrachtete ihr Antlitz im Wasser. Shareenas Züge waren ebenmäßig und ihre Nase gerade, wenngleich ihre Wangen noch etwas von jener mädchenhaften Fülle hatten, die sie als junge Frau bald verlieren würde.

Wenn ich nur nicht eine dieser fetten Milchkühe werde, die sich nur noch um das Essen am heimischen Herd und die Windeln ihrer Kinder kümmern! Sie lachte bei dem Gedanken, lachte ihn regelrecht aus, als würde sie diese Zukunft, die sie zutiefst verabscheute, damit von sich weisen können. Sanft küsste der Wind Shareenas platinfarbenes Haar, welches ihr bis über die Schultern auf den Rücken herabfiel. Wild und zerzaust war es zumeist – sehr zum Ärger ihrer Tante Helen, die gerne die Tugenden junger Frauen betonte und auf ein keusches Erscheinungsbild bestand.

Sie musste bei dem Gedanken an die ältliche Bäuerin schmunzeln, denn wenngleich sie für Shareenas eigenen, von jugendlichem Ungestüm geprägten Geschmack viel zu antiquierte Ansichten hatte, war Helen dennoch ein fester Bestandteil der ‚Pioniersiedlung' in den Heulenden Bergen.

Es ist schon seltsam, dachte das schlanke, hochgewachsene Mädchen. *Kaum jemand benutzt den Namen ‚Cindairyn' für die Pioniersiedlung. Jeder nennt sie einfach nur ‚Pioniersiedlung' oder ‚Die Siedlung'.*

Sie schüttelte den Kopf und fragte sich, ob überhaupt jemand von den vielen Durchreisenden wusste, wie der Ort hieß, der nur wenige Jahre vor Shareenas Geburt auf Geheiß des damaligen Herrschers von Varanas aus dem Boden gestampft worden war, um die Region der Heulenden Berge zu erschließen.

Sie streckte sich und hielt den Stoff ihres groben Leinenkleides an den Hüften zusammen. Ihr Körper hatte sich in den vergangenen Jahren mehr und mehr verändert. Schmal war ihre Taille und ein wenig breiter ihre Hüften geworden. Ihre Brüste waren sanfte Erhebungen, klein und fest, was ihr meist den Spott ihrer Schwestern einbrachte, die sie mit zotigen Bemerkungen bedachten und ihr die Wünsche der Männer hämisch kundtaten, die sie alsbald im ehelichen Bett zu erfüllen hatte.

Als Kind vom Land hatte Shareena keine romantischen Illusionen über das, was sie eines Tages erwarten würde. Im Dorf wurden Tiere gezüchtet und sie wusste, wie der Akt der Fortpflanzung vor sich ging. *Aber noch habe ich Zeit,* dachte sie. *Noch lasse ich mich nicht beim Erntedanktanz hinter der Mühle von Logar ins Heu ziehen, weil mir einer der Handwerksburschen ewige Liebe heuchelt, nur um meine Röcke zu heben!*

Shareena schloss die Augen und stellte sich ihren Prinzen vor, der schön und ehrbar war und auf seinem weißen Ross in die

Siedlung einritt. Mit starken Händen würde er sie hinter sich aufs Pferd heben und dann mit ihr davonreiten.

Sie streckte sich und blickte zu den schroffen Gebirgshängen hinauf, welche das Tal umgaben. Auf einer Karte hatte sie einst den Schriftzug *Die Heulenden Berge* gelesen. Daneben war ein stilisierter Dämon abgebildet, der diese Region der Welt illustrierte. Der Name rührte noch aus einer Zeit her, als hier tatsächlich die Dämonen heulten, grausame Kreaturen und Bestien, die sich von Blut und Tod ernährten.

Shareena lachte. Schon lange heulten die Dämonen nicht mehr in diesen Bergen, doch der Name war geblieben. Allenfalls Wölfe konnte man nun in den kalten Winternächten hören, aber Dämonen? Nein, die Heulenden Berge waren nach der Ära der Neulandgewinnung zu einem sicheren Flecken Erde geworden. Heute plagten sich die Bauern nur noch mit zu viel oder zu wenig Regen herum, mit zu viel oder zu wenig Sonne, dann und wann mit ein paar Wölfen, die Vieh rissen, oder wilden Fungi, jenen seltsamen pilzförmigen Wesen, die von den meisten Menschen im Tal der Heulenden Berge als eine Art Ungeziefer angesehen wurden.

Sie streckte sich und sah sich um. Der Vorteil, so weit ab von der Pioniersiedlung zu sein, lag in der Einsamkeit, die das grüne Land mit sich brachte. Weit und breit war keine Menschenseele zu sehen. Die Hügel, Wälder und Seen waren Shareenas privater Raum, ihre Rückzugsmöglichkeit, die es ihr erlaubte, ihre Fantasien vom ‚Anderssein' auszuleben. Die strenge Glaubensgemeinschaft vieler Familien der Siedlung folgte einer Götterehrfurcht die sie lähmte. Der endlose Sermon über Sittsamkeit und das kettengleiche Rollenverständnis eines jeden Menschen in der Welt raubten ihr jeden Tag mehr die Luft zum Atmen. Ihre Freundin Lina, die Tochter des Anführers der Siedlung, hatte ihr schon oftmals gesagt, dass es auch viel freiere Interpretationen der Lehren von Ayvenas gäbe.

Keuschheit und Sittsamkeit waren es, was auch Todd von ihr forderte. Er machte keinen Hehl daraus, dass er diese als ihr Kapital für eine lukrative Vermählung ansah.

Sie schnaubte und blickte sich prüfend um, um zu sehen, ob sie allein war, dann öffnete sie mit geschickten Fingern die Bänder am Rücken ihres Mieders und ließ Röcke und Kleid zu Boden fallen. Die meisten anderen Mädchen aus der Siedlung – insbesondere Lina, mit Ausnahme von Sybilla – wären schockiert gewesen, doch Shareena waren die endlosen Lehren über Anstand und Sittsamkeit und Tugend zuwider. Sie fühlte sich an die Leine gelegt, abgerichtet für ein Leben, das sie nicht wollte. Sie war *gegen* die Lebensweise, die man ihr aufdrängte, und jede Faser ihres Leibes dürstete nach Freiheit. Der Wind umspielte ihren Körper, und sie genoss die Brise eines warmen Frühlingstages wie die sanften Berührungen eines Liebhabers, den sie sich ersehnte, eines Prinzen und edlen Helden.

Sachte, Schritt um Schritt, watete sie tiefer und tiefer ins kalte Wasser des Sees, hielt den Atem an und gab sich dem erfrischenden Gefühl hin, welches sie beim Eintauchen erfüllte. Shareena mochte die Kälte des Wassers und bekämpfte sie, indem sie schnell und kraftvoll in gleichmäßige Schwimmbewegungen verfiel, bis sie die Mitte des Sees erreichte.

Das Wasser war selbst hier klar, und sie tauchte unter. Schon als Kind hatte sie sich daran gewöhnt, immer mit offenen Augen zu tauchen, nachdem sie einmal mit zusammengekniffenen Augen einen Felsen getroffen hatte und beinahe ertrunken wäre. Ihr älterer Bruder Victor hatte sie damals gerade noch rechtzeitig aus dem Wasser gezogen, und seither war sie immer wachsam gewesen.

Mit kräftigen Zügen tauchte sie bis zum Grund und scheuchte

einen Karpfen auf, der im Zickzack davon schwamm. Mit schnellen Bewegungen ihrer Arme und Beine tauchte sie auf, drehte sich auf den Rücken und versuchte so nah wie möglich an der Oberfläche zu bleiben, um in jenen Wasserschichten zu verweilen, die von der Sonne stärker aufgewärmt waren.

Ein Geräusch von den Hängen ließ sie aufhorchen. Ein hohes Rufen oder Singen. Shareena fuhr herum und betrachtete die schroffen Felsformationen. Nur einmal war der Laut erklungen, der sich wie der Ruf eines Vogels angehört hatte. Das Mädchen runzelte die Stirn.

Während das Tal mit seinen sanften grünen Hügeln, seinen plätschernden Bachläufen und kleinen Seen friedlich und beschaulich dalag, verursachten Shareena die zackigen und rauen Felsen der Bergketten immer wieder ein leichtes Unbehagen. In den Gute-Nacht-Geschichten, die ihr und ihren Geschwistern als Kind erzählt worden waren, hieß es, dass die Kreaturen, die die Menschen vertrieben hatten, dorthin geflohen seien, hinauf in die höheren Hügellagen und Hänge. Die Legenden wuchsen, als die Kinder sie untereinander immer wieder erzählten und sie um die Fragmente anreicherten, die sie von den durchreisenden Glücksrittern aufgeschnappt hatten. Manche behaupteten, Kobolde sollten sich dort oben herumtreiben und Goblins, auch gewaltige Spinnentiere. Sogar von Minotauren und Riesen berichteten so manche Reisende, die auf ihren Wegen das Ystra-Hochland und das Drachenzahngebirge durchquert hatten.

So viele Abenteuer, die es zu bestehen gilt. In den dunklen und kalten Wochen und Monaten des vergangenen Winters hatte sie viel von ihrem künftigen Leben geträumt: sittsam, keusch, verheiratet. Und von einem Leben, das ihr bisher verwehrt worden war. Ein Leben in Freiheit und mit größeren Herausforderungen, als die, ihrem künftigen Gemahl Essen zu kochen oder ihm den haarigen Rücken mit Kräuteressenzen einzuölen, wenn er nach getanem Tagewerk müde und erschöpft auf seine Filzpantoffeln wartete, die sie ihm zu bringen hatte. Aber sie hatte einen Plan, den sie bei nächster Gelegenheit mit Todd besprechen musste. *Zumindest wird es ihn kein Geld kosten! Das müsste ihm doch gefallen.*

Eine Bewegung ließ sie herumfahren. Still hielt sie sich mit sanften Schlägen ihrer langen Beine über Wasser und schickte dabei Ringe, die sich langsam ausbreiteten, ans Ufer. Mit ihren wachen, grünblauen Augen spähte sie die Hänge ab. *War dort nicht eine Bewegung gewesen?* Shareena glaubte, ein kleines, grünhäutiges Wesen mit spitzen Ohren und einer großen, unförmigen Nase ausgemacht zu haben. Langsam, den Rücken nicht den Hängen zuwendend, bewegte sie sich wieder auf das Ufer zu, doch die Bewegung war nicht mehr zu sehen. *Vermutlich doch nur Einbildung!*, schalt sie sich und verließ das Wasser des Sees.

Mit schnellen Bewegungen wischte sie die kühlen Wassertropfen von ihrem Körper, wrang ihr nasses Haar aus und ließ ihren nackten Körper von Wind und Sonne trocknen.

Um sich die Zeit zu vertreiben, bis sie ihre Kleider wieder anziehen konnte, ohne diese nass werden zu lassen, nahm sie einen Stock vom Boden auf, den sie am Ufer gefunden hatte. Shareena hieb wild um sich und hielt damit imaginäre Gegner – die Goblins, die sie in den Hängen zu sehen geglaubt hatte –, in Schach.

Ich muss mit Todd reden! Ich will nicht so enden wie meine Schwestern. Es muss doch noch mehr geben als dieses triste Los einer Pionierfrau!

Eine kühlere Windbrise kam auf und ließ sie frösteln. Shareena sah die Sonne noch drei Handbreit über den Gebirgshängen stehen. Es wurde Zeit, dass sie nach Hause zurückkehrte. Sie warf den Stock beiseite, schlüpfte in ihre Röcke, setzte die verhasste, weiße Mädchenhaube auf – nur wenige Väter in der Siedlung,

Fanatiker wie Todd, zwangen ihre Töchter, dieses lächerliche Ding zu tragen – und schwang sich behände in den Sattel. Mit einem sanften Druck ihrer Fersen in die Flanken des Tieres und unter Zuhilfenahme eines leichten Zuges am Zügel gab sie dem Pferd zu verstehen, in welche Richtung sie zu reiten gedachte.

Der alte Haras verstand den Befehl, schnaubte einmal unwillig und setzte sich widerstrebend in Bewegung, zuerst langsam, als sei es für ihn doch eigentlich eine Zumutung, sich schon wieder mit einem Reiter abquälen zu müssen, dann aber immer schneller, und schon bald verfiel er in einen kurzen Galopp. Shareena genoss die rhythmischen Bewegungen auf dem Rücken des Pferdes, die Geschwindigkeit, mit der sie über den ausgetrampelten Weg ritt und mit der die Holzpfosten, die bei den umliegenden Höfen als Abgrenzung in die Erde geschlagen worden waren, hinter ihr zurückfielen.

Shareena passierte Ropings Hof, winkte Mithra, dem Helfer der alleinstehenden Witwe, zu und hörte die drei Jagdhunde bellen, die sie selbst als Welpen mit aufgezogen hatte, wenn es ihre Zeit erlaubt hatte.

Eine Hügelkuppe weiter tauchte auch schon Cindairyn auf, ruhig und offen im Talkessel gelegen und von Laubbäumen umgeben, die der Frühling mit einem satten, leuchtenden Grün beschenkt hatte. Shareena sah die schindelgedeckten Fachwerkhäuser hinter der hölzernen Palisade auftauchen, die bunten Tücher, die als Baldachine über den wenigen Marktständen der Pioniersiedlung hingen und die Händler Mallor, Shamp und Meryl vor Regenschauern oder Sonnenschein schützten, wenn sie den durchreisenden Kämpfern ihre Waren anboten.

Kämpfer! Todd nannte diese abenteuerlichen Gestalten in ihren bunten Kleidern und ihren glänzenden Rüstungen nur Herumtreiber und Tunichtgute. Faulpelze, die den Gürtel ihrer Väter nicht oft genug gespürt hatten. Für Todd zählte nur, was harte Münzen in die Kasse brachte, und er schätzte das, was er „harte, ehrliche Arbeit“ zu nennen pflegte; er selbst war der ‚Hauptmann‘ der Minenarbeiter und betrieb regen Handel mit den zutage geförderten Erzen. „Harte Arbeit und Gebete“, predigte er immer, doch Shareena hatte ihre Zweifel, ob er sich selbst auch immer daran hielt.

Mit stampfenden Hufen passierte Haras Laif Cindai, die Kundschafterin der Siedlung und jüngste Tochter aus der Familie der Cindai, den Namensgebern der ersten Ansiedlung Cindairyn, die hier Fuß gefasst hatten. Das Pferd schnaubte wiehernd, als Shareena ihre Hand zum Gruß hob.

Sie mochte die junge Frau mit den rauen Zügen und dem selbstbewussten Auftreten, doch Todd sah sie nicht gerne in ihrer Nähe und murmelte dann immer etwas davon, dass Weiber keine Hosen tragen sollten oder Ähnliches. Laif hatte ihr vor einigen Jahren einmal gezeigt, wie man einen Bogen spannte und einen Pfeil abschoss, und Todd hatte sie danach eine Woche lang auf dem Dachboden eingesperrt.

Es wird ihm nicht gefallen, wenn ich ihm erzähle, dass ich bei Laif in die Lehre will, dachte Shareena besorgt. Laif sprach gerade mit einem jugendlichen, bemüht verwegen aussehenden Abenteurer, der seinen viel zu voll gepackten Rucksack neben sich stehen hatte und wild gestikulierte. Im Vorbeireiten konnte Shareena eine Handvoll Speere, eine Axt, zwei Schwerter und sogar einen Bogen ausmachen. Wie der junge Draufgänger dies alles tragen wollte, war ihr ein Rätsel, und auch dieser sah nicht sehr glücklich ob der Belehrungen aus, die Laif ihm mit spitzer Zunge angedeihen ließ.

Die Kundschafterin schüttelte ihren Kopf, sodass ihr geflochtener, aschblonder Zopf umherflog, und zwinkerte Shareena beim Vorbeireiten belustigt zu. Einen Moment lang überlegte das junge

Mädchen, ob sie Laif von dem Goblin berichten sollte, den sie zu sehen geglaubt hatte, doch entschied sich dann dagegen. Zu viele Fragen über den Grund, warum sie denn dann solange am See gewesen war, würden auf sie einprasseln – und außerdem war sie sich ja auch nicht sicher, *was* sie überhaupt gesehen hatte.

Im Schritt ritt Shareena durch die Siedlung, winkte noch Leightons Tochter Lina zu, die ihrem Vater, dem gewählten Anführer der Pioniere von Cindairyn, beim Entladen zur Hand ging. Leighton führte die Siedlung mit militärischer Strenge, ein Erbe aus seiner eigenen Zeit als Soldat unter dem Banner Varanas'. So vergab er aus Gewohnheit militärische Ränge an die Mitarbeiter, um eine klare Hierarchie bei den Arbeiten und Aufgaben zu haben. Den Hauptverantwortlichen für die Minen am Talgrund hatte er die Titel *Hauptmann*, dies war Todd, und *Leutnant* gegeben. Und eben dieser Leutnant war Gyor, ein junger, hinreichend gut aussehender Minenarbeiter, in den Leightons jüngste Tochter Lina so abgöttisch verliebt war – und die sich doch nicht traute, ihm von ihren Gefühlen zu erzählen. Sobald Lina dann Gyor wieder mit Zily oder Maria oder einem anderen Mädchen im Gespräch sah, würde sie Shareena und Sybilla wieder tränenreich ihr Leid klagen.

Schließlich erreichte Shareena Todds Haus. *Eigentlich Mutters Haus!*

Shareena und Todd waren nie wirklich gut miteinander ausgekommen. Nachdem ihr leiblicher Vater noch vor ihrer Geburt gestorben war, hatte sich ihre Mutter den zu cholerischen Ausbrüchen und zur Trinksucht neigenden Anführer der Bergarbeiter ins Haus geholt, der ihr mit seiner strengen Götterfurcht regelrecht die Luft zum Atmen nahm. Damals war Shareena gerade einmal fünf Sommer alt gewesen, und seither hatte sie ihn immer gemieden, wenn es die Situation zuließ. Mit Todd verband Shareena nicht nur den endlosen Sermon der Gebete und Predigten, sondern auch verhasste Tätigkeiten, Wutausbrüche und den unerträglichen Geruch von altem Schweiß und billigem Schnaps. Jetzt war sie in ihrem siebzehnten Sommer, und er hatte ihr schon mehrfach gedroht, sie aus dem Haus zu werfen, da er sie bald nicht mehr durchfüttern wolle. Die meisten Mädchen in ihrem Alter waren bereits ein, zwei Jahre verheiratet und hatten schon Kinder bekommen, jenen Nachwuchs, den die Siedlung brauchte, um zu wachsen. Mit erhobenem Finger hatte Todd sich mehrmals vor ihr aufgebaut und sie an ihre „Funktion“ und „Pflicht“ der Siedlung gegenüber erinnert.

Bis zum vergangenen Winter hatte ihre Mutter immer interveniert, doch dann war Maya am Fieber gestorben. Die Gesundheit der ausgemergelten Frau war seit dem Tod ihres ersten Mannes nie wieder so kräftig gewesen, wie es dieses harte Leben in der Pioniersiedlung forderte.

Shareenas älteste Schwester Livia war bereits seit vier Jahren aus dem Haus, hatte eine gleiche Anzahl an Kindern geboren und war auch schon wieder mit dem nächsten Nachwuchs *gesegnet*. Die Mittlere, Carmela, hatte im vorvergangenen Sommer ihren William in Logar geheiratet, und Victorias Vermählung mit dem Neffen des Rüstungshändlers Shamp war zur Wintersonnenwende, wenige Wochen vor Mayas Tod, vollzogen worden. Shareena gab sich keinen Illusionen hin. Sie würde die Nächste und Letzte sein, die das Haus ihrer Geburt bald verlassen musste, und dann würde er sich eine andere Frau suchen, die dann in *ihr* Haus einziehen würde. Sie rang mit sich, denn sie musste bald mit Todd über ihre Zukunft reden. Vielleicht musste sie es endlich wagen und ihm sagen, dass sie sich nicht nur mit dem Gedanken trug, eine Gehilfin der Kundschafterin Laif Cindai zu werden, sondern, dass diese auch bereit wäre, sie auszubilden. Sie hatte diesen

Wunsch selbst vor ihren Freundinnen stets verborgen, denn weder Sybilla noch Lina hatten dieses unbestimmte Verlangen nach … *mehr*.

Nachdem sie das Pferd im Hof mit Stroh trocken gerieben und die Hufe ausgekratzt hatte, führte sie Haras in den Stall, gab ihm noch etwas Hafer in den Fresssack und verschloss den Pferch.

Ein raschelndes Geräusch war zu hören, ein Schritt, schwere Stiefel auf trockenem Stroh, und noch bevor sie sich umdrehen konnte, hatte sie jemand von hinten gegriffen, hatte ihr die Hand auf den Mund gepresst und hielt sie am Bauch umklammert.

„Was haben wir denn hier?" fragte eine tiefe, sonore Stimme hinter ihr. „Eine kleine Pferdediebin?!" Die spöttische Note war nicht zu überhören und Erleichterung befiel Shareena, als sie die Stimme erkannte. Schnell fasste sie die Hand des Angreifers, kippte sie im Handgelenk so ab, dass dieser keinen kräftigen Druck mehr aufbringen konnte, und befreite sich von der Hand von ihrem Mund. Geschmeidig drehte sie sich in dem Arm des jungen Mannes herum und lachte.

„Victor!", rief sie freudig und schlang ihrem älteren Bruder die Arme um den Hals. Victor und Victoria waren Zwillinge, und der junge, kräftige Mann hatte die Siedlung bereits vor zwei Jahren verlassen, um sein Glück in der Hauptstadt Varanas zu suchen. Shareena drückte ihm einen Kuss auf die Wange und trat zurück, um ihn besser in Augenschein nehmen zu können. Stolz betrachtete sie den beinahe bullig wirkenden jungen Mann, der nun den blausilbernen Wappenrock der Wachen von Varanas trug.

Victor griff das junge Mädchen erneut, diesmal an den Hüften, hob sie spielerisch mit seinen prankenartigen Händen hoch und wirbelte sie einmal um sich herum. Mit seinen lustig funkelnden Augen musterte er sie. „Bei Ayvenas! Du bist ja eine Schönheit geworden, *Prinzessin Rosenherz*!"

Shareena errötete ein wenig – war es ob des Komplimentes oder weil er jenen kindlichen Titel gebrauchte, den er ihr gegeben hatte, weil sie als Kind so sehr Mayas Rosen vor dem Haus geliebt hatte? –, aber bevor sie etwas entgegnen konnte, setzte Victor sie wieder ab und begann sich theatralisch und suchend umzusehen. „Hmm, das kann ja gar nicht sein, wo ist denn nur meine kleine Schwester geblieben?! Ich meine die, die immer über angeblich zu dicke Beine klagt und sich den Busen mit Tüchern ausstopft!“

„Heh!“ Shareena ballte ihre Rechte zu einer Faust, schwang einen Haken und gab ihrem älteren Bruder einen Hieb auf den Arm. „Au!“, schrien beide – Victor mehr vor Überraschung als vor Schmerz –, und Shareena verzog das Gesicht und rieb sich mit der Linken das Handgelenk.

„Selber ‚Heh‘!“ Victor befühlte seinen Bizeps und runzelte die Stirn. Stolz mischte sich mit Sorge, als er sie angrinste. „Dein Hieb ist nicht von schlechten Eltern, aber lass mich raten …“, er deutete auf ihre schmerzende Hand, „du hast den Daumen wieder nach vorne rausgestreckt, richtig?“

Victor winkte sie zu sich und betrachtete ihre Faust. Er hatte schon öfters zu ihr gesagt, wie sie eine Faust machen sollte. Shareena achtete zwar darauf, dass sie ihre Finger richtig einrollte, damit die Faust fest wurde, doch wie die meisten Mädchen ihres Alters dachte sie nicht an den Daumen. Dieser hatte wie ein Dorn aus der Faust hervorgelugt und deshalb den vollen Aufprall abbekommen. Zum Glück hatte sie ihr Handgelenk fest und gerade zum Unterarm gehalten, sodass ihre gesamte Hand nicht in einem gefährlichen Winkel abgeknickt worden war und sie sich nicht ernsthaft verletzt hatte.

„Nichts passiert.“ Er ließ die Hand seiner Schwester los. „Nur achte künftig darauf, den Daumen mit einzuknicken.“ Er zeigte ihr seine Faust und wie sie den Daumen abgewinkelt auf den eingerollten Fingern schützen sollte. Er grinste frech: „Aber dein Hieb ist gut, und deine Faust ist auch besser geworden!"

„Ich hatte einen guten Lehrer!" Shareena imitierte sein freches Grinsen und lehnte sich provozierend nach vorn. Victor wich zurück und hob die Fäuste als Deckung vors Gesicht. „Soso, will da jemand eine Lektion erteilt bekommen? Eine kleine Rauferei, eh?"

Shareena hielt einen Moment lang inne. „Todd will nicht, dass ich mich in den Waffen übe. Das ziemt sich nicht für eine junge Dame, meint er."

Victor spähte zur Scheunentür hinaus. „Nun, so wie ich das sehe, ist er nicht hier. Nur wir beide." Dann sah er seine Schwester mit einem süffisant und gespielt abfälligen Blick an, musterte ihre Erscheinung, die zunehmend fraulicher wurde von oben bis unten, und sagte: „Abgesehen davon: Eine Dame sehe ich hier auch nicht!"

„Schuft!" Shareena sprang vor und griff an, die Rechte wieder hoch erhoben und zum Hieb bereit. Der Schwinger ging ins Leere, als Victor blitzschnell darunter wegtauchte und ihr einen Stoß gegen die Wade ihres Standbeines gab. Einen Herzschlag darauf lag sie mit dem Rücken auf dem strohbedeckten Lehmboden, der kräftigere Mann über ihr. „Nicht so hitzig, Reena!", ermahnte Victor seine kleine Schwester. „Gehe niemals hitzig in einen Kampf!" Seine Pranken hielten ihre Handgelenke fest.

Ihre Augen funkelten, spiegelten den Ärger wider, den sie empfand, weil sie ihrem Bruder unterlegen war. *Nein, eigentlich, weil ich jedem echten Kämpfer unterlegen bin.*

„Lass mich los!" Shareena wand sich in seinem Griff.

Victor betrachtete sie einen Moment lang. „Und wenn nicht?"

„Victor!" Sie klang erbost.

„Komm schon, befrei dich, *Rosenherz*!"

„Lass mich!" Shareena wand sich, stemmte sich aus ihren

Schultern gegen den Griff ihres Bruders und sah ein, dass sie sich nicht befreien konnte. Wütend funkelte sie ihren Bruder an. „Lass mich!“ Tränen schossen ihr in die Augen.

„Was machst du denn, wenn es mal nicht dein Bruder ist, der dich zu Fall bringt?“ Victor ließ sie los und sah sie an. Shareena rieb ihre Handgelenke und musterte ihn aus den Augenwinkeln. Er betrachtete sie ernst.

„Du bist eine schöne junge Frau geworden, Reena. Dein Welpenschutz ist bald abgelaufen.“ Er musterte ihren Busen, der sich ob ihrer heftigen Atmung hob und senkte. „Wenn er nicht schon abgelaufen ist!“

„Rede nicht so daher, Victor! Ich mag das nicht!“ Shareena war wütend, doch mehr auf sich selbst als auf Victor, denn insgeheim wusste sie, dass er recht hatte.

Er sah sie an und gab ihr einen spielerischen Stoß auf den Arm. „Komm, ich zeig dir, wie du einen Angreifer abwehrst, der dir die Röcke aufschlagen will!“

Victor beugte sich halb über sie, hielt ihre Hände diesmal so sachte fest, dass sie sich jederzeit hätte aus seinem Griff herauswinden können, und hieß sie, erneut zu versuchen, sich zu befreien. Wieder probierte sie, die Hände loszubekommen, die Arme aus dem Griff zu lösen.

„Ich verrate dir etwas über Männer. Es gibt eine einzige, wahre Methode, wie du den Griff so weit lösen kannst, um dich loszumachen: Zieh dein Knie hoch, wenn er versucht, über dich zu kommen. Hast du ihn erst zwischen deinen Beinen, ist es zu spät.“

Shareena nickte und probierte langsam, um Victor nicht zu verletzen, die Gegenabwehr aus. „Gut! Stell dir vor, der Treffer saß. Dein Angreifer ist jetzt für mehrere Augenblicke damit beschäftigt, den Göttern sein Leid zu klagen!“

Shareenas Augen funkelten belustigt, doch Victor fuhr schon fort. „Die meisten Männer werden stärker sein als du, also musst du dies ausgleichen. Wenn du ihm noch einen Hieb geben kannst, dann nur zu, aber dann musst du dich aus dem nun gelockerten Griff befreien."

Sie nickte und drehte ihre Handgelenke, doch so sehr sie sich auch anstrengte, sie schien sich immer tiefer in den Griff ihres Bruders zu manövrieren. „Dein Fehler ist, dass du deine Handgelenke in Richtung meiner Finger drehst. Dadurch habe ich immer die Oberhand und kann dich festhalten. Versuche einmal, dein Handgelenk in Richtung meines Daumens herauszudrehen."

Überraschung stand auf Shareenas Gesicht, als sie bemerkte, um wie vieles leichter es ihr plötzlich fiel, sich aus der Pranke zu befreien.

„Exzellent, Prinzessin!", frohlockte Victor. „Deine Hand ist frei. Was tust du nun?"

Shareena griff mit ihrer befreiten Hand zu seiner anderen Pranke und versuchte, nun auch die zweite Hand zu befreien. „Ein fataler Fehler! Ich komme wieder zu mir, und weil ich stärker bin, kann ich dich wieder festhalten. Probier es noch einmal, meine kleine Wildkatze!"

Sie sah Victor fragend in die Augen. *Wildkatze?* Dann verstand sie seinen Wink, befreite ihre Hand und hieb ihm mit dieser leicht über das Gesicht, ihre Finger wie die ausgefahrenen Krallen einer Katze geformt, die mit einer Maus ihren tödlichen Tanz spielt.

„Genau! Kratz deinem Angreifer über das Gesicht, lasse deine Fingernägel tief in sein Fleisch fahren. Wenn der Schmerz ihn nicht genug blendet, dann zumindest das Blut, das ihm in die Augen läuft!" Victor stand auf und strich sich über seine kurz geschorenen Haare. Nachdenklich betrachtete der junge Soldat seine jüngere Schwester. „Komm, Rosenherz, ich zeige dir noch etwas Besseres."

Victor öffnete seinen Schwertgürtel und zog den Wappenrock über den Kopf. Seine nackte Brust war nicht mehr die eines Jungen – mit Spotttiteln wie ‚Hühnerbrust' hatte sie ihn immer geneckt –, sondern die eines Mannes. Eines gestählten und kräftigen Mannes. Muskelpakete an Brust und Bauch waren deutlich zu sehen, und auch der Bizeps war stattlich.

„Ich muss den Rock selbst bezahlen, also bin ich etwas vorsichtig damit", erklärte er mit verlegenem Grinsen und legte den Stoff behutsam an die Seite. „Komm her!"

Shareena stand auf und stellte sich vor Victor. Dieser zog sein Schwert, drehte sie behutsam um, sodass er hinter ihr stand, und legte die schwere Klinge dem Mädchen in die Hand. Seine massige Pranke ließ die zarte Hand seiner Schwester nicht los, sondern führte sie beim Ausführen eines geraden Hiebs mit dem Schwert.

„Ausholen und dann gerade auf den Gegner niedersausen lassen! Verstanden?", fragte er und sah seine Schwester nicken. „Gut! Dann schlage jetzt alleine!" Er ließ Shareenas Schwertarm los und trat zurück. Ihr Arm sackte herunter und die Klinge schlug auf dem festgetretenen Lehmboden auf.

„Schwer, was?", spottete Victor und lachte. Missmutig funkelte Shareena ihn an. Erneut hob sie die Klinge und diesmal kostete es sie ihre ganze Kraft, die Klinge oben zu halten. Sie holte aus und schwang sie um sich herum. Oder vielmehr schien die Klinge Shareena zu führen, sie verlor das Gleichgewicht und ging zu Boden.

„Tja, Schwesterherz! Da hilft nur eins: Werde stärker!"

Shareena zog ein Gesicht, als er das Schwert an die Seite legte und zur rückwärtigen Wand der Scheune ging, an der Forken und Rechen aufgehängt worden waren. Victor fand zwei alte Besenstiele, kürzte diese mit einem schnellen Schlag seiner Klinge auf ungefähr die gleiche Länge wie die des Langschwertes und reichte seiner Schwester einen davon. „Viel mehr als von oben und von der Seite zu schlagen lernen wir auch nicht, aber ein, zwei Sachen kann ich dir schon noch beibringen!“

Shareenas Augen funkelten vor Begeisterung, und sogleich übten sie den Schwertkampf mit den alten Besenstielen.

Schon bald hatte sie vergessen, Victor von dem zu berichten, was sie in den Felsen gesehen hatte.

2. Talgrundminen

„Schluss jetzt!“

Die flache Seite des eisernen Pickels traf die Kreatur am Kopf, ließ diesen mit einem lauten Knacken zurückschnappen, und signalisierte Todd, dass er dem Goblin das Genick gebrochen hatte.

Der grobschlächtige, untersetzte Mann mit dem mächtigen Bierbauch fuhr herum, die mit schwarzem Blut besudelte Spitzhacke fest in der feisten Rechten umklammert, und suchte Gyor in dem Halbdunkel der weitläufigen Höhle. Während er den Namen seines jüngeren Leutnants rief, eilte der erfahrene Minenarbeiter mit einer Behändigkeit den natürlichen Pfad zwischen Felsbrocken und Stalagmiten hinauf, die man seiner fettleibigen Erscheinung nicht zugetraut hätte. Seit Jahren schürfte er schon nicht mehr selbst, sondern kümmerte sich eher um das Geschäftliche des Bergbauunternehmens, doch wenn Not am Mann war, machte ihm keiner der jüngeren Minenarbeiter etwas vor. Die gehobene Position hatte für einen Pionier einen akzeptablen Wohlstand mit sich gebracht, und der hatte sich als Fettschicht über die schweren Muskelpakete des in die Jahre gekommenen Mannes gelegt.

Ein blutiger Tag war dies gewesen; das morgendliche Tagewerk hatte mit einem Tunneleinsturz begonnen.

Höhlenkrebse, mannshohe Kreaturen, die sich durch den Fels schabten und somit die gezielt gegrabenen und mit schweren Balken abgestützten Gänge der Menschen zum Einsturz bringen konnten, waren der Fluch eines jeden Minenarbeiters. Drei Männer waren verschüttet worden, und noch bevor Gyor und Todd sie erreichen konnten, hatten die gefräßigen Monster ihre Kameraden bereits in Stücke gerissen. Die hohen Schreie der Sterbenden waren unwirklich und geisterhaft durch die Gänge gehallt, verzerrt schienen sie mal aus der einen, mal aus der anderen Richtung zu kommen und waren schließlich verebbt.

Sofort nach dem Einsturz hatte Todd den jungen Jon – den jüngsten Lehrling im Bergbauhandwerk – ausgeschickt, um Hilfe von der Siedlung zu holen. Dann war er, eine Fackel in der einen, eine Spitzhacke in der anderen Hand, tiefer in die verwinkelten Gänge und Höhlen hinabgestiegen, den flinken Gyor immer dicht auf seinen Fersen.

Gyor bog gerade hinter Todd um die nächste Biegung, als ein geschupptes Gebilde aus großen Gliedern, Zangen und Stielaugen durch den Boden brach und den stattlichen jungen Mann mit sich in die Tiefe riss.

Todd wirbelte auf der Stelle herum, brüllte vor Wut auf und konnte der Kreatur einen Hieb mit der Spitzhacke in das rückwärtige Segment geben. Die Hülle brach auf, und ein übel riechender Geruch machte sich in dem Tunnel breit.

Der bullige Mann wartete nicht und sprang ebenfalls in das Loch, die Hacke zum Schlag bereit. Schon landete er auf dem Hinterleib mit den stark verkümmerten Schalensegmenten, rutschte hinter die Kreatur und landete sicher auf dem rauen Steinboden des Tunnels, den der Krebs gegraben hatte.

Schnell und kraftvoll ließen seine Muskeln die Spitzhacke von unten nach oben schnellen, und das abgewetzte Metall bohrte sich tief in die weichere Unterseite des Höhlenkrebses.

„Todd!“ Gyors Stimme klang geschwächt. Die rechte Zange hielt sein Bein umklammert, und im zuckenden Licht der

Fackeln – Gyor lag auf dem Boden, wo er sie fallen gelassen hatte – konnte Todd sehen, dass sein Gesicht blutverschmiert war.

Der alte Minenarbeiter drehte seine Spitzhacke im Fleisch der Bestie herum, sein schwammiges Gesicht eine Fratze des Zorns. Der Höhlenkrebs verspürte Schmerz, öffnete in einem Reflex die Zangen, und Gyor fiel stöhnend zu Boden.

Mit einem Klackern – ein bizarres Geräusch, das die Beine der Kreatur machten – schnellte sie herum und suchte die Quelle der Pein, die sie befallen hatte. Todd riss seinen Pickel wieder aus dem Leib und wich vor den Zangen zurück, die nun drohend und Unheil bringend nach ihm schnappten.

Der Höhlenkrebs schwang mal nach links, mal nach rechts und versuchte seinen Angreifer in die Ecke zu drängen. Todd konterte die Bewegungen und hieb bei jedem Vorstoß mit der Hacke gegen die empfindlicheren Körperteile, wie die Augen oder das kleine Maul, um das Tier zurückzutreiben.

Hohe, keckernde Stimmen erregten die Aufmerksamkeit des streitbaren Minenarbeiters. Aus den Augenwinkeln sah er zwei, nein, drei kleine Gestalten aus einem der Gänge hervorhuschen, grobe Kurzschwerter und Knüppel in den olivenfarbenen Händen.

Goblins!

Auch Gyor, der Ohnmacht nahe, hatte die neue Gefahr bemerkt. „Todd!“ Angst lag in der Stimme des Mannes, der verletzt am Boden lag.

„Ich komme“, rief Todd, doch der Höhlenkrebs vor ihm ließ dieses Versprechen zu einer leeren Hülse werden. Unter hämischem Keckern und Lachen griffen die drei Goblins den schreienden Gyor und zerrten ihn in die Dunkelheit der unbekannten Gänge.

„Oh, verdammt“, murmelte Todd. „Mit der Geschichte kann ich nicht nach Hause kommen …“

Er musterte den Höhlenkrebs, machte eine Finte mit der flachen Kopfseite der Spitzhacke und versuchte das schwere Ende herumzubringen, um der Kreatur die Schädelschale einzuschlagen, bevor ihn die Zangen zu fassen bekamen.

Der Höhlenkrebs, durch seine Verletzungen nur noch wilder und aggressiver geworden, ignorierte Todds Attacke und ließ die schnappenden Zangen vorschnellen. Todd duckte sich unter der linken Zange weg, doch sein Wanst war ihm im Weg, und schon spürte er die brennende Schärfe der rechten Schneide auf seinem Rücken, als ihm der Stoff seines verschwitzten Hemdes und die Haut aufgeschnitten wurden.

Todd grunzte, versuchte den Schmerz zu ignorieren, doch das Unvermeidliche konnte er nicht mehr abwehren. Er stolperte, fiel zu Boden und wähnte den Tod nur noch drei, vier Herzschläge von sich entfernt.

Er brachte es nicht fertig, die Augen zu schließen, hatte er dem Tod doch immer sehend entgegentreten wollen. Der Höhlenkrebs kam klackernd näher, hob die Zangen, bereit, ein letztes Mal zuzuschlagen und ihm ein für alle Mal den Garaus zu machen.

Todd hielt den Atem an und wartete. Doch den todbringenden Hieb der Zangen spürte er nicht. Nur ein Licht brannte durch den Raum. Hell, blendend.

Ist dies der Tod?, fragte er sich. *Einfach nur ein helles, goldenes Licht? Es ist wie Feuer …*

Er schüttelte den Kopf. Das helle Licht, welches ihn geblendet hatte, wandelte sich, und er sah, dass der Höhlenkrebs von Flammen eingehüllt wurde. Kalter Schweiß stand auf der Stirn Todds, denn die Kreatur wand sich, stieß mit den schalenbewehrten Gliedmaßen um sich, doch gab sie keinen Laut von sich und sackte schließlich mit einem aufplatzenden Knacken zusammen.

Der Geruch von Krebsfleisch erfüllte die Luft, doch im Gegensatz zu den kleinen Flusskrebsen, die er in seiner Jugend so gerne aus den Seen hervorgeholt hatte, hatten diese Höhlenbewohner etwas Muffiges und Fauliges an sich, eine Note, die ihm Übelkeit verursachte.

Todd atmete ein und spürte, wie schwer ihm das Luftholen fiel. Der Höhlenkrebs musste ihm mit seinem Angriff wenigstens zwei Rippen gebrochen haben.

„Bleib ruhig liegen, mein Freund“, sprach eine tiefe Stimme, die eine fremdländische Note in sich trug. Der Minenarbeiter spähte an den glimmenden Resten des Höhlenkrebses vorbei und sah Jon, den Lehrling, auf sich zulaufen und direkt hinter ihm einen dunkelhäutigen Mann, der vielleicht fünfundzwanzig Sommer zählte. Der Fremde trug lange braune und weiße Roben aus Wolle und Leinen. In der einen Hand hielt er einen feinen Stab, in der anderen einen ledernen Beutel.

„Todd!“ Jon kniete sich neben ihm hin und versuchte linkisch ihm zu helfen, doch wusste er nicht, wo er ihn berühren konnte oder sollte. Der ältere Mann winkte ab. „Schon gut, Junge. Das wird schon wieder.“

Todd blickte den Fremden an. Er nickte Jon mit einer fragenden Bewegung zu, eine missbilligende Note in seiner Stimme. „Wer ist unser dunkelhäutiger Retter?“

Ungelenk schaute Jon von dem bulligen Minenvorarbeiter zu dem schlanken Mann in den Roben. „Ich rannte so schnell ich konnte in Richtung der Siedlung, doch als ich bei den Steinen angekommen war, sah ich …“

„Samuel“, bot der Fremde an. Er kramte in seinem Beutel, holte eine Phiole mit einer dickflüssigen, blutroten Tinktur hervor und setzte diese Todd an die Lippen. „Trink das, und es wird dir besser gehen!“

Todd betrachtete die Phiole misstrauisch, doch tat, wie ihm geheißen wurde. Jon fuhr fort. „Ja, Meister Samuel ist ein …", der Junge stockte, als sei ihm plötzlich eingefallen, dass seine Begeisterung für die gefundene Hilfe bei dem streitsüchtigen Todd vielleicht nicht auf Gegenliebe stoßen würde. Hilfe suchend blickte er den jungen Mann an.

„*Magier* ist das Wort, das du suchst, Junge", vollendete Todd den Satz, und es lag eine Abscheu in der Art und Weise, wie er dies sagte.

„Magier", wiederholte Samuel – oder Sam, wie er am liebsten genannt wurde – und neigte den Kopf schief. Mit einer nachdenklichen Bewegung streifte er die Haube seines Umhangs ab und rieb sich über seinen kahl geschorenen Kopf. Seine dunkelbraune Haut bot einen starken Kontrast zu seinen hellen Augäpfeln und seinen weißen Zähnen. „Ein Wort, so gut wie jedes andere." Sam verstaute die leere Glasphiole wieder in seinem Beutel. „Was machen die Schmerzen?"

Überrascht sah Todd auf. Tatsächlich hatte der Schmerz nachgelassen, und er konnte sich wieder bewegen, ohne dass es allzu sehr das lähmende Stechen auslöste. „Was zum …", dann dämmerte es Todd, und ein fragender Ausdruck stahl sich auf seine Züge. Vorsichtig stand er auf und streckte sich, merkte, wie seine Beweglichkeit sich nach und nach wiederherstellte. „Oh Ayvenas! Das ist Dämonenwerk!"

Sam wich zurück. Die Augen des bulligen Minenarbeiters waren weit aufgerissen. Statt Dankbarkeit stand Wut auf der Stirn Todds geschrieben. Er streckte einen seiner feisten Finger drohend in Richtung des Magiers aus und fauchte: „Das ist Hexerei! Zauberei, die meine Seele verseucht! Mein Gott ist Ayvenas, und ich vertraue in meinem Gott darauf, dass er mir beisteht, und nicht auf einen herumstreunenden Hexer, der mir mit seinen … Absonderlichkeiten meine Seele nimmt!"

Samuel verdrehte die Augen. Magie war in allen Regionen Taboreas ein allseits bekanntes und anerkanntes Werkzeug, eine Wissenschaft und eine Kunstform; ausgerechnet hier, in den neuen Pioniersiedlungen, in einer im Aufbau befindlichen Region, mit solchen Vorurteilen konfrontiert zu werden, die eher in die vergangenen Jahrhunderte gehörten, in jene dunkle Zeit der Pogrome gegen alle Zauberkundigen, überraschte und ärgerte ihn.

„Wie du meinst, Meister Todd. Aber vielleicht war es ja auch Ayvenas' Plan, dass der junge Jon mich fand, damit ich helfen kann", bot Sam mit ruhiger, besonnener Stimme an.

„Das ist Blasphemie! Wie kannst du es wagen, den Willen Ayvenas' vorhersehen zu wollen?!", fauchte Todd.

Sam neigte sein Haupt zur Seite, als würde er darüber nachdenken. „Du hast recht, Meister Todd, das wäre vermessen. Vielmehr scheint es wahrscheinlich, dass du genau weißt, dass Ayvenas wollte, dass der junge Jon die doppelte Distanz bis Cindairyn zu laufen gehabt hätte. Dort musste er dann auch *nur* noch ein paar kampferprobte Leute zusammentreiben und die gleiche Distanz wieder zurücklaufen, während …"

Jon wurde bleich. „Was ist mit Gyor?"

Todd senkte den Blick und schüttelte den Kopf. Er deutete auf den Tunnel, durch den der verletzte Gyor verschleppt worden war. „Goblins!"

Sam griff seinen Stab und schickte sich an, den gezeigten Tunnel hinabzugehen. Nach zwei Schritten wandte er sich um und blickte Todd in die Augen. „Wenn Euer Freund verletzt ist, müssen sie ihn tragen. Und ich bezweifle, dass sie ihn fressen wollen und dazu in leichter zu transportierende Stücke zerschneiden werden. Da gibt es einfachere Nahrung für diese Brut!", mutmaßte der Magier und ließ seine Finger nachdenklich über die eingearbeitete Rune seines fein geschliffenen Eschenstabes gleiten. Er schloss die Augen und rief sich einen Zauber ins Gedächtnis. Dann drehte er sich um und schritt in die Dunkelheit.

„Warte!“ Der schlaksige Jon kam hinter ihm hergelaufen und hielt einen massiven Knüppel in der Hand. Sam lächelte und legte dem Jungen, der vielleicht zehn Sommer jünger war als er selbst, vertrauensvoll die Hand auf die Schulter. „Wir finden ihn!“

„Ja, die Frage ist nur, in welchem Zustand!“, höhnte Todd von hinten. Grimmig nickte er dem Magier zu, er solle weitergehen, nahm seine Spitzhacke ebenfalls auf und folgte den beiden in die Finsternis der Talgrundminen.

Sie waren eine Stunde durch die Finsternis geeilt, und immer wieder hatten sie an den Weggabelungen gelauscht, um zu hören, wohin sich die Goblins mit Gyor bewegten.

Todd und Jon waren überrascht, wie weit diese natürlichen Höhlengänge reichten, die tief unter den von Menschen gegrabenen Tunneln lagen. Die Höhlenkrebse mussten durch ein weitläufiges Höhlensystem bis hierher gekommen sein. Ein Höhlensystem, das auch anderen Kreaturen Unterschlupf gewährte, wie eben jenen verhassten Goblins, welche die Pioniere längst in nördlicheren Regionen wie Aslan wähnten.

„Heiliger Enoki!“, brummte Todd, als sie eine weitere Kaverne betraten. Damit rief er den Schutzheiligen der Minenarbeiter an, jenen Märtyrer, der vor langer Zeit die Monster aus den Höhlensystemen der Heulenden Berge hatte vertreiben wollen – und der schließlich von den wilden Bestien in Stücke gerissen worden war. „In der Höhle können diese Bastarde eine ganze Armee unterbringen!“

Die Kaverne, die sich quer zu beiden Seiten vor ihnen erstreckte, maß wenigstens zweihundert Schritt in jede Richtung. Flach und eng wirkte der Hohlraum, denn die Decke war stets nur acht bis zehn Schritt über ihnen. Entstanden aus dem umgebenden Gestein, hatten Ausschwemmungen der weicheren Sandsteinschichten, Bewegungen der Kruste Taboreas und die giftigen Dämpfe, die die Minenarbeiter immer wieder in der Tiefe fanden, ihren Teil dazu beigetragen, um diesen Hohlraum zu schaffen.

Ihr Zugang zur Höhle hatte sie von schräg oben hereingeführt, und aus ihrer leicht erhöhten Position konnten sie das gesamte Areal gut einsehen. Fluoreszierende Pilze illuminierten die weitläufige Kammer und ließen die zahlreichen Stalaktiten und Stalagmiten wie schwarze Zähne im Maul eines gigantischen Ungeheuers anmuten.

Sam nickte. „Wohl eher eine Horde, aber du hast recht. Hier haben sie einen versteckten Zugang zu den Heulenden Bergen, und niemand von euch würde es mitbekommen, bis sie die Fackeln an eure Häuser legen, eure Familien töten und euer Vieh rauben!"

Ein Schaudern durchlief den jungen Jon. Er deutete in eine abseits gelegene Ecke der riesigen Höhle, wo ein Feuer brannte und ein halbes Dutzend von kleinen, annähernd menschenähnlichen Wesen keckernd und zeternd einen verzweifelten Gyor umringten. Wie sie so aufrecht auf zwei Beinen gingen, ihre drahtigen, muskulösen Arme an der Seite, und den klobigen Kopf misstrauisch leicht nach vorne bewegten, waren die Goblins vor dem großen Feuer für die drei Männer in diesem Teil der Höhle gut zu erkennen. Die langen, spitzen Ohren, die großen, gelbschwarzen Augen und die geifernd aufgerissenen Schnauzen nahmen ihnen jedoch jegliche Menschlichkeit, ließen sie wie geringere Dämonen aus einer anderen Welt erscheinen.

Mit hölzernen Spießen traktierten die in grobe Kettenrüstungen und geschuppte Lederplatten gehüllten Kreaturen den jungen Mann, trieben grausame Späße mit ihm und hieben immer wieder auf seine verletzten Gliedmaßen ein.

Todd wollte aufspringen, doch Sam hielt ihn fest. Er deutete auf einen Goblin, der sein Gesicht mit weißer Kalkfarbe bemalt hatte und keine Rüstung, dafür aber ein Gewand aus Fellen und verfilzten Stoffen trug.

„Der Schamane“, flüsterte Sam und deutete auf den Zauberkundigen der Goblins. Er bedeutete den beiden Männern, ihm leise durch das Gewirr aus Felsen, Stalaktiten und Stalagmiten zu folgen, damit sie näher an die Gruppe herankamen.

„Das sind zu viele“, flüsterte Jon angsterfüllt. Todd grunzte und funkelte den jungen Magier an. „Was nun? Hast du einen Zauber, mit dem du sie in Frösche oder etwas Ähnliches verwandeln kannst?“ Hämischer Spott lag in der Stimme des Mannes, der sich mit einem lebenslangen Zynismus paarte und der jetzt zum Ausbruch kam.

„Etwas Ähnliches.“ Sam ignorierte die Verbitterung des Mannes und zeigte Jon an, sich bereitzuhalten. „Positionier du dich neben dem Felsen, Todd. Wenn wir sie durch diese natürliche Gasse dort hierher locken können, dann habt ihr gute Chancen, ihnen nacheinander den Schädel einzuschlagen.“ Sam deutete auf einen freien Gang aus Felsen und Stalagmiten, der beinahe geradlinig zu dem Ritualplatz der Goblins hinabführte.

„Ist ja reizend!“, brummte Todd. „Und was machst du, Zauberer?!“

Ein Schmunzeln umspielte Sams Züge. Er holte eine Phiole mit einem blauen Trank hervor, setzte diesen an und stürzte das bittere Gebräu herunter. Fragend, ohne es wirklich ernst zu meinen, bot er Todd ebenfalls die leere Phiole an, der nur die Augen verdrehte.

Sam berührte die Rune in seinem Stab, fühlte die Ströme der Magie fließen und murmelte den Zauber, der seine Regenerationszyklen beschleunigen würde. Müdigkeit und verlangsamte Reflexe waren der Preis, den er dafür würde zahlen müssen, aber bis dahin hoffte er, längst wieder in Sicherheit zu sein.

Er spürte, wie sich sein Herzschlag beschleunigte, bis er fast einem Hämmern glich. Magie zu wirken forderte nicht nur geistige Energie – Mana –, sondern auch einen hohen Tribut von der Physis des Magiers.

Er gönnte sich nur einen Atemzug zum Verschnaufen und sprach den ersten Zauber, seinen Stab locker gegen die Schulter gelehnt, um beide Hände frei zu haben. Irrlichter funkelten an seinen Fingerspitzen und umkreisten ihn. Mit einer gebenden Geste, die Hände offen nach oben gestreckt, entfesselte er den Zauber über dem Schamanen. Schemenhaft, kaum greifbar, mehr eine Irritation im Auge des Betrachters.

Der zauberkundige Goblin merkte sofort, dass etwas nicht stimmte, doch niemand seiner Anhänger beachtete ihn, so sehr waren die Übrigen damit beschäftigt, den jungen Menschen zu foltern.

Auch Todd und Jon beobachteten den Schamanen, der wie ein Karpfen merkwürdige Bewegungen machte und vergeblich versuchte, seine Stimme zu erheben.

„Da bleiben ihm die magischen Sprüche wahrlich im Halse stecken!“, flachste Sam. Jon grinste breit und gewann an Zuversicht, und auch Todd musste sich anstrengen, seine grimmige Mine zu behalten. „Haltet euch bereit!“, flüsterte Sam, dem bereits die ersten Schweißperlen auf der Stirn standen.

Er trat in den Durchgang aus Felsen und kanalisierte die Ströme der Magie erneut. Seine Hände glühten wieder auf. Sogleich stachen feurigrote und glühendgelbe Funken hervor, hüllten den nächststehenden Goblin ein, als wäre er mitten in ein prasselndes Lagerfeuer gesprungen, und stieben wütend und wild, lodernd und flammend um ihn herum auf, gierig darauf bedacht, endlich Beute zu machen, zu verzehren, zu verbrennen.

Hatten die Goblins vorher nicht verstanden, dass ihr Schamane ausgeschaltet worden war, begriffen sie nun durchaus, was die Anwesenheit eines menschlichen Magiers zu bedeuten hatte. Der in Flammen stehende Goblin brüllte mit immer höher werdenden, abgehackten Schreien, während sein Fleisch verbrannte und das schwarze, dünne Blut der Kreatur zu kochen begann.

Der Schreck der Übrigen währte nur einen Herzschlag lang; fauchend und keckernd ließen sie von Gyor ab, warfen die Holzspieße zur Seite und zogen die gefährlicheren Äxte und Klingen.

Sam wirkte den Flammenstoßzauber noch drei weitere Male und fällte den seiner Zauberfähigkeit beraubten Schamanen sowie zwei der heranstürmenden Kreaturen, die von blinder Mordlust erfüllt gewesen waren. Schließlich war sein Mana verbraucht, und die Kontrolle über die Ströme der Magie entglitt ihm. Auch die Kanalisierung über den Runenstab bot ihm keine neuen Reserven mehr.

Geschwächt stolperte er nach hinten und lockte die beiden verbliebenen Gegner näher zwischen die beiden Felsen, hinter denen Jon und Todd schlagbereit warteten. Sam atmete tief ein, versuchte sich zu regenerieren, denn die Fähigkeit einen neuen Zauber zu wirken war ihm für die nächsten Momente verwehrt.

Die beiden Goblins waren heran, und Todds Spitzhacke fällte den Ersten mit solch brachialer Wucht, dass die kleine Kreatur unter der Hacke hindurchgewirbelt wurde und mit zerschmettertem Körper zu Boden sackte. Die armselig wimmernden Laute des sterbenden Goblins wurden durch einen weiteren Hieb mit dem Bergarbeiterpickel beendet, und Sam fragte sich, was Todd in seinem Leben so zornig gemacht hatte, denn blanker Hass stand diesem bulligen Mann ins Gesicht geschrieben.

Jon jedoch war zu aufgeregt gewesen, und so hatte er zu lange und zu viel darüber nachgedacht, ob und wann er zuschlagen musste, wie hart oder wohin, und eben dieses Zögern hatte der grünhäutige Goblinkrieger genutzt und ging mit einer gezackten, schwarz gefärbten Klinge auf den Jungen zu, um ihm damit den Bauch aufzuschneiden. Die Kreatur frohlockte, als sie die Angst des Jungen sah.

„Schluss jetzt!", brüllte Todd. Seine Spitzhacke traf den Kopf des Goblins und schickte ihn mit gebrochenem Genick zu Boden. Dann wandte sich der bullige Mann um und rannte zu dem Plateau hinauf, wo er seinen verwundeten Freund Gyor wusste.

Sam blickte zu Jon, der immer noch mit aufgerissenen Augen auf den toten Goblin vor ihm starrte. „Es ist vorbei!" Sams Stimme brauchte einige Augenblicke, um zu dem Jungen durchzudringen. „Vorbei."

Zitternd erhob sich Jon und schlug sich den Staub aus dem Hemd und der groben Sackhose. „Ich dachte, der bringt mich um! Ich wusste nicht, was ich tun sollte."

Sam nickte verständnisvoll. Der Junge war kein Kämpfer. „Das Wichtigste ist, dass du Mut bewiesen hast. Das nächste Mal wirst du nicht mehr in Panik verfallen!"

„Das nächste Mal?!" Jons Stimme überschlug sich und brach, doch Sam lachte ihn nur aufmunternd an und nickte in Richtung des Plateaus, wo Todd den verwundeten Gyor erreicht hatte. Gemeinsam folgten die beiden ihm und fanden Gyor mit schmerzverzerrtem Gesicht vor. Der Höhlenkrebs hatte ihm das Bein aufgerissen und mehrere Wunden an Armen und Brust zugefügt. Ein tiefer Schnitt an seinem Haaransatz hatte stark geblutet und das halbe Gesicht in ein dunkles Rot getaucht, das nun bereits verkrustet war und brüchig wirkte.

Todd hielt seinen Freund sanft in den Armen – eine Geste der Wärme, die Sam überraschte – und schaute mit einem verschlossenen Blick zu dem Magier auf.

„Du würdest dir eher die Zunge abbeißen, als einen Magier um Hilfe zu bitten, was, Meister Todd?“ Sam schüttelte den Kopf und flößte Gyor einen seiner roten Tränke ein. „Das sollte reichen, um ihn hier herauszubringen, doch Wunder wirken kann dieses Zeug auch nicht. Er wird einige Zeit brauchen, um wieder auf die Beine zu kommen.“

Todd blickte ihn lange an, sah dann zu dem jungen Gyor und nickte. „Jon! Wir rasten hier. Komm her, Junge, und beruhige dich!“ Er bedeutete dem Jungen, sich an das Feuer zu setzen, welches die Goblins errichtet hatten.

Sam ging zu dem Schamanen und durchsuchte ihn. „Was tust du da, Magier? Leichen fleddern?!“, hallte Todds Stimme hinter ihm her. Dass der alte Minenarbeiter Sams Handlung missbilligte, war unschwer zu überhören.

Sam sah sich nicht um, sondern setzte sein Werk fort. „Kriegsbeute“, murmelte er nur und nahm einen kleinen Lederbeutel an sich, den der Schamane bei sich getragen hatte. Es waren einfach gefertigte Steinrunen darin, keine großen Zauber, aber doch hilfreiche Helfer, die Sam gute Dienste leisten konnten.

Das Gesicht des Goblinzauberers war halbseitig verkohlt, doch die dem Angriff abgewandte Seite hatte weniger Schaden davongetragen. Die Bemalung im Gesicht des Goblins erregte die Aufmerksamkeit des jungen Magiers. Das Muster der weißen Kalk- und Kreidefarbe, die schwer auf den verzerrten Zügen lag, hatte etwas Unheimliches an sich, etwas Beklemmendes. Doch was den jungen Magier verwunderte, war, dass er diese Bemalung schon einmal in einer anderen Form gesehen hatte. Er würde mit seinem Mentor über seine Entdeckung reden müssen.

Sam ging zu den anderen Toten und betrachtete diese genauer. Die Rüstungen waren weitaus hochwertiger als dies auf den ersten Blick ausgesehen hatte. Breite, teils abgenähte Lederstreifen waren mit wuchtigen Nieten verstärkt worden, und auch die Tätowierungen auf Armen, Beinen, Brust und Gesicht, die bei den Kriegern noch auszumachen waren, sagten Sam, dass diese Gruppe Goblins etwas Seltsames an sich hatte; sie wirkten kräftiger, gefährlicher.

„Diese Goblins sind nicht von hier“, flüsterte er mehr zu sich selbst denn zu den anderen. Doch seine Stimme wurde in der Höhle weit getragen, und sowohl Todd als auch Jon horchten auf. „Das sind Hammerzahn-Goblins aus Aslan!“

Als Gyor durch Sams Heiltränke so weit genesen war, dass Jon und Todd ihn auf ihre über Kreuz gegriffenen Arme setzen konnten, machten sie sich auf den Weg durch die Gänge und Höhlen, die sie zurück zu den von den Minenarbeitern gegrabenen Tunneln führten. Mit etwas Mühe gelang es ihnen, den verletzten Gyor durch das Loch im Boden in den oberen Stollen zu heben. Der hartgesottene junge Mann biss die Zähne zusammen, als sein verwundetes Bein gegen den rauen Rand des Loches stieß.

„Wenn es mehr von ihnen gibt, können die jederzeit dadurch kommen“, sinnierte Todd, während er seinen verspannten, schmerzenden Rücken durchstreckte. Sam nickte nur, suchte in seinen Taschen und zog eine weitere Rune hervor. Nachdenklich betrachtete er den runden hellen Stein mit dem seltsamen, verschlungenen Symbol.

„Was ist das?“ Jons Stimme war eher von Neugier erfüllt und zeigte weniger Furcht und Misstrauen als die Augen Todds, die offenbar immerzu missbilligend dreinblickten.

Ohne seinen Blick von der kostbaren Rune abzuwenden, erklärte Sam: „Ein Siegel. Nicht so groß und mächtig wie die bei der alten Mühle in Logar oder gar vor den Gildenburgen von Varanas, aber zumindest für einige Zeit sollte dies halten.“ *Hoffe ich zumindest*, setzte er in Gedanken nach, denn Sam war ein junger Magier, der noch in der Ausbildung war, und so hatte er das Versiegeln mit solchen Runen bisher auch nur ein einziges Mal beobachten können.

Aber das müssen sie ja nicht wissen.

Eine Stunde später, kurz bevor die Sonne unterging, verließen die vier Männer die Talgrundminen und erreichten in der hereinbrechenden Dämmerung die Siedlung. Todd ergriff sofort die Initiative und rief mit seiner tiefen, harschen Stimme Hilfe für Gyor herbei. An Sam richtete er kein Wort mehr.

Doch Jon, der neben dem jungen Zauberer zuschaute, wie Leighton und Lina sich wie Mutterhennen um Gyor kümmerten, Todd nach Alice rief – der Kundigen in der Kunst der heilenden Kräuter in der Siedlung –, und Reideen, der Trankhändler, herbeirannte, eine Anzahl Gläser, Flaschen und Phiolen im Arm, schüttelte nur den Kopf.

„Danke, Samuel!“, sagte der Junge. Mit einer entschuldigenden Geste deutete er auf die Gruppe von Pionieren, die nun den verletzten Gyor wieder sicher im Schoß ihrer Gemeinschaft wussten. „Sie sind normalerweise gastfreundlicher. Na ja, Todd vielleicht nicht.“

„Er mag keine Reisenden oder Fremden, oder?“ Sam sah zu dem bulligen Mann hinüber, der, ohne sich noch einmal umzudrehen, hinter Leighton ins Gemeindehaus trat, um dort von den Ereignissen des Tages zu berichten.

„Todd? Todd hasst jeden! Bis auf Gyor oder Leighton oder ein, zwei andere, mit denen er am Ende des Tages seine Biere trinkt.“ Dann kramte der Junge in seinen Taschen und holte eine Börse hervor, in der eine Handvoll kleiner goldfarbener Münzen klimperte. „Das ist eigentlich Gyors Geld. Er hätte heute Abend unseren Lohn auszahlen sollen.“

Jon sah zum Gemeindehaus hinüber, wo gerade die Tür geschlossen wurde. Er zuckte die Schultern; wenn sie ihn bräuchten, dann würden sie ihn schon rufen. Mit ernster Mine sah er den jungen Magier an. „Ich habe von anderen Reisenden gehört, dass es Sitte ist, für Dienste zu bezahlen.“ Er hielt Sam den Beutel hin. „Bitte, für dich!“

Sam verneigte sich, nahm den Beutel an sich und ließ den Inhalt in seine Handfläche fallen. Vier kleine, goldene Münzen zählte er heraus, dann gab er den Rest an den erstaunten Jungen zurück. Der Magier legte dem Jungen die Hand auf die Schulter. „An deiner Stelle würde ich die Lohnzahlung eher mit Gyor besprechen. Todd könnte darauf beharren, dass er meine Dienste ja ohnehin nicht wollte.“

Verschmitzt lächelnd suchte er nach einer weiteren Rune in seinem Beutel und gab sie dem jungen Burschen. „Hier, die soll dir Glück bringen. Ich habe einmal gehört, dass sie die Fähigkeiten der Konzentration erhöhen soll. Vielleicht hilft dir dies ja beim Lernen!“

Ungläubig starrte Jon auf das kostbare Geschenk. „Aber, das geht doch nicht! Ihr braucht die doch selbst!“

Sam winkte beiläufig ab. „Ich habe noch ein, zwei davon. Denk dran, junger Jon: Alles, was du lernen kannst, kann dir niemand mehr nehmen. Wissen ist ein kostbares Gut, und es erlaubt dir, Entscheidungen zu treffen, die anderen, die nur vom Strom der Zeit mitgetragen werden, verwehrt bleiben. Du hast Potenzial – nutze es!“

Der junge Bergbaulehrling starrte den nur wenige Jahre älteren Magier mit großen Augen an. War dies der Wink des Schicksals, der ihm einen Weg aus dem Bergbauhandwerk zeigte, das er gar nicht wirklich schätzte? Jon senkte den Blick.

„Aber nun sage ich Lebewohl.“ Seinen Rucksack schulternd, winkte Sam Jon zum Abschied noch einmal zu, drehte sich um und ging in die Nacht hinaus. Er war in die Region gekommen, um scheinbar zusammenhanglose Vorfälle der jüngsten Zeit mit magischen Strömungen abzugleichen; hier in den Heulenden Bergen hatten sich die Sichtungen über die laufenden Pilze gemehrt – *Fungi*, wie ein genusssüchtiger Forscher des *Auges der Weisheit* sie kategorisiert hatte –, über Keiler, deren Hauer magische Blitze aussandten, über Dämonenspinnen und aggressive Fledermäuse – und immer mehr Berichte ließen darauf schließen, dass auch diese Kreaturen magiebegabt waren.

Er schüttelte die Gedanken ab. Die nächstgrößere Siedlung war Logar. Dort würde es gewiss einen Botendienst geben, mit dem er einen Brief an den alten Ritter senden konnte. Der Magier ließ die Siedlung der Pioniere schnell hinter sich und eilte über den ausgetrampelten Wagenpfad in Richtung Logar. Die Dunkelheit der lauen Sommernacht diente ihm als sicherer Schild.

3. Gildenfürst

Lachen und Singen hallten zum Klang der Trommeln, Lauten und Flöten durch die Nacht. Das Dorf Logar war festlich geschmückt. Die Pioniere, Farmer, Bauern und Viehzüchter der Heulenden Berge hatten sich am letzten Tag des Sommers anlässlich des beginnenden Herbstes zum Dankesfest der Ernte versammelt, um Ayvenas für seine Schöpfung und die – dieses Jahr karger ausgefallene – Ernte zu danken, fürs nächste Jahr um günstige Bedingungen und für neues Wachstum zu beten und um gemeinsam zu feiern.

Bunte Wimpel aus Stoff zierten Flaggenmasten und Fensterbänke, die Mädchen und jungen Frauen hatten farbige Bänder in ihre Zöpfe geflochten, und die Männer trugen ihre besten Kleider an diesem Tag, an dem die Länge des Tages und der Nacht eins waren. Von nun an würden die Nächte wieder länger werden und die Tage kürzer.

Die Stimme einer Sängerin klang klar und laut von der alten Mühle herüber, die den Festplatz von ihrer leichten Anhöhe aus überschaute, und erfreute die klatschenden Pioniere durch eine melodische Weise im weichen Dialekt der Region.

Kinder rannten umher, mal lachend, mal zankend, junge Burschen maßen ihre Muskeln beim Ringkampf, und die Mädchen, die vorgaben, dem Imponiergehabe nicht zuzusehen, warfen ihnen mit tuschelnden Gesten und hinter vorgehaltenen Händen Blicke der Bewunderung oder Verachtung zu.

Der Duft von gewürztem Wein lag in der Luft, ebenso der vom

gerösteten Fleisch eines Ochsen, welcher sich an einem eisernen Spieß über der Glut einer mehrere Schritt durchmessenden Feuerstelle langsam drehte.

Am Vormittag waren Shareena und ihr Stiefvater über die eingezäunten Wagenpfade von der Siedlung aus mit dem alten Ochsenkarren nach Logar gefahren, begleitet von einem Tross weiterer Pioniere, die ebenfalls an dem jährlichen Fest teilnehmen wollten. Todd hatte Zimmer in der Halle von Logar angemietet, um dort übernachten und seine Verhandlungen über Erzlieferungen führen zu können. Shareenas Schwestern würden mit ihren Familien hier sein, und den einen oder anderen Augenblick würde sie mit ihren Freundinnen verbringen können. Und sie würde endlich mit Todd – wenn er gut gelaunt ob des Festes war – über ihre beabsichtigte Lehre zur Kundschafterin bei Laif Cindai sprechen.

Logar war auf dem Weg, zu einer kleinen Stadt heranzuwachsen. Eine aus Stein gemauerte Mühle sorgte ebenso für Wohlstand wie Schmieden, Handwerkerstuben und Handelsplätze. Tatsächlich hatte Varanas Logar die städtischen Rechte eines ‚Marktfleckens' verliehen, sodass hier der Handel blühte.

An den alten Steinkreisen, die schon in grauer Vorzeit für priesterliche Rituale und Deutungen der Sterne und der Sonne gedient hatten, beteten auch heute Kleriker und durchreisende Ritter.

Ailics Gemeinschaft, eine Gruppe von oftmals misstrauisch beäugten Freidenkern, Forschern und nach Glückseligkeit suchenden Zauberkundigen, die sich nach dem berühmten Magier Ailic benannt hatte, leitete hier ein bizarres Transportwesen. Vor wenigen Jahren hatten die forschenden Magier an den alten Steinquadern mit den eingeschabten Runen und Schriftzeichen ein Portal geschaffen, welches nun zahlenden Kunden erlaubte, die Mittel und Wege der Teleportation zu nutzen. Doch während die Bewohner der Siedlung nur selten durch das Portal reisten, war es doch eine willkommene Abkürzung für all jene, die sich dem Streben nach Wissen und magischer Erleuchtung verschrieben hatten wie auch für jene fremden Händler, die ihre Waren schnell transportiert wissen wollten.

An den Tischen und Ständen der Tavernen – heute hatte man diese im Freien aufgestellt, um mehr Gästen Platz zu bieten und auch wohl, um das schöne Wetter zu genießen – gab es die gleichen Gespräche, die die Pioniere seit Jahr und Tag beschäftigten: der jüngste Tratsch und Klatsch über diesen oder jenen, Gerüchte über höhere Steuern, Klagen über Gebrechen oder über Froschplagen, für deren Beseitigung man wieder Söldner und andere herumziehende Glücksritter beauftragen und teuer bezahlen musste, über die Sichtung von Goblins in den Talgrundminen oder von Kobolden, die in den versiegelten Trakten unter der Mühle von Logar angeblich ihr Unwesen trieben. Verschwörungstheorien wurden ausgetauscht, Vermutungen darüber angestellt, dass Logar auf einer alten Festung errichtet worden sei – oder auf einem heidnischen Friedhof blutrünstiger Kreaturen; die Art der Geschichten hing eben immer davon ab, wer sie wann, wo und wem zum wie vielten Mal erzählte und wie viel Bier oder Wein Erzähler und Zuhörer bereits getrunken hatten.

Diejenigen, die sich solchen Geschichten nicht hingaben, freuten sich über das Treffen mit Freunden, über gemeinsames Essen und Gesänge oder das Tanzen eines Reigens, der die Fruchtbarkeit des Bodens im kommenden Jahr ebenso fördern sollte wie die der weiblichen Leiber.

Gyor, der nach dem Angriff vor einigen Wochen wieder genesen war, bewegte sich leicht im Takt der Musik des drahtigen Trommlers, der zu Füßen der langsam in die Jahre kommenden Sängerin saß und voller Inbrunst mit seinen Handflächen das Fell seines

Instruments bearbeitete. Angeregt unterhielt er sich mit einer der schöneren jungen Frauen aus Logar.

Leidenschaftlich und gefühlvoll erklang die Zeile *„tha gràdh agam ortsa"*, die Worte einer verzweifelten Frau an ihren in den Krieg ziehenden Mann. Lina stand wie immer nur wenige Schritte von ihm entfernt und summte die Liebeserklärung mit. Doch Gyor bemerkte dies ebenso wenig wie ihr Gesicht, das immer trauriger wurde. Das junge Mädchen kämpfte gegen die Tränen ihres Liebeskummers an und wollte sich gerade abwenden, als Shareena und Sybilla sie fanden und zu sich herüberwinkten.

Lina schluckte ihre Pein herunter und drängte sich vom Platz der Musikanten fort, um zu ihren beiden Freundinnen zu kommen.

„Gyor ist ein Trampel!", begrüßte das blond gelockte Mädchen die beiden anderen. Shareena und Sybilla blickten einander wissend an.

„Hast du es ihm gesagt?", fragte Sybilla und wusste die Antwort bereits, bevor Lina etwas erwidern konnte. War Sybilla burschikos und direkt in ihrer Sprache, war Lina schüchtern und zurückhaltend, immer darauf wartend, dass ihr Angebeteter doch ihre so offensichtlichen Gefühle endlich erkennen mochte. Lina senkte die Augen. Sybilla schüttelte verdrossen ihre schwarzbraunen Locken und zog maßregelnd eine ihrer geschwungenen Augenbrauen hoch. „Lina! Bitte sag mir nicht, dass du ihm nicht zu verstehen gegeben hast, was du willst, nachdem du Alice und Tante Helen die ganzen letzten Wochen bei der Pflege seiner Verletzungen geholfen hast?!"

Lina blickte zu Boden. „Ich habe ‚Hallo' gesagt."

Shareena versuchte, nicht laut aufzulachen. „Und?"

„Wie – und?"

„*Und*, was hat er gesagt, Lina?" Sybilla tippte ungeduldig mit dem Fuß auf. Sybilla war als einziges Mädchen unter sechs Brüdern aufgewachsen und hatte früh lernen müssen, sich gegen die rauen Burschen durchzusetzen. Müßiggang und Unentschlossenheit waren der Köhlerstochter ein Gräuel, hatte sie doch früh gelernt, Initiative zu ergreifen. Sie war eine Außenseiterin; der Geruch von Asche und Kohle war den meisten zuwider, obgleich sie selbst diesen gar nicht an sich hatte, wohnte sie doch die meiste Zeit auf dem Hof von Helen. Ihren Vater sah sie nur ein-, zweimal die Woche, und auch hier auf dem Fest suchte er lieber die Gesellschaft der anderen Männer, um sich mit ihnen zu betrinken, anstatt die Zeit mit seiner Tochter zu verbringen.

„‚Hallo' …", flüsterte Lina leise und gequält. Sybilla warf die Arme in die Höhe, drehte sich brüsk um und schritt entschlossen auf Gyor und seine Gesprächspartnerin zu, die ihn gerade zum wiederholten Male wie zufällig am Arm berührte. Panik befiel Lina und sie rannte ihr hinterher. „Sybilla! Stopp! Was hast du vor?"

Ohne stehen zu bleiben rief Sybilla über die Schulter: „Dem Elend ein Ende bereiten. Ich sage dem ‚Trampel', dass du hoffnungslos und abgöttisch in ihn verliebt bist und er dich endlich fragen soll, ob du nicht seine Frau werden willst!"

Blut schoss dem jüngeren Mädchen ins Gesicht. Sie blieb wie angewurzelt stehen, als würden ihre Beine ihr den Dienst versagen. „Bitte nicht!"

Doch schon hatte Sybilla den blonden Mann erreicht, der verlegen seine Tunika zurechtrückte, nachdem die rothaarige Schönheit aus Logar ihm keck etwas ins Ohr geflüstert hatte. Noch bevor das etwas zu laute und zu spontane Lachen der jungen Frau verklungen war, schob sich Sybilla dazwischen. Sie bedachte sie mit einem kühlen Lächeln, während sie ihn mit einem freudigen Augenschlag begrüßte und dabei die Rothaarige abdrängte, indem sie ihr den Rücken zuwendete und sich bei Gyor einhakte.

„Was macht das Bein, Gyor? Wir waren ja alle so in Sorge um dich, und wir …“ Sie drehte ihn wie zufällig in die Richtung der beiden Mädchen. „Ach schau, da sind ja auch Lina und Shareena!“

Mit sanftem Druck schob sie ihn in Richtung Shareenas und Linas. Als Gyor den beiden zuwinkte, drehte Sybilla sich zu der Rothaarigen um, die sie böse anfunkelte und gerade zu einem lautstarken Protest ansetzen wollte. Doch Sybilla kam ihr zuvor und zischte: „Mach dich nicht unglücklich, Liebes. Der hier ist schon versprochen!“

Die Rothaarige starrte sie nur ungläubig an, drehte sich auf dem Absatz um und begab sich auf die Suche nach einem anderen heiratsfähigen Opfer, nach dem sie ihre Köder auswerfen konnte.

Sybilla schüttelte den Kopf und grinste frech. „Das war viel zu leicht!“ Lachend eilte sie zu ihren Freundinnen zurück.

Brian Galart zügelte seinen Schimmel. Im Gegensatz zu den massigen und plumpen Schlachtrössern, die viele der kämpferischen Glücksritter, Haudegen, Raufbolde und Abenteurer bevorzugten, hatte er Gefallen an den speziellen Züchtungen gefunden, die sich ideal für Wettkämpfe bei Pferderennen einsetzen ließen. Von ausgewählten Händlern hatte er für teures Geld und oftmals auch für glitzernde Diamanten stolze Rennpferde züchten lassen. So manches seiner Tiere hatte ihm bei den mit den Rennen verbundenen Wetten einen profitablen Gewinn eingebracht. Die Stute hatte ihre besten Jahre als Rennpferd hinter sich, doch als Reitpferd war sie noch immer ganz passabel und brachte ihn sicher zu seinen Geschäftsterminen im Land.

Der Händler aus Varanas reiste zwar nur ungern zu solch bäuerlichen Festen wie dem Logarer Erntedank von Silberquell in die Heulenden Berge, aber ab und an war es notwendig, mit den Pionieren in dieser lukrativen Region neu zu verhandeln.

Zumindest bot Logar einen moderaten Luxus: Es gab Heiler, aus Stein gemauerte Wirtshäuser, Schmieden, einen gut ausgestatteten Marktflecken und sogar saubere Unterkünfte, die es einem Mann von Rang gestatteten, zumindest halbwegs angemessen dort unterzukommen.

Während seine purpurne und mit Silberbrokat abgesetzte Garderobe in einer der Pioniersiedlungen als zu sauber, zu farbenfroh und zu kostspielig empfunden worden wäre, gab es in Logar zumindest schon den ein oder anderen wohlhabenden Händler, der es ihm erlaubte, nicht allzu sehr als „einer der reichen Gildenfürsten aus Varanas“ aufzufallen.

Galart, am Ende seiner vierten Lebensdekade, strich sich über seinen sorgsam getrimmten Oberlippenbart. Ganz so reich und mächtig, wie er gerne gewesen wäre, war er noch nicht. Aber dies würde sich durch geschickte Verhandlungen in naher Zukunft ändern. Er überprüfte den Sitz seiner Kleidung, kontrollierte mit dem kleinen Spiegel, der in die Armmanschette seines Reithandschuhs eingelassen worden war, den Sitz seiner zu früh ergrauten, schulterlangen Haare, die er mit duftenden Ölen glättete, und setzte probehalber ein fröhliches, einladendes Lächeln auf. Seine Augen jedoch blieben kalt, immer berechnend und lauernd.

„Lächle, Alexander. Das sind wackere Bürger, ehrbare Pioniere“, spottete Galart mit seiner leisen, monotonen und nasalen Stimme und sah zu seinem Neffen herüber, der gerade seinen zwanzigsten Geburtstag feiern durfte.

Alexander wurde zielgerichtet in Brian Galarts Handelsgeschäfte integriert, da er die notwendigen Eigenschaften für das Leben eines Händlers in Varanas mitbrachte: Gier und Ehrgeiz. Außerdem vermochte er es, gut mit der Klinge umzugehen und war somit der ideale Begleitschutz bei den Reisen in die mehr unzivilisierten Regionen Candaras.

„Tumbe Bauern“, brummte der jüngere Mann verdrossen und schnupperte angewidert an der Achsel seiner blaugefärbten Lederweste. „Seit zwei Tagen im Sattel und ich stinke wie eines von diesen fettbeinigen Bauernmädchen mit ihren derben Händen, die von der Feldarbeit rau und klobig geworden sind.“

Brian Galart zügelte sein Pferd und griff in die Trense von Alexanders Reittier. „Und ich sagte: Lächle! Das hier ist geschäftlich. Zeige ihnen Respekt, und du kannst handeln – zeige dich respektlos und die Preise sind schlecht!“

Widerstrebend zeigte Alexander ein kaltes, erzwungenes Lächeln. Galart betrachtete ihn mit seiner spähenden Art, dann zuckten seine Mundwinkel einen Moment lang zu einer Parodie eines Lächelns hoch. „Abgesehen davon, es gibt schon die ein oder andere unter den Mädchen, die deinen Geschmack treffen dürfte. Ein paar gute Jahre haben selbst sie, bevor sie wie der lebende Tod dreinblicken!“ Er gab seinem Pferd die Sporen, ließ seinen Neffen stehen und ritt weiter.

„Wir werden sehen“, murmelte Alexander und trieb sein Pferd ebenfalls an, um zu seinem Onkel aufzuschließen.

Kaum hatten sie die nächste Wegbiegung passiert, hörten sie auch schon das Spiel der Musikanten, Lachen und Rufen, dann sahen sie durch die Bäume die Mühle von Logar, deren Flügel sich sanft im Wind drehten.

„*Lächle!*“, zischte Brian Galart nochmals, diesmal grimmig und befehlsgewohnt, und Seite an Seite ritten sie in das vom Festtagstrubel erfüllte Dorf ein. Sie passierten die Weiden, wo die angereisten Siedler ihre Wagen abgestellt hatten und eine Koppel für die Pferde und Ochsen abgetrennt worden war. Ein paar Jungen schoben hier missmutig Dienst und bewachten die Tiere, denn es wäre nicht das erste Mal, dass ein Bär oder gar einer der ochsengroßen Feuerkäfer versuchen würde, hier eine leichte Beute zu finden.

Am Steinkreis hinter der Mühle hielt der örtliche Priester ein runenbesetztes Amulett hoch und sprach seinen Erntesegen für das kommende Jahr aus. Lichter tanzten um das magische Artefakt, und ein Raunen ging durch die Menge.

Ein Diener des Priesters zeigte der Menge einen Spaten, der mit Ästen und Früchten verziert worden war, und hob einen Stich tief die Erde aus. Begleitet von den traditionellen Beschwörungen legte er das Kleinod in den Boden, und ein farbenfroher Lichterregen setzte in der hereinbrechenden Dunkelheit ein; Ayvenas war nun gebührend gehuldigt worden.

„Mummenschanz …“, flüsterte Galart seinem staunenden Neffen zu. Alexander blickte den älteren Mann fragend an. „Viel Lichtzauber und keine wirksamen Runen. Die Ernte im nächsten Jahr ist so ungewiss wie ohne die Beschwörung des Priesters. Aber es hält die Bauern bei der Stange.“

Alexander nickte und sah sich nach einem der Jungen von der Pferdekoppel um. Die beiden gut gekleideten Männer erregten sogleich die Aufmerksamkeit der Jungen, und Galart wies Alexander an, eine gute Belohnung für die Pflege ihrer Tiere zu geben. Indem er den Stallburschen eine großzügige Summe im Voraus gab, war auch sicher, dass bald das ganze Dorf wissen würde, dass Brian Galart aus Varanas in Logar eingetroffen war. Die Verhandlungen konnten beginnen.

Lina hatte Gyor nur stillschweigend angehimmelt, während Sybilla immer offensiver versuchte, den jungen *Leutnant* der Minenarbeiter über seine Tätigkeit und natürlich über den Vorfall mit den Goblins auszuhorchen, wobei sie immer wieder bemerkte, wie sehr Lina ihn doch gepflegt hatte, um ihr die Möglichkeit zu geben, endlich etwas zu sagen.

Gyor blieb resistent – Shareena hatte schon spitzzüngig bemerkt, dass er zu viel Zeit mit den Felsen in den Minen verbracht hatte –, fühlte sich aber zunehmend in dem Rudel junger Frauen unwohl, die ihn wie junge Silberwölfe umringten. Gerade als Sybilla einen letzten Versuch unternehmen wollte, Linas besondere Pflege herauszustellen, baute sich ein großer Schatten hinter Gyor auf. Ein leicht angetrunkener Victor legte seinen Arm um Gyors Hals und grinste die Mädchen frech an. Dann wandte er sich an Gyor und raunte mit verschwörerischer Stimme: „Na, mein Freund, soll ich dich vor diesen Raubtieren retten?"

Fragend blickte Gyor zu Victor, verstand er doch nicht, wie sehr ihn wenigstens eine der jungen Damen als Beute auserwählt hatte. Sybilla blickte schulterzuckend zu Lina, die die Lippen zu einem Schmollmund verzog. Auch wenn sie kein Wort herausgebracht hatte, so schätzte sie doch sehr die Nähe des jungen Mannes und befürchtete nun, Victor würde ihn ihr wieder entführen.

„Du Scheusal!", beantwortete Shareena mit gekünstelter Erbostheit als Erste das Eindringen ihres Bruders in die Runde und gab ihm den obligatorischen Hieb auf den Oberarm. Victor rieb sich lachend den Arm und hob in einer ermahnenden Geste einen Finger seiner Rechten. „Vorsichtig, junge Dame. Du hast die Hand gegen einen Feldwebel der Garnisonstruppen von Varanas erhoben!"

Stolz streckte er die Brust heraus und deutete auf die Rangabzeichen an seiner Schulter. „Beförderung!"

Grinsend wandte er sich um, aber statt Gyor von hier fortzubringen, schob Victor ihn näher zu Lina und flüsterte seinem Freund ins Ohr: „Gyor, sei so gut und eskortiere Lina doch zu ihrem Vater. Leighton und Todd haben hohen Besuch aus Varanas."

Gyor nickte stumm, hob die Hand, um sich von Sybilla und Shareena zu verabschieden, und schweigend ging das ungleiche Paar davon. Victor und die beiden Mädchen sahen ihnen nach.

„Jede Wette, dass die beiden nicht ein Wort miteinander reden“, brummte der Soldat und verdrehte die Augen. Ein schelmisches Grinsen stahl sich auf seine Züge. „Und jede Wette, dass sie ewig brauchen, um Leighton zu finden. Sie haben gar nicht gefragt, *wo* Linas Vater ist.“

Sybilla und Shareena blickten ihn fragend an. „Wer ist denn überhaupt bei Todd und Leigthon?“

„Einer dieser Händler aus Varanas“, sagte er abwesend und winkte Onkel Kaga zu, der gerade mit einem der durchreisenden Kämpfer über die Preise seiner Rüstungen verhandelte. In den Heulenden Bergen war der alte Schmied der begehrteste Ansprechpartner, wenn es darum ging, Rüstungen anzufertigen.

‚Onkel‘ Kaga, wie er gemeinhin nur genannt wurde, behauptete zudem auch immer steif und fest, dass es einem Kämpfer besondere Macht verleihe, wenn er Runen der Macht in die Teile der Panzerung einarbeiten ließ. Er sagte auch, dass es sogar ganze Rüstungen gab, deren Magie als eine sich verstärkende Einheit funktionierte. Letzteres hielt Victor jedoch nur für ein Verkaufsargument, das es dem Alten erlaubte, mehr von seiner Handwerkskunst an den Mann zu bringen.

Die beiden Mädchen bohrten weiter nach dem Gast aus Varanas nach, doch Victor zeigte nicht viel Interesse an dem Thema und nahm einen tiefen Schluck, um den letzten Rest zu leeren. „Heh, Reena, hol mir mal einen neuen Krug!“

Shareena funkelte ihren Bruder böse an. „Hol ihn dir selbst, du versoffener Raufbold! Ich bin nicht deine Dienerin.“

Mit gespielt gekränkter Mine griff er sich an die Brust, schaute zu Sybilla herüber und blickte sie mit flehenden Augen an. „Oh, Sybilla, hast du gehört, was meine einzige Schwester gesagt hat? Mein eigen Fleisch und Blut?“

„Tragisch“, kommentierte die Angesprochene mit geschürzten

Lippen. „Abgesehen davon, du hast noch drei weitere Schwestern!“

„Oh, *die!*“ Feixend hob Victor die Hand und begann umständlich seine Finger abzuzählen. Schmunzelnd gab Sybilla nach und griff nach dem leeren Krug. „Schon gut, schon gut. Aber lauf mir nicht weg. Das kostet dich mindestens einen Tanz, mein Großer!“

Mit schwingendem Becken – noch etwas zu eingeübt, um jene Natürlichkeit zu haben, wie es Frauen konnten, die ... *erfahrener* waren – eilte Sybilla davon, und Victor starrte ihr offen auf das Hinterteil. „Sie wird langsam erwachsen“, bemerkte er lallend und laut genug, damit es Sybilla noch hören konnte. Das Kompliment ließ ihr die Röte ins Gesicht schießen.

Kaum war sie außer Reichweite, legte er das betrunkene Gehabe ab und fixierte Shareena mit klarem Blick. „Todd verhandelt über deine Mitgift, Reena. Er will dich verheiraten!“

Shareena blieb wie angewurzelt stehen. „Was?!“

Der Boden schien ihr unter den Füßen zu entgleiten. *Mitgift! Verheiraten! Du hättest früher mit ihm reden sollen, ihm früher sagen sollen, dass du zu Laif willst!*

„Wer? Wen?“ Ihre Stimme brach, und sie fühlte sich wie ein Stück Vieh, das verkauft werden sollte. *Wohl kaum,* keckerte eine gemeine Stimme in ihrem Hinterkopf. *Immerhin zahlt Todd dafür, dass er dich endlich los wird, du Träumerin.* Die Mitgift war jene Summe, die die Familie der Braut an einen Bräutigam bezahlte, um einer Tochter, die oftmals einen geringeren Status hatte als die männlichen Kinder, einen angemessenen Gemahl zu sichern und sie vor einem Leben in Armut zu bewahren. *Zumindest eine Zeit lang.*

Victor blickte zu Boden. „Ich weiß es nicht, aber ich denke, dass es einer der beiden Gäste aus Varanas sein wird.“

„Varanas?“ Ihre Stimme klang abwesend. Sie griff sich an die Schläfen. „Was soll ich in Varanas?“

Victor legte seinen Arm um die Schultern seiner Schwester. „Reena. Du wusstest, dass dieser Tag kommen würde, Kleines. Eines Tages würdest du dich vermählen lassen müssen!“

Sie hielt den Kopf gesenkt und massierte sich die Schläfen. „Das ist nicht richtig!“ Ihre Stimme war nur noch ein Flüstern.

Zornig.

Verzweifelt.

Eine Gruppe gerüsteter und wild gekleideter Kämpfer ging lachend und lärmend an ihnen vorbei. Unter ihnen war eine Frau, die ebenfalls geschuppte Platten auf ihren Schultern und Oberschenkeln trug. Ein lederner Harnisch schützte ihre Brust, und ein als Rock herunterhängendes Lendentuch gab einen guten Blick auf ihre nackten Beine preis. Ihr Dekolleté zeigte ebenfalls mehr als es verhüllte, und es schien Shareena, als hätte die junge Kämpferin nicht nur ihr Schamgefühl abgelegt, sondern sie schien die bewundernden Blicke der Männer geradezu zu genießen – und manchmal auch die einiger Frauen.

Dies war eine Freizügigkeit, eine Freiheit der Gedanken, die in ihrer eigenen Welt nicht existierte. In Shareenas Welt gab es schlichte Stoffe als Kleider, muffige Säcke, die verhüllten, Hauben, die die Haare verdeckten. Es gab Bestimmungen, Regeln und Gesetze, die nicht nur vom Lebensalltag der Pioniere bestimmt wurden, sondern auch von den religiösen Dogmen der Gruppe, der sie zugehörten. *Eine Welt, der ich zugehören muss.* Verbitterung, wohlgenährt im Laufe ihrer frühen Jahre, brach durch, und Shareena sah nicht mehr das fröhliche Treiben um sich herum, sondern starrte nur auf einen unbestimmten Punkt vor sich, gab sich der Flucht in die Welt ihrer Gedanken hin. „Warum kann sie wählen, was sie will? Warum ich nicht? *Ich* habe doch auch Pläne!“

„Das bist du nicht, Reena“, sagte er leise und mit einer Sanftheit in der Stimme, die sie nicht oft von ihm zu hören bekommen hatte. Todd bezeichnete diese Glückritterinnen als schamlose, unkeusche Huren. Den Wunsch, in die Welt hinauszuziehen, sah er als sinnlose Fantasterei an, und er wurde nicht müde, immer wieder kundzutun, dass man Frauen, die Hosen trugen, auspeitschen sollte – ein Prozedere, das auch vielerorts in den kleinen Kirchen praktiziert wurde.

Zum Glück war Victor anders, wenn auch nicht in dem Maße wie Shareena, hatte er immer davon gesprochen, *mehr* aus seinem Leben zu machen. Der Tag, an dem er Todd mitgeteilt hatte, dass er nach Varanas gehen würde, um Soldat zu werden, hatte in einer Prügelei geendet, und die beiden hatten im ersten Jahr von Victors Soldatenleben kein Wort mehr miteinander gesprochen.

Shareena schaute einer weiteren Ansammlung von fremdländisch gekleideten Glücksrittern zu, die offenbar in Verhandlungen versunken waren; die in lange, edle Roben gewandete Heilerin nickte, nahm ihren Beutel auf und folgte den drei Schwertträgern, die in Richtung der Mühle von Logar deuteten. „Sie sehen alle so frei aus, Victor.“

Der junge Soldat blickte den vier Abenteurern hinterher. „Diese Art Glücksritter lebt ein unstetes Leben, Reena. Mieses Essen, raues Wetter, immer auf der Wanderschaft, immer auf der Suche nach neuen Aufträgen, die genug Geld in die Börse bringen, um die nächsten Tage zu überleben. Nur wenige schaffen es zu einem eigenen Anwesen, eigenem Grund und Boden, oder zur Aufnahme in einer der Gilden, die ihnen weiteren Wohlstand und ein gewisses Maß an Sicherheit bieten.“

„Und doch, Victor, sie sehen zufrieden aus.“ Shareena blickte den Abenteurern, Draufgängern und Glücksrittern hinterher, bis sie in der Menge verschwunden waren.

„Ja, und viele *sterben* mit jenem zufriedenen Ausdruck auf dem Gesicht, Reena. Unvorbereitet, unwissend und viel zu naiv gehen sie in den Tod. Viele von ihnen treffen die falschen Entscheidungen und sind zum Scheitern verurteilt."

„Hmm, komische Aussage von jemandem, der ausgezogen ist, um Soldat zu werden. Du blickst dem Tod doch auch ins Gesicht, wenn der Rat sagt, dass du kämpfen musst." Shareena verzog das Gesicht. Victor wollte gerade zu einer Entgegnung ansetzen, als Sybilla mit drei Krügen zurückkehrte. „Ein Bier für unseren tapferen Krieger und Apfelwein für …"

Sybilla hielt inne. „Was ist los?", fragte sie, und Shareena berichtete ihrer Freundin unter Tränen, was Victor ihr über Todds Pläne berichtet hatte, während langsam die Dunkelheit hereinbrach.

Die Männer in der Großen Halle von Logar stießen so kräftig an, dass die Krüge überschwappten. Todd leerte seinen Becher mit einem Zug. Die Tradition des Anstoßens war vor wenigen Dekaden aufgekommen, nachdem es Konflikte unter den Gildenfürsten von Varanas gegeben hatte und zwei Vertreter durch Gift getötet worden waren. Das Anstoßen, bei dem das Gift aus dem Getränk in den Becher des Vergifters hätte gelangen können, sollte dies verhindern. Schnell war es zu einer neuen Sitte geworden, die mittlerweile im ganzen Land ausgeübt wurde. Vermutlich wussten bereits jetzt schon viele nicht mehr, was der wahre Grund für das Aufkommen dieser Sitte gewesen war.

Leighton nickte zustimmend, als Todd und Brian Galart von Varanas ihren Handel besiegelten. „Das ist eine Menge Erz, die Ihr in den nächsten Monaten bekommen werdet. Feinstes Zinn aus der Region! Das wird die Edlen und wohlhabenden Händler von Varanas erfreuen."

Galart lächelte. „In der Tat. Doch diesmal ist es nicht für Trinkbecher und Teller gedacht, sondern für die Gilde der Baumeister und Stadtplaner. Auch wir haben Verwendung für feine Verzierungen und Ausschmückungen. Varanas soll das glänzende Juwel Candaras werden!"

Eine Schankmaid tauschte die Krüge aus. Die Männer nahmen die üppig eingeschenkten Tonbecher von dem alten, abgewetzten Tisch der Taverne.

„Auf Varanas, das Juwel Candaras!" Todd erhob seinen Becher erneut, und die drei übrigen Männer, Leighton, Galart und sein Neffe Alexander, wiederholten den Trinkspruch. Vertraulich legte er Galart die Hand auf die Schulter. Der reiche Händler zuckte ob der unangenehmen Berührung, sagte jedoch nichts.

„Und Ihr werdet sehen, Brian, dass Ihr mit meiner Shareena einen guten Fang gemacht habt. Sie ist kräftig, kann Euch gewiss mehrere Söhne schenken, die den Namen Eures Hauses weitertragen, und sie kann auch den Haushalt führen, wenn es erforderlich sein wird."

Alexander beugte sich zu Leighton herüber. „Und der alte Fuchs hat seine Tochter ohne eine *echte* Mitgift verhökern können." Das Arrangement zwischen Todd und Galart sah vor, dass der Händlerfürst eine nicht unbeträchtliche Lieferung an Roherzen erhalten würde. Todds Geschäftssinn war unter den Pionieren geschätzt und gefürchtet zugleich. Er hatte Galart – anstelle einer in harter Münze auszuzahlenden Summe für den Bräutigam – kurzerhand die exklusiven Vorkaufsrechte eingeräumt, und die Kontrolle über Zinn aus den Heulenden Bergen würde nun über das Kontor Galarts verlaufen.

Brian Galart lächelte zufrieden, und Leighton musste an die zufrieden dreinblickende Katze seiner Tochter Lina denken, wenn diese eine Maus erlegt und nach grausamem Spiel endlich verspeist hatte.

„Nun, ich denke, die Braut sollte Ihren künftigen Gemahl kennenlernen?“, schlug Leighton vor und gab Todd einen Wink, dass dies ein angemessener Zug sein würde. Der bullige Mann dachte einen Moment mit glasigem Blick lang nach, nickte dann und winkte Galart mit sich. „Ihr werdet nicht enttäuscht sein. Und sie ist jungfräulichen Fleisches, was Ihr gewiss schätzen werdet!“

„Gewiss …“ Galart behielt seine neutrale Miene. Körperliche Nähe war ihm ein Gräuel, und die bevorstehende *Züchtung* eines Erben eine unangenehme Notwendigkeit. Die Männer verließen die Taverne und schlenderten über die Hauptstraße von Logar. Kerzen und Fackeln leuchteten vor dem immer dunkler werdenden Blau des Abendhimmels.

Todd führte Galart an den Marktständen vorbei und scherzte kurz mit den Händlern, Bauern und Handwerkern, die sie passierten. Kochmeister Gil winkte sie herüber, gab seinem Lehrling einen Klaps auf den Hinterkopf und scheuchte ihn zu einem der Alchemisten am Nachbarstand hinüber, der Extrakte, Säfte, Pulver und Tränke anbot. Galart und Alexander nickten anerkennend, als Gil mit großen Gesten die Kräuter, die sein Lehrling geschwind herbeigeschafft hatte, mit spitzen Fingern aufnahm und in einem Bogen über dem Fleisch auf dem Grillrost verteilte. Einen Herzschlag später war die Luft von dem verlockenden Geruch nach Grillfleisch und Gewürzen geschwängert.

„Der Trick ist, die Nase der Leute anzusprechen“, lachte Gil, hielt den Männern eine Handvoll Spieße hin und bedeutete ihnen, an einem der Tische Platz zu nehmen, wo Wein und Bier in Krügen bereitstanden. Galart versuchte, den heißen Spieß anzufassen, pustete mehrmals und wechselte zwei-, dreimal die Hand, um sich nicht zu verbrennen.

Gil hob drohend den Zeigefinger: „Na, na! Wer nicht heiß

anfassen kann …" Todd schüttelte langsam den Kopf, und Gil runzelte die Stirn. Den Rest des Sprichwortes – „… der kann auch nicht heiß lieben!" – schluckte er herunter. Stattdessen reichte er dem Händler ein Tuch, damit der das metallene Ende des Spießes festhalten konnte.

Alexander schmunzelte und biss herzhaft von dem Fleisch ab. Schmatzend und anerkennend nickte er Gil zu, der es genoss, die Anerkennung für seine Kochkünste zu ernten. Auch Galart nickte. „Es ist frischer als in Varanas."

Alexander lachte und nickte in Richtung zweier junger Mädchen und eines Soldaten in der Uniform aus Varanas. „Da kommt noch was Frisches." Sein Blick heftete sich gleich auf Sybilla. Leighton musterte ihn mit gerunzelter Stirn. Alexander beugte sich zu ihm und fragte: „Wer ist ihr Vater oder Vormund?"

Leighton erklärte ihm kühl, dass das Frederick, der Köhler sei, und winkte unbestimmt in Richtung einer der Trinkbuden. „Entschuldigt mich, meine Herren. Ich muss einen väterlichen Blick auf meine eigene Tochter werfen!"

Die Männer erhoben sich. Der Anführer der Pioniere nickte den beiden Mädchen und Victor mitfühlend zu und ging zum großen Feuer, wo er Lina mit Gyor stehen sah.

Victor und Todd musterten sich, brachten jedoch nicht mehr als ein Nicken zustande. Shareenas Stiefvater musterte das Mädchen, welches mit verschränkten Armen vor dem etwa zwanzig Jahre älteren Mann stand, auf den Todd mit ausgestreckter Hand zeigte.

„Shareena! Freue dich, Kind, denn das hier wird dein zukünftiger Gemahl sein. Brian Galart aus Varanas, seines Zeichens Führer eines bedeutenden Handelskontors und Sprecher der Gilde der Baumeister!"

Shareena hielt den Atem an. Wie versteinert stand sie vor dem Mann, der sie betrachtete wie eine Ware, die er auf dem Markt zu erstehen gedachte. Sie wurde nicht einmal gefragt, ob sie diesen Mann heiraten wollte!

„Hübsch“, sagte Galart zu Todd, als sei sie nicht da. „Sehr hübsch!“ Er schritt um sie herum und inspizierte ihr geflochtenes Haar, die Kurven ihres Beckens, die Länge ihrer Beine. *Ihr Aussehen wird den ‚Vorgang‘ zumindest erträglich machen.*

Victor betrachtete das Treiben stumm. Die Zornesröte stieg ihm ins Gesicht, und er blickte Todd fragend an, forderte ihn auf, dem entwürdigenden Verhalten Einhalt zu gebieten. Doch Todd stocherte nur mit den Fingern in den Zähnen herum und warf Victor einen kalten, warnenden Blick zu.

Victor trat vor und legte Galart die Hand auf die Schulter. „Ihr werdet verstehen, dass ich es nicht mag, wenn Ihr meine Schwester so abwägt!“, zischte er mit Zorn in der Stimme. Galart sah nicht zu ihm hin, verzog nur leicht die Brauen ob dieser Belästigung und gab Alexander mit der Rechten ein Zeichen.

Einen Herzschlag später fühlte Victor, wie Alexander hinter ihn trat und ihm so, dass die anderen es nicht sehen konnten, einen Dolch an die Nieren hielt. „Und Ihr werdet verstehen, dass *ich* nicht zulassen kann, dass Ihr Hand an meinen Onkel legt!“

Victor knurrte leise und spannte seine Muskeln an.

Shareena fuhr herum. „Hört auf, über mich zu sprechen, als sei ich nicht da!“ Wütend funkelte sie die Männer an. „Ich will Euch nicht, Brian Galart! Ich will eine Kundschaf…“

Weiter kam sie nicht. Todd hatte ihr einen Schlag mit der flachen Hand ins Gesicht versetzt und knurrte: „Wage es nie wieder, deinem künftigen Gemahl im Beisein anderer zu widersprechen, Shareena! Oder mir! Lerne endlich deinen Platz kennen, Weib!“

Victor brüllte auf, riss sich los und bewegte sich schnell auf Todd zu. „Niemand schlägt meine Schwester!“

Seine Faust traf den Minenarbeiter am Kinn, doch Todd

schwankte nur ein wenig, schüttelte den Kopf und fing den nächsten Hieb ab. Mit brachialer Kraft hielt Todd Victor am Arm und schob ihn beiseite. Die beiden Männer rangen einen Moment lang schnaufend miteinander.

„Hört auf!“ Shareena war entsetzt, und auch Sybilla blickte hilflos zu den aufgebrachten Männern. Andere Gäste, die glaubten, dass zwei Betrunkene sich eine Schlägerei lieferten, eilten herbei und begannen zu gaffen.

Galart bedeutete Alexander, dass er dem Treiben ein Ende setzen sollte. Der junge Schwertträger des Händlerfürsten trat drohend näher an die beiden Ringenden heran, die Rechte am Griff seines Schwertes.

„Shareena ist mein Mündel, Victor! Akzeptiert es endlich“, ermahnte Todd seinen Stiefsohn und stieß den jungen Mann zurück. Alexander stoppte, als er sah, dass die beiden Streithähne Abstand zueinander hielten.

„Du *verkaufst* sie! Du *verkaufst* meine Schwester!“ Victor war außer sich vor Zorn.

Todd fasste sich an die Stirn. „Denk nach, Victor, denk nach! Was soll aus Shareena werden, wenn ich nicht mehr bin, eh?! Ihre Schwestern sind vermählt. Deren Männer werden keine alte Jungfer im Haus haben wollen, kein weiteres Maul, das es mit durchzufüttern gilt. Oder willst du sie aufnehmen? Ganz bestimmt willst du das! Doch was, wenn der Rat dich und deine Männer in den Krieg schickt? Was, wenn du fällst? Und der Krieg wird dich früher oder später erwarten, *Soldat*!“

Mit ausgestrecktem Finger zeigte Todd auf Victors Wappenrock. Dieser ballte die Fäuste, doch er schwieg, ließ seinen Stiefvater nicht aus den Augen und fragte sich zugleich mit Beschämung, ob Todd nicht recht hatte. „Shareena hat ein besseres Leben vor sich als ihre drei Schwestern zusammen. Denk nach,

Victor. Varanas! Die Gemahlin eines aufstrebenden Kaufmanns und Gildensprechers, eines Händlerfürsten, der das Ohr des Rates hat."

Victor hielt inne. Shareena *war* Todds Mündel. Das Recht sagte, dass Todd entschied, was aus ihrem Leben werden würde, und die Frau eines reichen Händlers zu werden, mochte nicht das schlimmste Schicksal sein, das ein Mädchen aus einfachen Verhältnissen zu erwarten hatte.

„Victor! Brian Galart ist ein ehrbarer Mann. Und Shareenas Leben wird geregelt sein. Ein stattliches Haus. Diener. Sie bereitet ihm ein Heim auf seinem Anwesen, richtet es mit Möbeln ein, schenkt ihm Kinder, wie es das Schicksal vieler Frauen ist. Ein gutes Leben weitab von Krieg und Hunger und Krankheit. Ein Leben am Herd, mit Kindern, Tempelgängen."

Fassungslos starrte Shareena auf ihren Stiefvater und Victor. *Herd, Kinder, Tempel ...*

„Nein!"

Todd blickte sie drohend von der Seite her an. „Ein letztes Mal, Shareena. Diene deinem Gatten und widersprich ihm nicht im Beisein anderer Männer!"

„Ich bin keine Milchkuh!", schrie Shareena aufgebracht und fegte mit ihrer Hand einen der tönernen Krüge von dem Holztisch, auf dem die Männer ihre Biere abgestellt hatten. „Und ich werde auch nie eine werden!"

Todd brüllte auf, schüttelte Victors Hand fort, die ihn an der Schulter zu fassen versuchte, und stürmte auf seine Stieftochter zu. Doch Galart und Alexander fingen den wütenden Mann ab, bevor er das Mädchen erreichen konnte.

Angst stand in Shareenas Augen. Mit zitternden Händen berührte sie ihre Lippen, die Tränen über ihre Wangen strömend. „Ich wollte hier mit dir reden", wimmerte sie leise, während Sybilla sanft ihre Hände um sie legte. „Ich wollte dir sagen, dass Laif Cindai bereit wäre, mich als Kundschafterin auszubilden!“

Sie sah die Männer an, die ihr noch immer nicht zuhörten, blickte zu Sybilla, die sie ungläubig anstarrte, als sie nun ihren heimlichen Traum, den Wunsch ihres jungen Lebens vernahm. Shareena schloss einen Moment lang die Augen, dann befreite sie sich aus Sybillas Armen und rannte davon.

Galart wollte protestieren, doch Sybilla knickste kurz und entschuldigte sich, „Ich gehe ihr hinterher!“

Victor funkelte Todd erbost an. „Ich suche sie ebenfalls.“

Todd, Galart und Alexander nickten, und betroffenes Schweigen machte sich unter den drei Männern breit.

Sybilla hatte Shareena hinter einer Ansammlung leerer Fässer und Kisten hinter der Taverne gefunden. Shareena war verstört und unfähig, ihre Gedanken in Worte zu fassen, doch Sybilla verstand ihre Freundin nur zu gut, legte schützend die Arme um sie und umarmte sie fest. Schweigend saßen die beiden Mädchen in der Dunkelheit, hielten beinahe den Atem an, als könnten sie die Zeit einfrieren, als könnten sie diese Entwicklung, an der sie nicht teilhaben durften und in der sie einfach nur Marionetten eines wahnsinnigen Gauklers sein sollten, so aufhalten.

Lina fand sie ein wenig später – ihr Vater hatte Gyor zu sich gerufen, und sie hatte sich auf die Suche nach den beiden begeben –, und Sybilla berichtete ihr, dass Todd Shareenas Heirat mit Galart on Varanas beschlossen hatte.

„Ich bin ja so aufgeregt, Shareena! Du wirst in Varanas leben, Ballkleider tragen und dich mit den ganz feinen Herrschaften umgeben!“, frohlockte Lina, die die bösen Blicke, welche Sybilla und Shareena ihr zuwarfen, gar nicht wahrnahm. „Eine meiner beiden besten Freundinnen heiratet einen Gildenfürsten aus Varanas, während ich nur eine einfache Magd in einer Pioniersiedlung sein werde!“ Lina hielt inne. „Wieso freust du dich nicht?“

Sybilla ergriff das Wort. „Weil sie nicht heiraten will! Weil sie andere Pläne hat!“

Sie blickte auf die zusammengesunkene Gestalt in ihren Armen. „Sie hatte mit Todd reden wollen, weil Laif bereit ist, ihre Ausbilderin zu werden.“

Lina betrachtete Shareena mit aufgerissenen Augen. „Laif? Die Kundschafterin? Laif bildet niemanden aus, hat sie noch nie gemacht und will sie auch nicht, wenn ich mich recht erinnere. Aber mal ehrlich, Reena: Kundschafterin?! Draußen leben, schlafen, essen? Den ganzen Tag im Dreck? Da draußen gibt es Wölfe, Keiler, Bären, Feuerkäfer – und Spinnen!“

Der Lebensfunke kehrte in Shareena zurück, und sie hielt dem Blick ihrer Freundin stand. „Ich habe keine Angst vor Spinnen!“

Lina schüttelte sich. „Uah, ich schon. Vor allem, wenn sie sich bewegen. Zu viele Beine!“

Shareena beachtete Lina nicht weiter. Ihre Gedanken drehten sich um eine Möglichkeit, diesem Schicksal zu entgehen, doch fand sie keine. „Ich will nicht in die Stadt. Ich will die Freiheit der Wildnis genießen. Was soll ich in Varanas, wo ich niemanden kenne?!“

Sybilla drückte Shareena erneut an sich. Die Vorstellung, bald schon von ihrer Freundin getrennt zu sein, ängstigte sie ebenfalls. „Wenn ich nur mitkommen könnte, Reena“, flüsterte das dunkelhaarige Mädchen, das nun ebenfalls gegen die aufkommenden Tränen ankämpfte.

Eine Stimme räusperte sich. Die Mädchen blickten auf und sahen Alexander in der Dunkelheit stehen. Vorsichtig trat er näher, um sie nicht zu verschrecken. „Ich habe die letzten Worte gehört. Wenn es dein Wunsch ist, mit Shareena nach Varanas zu gehen, Sybilla, dann könnte es da eine Lösung geben.“

Lina starrte mit offenem Mund von dem Kaufmann in seinen reichen Kleidern zu ihren Freundinnen. „Nein! Ihr könnt mich doch nicht …“

Lina beendete ihren Satz nicht, als sie das Funkeln in Sybillas Augen sah. Ihre Freundinnen würden sie verlassen. Lina verstand, dass sie bald alleine sein würde. Allein mit ihrer unerwiderten Liebe zu Gyor. Sie sprang auf und rannte davon. „Ich hasse euch!“

Shareena fasste sich an die Schläfen. Zu viel brach heute auseinander. Sie schickte sich an, sich aus Sybillas Umarmung zu befreien und Lina hinterherzugehen, doch diese hielt sie fest. „Lass sie! Lina beruhigt sich wieder.“ Forschend blickte sie Alexander an. „Was meint Ihr damit, es könne eine Lösung geben?“

Der junge Kaufmann legte selbstbewusst die Hand auf den Griff seines Schwertes und baute sich vor den beiden Mädchen auf. „Nun, ich bin nicht ohne Einfluss in den Geschäften meines Onkels, Sybilla. Ich denke, die Einstellung einer Magd, einer Zofe oder eines neuen Hausmädchens kann ich jederzeit begründen. Ja, tatsächlich suchen wir derzeit eine geeignete junge Frau. Du wärst in der Nähe deiner Freundin Shareena. Eine vertraute Seele.“

Sybilla blickte Shareena an. Fragen und Möglichkeiten brachen wie ein Unwetter über den beiden Mädchen herein. Gedanken und Gegengedanken, Fragen und Gegenfragen ließen sie keinen klaren Gedanken fassen. Die Heulenden Berge verlassen? In Varanas leben? Was würde aus ihren Freunden und Familien hier? Familien …

„Du bist meine Familie, Shareena. Ich habe hier nichts mehr zu verlieren. Mein Vater ist ein Säufer, wenn er nicht in seiner verräucherten Köhlerhütte hockt. Wenn du mich dabei haben willst, komme ich mit dir!“

Dankbarkeit stand in Shareenas Züge geschrieben, doch eine

Stimme in ihrem Inneren schrie auf, ermahnte sie, erinnerte sie, dass sie doch ganz andere Pläne mit ihrem Leben gehabt hätte. *Sieh es ein, Shareena. Es war ein schöner Traum, als Kundschafterin in die Welt hinauszuziehen, doch nun musst du erwachsen werden. Die Frau eines Händlers musst du werden. Und Sybilla wäre bei dir. Gibt es nicht noch Schlimmeres?!*

Sie wischte sich die Tränen aus dem Gesicht und umarmte Sybilla. Alexander betrachtete die beiden Mädchen nachdenklich. Wartend. Ein Jäger, der sich zu früh bewegt, würde seine Beute aufscheuchen.

Shareena legte ihre Stirn gegen die ihrer Freundin. „Wenn du kannst, dann komm mit mir nach Varanas."

Sybilla gab ihr einen Kuss auf die Stirn, drehte sich zu Alexander um und nickte entschlossen. „Wo Shareena hingeht, da gehe ich auch hin!"

Lächelnd verneigte sich Alexander vor ihr. „Dann sage mir, wo ich deinen Vater finde, Kind, und ich regle, was nötig ist." Sybilla tat, wie ihr geheißen wurde. Noch bevor eine der beiden etwas hinzufügen konnte, überließ der junge Händler die beiden Mädchen der schützenden Dunkelheit, eine Decke aus nächtlichem Zauber, die die Unsicherheit und Ängste Shareenas und Sybillas unter sich begrub.

4. Das Schlachtfeld

Kalter Nebel hing schwer wie ein Leichentuch über dem Schlachtfeld.

Er dämpfte die Laute der Krähen, die flatternd und krächzend von Kadaver zu Kadaver hüpften, um sich am Fleisch gefallener Krieger zu laben. Mit ihren spitzen, vom Blut rot gefärbten Schnäbeln rissen sie weiches Fleisch von den frei zugänglichen Stellen, hackten leblose Augen aus, zerrten an aufgerissenen Wangen und krallten mit ihren Klauen tief in offene Wunden, um leichter Beute machen zu können.

Ein nahendes Geräusch, rhythmisch und schwer, ließ die Vögel aufflattern und erbost die Störung an ihrem Mahl kommentieren. Die beschlagenen Hufe eines gepanzerten Schlachtrosses hallten laut, beinahe zu laut, durch die seltsame Leere, die solche Orten des Todes, des Schlachtens und Sterbens stets erfüllte. Der Boden, nun aufgeweicht vom Blut, Urin, Kot und von Eingeweiden, gab jedes Mal schmatzend Kunde, wenn das Tier seine Hufe aus dem klebrigen Boden zog und erneut absetzte.

Der stockige, metallische Geruch von Blut irritierte das Tier nicht; Schlachtrösser wurden für diese Welt des Schmerzes gezüchtet und scheuten weder vor dem Klingen der Waffen während einer Schlacht noch dem Geruch der Toten danach. Auch der Geruch der Sterbenden und Gefallenen war dem Tier gleich; zu viele Gräuel hatte es gesehen. Es war abgestumpft und trug mit stoischer Ruhe seinen Reiter über den Totenacker.

Der Mann im Sattel war wachsam und bemühte sich, die Geräusche der fressenden und flatternden Vögel, der stampfenden Hufe und seines klirrenden Kettenhemdes zu ignorieren. Achtsam und suchend spähte er durch die weiße Nebelwand, in der mit jedem Schritt des Pferdes neue Formen zum Vorschein kamen: abgebrochene Lanzen, Schwerter im Boden, Arme, gen Himmel empor gereckt und von der Steifheit der Rüstungen aufrechtgehalten, aufgerissene Pferdekadaver mit Schaum vor dem Maul und den Nüstern, eingeschlagene Helme, die ihren Besitzern vom Kopf gerissen worden waren, Gliedmaßen, abgetrennt durch Äxte, Schwerter oder zerschmettert durch die tumbe Wucht von Kriegshämmern.

Fraß für die Krähen, dachte Fantur, als er die Toten im Nebel auftauchen und wenige Augenblicke später wieder hinter sich verschwinden sah. *Ein Festmahl für die Aasfresser. Fleischbrei mit Knochensplittern …*

Er erinnerte sich an ein Buch über die Leiden und Gräuel des Sterbens im Krieg. Ein Schriftsteller, an dessen Namen er sich nicht entsinnen konnte, hatte zynisch gesagt, wie schön es sei, in Waffen zu sterben. Der Ritter berührte nachdenklich seinen Wappenrock, einstmals samtrot und abgesetzt mit goldenen Brokaträndern, verziert mit dem Wappen seines Hauses, einem geflügelten goldenen Löwen, der einen sich windenden roten Drachen in seinen Pranken hielt, doch nun angegraut und verblasst.

Du wirst alt, dachte der Ritter. *Trauere nicht um dein Haus, das im Strom der Zeit untergegangen ist.*

Fantur strich sich durch seinen kurz geschorenen grauen Bart und bedauerte, dass seine drei Söhne und seine Tochter in den Wirren der nicht enden wollenden Scharmützel, Raubzüge und Kriege gestorben waren. Verbitterung lag in seinen Zügen, faltig geworden vom Leben unter dem freien Himmel und von den

Jahren. *Ayvenas! Ich hasse dich für deine Grausamkeit. Mir meine Liebe zu nehmen, mein Weib, meine Söhne. Und meine Tochter.*

Wie viele Tote Fantur passiert hatte, konnte er nur schätzen. Hunderte mochten hier gefallen sein. Die Wappenröcke zeigten die Farben einer der zahlreichen Gilden von Varanas, von angeheuerten Söldnern und Glücksrittern, gedungenen Mördern, Meuchlern, Schurken. Ein seltsames Gemisch der verschiedensten Fraktionen, die hier einen seltsamen Tanz zelebriert hatten, um den Tod zu umarmen.

Sein Pferd stoppte und schnaubte einmal. Fantur tätschelte den Hals seines schwarzen Hengstes und beruhigte das Tier durch die vertraute Berührung. Wachsam beobachtete er die Ohren des Pferdes, die ihm signalisierten, von wo es die ungewöhnliche Bewegung wahrgenommen hatte. Fantur hatte gelernt, frühzeitig auf solche Signale seiner Umgebung zu achten. Geräusche, Gerüche, manchmal eine Veränderung des Windes auf seiner Haut oder auch nur das Kribbeln seiner Barthaare. Er war alt genug geworden, um zu wissen, dass es mehr gab, als blindlings ins Verderben zu reiten, weil man das Offensichtliche ignorierte.

„Ruhig."

Fanturs blaugraue Augen unter den scharf geschwungenen dunklen Brauen waren klar und stechend. Das Gebaren seines Pferdes sagte ihm, dass ein größeres Raubtier oder eine andere Bestie ebenfalls den Nebel durchquerte, ein Räuber unter Aasfressern …

Seine behandschuhten Finger schlossen sich um den Griff seines Schwertes, und er überprüfte den Sitz seiner Helmbrünne, einem Geflecht aus Kettenringen, schwerem Leder und einer Schädelplatte, die seinen Kopf vor den wuchtigen Hieben schützen sollte. Da der Ringpanzer gut gegen die Schnittverletzungen im Schwertkampf war, jedoch kraftvollen Stichen oder wuchtigen

Hammerschlägen wenig entgegenzusetzen hatte, trug der Ritter unter dem Kettenhemd zudem einen Gambeson. Die mehrlagigen Schichten des gesteppten Gewandes bestanden aus Segeltuch und rauer Wolle, die den Mann immerzu schwitzen ließen, doch der Schutz vor Quetschungen und Hautabschürfungen war es ihm allemal wert. Er legte die Zügel in die linke Hand und nahm seinen Schild von der Satteltasche auf.

Ein tiefes, kehliges Knurren klang durch die undurchsichtige Nebelwand. Fantor zog die Klinge und hielt sein Pferd still. *Kein Löwe und kein Bär klingt so*, dachte er, während er versuchte, Formen und Bewegungen um sich herum auszumachen. *Das ist etwas anderes, etwas …*

Lange Augenblicke spähte und wartete der Ritter. Die Klinge hielt er kampfbereit in seiner Rechten, den Schild und die Zügel seines Rosses in der Linken.

Ein Schatten sprang vor, katzengleich und doch größer, bulliger. Das Maul der gehörnten Kreatur war aufgerissen und fauchte kehlig und knurrend.

„Sitz! Aus!“

Das Kommando hallte von einer männlichen Stimme herüber, jünger als Fantur und doch vertraut. Der Ritter atmete auf und ließ sein Schwert ein wenig sinken, doch nicht genug, um auf eine plötzliche Attacke der Kreatur nicht antworten zu können.

„Keine Sorge, Fantur, er will nur spielen!“

Ein Kämpfer, gerüstet in Platten und weite, braungrüne Umhänge, saß auf dem Rücken der Bestie, rang mit den Zügeln und ließ die Mischung aus Bär und Raubkatze näher schreiten.

Fantur schmunzelte, als er den Neuankömmling begrüßte, der sein Markenzeichen, eine Fuchsmaske aus glänzendem Silber, diesmal nicht im Gesicht trug, sondern über einen Knauf an seinen Satteltaschen gehängt hatte.

„Ein silberner Fuchs, der einen … wo im Namen der *Drei Niederen Höllen* hast du das Ding her?“, rief Fantur überrascht aus und bemühte sich, sein eigenes Reittier ruhig zu halten.

Der Neuankömmling grinste und winkte ab. „Lange Geschichte“, murmelte er und nahm die Kapuze seines Umhangs vom Kopf. Das bleiche Haar stand in starkem Kontrast zu seiner Haut, die faltiger war, als seine ansonsten jugendlichen Züge hätten vermuten lassen. Fantur kannte die Geschichten, die in immer wieder neuen und zahllosen Varianten hinter vorgehaltenen Händen getuschelt wurden: Der junge Kämpfer hatte die Farbe seines eigentlich braunen Haares wie auch einige Jahre seines Lebens in einem Streit mit einem Nekromanten eingebüßt.

Der Mann stieg aus dem Sattel, kraulte der Kreatur, die sie mit wachen Augen fixierte, den fellbedeckten Hals, und das vorher kehlige Knurren wandelte sich in einen sanfteren Laut, der Wohlbefinden auszudrücken schien. „Das ist ein Berhu!“

„Ein Berhu!“ Fantur nickte anerkennend. „Ich habe gehört, dass es diese Raubtiere im Ystra-Hochland gibt. Kaltblütige Killer im Kampf; Raubtiere, wenn du Glück hast, bissige Köter der Minotauren, wenn du Pech hast.“

Der Mann, den jedermann nur *Silberfuchs* nannte, zuckte mit den Schultern, als wäre es eine Alltäglichkeit, und winkte mit den Händen ab. „Ach, weißt du, Prinktar Sandhuf hat mir diesen Berhu … geschenkt! Ah, eine kleine Gefälligkeit.“ Frech glitzerten die Augen des jüngeren Mannes.

Fantur ließ sein Schwert wieder in die Scheide gleiten und fuhr sich mit den Fingern durch seinen Bart, wie er es immer tat, wenn er nachdachte. „Prinktar Sandhuf, dieser bösartige Mistkerl von einem Minotaurenhäuptling hat dir, mein kleines Füchschen, eines von diesen Bunga …“

„Berhu“, verbesserte der Jüngere freundschaftlich.

Fantur nickte. „… hat dir also diesen Berhu *geschenkt*? Ja? Remick, mein Freund! Du bist ein Aufschneider, Prahlhans und Lügner – und du würdest zu einem Barden taugen, so schöne Geschichten vermagst du zu erzählen! Hätten die Götter dich doch nur mit einer Gesangsstimme gesegnet!“, lachte der Ältere.

„Na ja, *geschenkt* mag nicht das richtige Wort sein“, murmelte Remick, als er sich mit gespielter Verlegenheit am Kinn kratzte.

Der alte Ritter lachte und hob abwehrend die Arme. „Ich frage lieber nicht, aber ich gehe davon aus, dass der alte Sandhuf nicht allzu glücklich sein wird, wenn er dich das nächste Mal sieht?“

„Ja.“ Remick nickte nachdenklich. „Ja, *die* Möglichkeit besteht durchaus.“ Unvermittelt tauchte das freche Grinsen wieder in seinem Gesicht auf. „Aber nachdem ich einen Berhu geritten habe, kriegen mich keine zehn Pferde mehr auf …“

„Ein Pferd? Scharfsinnig“, spottete Fantur und schüttelte den Kopf. „Ich glaube, ich setze mich eher auf einen Kuhkäfer, als diese Bestien als Reittier zu nutzen.“

Nach einem Moment der Heiterkeit wurden sie wieder ernst. Fantur legte dem jüngeren Mann die Rechte auf die Schulter. „Es ist gut, dich zu sehen, mein Freund.“ Er ging zu den Satteltaschen seines Pferdes und holte eine Schriftrolle hervor. „Samuel hat geschrieben, dass es in den Heulenden Bergen unruhig wird.“

„Unruhig?“

„Er hat einigen Pionieren dabei geholfen, ein paar Goblins zu jagen. Hammerzahn-Goblins.“

Der jüngere Mann kratzte sich am Kopf. „Haben sich verlaufen, die Guten, oder? Ich meine, sie sind nicht die Hellsten, und Kartenlesen gehört nicht wirklich zu ihren Stärken, aber so weitab?“

Beide Männer wussten, dass der Klan im Norden des Aslan-Tals beheimatet war.

„Es kommt noch besser“, fuhr Fantur fort. „Sam hat einen Schamanen ausgeschaltet, der eine Maske aufgemalt hatte.“

Ein kaltes Kribbeln lief dem Silberfuchs über den Rücken. „Was für eine Maske?“, fragte er leise.

„Zurhidon!“ Fantur spie das Wort aus. Hass, ein unbändiger, schwelender Hass, der bis jetzt ihn ihm geschlummert hatte, loderte auf, als es über seine Lippen kam. Der Silberfuchs blickte auf den kalten Lehmboden und bewegte ein wenig von der feuchten Erde mit dem Stiefelhacken. „Zurhidon“, wiederholte er nachdenklich. Sein Blick wanderte zum Himmel empor. Die Sonne war aufgegangen, irgendwo hinter der Wand aus Nebel. Sie war wie ein schwacher weißlicher Kranz vor dem hellen Grau auszumachen. Bald würde sie höher am Himmel stehen, der Nebel würde zu Schwaden verbrennen und schließlich von der Sonne besiegt werden. Dann erst würden sie das ganze Ausmaß des Schlachtfeldes sehen und die Gräuel, die sich hier zugetragen hatten. „Die Pläne des Feindes sind nicht klar zu sehen.“

„Ein Feind, der vom Verrat und der Infiltration lebt.“ Fantur schaute einem der Toten in die verdrehten Augen, die anklagend gen Himmel gerichtet waren, als hätte er im Tod die Gnade erfahren, Ayvenas gegenüberzutreten und ihn nach dem ‚Warum‘ seines Endes zu fragen. „Andhor und Ahira haben den Jungen ausgeschickt, damit er herausfindet, was für eine neue Gefahr das Land unsicher macht“, sagte er und wiederholte seine letzten Worte mit Nachdruck. „Es scheint, als würden all jene obskuren Kreaturen von etwas angezogen. Als würden sie Magie wittern.“

„Motten!“, bot Remick an.

„Ja, wie Motten, die dem Licht folgen. Aber Hammerzahn-Goblins mit nachgebildeten Masken der Zurhidon? Wurden sie von den Zurhidon vertrieben? Oder dienen sie ihnen vielleicht?“

Fantur massierte sich leicht die Schläfen. „Sam hat etwas gesehen, aber wir verstehen nicht, was er gesehen hat.“

Der jüngere Kämpfer blickte zu dem Berhu, der sich an einer freien Stelle niedergelegt hatte, den Kopf auf die Vorderläufe gebettet wie ein Hund. Seine Augen waren halb geschlossen, doch Fantur hatte keinen Zweifel daran, dass Remick nur ein Zeichen geben musste und sein neues Reittier würde in einem Moment bei ihm sein. Wach und kampfbereit. „Magie.“

Fantur nickte. „Ja, Ayvenas' Fluch, unter dem wir leiden!“

„Nicht jeder würde es als Fluch bezeichnen, Fantur, doch ich verstehe, was du meinst. Der Tod deiner Frau und deiner Kinder.“

Die Züge des Ritters versteinerten sich. Die Kieferknochen fest aufeinandergepresst, mühte er sich, keine Reaktion zu zeigen. „Magie und Goblins interessieren mich nicht, mein Freund, aber die Zurhidon schon. Zu viele habe ich von ihnen gejagt, zu oft habe ich ihre Gräueltaten gesehen. Wir müssen uns auf das konzentrieren, was wir sehen können, auf das, was wir verstehen können. Die Zurhidon sind weit besser aufgestellt, als wir das lange wahrhaben wollten.“

Der alte Ritter schloss seine Augen. „Wir haben ihr Werk gesehen: brutal und grausam. Wir haben die überlebenden Kinder niedergebrannter Dörfer aufgenommen, ihnen Essen und ein Dach über dem Kopf gegeben, aber die vernarbten Seelen konnten wir nicht heilen.“

Der jüngere Mann nickte. Viele kleine Dörfer, die nicht auf den Karten verzeichnet waren, hatten nicht lange überlebt. Monster und Menschen, beide hatten sich auf die Schwachen und Wehrlosen in den Dörfern gestürzt, die weitab der Städte von Varanas und der Obsidianfeste aus dem Boden geschossen waren. Gute, fruchtbare Erde zog nicht nur die Farmer an, und so hatten viele dieser Pioniere kaum länger gelebt als einen oder zwei Winter. Ob

Goblins oder Minotauren, Harpyien oder Untote, irgendeine Pest geißelte das Land immer.

„Wir versuchen es, Fantur." Remick gab seinem Berhu einen Wink. Die Kreatur spannte die kräftigen Muskeln an, erhob sich wie ein zum Angriff bereiter Löwe und kam leise, beinahe lautlos näher. Der junge Mann streichelte das Tier wieder an der Kehle und tätschelte seinen Hals. Mit Bestimmtheit nahm er die silberne Fuchsmaske von der Satteltasche. „Ich werde Ahira und Andhor aufsuchen und ihnen von den Zurhidon berichten. Und da mein Weg mich über Aslan nach Ystra führt, werde ich den grünhäutigen Quälgeistern einen Besuch abstatten."

„Gib dem alten Hammerzahn einen kräftigen Tritt in seinen feisten Hintern, ja?", brummte Fantur.

Remick grinste kurz, setzte die Maske vor sein Gesicht und befestigte diese, indem er die eingelassene Rune berührte und leise einen Zauber sprach. Sofort wirkte er mächtiger und kraftvoller, ein Wächter, der durch das Land reiste.

„Ich bin in Sorge, Fantur", sagte er, und seine Stimme klang tiefer unter der Maske aus Silber, als würde jeder Atemzug verstärkt. „Ich spüre, dass etwas passieren wird. Die Welt ist in Bewegung. Andhor versucht, Kontakt zu den Elfen herzustellen, und Böses schleicht durchs Land. Danatros und Tokanta behaupteten sogar, Spuren der Naga in den Sümpfen des Nordostens gefunden zu haben. Nerensky spürt es übrigens auch. Er hatte wieder einen dieser Träume."

„Was für Träume?" Fantur horchte auf. Träume konnten Wirklichkeit werden. Gedanken eines Gottes konnten die Realität verändern. Also warum sollte ein Mensch, der das Göttliche in sich trug, nicht durch seine Träume die Pläne und Gedanken eines Gottes sehen können? Ein Spiegel in die Unendlichkeit, in Raum und Zeit, in die Unendlichkeit der Möglichkeiten.

Silberfuchs saß auf. „Der Gleiche wie immer. Ein Traum von Verrat. Wir beide verfallen dem Bösen, werden umgewandelt, verformt. Die Maske des Fuchses ist ein groteskes Abbild in seiner Vision, und er stirbt als ein Verräter an der Menschheit, am Guten."

Fantur winkte ab, doch wirklich beruhigt war er nicht. „Nur ein Traum, Silberfuchs, nur ein Traum! Weder du noch Nerensky werdet uns verraten."

Entschlossenheit lag in der Stimme des Wächters. „Ich hoffe es. Wir sehen uns, wenn du nach Harf zurückkehrst."

Der Ritter nickte. „Gut. Aber zuerst treffe ich Sam auf Chantreas Hof nahe Varanas, um dieser Zurhidongeschichte auf den Grund zu gehen. Sam sollte schon dort sein. Wenn er sich nicht wieder in irgendeine Bibliothek eingeschlossen hat und unsere Zeit mit dem Studium der Geschichte der Magie oder irgendeinem anderen Blödsinn vertrödelt."

Die beiden Männer lachten, doch sie wussten, dass das Gefühl der Beklommenheit nicht weichen konnte, solange sie die Pläne der Zurhidon nicht kannten, solange sie nicht wussten, welche Fäden gezogen wurden in diesem Spiel der Macht.

Fantur und Silberfuchs entboten sich letzte Grüße, dann ritten sie davon und verließen das Schlachtfeld, auf dem sich Einheiten konkurrierender Gilden begegnet waren. Einheiten, die von Männern aus Varanas ausgesandt worden waren, um das politische Ränkespiel der Ratsstadt mit Waffen fortzusetzen. Männer, deren Kontakte und Intrigen es nun aufzudecken galt. Die Schlacht diente der Festigung der jeweiligen politischen Macht in Varanas, im Rat und in den Gilden. Doch als er den Rand des Feldes erreichte, fragte sich Fantur, wer wirklich von diesen Schlachten profitierte.

5. Zurhidon

Angenehme Stille lag über Logar.

Der Festtagstrubel war spät in der Nacht verklungen. Die meisten Feiernden waren müde und weinselig in ihre Betten gefallen, hatten die Zelte bei den Plätzen am Dorfrand aufgesucht oder es sich an den Tischen vor den Buden und Marktständen gemütlich gemacht. Die Wärme der vergangenen Tage hatte die erste Nacht des jungen Herbstes mild sein lassen.

Nach einer Reihe von wütenden Ausbrüchen und Reden über eine mögliche Flucht hatte Shareena sich schließlich müde und weinend in ihr Schicksal ergeben. Trost fand sie in der Gesellschaft Sybillas. Der Neffe ihres künftigen Gemahls hatte Wort gehalten und war sofort nach ihrem Gespräch hinter der Schmiede aufgebrochen, um Sybillas Vater zu suchen, hatte diesen beim Würfelspiel mit ein paar anderen raubeinigen Arbeitern gefunden und mit ihm über eine Anstellung seiner Tochter verhandelt. Der alte Köhler hatte sie nur zu bereitwillig freigegeben, denn letztlich, so sagte er, sei Sybilla ja auch nur ein Maul, welches es durchzufüttern galt. Er wünschte ihr alles Gute und war noch in der Nacht zu seiner Kate im Wald zurückgekehrt, betrunken und ohne sich noch ein weiteres Mal umzusehen.

Nun saßen Shareena und Sybilla in der verräucherten Halle und sprachen über ihre vergänglichen Pläne einer besseren Zukunft, doch wahre Fröhlichkeit mochte sich bei den beiden nicht einstellen. Besonders die pausenlosen Glückwünsche der anderen

Pioniersfrauen – Galart und Todd hatten ihre Verlobung noch am gleichen Abend bekannt gegeben – quälten Shareena, da sie keine Gefühle für ihren künftigen Gatten hegte. Doch die übrigen Frauen aus Logar und der Siedlung Cindairyn umringten sie, löcherten sie mit Fragen und hielten sich mit gut gemeinten Ratschlägen nicht zurück.

Gelangweilt starrte Shareena ins Feuer des rund gemauerten Kamins, der die Mitte der Halle dominierte. Die Gespräche der Pionierfrauen klangen in den Ohren des Mädchens wie das Geschnatter von Gänsen.

Gänse, die sich Tag ein, Tag aus nur über den Windelinhalt ihres Nachwuchses unterhalten können, dachte sie angewidert. Ihre Gedanken rotierten. Das Mädchen versuchte, den Gesprächen der Frauen nicht weiter zu folgen und blickte zu den Männern hinüber, die mit lauten Gesten prahlten, lästerten und lachten. Eine Gruppe von Bauern klagte über wilde Esel, die ihre Felder und Gärten niedertrampelten, und rief lauthals nach mehr Bogenschützen und forderte mehr Abschüsse.

Das ist alles, was sie können, dachte Shareena verbittert. *Töten. Einengen und töten, ersticken und töten. Ich hasse es, hier zu sein. Ich will nicht hier sein. Ich will nicht dieses Leben haben!*

Sybilla legte ihren Kopf an Shareenas Schulter und griff ihre Hand. „Zumindest werden wir beide zusammen in Varanas sein, Reena." Die Stimme des Mädchens zitterte. Shareena runzelte die Stirn. Auch in der Stimme ihrer Freundin lag Angst vor der Zukunft, ausgerechnet der Person, die von ihnen allen immer am ehesten vorpreschte.

„Varanas." Sybilla ließ das Wort nachhallen.

Ich wünschte, ich hätte damals auf Ahira gehört und mir auch eine ‚Weglaufbörse' zugelegt, dachte Shareena. Die Mädchen hatten die Geschichte von Ahira als Kinder immer wieder gehört.

Vor über zehn Jahren war die Tochter eines Händlers oder Handwerkers aus Logar – sicher war sich Shareena hier nicht – weggelaufen. Ihre älteste Schwester kannte das Mädchen näher, und auch Shareena erinnerte sich an jenen Sommerabend, als die dunkelhaarige Schönheit ihr damals von der ‚Weglaufbörse' erzählt hatte; Geld, das das Mädchen beiseitegelegt hatte, um für den Fall einer Flucht gewappnet zu sein. Todd hatte damals nur gesagt, man hätte sie windelweich prügeln müssen, dann hätte sie auch nicht solche Flausen im Kopf gehabt, doch Shareena hatte eine heimliche Bewunderung für das zierliche Mädchen verspürt. Für ihre Fähigkeit, ihr Leben selbst zu bestimmen. *Jetzt müsstest du fliehen, doch wohin? Und mit welchem Geld?*

Sie schüttelte den Gedanken ab. Sybilla hatte die Möglichkeit, eine gute Anstellung als Hausmädchen bei den Galarts zu erlangen, und sie würde kaum ein gesichertes Leben für Shareenas Hirngespinste opfern.

„Varanas", wiederholte Shareena. *Vielleicht ist es ja doch nicht das Schlechteste, die Gattin eines gutsituierten Kaufmanns zu sein.* Widerstrebend versuchte sie sich mit dem Gedanken anzufreunden, als sie aufstand und sich von den anwesenden Frauen verabschiedete. „Gehen wir schlafen, Sybilla. Vielleicht sieht die Welt morgen schon anders aus."

Das Zimmer der Mädchen, welches Todd für sie angemietet hatte, lag im oberen Stockwerk des Gasthauses von Logar. Die beiden stiegen die knarrende, hölzerne Stiege hinauf und zogen ihre Nachtgewänder an. Normalerweise hätten die beiden noch lange miteinander gesprochen, doch die Erkenntnis, dass ihr Leben sich so sehr ändern würde, hatte ihnen die letzte Kraft genommen. Shareena wünschte Sybilla eine Gute Nacht, küsste sie zum Abschied auf die Wange und schlüpfte unter die schlichte Decke aus Wolle.

Die Zimmer der Logarer Halle waren einfach gehalten, aber sauber. Eine Kommode bot Platz für Kleider, und es gab sogar ein an der Wand befestigtes Brett mit einem dreibeinigen Schemel darunter geschoben, das als kleiner Tisch diente. Vermutlich für jene Durchreisenden, die Schriftwerke zu verfassen, Botengänge zu beauftragen oder Handelsmanifeste anzufertigen hatten.

Sybilla löschte die Kerze mit einem sanften Hauch ihres Atems, und schweigend lagen die Mädchen in der Dunkelheit. Das Atmen der jeweils anderen sagte ihnen, dass keine von ihnen einen schnellen Schlaf fand. „Ich friere“, flüsterte Shareena schließlich, und Sybilla huschte zu ihr unter die Decke. Eng aneinandergeschmiegt fanden die beiden Mädchen Zuflucht, Wärme und Geborgenheit beieinander. Weinend lag Shareena an Sybillas Brust und fiel schließlich in einen unruhigen Schlaf, erfüllt von Armen und Klauen, die an ihr zerrten, von Fratzen und Schatten, die ihr in der Finsternis nachstellten.

Die Hand war kräftig und drückte sich schwer und verschwitzt auf Sybillas Mund. Ihr Herz trommelte in ihrer Brust, und sie sah das kalte, glänzende Metall eines Dolches auf ihre Kehle gerichtet. Kalte Furcht lähmte Sybilla, und sie blickte angstvoll auf die schlafende Gestalt neben sich. Shareena war nicht erwacht, als der Mann in ihr Zimmer gekommen war. Die Eichentür hatte kein Schloss, sondern nur einen Haken, den sie lose in einer Öse eingehängt hatten. Eine einfache Vorrichtung, damit der Wind die Tür nicht dauernd auf- und zuschlug, doch leicht von außen zu öffnen.

Sybilla hielt den Atem an. Der Mann vor ihr war der Neffe von Shareenas zukünftigem Gemahl, Alexander. Doch wo vorher Güte und Offenheit seine hübschen Züge bestimmt hatten, lagen nun Gier und Lüsternheit. Unverfroren hatte er sich leise zu ihr aufs Bett gesetzt und grinste Sibylla unverblümt an. Er nahm die Hand von ihrem Mund, ließ jedoch den Dolch an ihrer Kehle, und zog sachte an dem dünnen Laken, welches ihr in der Nacht als Decke dienen sollte.

Sybilla schüttelte den Kopf, doch der Schmerz der Klinge an ihrem Hals verstärkte sich sogleich. „Du kommst mit“, befahl Alexander mit einer Bewegung seiner Lippen und deutete mit dem Kopf in Richtung Tür.

Zitternd glitt sie aus dem Bett, flehend zu Shareena blickend, hoffend, dass sie erwachen möge, doch ihre Freundin wand sich nur in einem Albtraum, gefangen in der Welt ihrer eigenen Gedanken, nicht bemerkend, welcher Schrecken in die Realität eingedrungen war.

Alexander führte sie hinaus auf den Gang, leise die Stufen hinunter, und schon empfing sie die kalte Nachtluft. Sybilla ging einfach mit, gelähmt vor Angst, unfähig zu schreien.

Die Dunkelheit hinter der Taverne nahm sie wie ein Höllenschlund auf. Kalt, feucht an ihren nackten Füßen, klebrig und von Ekel erfüllt, von Bosheit. *Schrei, Sybilla! Lass Hilfe kommen! Schrei!*, hämmerte eine Stimme in ihrem Kopf, drohte ihre Schläfen auseinanderplatzen zu lassen.

„Nein!“, krächzte sie, ein Schrei, der abgewürgt und verkümmert war, nur wenige Meter weit tragend, und schon hatte sie wieder Alexanders Hand auf dem Mund. „Dumme Gans! Was glaubst du, warum dir die Arbeit als Hausmädchen gegeben wurde?“, zischte er. Er ließ sie los und gab ihr eine Ohrfeige, die sie zu Boden schickte. Gierig warf er sich über sie und riss ihr Nachtgewand auf.

„Nein!“, wimmerte das Mädchen, während er lüstern ihren nackten Leib betrachtete, den sie verängstigt und schamhaft zu bedecken versuchte. „Aber keine Sorge, meine junge Magd! Du wirst deinen Platz schon noch lernen!“, höhnte er schließlich.

Gewaltsam zerrte er die Fetzen ihres Nachhemdes über ihre Arme hoch und wälzte sich zwischen ihre Beine. Sibylla wand sich, wollte schreien, doch die große Hand des Mannes presste sich wie eine Pranke über ihren Mund.

Die Schmerzen begannen …

Shareena zuckte aus dem Schlaf hoch. Ein Geräusch hatte sich in ihre Träume geschlichen, ein Laut, der weder in dieser noch jener Welt sein sollte, sie deshalb beunruhigte und erwachen ließ. Ihr Nacken schmerzte, hatte sie sich in ihrem Schlaf doch verdreht, ihre Hände und Arme um ihren Kopf geschlungen und die Beine so stark angezogen, dass ihr Rücken und Hals wie ein Bogen gespannt waren. Sie streckte sich vorsichtig aus und schüttelte die lähmende Müdigkeit ab. Die Hände ausgestreckt, tastete sie nach Sybilla.

Einen Herzschlag später saß sie in ihrem Bett und riss ihre Augen weit auf. Sybilla war nicht mehr neben ihr. Sie hörte sie nicht atmen. Sie sah sie nicht im fahlen Mondlicht im anderen Bett liegen. Shareena war allein in der Schlafkammer.

Die Eichentür war nur angelehnt, knarrte einmal in einem kalten Windhauch, und einen Augenblick lang fragte Shareena sich, ob Sybilla aufgestanden war, um sich zu erleichtern. Doch das ungute Gefühl, das sie befallen hatte, ließ sie nicht los. Sybillas Schuhe standen zudem vor dem Bett, und sie hätte den schmierigen Abort gewiss nicht ohne diese aufgesucht.

Das Mädchen schlüpfte in ihre Schuhe, warf sich ihr Kleid lose über das Nachthemd und huschte hinaus auf den Gang. Sie sah und hörte nichts. Schnell eilte sie in ihr Zimmer zum Fenster und blickte in die Nacht hinaus. Es war still und dunkel. Das Licht des Mondes tauchte die Straßen und Häuser in ein gespenstisches Graublau. Ihre Augen anstrengend, versuchte sie, in der nächtlichen Finsternis ein Zeichen zu finden, wohin ihre Freundin verschwunden war.

Beinahe ohnmächtig vor Schmerzen lag Sybilla auf dem kalten Boden in der Finsternis. Sie atmete flach, traute sich kaum, sich zu bewegen. Der Schmerz zwischen ihren Beinen begann langsam etwas nachzulassen, doch der in ihrer Seele steigerte sich mit jedem Atemzug. Mehr und mehr wurde sie gewahr, was ihr widerfahren war. Tränen strömten ihr über das Gesicht, und einen Herzschlag lang dachte sie daran, in die Küche der Taverne zu eilen, dort ein Messer zu suchen und sich dieses ins Herz zu stoßen.

Ihr weißes Nachtgewand war zerrissen, und im Schoß hatte sich ein Blutfleck ausgebreitet. Matt versuchte sie sich zu erheben, doch der Schmerz ließ sie aufstöhnen und wieder zu Boden sinken. Die Kälte der Erde ließ sie frösteln, und sie presste ihre Zähne aufeinander, um den Wellen der Pein, die durch ihren Verstand, ihren Körper und ihre Seele brandeten, einen Widerstand zu bieten. Dämonen schienen ihre Zähne in ihren Leib geschlagen zu haben und weideten sich hämisch keckernd und Gemeinheiten flüsternd an ihren Qualen. Schließlich verstand sie; die Laute, die sie vernahm, stammten nicht von Dämonen, sondern von Menschen. Männer, zwei, drei an der Zahl, standen nur wenige Schritte von ihr entfernt. Zwei Stimmen, die sie kannte. Eine ihr unbekannt.

Galart fluchte leise und sprach mit unterdrückter, wenngleich zorniger Stimme. „Narr! Hättest du mit deinen Spielchen nicht warten können, bis du deine kleine Mätresse in Varanas hast? Bring diese Sache in Ordnung!“

Sybilla hatte keinen Zweifel, was es hieß, ‚diese Sache in Ordnung‘ zu bringen. Sie musste weg, doch alle Wege waren ihr versperrt. Das Mädchen holte nur noch flach Luft, hielt den Atem an.

Damit keiner der Männer auf sie aufmerksam wurde, lag sie ganz still und lauschte. „Die Erzlieferungen sind die Mitgift, die meine kleine Pioniersbraut mit in diese *Ehe* bringt, also sollte sie bei Laune gehalten werden, bis die Trauung vollzogen ist. Ihre Freundin zu deinem Vergnügen *auszuleihen*, gefährdet unsere Pläne, Alexander!"

„Keine Sorge, Brian", winkte ihr Peiniger ab. „Sie ist des Nachts aufgestanden, im Dunkeln in einer Bierlache ausgerutscht, hat sich das Genick gebrochen. So etwas passiert bei solchen Festen immer wieder. Sehr tragisch. Wie ich schon sagte, ich regele das!"

„Gut!" Galarts Zorn war nicht verflogen, doch sprach er nun ruhiger weiter. „Rao hier berichtete gerade", er deutete auf einen Mann, den Sybilla nicht sehen konnte, „dass die Hindernisse, die uns der Rat immer wieder in den Weg gelegt hat, sich erledigt haben. Wir haben unsere Gildenbaumeister in die Stadtplanung bekommen. Morgen reisen wir nach Varanas zurück."

Der Fremde erhob seine unangenehme, tiefe Stimme. Eine Stimme, die gemein und hämisch klang. „Ja, man könnte sagen, dass die *Ausschreibung* zu Euren Gunsten ausgefallen ist, Galart!"

„Ich vermute, ein blutiges Schlachtfeld kündet von der Entscheidung dieser Ausschreibung, wie Ihr so eloquent sagtet", lachte der Kaufmann. Zufrieden fügte er hinzu: „Nun ja, Gildenkriege sind eine schreckliche Sache."

„Und dieser Todd hatte wohl das günstigste Angebot!"

Der Fremde und Alexander kicherten über Galarts Häme, dann hörte Sybilla wieder den Mann namens Rao sprechen. „Zarhir lässt Euch diese Runen schicken. Ihr wisst, was zu tun ist!"

Galart und sein Neffe gaben bestätigende Laute von sich. Dann war ein metallisches Klingen – wie das mehrerer Münzen – in der nächtlichen Stille zu hören. Die Männer hielten den Atem an, und auch Sybilla rührte keinen Muskel.

„Bah, die Bauern schlafen alle“, sagte Alexander. „Und wenn doch einer wach ist, was ist schon dabei? Drei Wachgebliebene, die Würfel spielen, etwas Geld gewinnen, etwas verlieren!“

„Sprich nicht vom Verlieren, Narr! Zu viel steht auf dem Spiel!“, knurrte Rao. „Wenn du einen Fehler machst, kleiner Händler, wird Zarhir zu dir kommen. Und Zarhir entschuldigt keine Fehler. Die Zurhidon entschuldigen keine Fehler!“

Der Fremde murmelte noch etwas, das Sybilla nicht verstehen konnte, und entfernte sich dann. Einen Augenblick lang konnte sie ihn sehen; ganz in Schwarz gehüllt, eine Kapuze tief ins Gesicht gezogen und das Gesicht hinter einer ausdruckslosen Maske verborgen. Ein Anblick, der ihr in einem anderen Leben eine Todesangst eingejagt hätte, doch nach der Qual, die ihr wenige Momente zuvor widerfahren war, schien dies nur der nächste Schrecken in einem nicht enden wollenden Albtraum zu sein. Ein Pferd schnaubte, und das Klappern von Hufen war zu hören. Der Fremde verschwand in der Nacht.

Flach auf den Boden gepresst, sah sie Alexander, der feine Metallrunen in der Hand hielt und diese interessiert betrachtete. „So kleine Dinge …“, murmelte er und strich mit den Fingern darüber, „… und so mächtig!“

Galart nickte und bedeutete ihm, diese in seine Börse zu tun. „Verwahre sie sicher!“, wies er den Jüngeren an. „Und dann regele die *Angelegenheit!*“

Sybilla hörte, wie sich der Händlerfürst entfernte. Sie musste fort von hier, weg, bevor ihr Peiniger zurückkehrte, um sie zu töten. Langsam schob sie sich nach hinten, weiter zurück in die Dunkelheit. Einen Schritt, dann noch einen. Vielleicht konnte sie …

„Wo willst du denn hin, meine Kleine?“, höhnte eine Stimme. *Alexander.*

Er kam schnell näher. Ein Tritt in den Magen raubte ihr den Atem, und sie kauerte sich wimmernd zusammen. Sybilla blickte auf und starrte auf seinen lehmverdreckten Stiefel. „Ich bin noch nicht fertig mit dir, mein Liebling!“

Mit großen Augen starrte sie zu ihm hinauf, ein Blick, der von Angst erfüllt war, von Schmerzen, von Qualen. All jenen Dingen, die ihm solche Freude bereiteten. Diese wundervollen großen Augen, die ihn nicht ansehen konnten, an ihm vorbeiblickten, in die tiefste Finsternis, die sie schon bald erwartete.

Er grinste und öffnete mit einer ausladenden Geste seinen Gürtel, ohne Sybilla aus den Augen zu lassen. Einem dämonischen Engel gleich, der seine Schwingen ausgebreitet hatte, erschien er Sybilla. Alexander wollte gerade den Gürtel achtlos fallen lassen, an dem seine Klinge baumelte, als jemand hinter ihm diese ergriff und aus der Schwertscheide zog.

Überrascht fuhr er herum und wich mit dem Oberkörper zurück, als er Shareena vor sich sah, die sein Schwert fest in ihren Händen hielt. „Du Schwein!“, zischte sie.

„Und was soll das werden, kleine Braut?“ Alexander schloss seinen Gürtel wieder und betrachtete das Mädchen mit der Klinge mit abfälliger Mimik. „Willst du mich etwa töten?“

Er öffnete die Arme erneut, bot ihr eine freie Trefferfläche. „Und was dann, kleine Shareena? Wer wird dir glauben? Dein Stiefvater ist froh, dich aus dem Haus zu haben, und er will sein Erz verkaufen, denn Galart hat das Ohr der Gilden und damit auch das der Richter. Wer wird dir eher glauben als einem ehrbaren Händler aus Varanas?“

„Du wirst für das bezahlen, was du getan hast!“ Tränen schossen ihr in die Augen, als sie Sybilla immer noch zusammengekauert auf dem Boden liegen sah. „Du wirst dafür bezahlen, Alexander!“

Sie sprang vor, die Klinge hoch erhoben, so wie sie es mit Victor immer geübt hatte, doch das Schwert war viel schwerer als die Besenstiele, und sie verlor viel von ihrem Schwung. Alexander lachte, duckte sich unter dem Hieb weg, fasste ihr Handgelenk und verdrehte ihr den Arm. Shareena schrie auf und ließ die Waffe fallen.

„Netter Versuch, kleine Braut!“, höhnte er. „Du wirst eine Zierde für meine Sammlung werden, wenn mein Onkel keine Verwendung mehr für dich hat!“

„Eher sterbe ich!“ Sie rang mit dem Mann, der sie festhielt, drehte ihre Arme nach links und nach rechts, zerrte und zeterte. Er lachte erneut. „Oh, ich glaube, du wirst ergeben, gefällig und willens sein. Es gibt Mittel und Wege, dich in ein gehorsames kleines Frauchen zu verwandeln, meine Hübsche.“

„Es gibt Wege!“

Sybilla war leise und unbemerkt hinter ihn getreten und hatte ihm den Dolch aus der Scheide gezogen. Alexander kam nicht dazu, seine Unachtsamkeit zu verdammen. Der Dolch stach ihm in den Rücken. Nicht tief, doch schmerzhaft. Hätte Sybilla mehr Kraft gehabt oder gewusst, wie sie zustechen musste, wäre es um ihn geschehen gewesen, doch so würde es nur eine weitere im Kampf erworbene Wunde sein. Schmerzhaft und blutig, aber nicht mehr.

Herumwirbelnd gab er dem Mädchen einen Hieb mit dem Handrücken und sah sie wieder zu Boden gehen. „Miststück!“

Er war des Spielchens überdrüssig und wandte sich wieder Shareena zu. Diese hatte den Augenblick der Ablenkung genutzt, um sich zu sammeln, sie drehte ihre Handgelenke aus seiner Umklammerung und rammte ihr Knie in seine Leiste.

Schmerzen flammten durch Alexanders Verstand, raubten ihm den Atem, ließen ihn vornübersinken. Das junge Mädchen fasste ihn an den Schultern und rammte ihm erneut ihr Knie in den Schritt. Er taumelte zurück, versuchte Luft zu bekommen.

Shareena hob das Schwert auf und blickte zu ihrer zusammengesunkenen Freundin. Sie sah Blut auf dem sonst so zarten Gesicht, Schwellungen, wo er sie geschlagen hatte.

„Schwein." Ihre Stimme war kalt, distanziert, beinahe so, als wäre es nicht die ihre. Sie fühlte sich leer, entrückt, nicht real … irgendwie unwirklich. *Wütend.*

Sie atmete aus. Mit einem heiseren, halb verschluckten Aufschrei stieß sie ihm das Metall in den Bauch. Gerade und tief. *Es ist so einfach.*

Alexander starrte ungläubig auf die Klinge, die ihn halb durchbohrt hatte, unfähig zu atmen, unfähig zusammenzusacken. Er spürte das Verkrampfen von Muskeln, die ihm nicht länger gehorchten.

„Schwein!", brüllte Shareena erneut, nun lauter, und drückte den Griff des Schwertes mit ihrer ganzen Kraft gegen seinen Körper, durchschnitt Stoff, Haut, Fleisch, Eingeweide, dann wieder Haut und Stoff.

Alexander würgte, Blutfäden und Speichel troffen aus seinem Mund, der zu einem stummen Schrei aufgerissen war. Wie eine groteske Marionette, unachtsam von einem Puppenspieler aufgehängt, stand er noch einen Moment gegen die Kisten und Fässer hinter der Taverne gelehnt. Das Leben wich aus seinen Augen, Unglauben in seine Züge gemeißelt.

„Das ging viel zu schnell für dich!" Shareena fasste den Griff der Waffe mit beiden Händen und riss die Klinge aus der schmatzenden Wunde heraus. Der Körper des Toten sackte mit einem dumpfen Laut zu Boden.

„Oh, Reena …" Sybilla kroch auf sie zu, und Shareena nahm sie in die Arme, hielt ihre Freundin, unsicher, wo sie sie berühren durfte, ohne ihr weitere Schmerzen zu verursachen. Lichter wurden in der Taverne entzündet, der Lärm und die Schreie des Kampfes hatten die Bewohner wach werden lassen. Sybilla blickte auf den Toten und das blutige Schwert in der Hand Shareenas. „Oh Ayvenas! Sie werden dich hinrichten!"

Unverständnis zeigte sich auf Shareenas Zügen. „Was?"

Sybilla stütze sich hoch. „Du musst fliehen, Reena! Du hast den Neffen eines Gildenfürsten getötet. Sie werden dich einkerkern und als Mörderin hinrichten!"

„Unsinn! Er hat dich …" Sie brach ab, traute sich nicht, das Wort zu nennen, als könne es erneut böse Geister beschwören.

Sybillas Augen wurden hart. „*Geschändet*! Das ist das Wort, das du suchst, Reena. Und dein Verlobter ist in Machenschaften mit dem Bösen verstrickt. Ich sah einen Mann, schwarz gewandet, eine Maske im Gesicht. Rao. Ich habe von solchen Strolchen gehört, Reena. Zurhidon. Anhänger des Bösen, grausame Mörder und Schurken. Galart macht Geschäfte mit ihnen!"

Shareena blickte unschlüssig auf den Toten. Erst jetzt wurde ihr gewahr, dass sie einen anderen Menschen getötet hatte. Schuldgefühle flammten in ihr auf. „Nein!", rief sie. *Das ist kein Mensch! Das ist Abschaum! Es war richtig, mich zu wehren, richtig, meine Freundin zu schützen!*

Sie begann zu zittern, das Schwert entglitt ihren klammen Fingern. „Vielleicht kann Todd …", stammelte sie. *Todd? Todd wird mir gewiss nicht helfen, wenn ich gerade seinen ach so lukrativen Geschäftsabschluss gefährdet habe.* „Oder Victor …"

Traurigkeit lag in Sybillas Augen, doch sie schüttelte nur den Kopf. Victor war Soldat der Garnison zu Varanas, zuständig für den Schutz des Landes. Es würde seine Pflicht sein, die *Mörderin* zu verhaften.

Das dunkelhaarige Mädchen zerrte an der Börse des Toten. „Nimm sie", forderte Sybilla und hielt Shareena den Beutel mit Geld hin. „Du wirst es auf deiner Flucht brauchen!"

Eine Weglaufbörse ...

Diesmal konnte Shareena nichts Lustiges an dem Wortspiel finden. Zu real war der Albtraum, der über ihr hereinbrach.

„Was ist mit dir?“ Shareena kannte die Antwort schon, als sie die Frage noch stellte. Sybilla senkte den Kopf, sackte neben dem Toten zusammen. „Ich kann kaum laufen, kaum atmen. Zusammen kommen wir keine hundert Schritt weit. Reena, du musst weg. *Jetzt*!“

Rufe aus der Taverne wurden lauter. „Was ist passiert?“ und „Wer da?“ und „Wo?“ hallten durch die Nacht. Hunde bellten und Shareena dachte an Ropings Wach- und Jagdhunde, die sie selbst als Welpen aufgezogen hatte. Sie würde all dies zurücklassen müssen. Ihre Stimme klang kehlig, und sie wünschte sich, all jene vergangenen Momente rückgängig machen zu können. „Lauf, Reena!“, sagte sie zu sich selbst.

Sie hörten Geräusche, Schritte und Rufen. „Lauf!“

Lauf!

Shareena beugte sich zu Sybilla und gab ihr einen Kuss auf die Wange. Einen Herzschlag lang spürte sie die warme Haut des anderen Mädchens, wollte sich nicht davon trennen, wollte darin verharren, die Geborgenheit des Augenblicks auskosten.

Sybilla nahm das blutige Schwert auf und drückte es ihr in die Hand. „Lauf!“

Lauf!

Zitternd wandte Shareena sich ab. Schritt für Schritt, erst zögernd, dann immer schneller, eilte sie auf den Waldrand zu, Rufe und Schreie hinter sich hörend.

Galart war der Erste, der das Mädchen erreichte, Todd und Alice, die Kräuterfrau, ihm dicht auf den Fersen. Schnell erfasste er die Situation. Sein Neffe lag tot mit durchbohrtem Bauch in seinem eigenen Blut und das junge Mädchen, ebenfalls blutverschmiert, war der Bewusstlosigkeit nahe.

„Oh, nein!“, rief er aus – sein Entsetzten gespielt – und fügte dann für die Ohren der anderen mit Entrüstung hinzu: „Dieser elende Schurke!“

Entsetzen stand in Sybillas Augen, und sie wollte die anderen warnen, wollte ihnen von dem Treffen Galarts und Alexanders mit dem Schwarzgewandeten berichten, doch ihre Stimme war schwach, versagte ihren Dienst und erlaubte nur ein Flüstern. „Zurhidon …“

Galart kniete bei ihr und tätschelte ihre Hand, doch durch seine Position schirmte er sie zugleich von den anderen ab. „Keine Sorge, mein Kind, ich *kümmere* mich um alles!“

Befehlsgewohnt wandte er sich um, wies Todd an, der Wache Bescheid zu geben und sagte zu Alice: „Sie leidet und ist im Fieber. Kein Wunder, nachdem, was dieser Schurke ihr angetan hat. Wenn Ihr ihr etwas gegen die Pein geben könnt? Vielleicht einen Trank, auf dass sie schlafen kann, um dem Schrecken der Nacht zu entfliehen?“

Alice starrte immer noch entsetzt auf das blutverschmierte Mädchen, stellte sich die Schrecken vor, die das zarte Geschöpf erlitten hatte, und holte eine Tinktur aus ihrem Beutel hervor. „Gebt ihr dies. Dies sollte ihr die Gnade des Schlafes zuteil werden lassen, dann kümmere ich mich um die übrigen Wunden!“

Galart nickte, fasste sanft Sybillas Kopf und hielt ihr die Phiole an die aufgeplatzten Lippen. Sybilla schüttelte den Kopf, wollte schreien, doch Galart beugte sich über sie, sagte sanft ein beruhigendes „Ruhig, meine Kleine“ und kam näher an sie heran. Alice verschwand aus Sybillas Blickfeld, und er hielt ihr die Nase zu, zwang sie, die Tinktur zu schlucken. Bitter lief der Extrakt aus Kräutern über ihre Zunge, und Sybilla verspürte sofort ein Gefühl der Taubheit darauf. Da sie nicht länger den Atem anhalten konnte, musste sie die Flüssigkeit schlucken. Sofort fühlte sie ein Kribbeln durch ihren Leib kriechen. Sogleich fiel die Furcht von ihr ab, und Gleichgültigkeit stellte sich ein. Dunkelheit umfing sie und beendete den Albtraum mit einem tiefen Schlaf.

Galart nickte und hob sie sanft auf. „Ich bringe das arme Kind nach Varanas; sie ist eine Angestellte meines Hauses, und ich werde für sie sorgen: Die besten Heiler von Varanas sollen für ihre Genesung herbeigerufen werden!“

Todd schaute Alice fragend an, die zweifelnd die Stirn runzelte. Galart sah die Unsicherheit und das Misstrauen und entschied sich dafür, dem entgegenzusteuern. „Gute Alice, ich danke Euch. Ihr seid erfahren und kennt das Mädchen. Wenn Ihr wollt, dann begleitet mich nach Varanas und sorgt dort für sie. Ich breche sofort auf und nutze das Transportportal, welches Ailics Gemeinschaft hier unterhält. Kommt!“

Die Kräuterfrau stand mit offenem Mund da. „Jetzt? Aber ich kann nicht fort! Und dieses seltsame Ding. Ich traue dem nicht. Menschen sollen verschwunden sein, als sie da hindurchgetreten sind.“

Galart schüttelte den Kopf. „Teleportation, gute Alice. Meistens klappt es problemlos!“

„Meistens?!“ Alice schüttelte den Kopf. „Habt Dank für Euer Angebot, aber ich kann hier doch nicht einfach so weg!“

Der Händlerfürst setzte eine enttäuschte Miene auf, die seinem inneren Freudentaumel nicht entsprach. „Ich denke, ich werde in ein paar Tagen auf dem Landweg nach Varanas reisen, um das Kind zu besuchen!“ Alice blickte zu dem Mädchen auf den Armen des Mannes. „Schützt sie gut, Herr Galart, und habt tausendfachen Dank. Ihr seid ein guter Mensch.“

Er nickte nur und schenkte ihr ein bescheidenes Lächeln. Dann wandte er sich schnell um und trug die bewustlose Sybilla auf seinen Armen davon.

Als Shareena das Buschwerk erreichte, versteckte sie sich unter einem umgestürzten Baumstamm und blickte zurück. Die Taverne war nun hell erleuchtet, und Männer in Nachthemden umringten Sybilla, deuteten auf den toten Schänder. Galart hatte Sybilla aufgenommen, sprach mit Alice und entfernte sich dann.

„Ihr Götter, nein!“ *Wo bringt er dich hin, Sybilla? Warum?*

Victor, der mit weiteren Soldaten hinzugekommen war, und Todd diskutierten hitzig, dann eilte Victor Galart hinterher, der in Richtung des Teleportersteins am Ortseingang von Logar ging. Einen Augenblick lang blieb ihr Verlobter stehen und blickte in Richtung des Waldrandes, an dem sie sich versteckte. Der Gildenfürst nickte in ihre Richtung, gab anderen Männern ein Zeichen, und schon eilten diese davon, um Waffen zu holen, Fackeln und Hunde.

Er muss mich gesehen haben, erkannte Shareena. Das Weiß ihres Nachgewandes und der helle Leinenstoff ihres Kleides waren vermutlich auch in dieser Finsternis zu sehen. „Ich hole dich da raus, Sybilla! Eines Tages komme ich wieder!“ Shareena kroch ins Dickicht zurück, sprang auf und rannte in die Nacht.

6. Die Höhle im Toten Baum

Grünlich weißer Morgennebel stieg über dem dunklen Wasser des Sees auf. Die obersten Baumkronen begannen bereits zu leuchten, als die Sonne ihre ersten Strahlen über Hügel und Wälder des Landes schickte.

Shareena war die Nacht hindurch gelaufen. Dabei hatte sie das Bellen der Hunde immer wieder hinter sich gehört, mal näher, mal weiter entfernt, dann auf einmal wieder beängstigend dicht. Sie hatte einen Bachlauf passiert und sich an eine Lagerfeuergeschichte Laifs erinnert. Laif hatte von einem Bären erzählt, der seine Spuren dadurch verwischte, dass er immer wieder durch Bachläufe watete. Shareena hatte es dem Bären gleichgetan, und die Jagdhunde hatten auf diese Weise schnell die Witterung verloren. Nach langen Momenten des Bangens war dann endlich auch das Bellen verklungen, und das junge Mädchen war allein gewesen in der Finsternis der Nacht. Fremde Geräusche, Laute, die sie in ihren Nächten in der Siedlung nie zuvor vernommen hatte, umgaben sie. Rascheln im Laub und im Unterholz, immer wieder viel zu laut und viel zu nah, Rufe von Vögeln, nächtlichen Räubern, im Geäst über ihr, dann das Schlagen von Schwingen, ledern und schnell, mehr ein Flattern. Pfoten und Tatzen, ein Knurren in der Ferne, dann der heisere, erstickte Todesschrei eines Opfers.

Als das dunkle Grau der Nacht dem ersten Blau des nahenden Morgens gewichen war, hatte sie die Höhlen am See erreicht.

Der See war klein, mehr ein Teich oder Tümpel, und vielen Wanderern gar nicht bekannt. Shareena war ebenfalls erstaunt, dass sie die Höhlen gefunden hatte, doch in der Dunkelheit war sie – das konnte sie nun an der aufgehenden Sonne sehen – viel weiter nach Osten gelaufen, als sie gedacht hatte. Sie vermutete, dass sie nun die Höhlen im Gebiet der Mondklamm erreicht hatte, östlich von Logar.

Die Höhlen vor ihr waren flach und klein, keine weitverzweigten Gänge, sondern eher ausgewaschene Felsüberhänge und kleine Kammern. Sie hatte beschlossen, erst am frühen Abend weiterzuwandern, und kauerte sich eng zusammen, um die Kälte und ihre Furcht fernzuhalten. Tief war sie nicht in die Höhlen hineingehuscht, aus Furcht vor den Goblins, von denen alle immer noch sprachen, oder auch vor den Höhlenkrebsen, die die Minen immer wieder zum Einsturz brachten. Doch hier würde sie Schutz vor der Sonne finden, vor dem Licht, das es jedermann möglich machen würde, sie auf ein, zwei Meilen hin zu sehen.

Erschöpft war sie mehrmals für wenige Augenblicke eingenickt, dann wieder mit klopfendem Herzen hochgeschreckt, immer in der Angst, ihre Häscher würden über ihr stehen. Erholung hatte der Schlaf ihr nicht gebracht, doch zumindest kurze Augenblicke der Freiheit, in denen sie nicht wach sein musste, in denen sie nicht die Bilder der vergangenen Nacht immer wieder vor sich sah; Sybillas Schmerz und Alexander, dem sie sein eigenes Schwert in den Bauch gerammt hatte. Seine Augen, als sein Blick brach und sie sich gegen die Klinge gestemmt hatte, um ihn vollends zu töten … Sie blickte an der Waffe herunter, die sie mitgenommen hatte. Der rostige Geruch von altem Blut klebte noch daran, doch seltsamerweise machte ihr das nichts aus. *Das Schwein hat den Tod verdient!*

Das Schwert war schwer, und sie war einige Male kurz davor

gewesen, es einfach wegzuwerfen, weil es sperrig war und eine Last. Doch andererseits wusste Shareena auch, dass es ihre einzige Möglichkeit war, sich gegen die Schrecken zu verteidigen, die sie noch erwarten würden. Sie hatte Wölfe in der Ferne gehört, und mit der ersten Sonne erwachten auch die Feuerkäfer – diese ochsengroßen Kreaturen, die das Land heimsuchten –, wieder zum Leben. Hin und wieder sah sie bereits das Aufglühen in der Ferne; Feuerkäfer schleuderten ihre flammende Glut gegen ihre Opfer. *Nahrung …*

Hunger und Kälte begannen sie zu quälen, und sie versuchte, sich abzulenken, indem sie ihre Habe genauer untersuchte. In der Börse, die Sybilla ihr gegeben hatte – die Börse Alexanders –, fand sie einige wenige Geldmünzen. Manche klein und silbern, andere golden oder bronzefarben. Sie hatte gedacht, sie würde mehr Geld in dem Beutel finden, doch stattdessen fielen ihr kleine metallene Objekte entgegen, manche quadratisch, andere vieleckig oder rund.

Seltsame Runen, dachte sie erstaunt. *Was um alles Welt sind das für Runen?*

Shareena betrachtete die eingravierten Schriftzeichen und Symbole genauer. Die Formen lösten Übelkeit und Unwohlsein bei ihr aus. Sie fühlte förmlich den zerstörerischen Zauber, der diesen Gegenständen innewohnte. Dreizehn seltsame Metallrunen, jede mit einem Symbol versehen, das ihr unbekannt war. *Wieso hat Galarts Neffe magische Gegenstände in seinem Besitz? Und was hat Galart mit den Zurhidon zu schaffen? Was für einen Gemahl hast du mir da ausgesucht, Todd?*

Sie schüttelte den Gedanken an ihren Stiefvater ab, der sie regelrecht an den reichen Händler *verschachert* hatte, und sie überwand den Impuls, die Runen in der Höhle zurückzulassen. Sorgfältig legte sie sie zurück in die Börse und band diese an ihren

Rockschößen fest. *Vielleicht haben diese Runen einen Wert für Galart. Vielleicht sind diese Runen eine Möglichkeit, um wieder ins Leben zurückzukehren oder um Sybilla aus dem Kerker zu holen. Vielleicht kann ich sie auch eintauschen.*

Quälende Gedanken an etwas Essbares hielten sie wach, bis die Sonne hoch am Himmel stand. Irgendwann wich der Hunger einem Gefühl der Monotonie, und sie wurde schläfrig. Insekten summten um sie herum, die sie mit trägen Handbewegungen verscheuchte. Endlich verfiel sie in einen unruhigen Schlaf, eine gequälte Rast, gehetzt von Träumen voller Blut und Schmerzen, Wimmern und Schreien …

Das Mädchen fuhr aus dem Schlaf hoch. Die Dunkelheit der Höhle wurde durch ein heraufgezogenes Wolkenband verstärkt. Blitze zuckten am Himmel, und dicke Regentropfen prasselten auf Fels, Gras und Bäume nieder. Shareena schlang ihre Arme um die Knie und versuchte sich warm zu halten. Eine Erkältung um diese Jahreszeit konnte sie das Leben kosten. Fieber und Husten brachten noch immer zu vielen Pionieren und Siedlern den Tod. So mancher wunderte sich, was denn die Priester und Heiler so trieben, da sie selbst solch simpler Krankheiten nicht Herr wurden. *Oder es kümmert sie einfach nicht*, überlegte Shareena. *Wir sind nicht wichtig in ihrer Welt.*

Sie raffte sich auf. *Reiß dich zusammen, Shareena! Wenn du jetzt herumjammerst, bringt dich das nicht weiter. Damit wird alles nur noch schlimmer!*

Ihr Blick wanderte über das Land. Grüngelbe Baumkronen, deren Blätter sich im prasselnden Regen hin- und herwarfen, Rinnsale, die sich über den schroffen Fels ergossen, Kaskaden von Wasser, das aus dem Himmel fiel, immer wieder erhellt durch Blitze und Donnergrollen. Das Unwetter entfernte sich schnell, wurde aber alsbald von den Hängen der Heulenden Berge zurückgeworfen und kehrte ungleich grollender wieder zurück.

Shareena fror zunehmend in dem dünnen Nachtgewand und dem hastig übergeworfenen Kleid, das wie ein unförmiger Sack an ihr hing, hatte sie doch das zugehörige Mieder und die Schnüre und Schals zum Zusammenhalten in der Kammer der Taverne gelassen. Mit schnellen Bewegungen rieb sie über ihre nackten Arme und Beine, hoffte auf die Wärme, die dies bringen mochte und fror doch mehr und mehr.

Sie schaute hinaus ins Zwielicht des Gewitters, betrachtete die grasbewachsenen Hügel und Baumgruppen, den Fels, der beinahe zu leben schien, wenn das grelle Licht des Blitzes langsam verebbte und die scharfen Schatten wieder weicher wurden.

In ihren Augenwinkeln nahm sie eine Bewegung wahr. Ihr Herzschlag beschleunigte sich, und Shareena blickte mit angstgeweiteten Augen zu dem Ursprung der Bewegung. Seitlich, am Eingang der Höhle, begann der Fels nun wahrhaftig zu leben. Beine, gepanzert und mit Hornauswüchsen bewehrt, schälten sich aus dem Dunkel. Klackernd und knirschend bewegte sich der vermeintliche Fels.

Ein Höhlenkrebs!, schoss es ihr durch den Kopf. Die Kreatur musste am Hang über ihr gewesen sein und suchte nun den Weg in die Höhle. Schon konnte sie die schnappenden Zangen ausmachen, große, wuchtige Werkzeuge, die im Halblicht drohend und unheilvoll auf sie wirkten.

Eine neue Kaskade vielarmiger Blitze zuckte über den Himmel, zeichnete den schalenbewehrten Körper in einem unwirklichen Licht; schwarze Schatten auf der abgewandten Seite, gleißendes Weiß auf der dem Blitz zugewandten. Ein gepanzerter Tod, der Schritt für Schritt näher kam.

Du musst hier weg! Lauf!, ermahnte sie sich und spannte ihre

Muskeln an. Wieder das *Klack-Klack* der Schritte, ein erneutes Schnappen der Zangen. Dann Stille. Shareena blickte die Kreatur an. Ihre Stielaugen fixierten sie. Die Bestie hatte sie gesehen, ordnete sie als Beute ein, bereitete sich auf einen Angriff vor.

Ihre Hand schloss sich um den Griff des Schwertes. Nicht, dass sie sich eine wirklich günstige Gelegenheit ausmalte, gegen den Höhlenkrebs mit dem für sie zu massigen Schwert einen Sieg zu erringen, doch das Leder des Griffes, an den straff gewickelten Rändern noch rau, in der Mitte glatt und speckig, bot ihr auf eine eigentümliche Weise Trost. Shareena klammerte sich an diesen Halt, kämpfte mit ihm gegen die Angst an, die der Schrecken vor ihr mit sich brachte, und sie versuchte sich der Fechtlektionen zu erinnern, die ihr Bruder Victor ihr gegeben hatte.

Ein weiterer Blitz zuckte über den Himmel, grelles Weiß vor einem fauligen Grau. Die Kreatur bewegte die Stielaugen suchend umher, zuckend, vielleicht auch unsicher. Hatte der Blitz den Krebs geblendet? Shareena vertraute auf ihr Glück und hastete los. Die Scheren schnappten nach ihr, verfehlten sie nur knapp, und instinktiv ließ sie die Klinge mit dem ausgestreckten Arm in Richtung der Stielaugen des Höhlenkrebses niederfahren, als sie an ihm vorbeilief.

Die Scheren schnappten erneut, ergriffen die Klinge und umklammerten sie. Einen Herzschlag lang überlegte sie, ob sie versuchen sollte, sie zurückzuziehen, doch ihre Muskeln gehorchten ihr nicht. Der Griff des Schwertes, mit dem sie Alexander getötet hatte, mit dem sie den Peiniger ihrer besten Freundin bestraft hatte, entglitt ihr. Sie hörte das Klackern der gepanzerten Beine des Krebses, und ihre eigenen Beine rannten einfach weiter.

Raus aus der Höhle, nur weg! Shareenas Blut hämmerte durch ihre Adern, machte es ihr schwer, zu hören, ob der Krebs sie ins Dunkel des Abends verfolgte. Sie wagte nicht, sich umzusehen.

Sie könnte stolpern, könnte sehen, dass die todbringenden Zangen so nahe waren, dass sie ihr Ende bedeuten konnten. *Lauf! Lauf, Shareena!* Nur dieser Gedanke war in ihr. Der Regen, kalt und hart, durchnässte ihre Kleider, und das Mädchen rannte durch die hereinbrechende Dunkelheit.

Die Spinne kam näher; langsam, lauernd. Sie wusste, dass ihre Beute ihr nicht mehr entfliehen würde. Der hundegroße Leib wirkte unförmig und fett. Kopf und Brust waren zusammengewachsen, während der aufgesetzte Hinterleib übermäßig groß und schwer wirkte und mit jeder Bewegung auf und ab wippte. Acht Beine, beinahe fließend in ihren Bewegungen, tanzten sich in einem eigenartigen Rhythmus an sie heran, während die Kieferklauen aufgeregt hin- und herschnappten. Zähflüssiges Gift troff aus Drüsen, die dicht am Maul lagen, und acht punktförmige, schwarze Augen fixierten die Beute: Shareena.

Ihre Flucht durch die nächtlichen Wälder hatte sie von einem Albtraum in den nächsten geführt. Ihr nasses Kleid hatte an ihr geklebt, sie immer langsamer werden lassen und war schnell weiter zerrissen, bis es ihr kaum noch Wärme schenken konnte. Als der Regen endlich nachgelassen hatte, hatte sie die Kälte der herbstlichen Dunkelheit überfallen und sie hatte versucht, auf einen Baum zu klettern, um vor den Räubern der Nacht Zuflucht zu finden.

Auf halbem Weg in die dunkle Baumkrone war sie auf einem der nassen Äste ausgerutscht und wieder in die Tiefe gestürzt. Sie hatte sich das linke Bein aufgescheuert und konnte weder schnell laufen noch einen erneuten Kletterversuch wagen.

Ohne Orientierung war sie weiter durch die Nacht gestolpert, hatte immer wieder gelauscht, ob Raubtiere ihre Fährte aufgenommen hatten. Der Wald war immer dichter und dunkler geworden,

Äste hatten die Haut an ihren nackten Beinen aufgerissen. Auf einer Lichtung hatte ein Schwarm Fledermäuse sie plötzlich umkreist, sie durch die Nacht gehetzt. Sie war gestolpert, einen Hang hinabgerutscht und hatte sich an Büschen und halb verdeckten Steinen die Hände und Knie aufgeschrammt.

Durch ihren Sturz war sie den Fledermäusen entkommen, und eine Höhle, geformt aus den unterhöhlten Wurzeln eines gewaltigen Baumes, hatte ihr einen verlockenden Schutz dargeboten. Sie hatte die Grotte betreten, aus der ihr eine feuchte Wärme entgegenschlug. Der Stamm des Baumes hatte den Durchmesser eines Bauernhauses, seine weißverwitterte Rinde zeugte von einem Alter, das vermutlich kein anderer der Bäume des Waldes von Seweida erreicht hatte. Seine mannshohen Wurzeln waren knorrig, verdreht und ineinander verwachsen.

War die Höhle ihr zunächst wie ein willkommener Hort des Schutzes erschienen, hatte sich jedoch mit jedem Schritt, den Shareena tiefer in die Dunkelheit unter dem Wurzelwerk gemacht hatte, ein unbestimmtes, unbehagliches Gefühl verstärkt. Die Wärme in der Höhle wurde von einem süßlichen, fauligen Geruch begleitet, ähnlich dem von Essensresten, die zu lange in der Sonne stehen. Der Boden war klebrig, und mit jedem Schritt war es ihr schwerer gefallen, einen Fuß vor den anderen zu setzen.

„Ich bleibe am besten am Eingang der Höhle“, hatte sie laut zu sich selbst gesagt, um sich Mut zuzusprechen, doch ihre Stimme hatte nur leer und gebrochen geklungen. *Etwas stimmt hier nicht*, hatte sie jeder ihrer Sinne gewarnt, und Angst war ihr wie ein kribbelnder Schwarm Läuse über die Haut gekrochen, durch ihre Nase und ihren Mund in sie eingedrungen, hatte das Blut in ihren Adern befallen und sie erschauern lassen.

Shareena war stehen geblieben und hatte ihre Augen angestrengt, um die Finsternis zu durchdringen; sie spähte ins Dunkel der Höhle, versuchte Schatten und Formen zu unterscheiden. Ihr Herz begann zu rasen, es trommelte in ihrer Brust. Sie glaubte, erkennen zu können, wie der Boden sich bewegte, die Wände, die Decke über ihr.

Spinnen! Die Erkenntnis durchzuckte sie wie ein Schwertstreich. *Viel zu große Spinnen!* Sie hatte sich umgedreht und aus der Höhle flüchten wollen, doch nur ein, zwei Handbreit von ihrem Gesicht entfernt, hatte sich eines der achtbeinigen Tiere abgeseilt und aufgeregt die Kieferklauen bewegt, während der rechte Pedipalpus, jenes umgewandelte und mit einer zangenartigen Klaue versehene Vorderglied, sich näher an ihr Gesicht herangetastet hatte.

Mit einem Aufschrei war sie zurückgestolpert, ihr Fuß hatte sich in einer herausragenden Wurzel verfangen, und sie war in einem der vielen Netze in der Höhle gelandet, das an ihr haftete und sie mehr und mehr zu fesseln schien, je heftiger sie sich bewegte.

Mit blankem Entsetzen beobachtete sie nun die langsamen Bewegungen, konnte die rötlichen, borstigen Haare an den Gliedmaßen der Tiere sehen. Um sie herum raschelte es. Mehr von den giftigen Kreaturen erkannten, dass leichte Beute zu machen war. Shareena wimmerte, und ihr Verstand drohte auszusetzen. Näher und näher bewegte sich der fette Leib der Spinne, die sie aus ihren glänzenden Knopfaugen anglotzte, während Geifer über ihre Kieferklauen lief, herausgepumpt aus wulstigen Drüsen am Maul, die das lähmende Gift absonderten.

Shareenas Wimmern schwoll zu einem unartikulierten Schrei an. Sprechen konnte sie in ihrer Todesangst nicht mehr. Die Spinne kam wieder ein Stück näher, dann noch etwas, bis sie schon ganz dicht bei ihr war. Shareena schloss die Augen, erwartete den todbringenden Biss, der ihr Gift in den Leib pumpen würde, um sie zu lähmen und schließlich zu zersetzen.

Und dann spürte sie die Flüssigkeit. Sie berührte sie, kalt und stechend. Shareena schrie, schlug um sich, berührte mit ihren Fingern den Leib der Spinne, die unterarmdicken Beine. Ekel und Angst, Panik und Wahnsinn umtanzten sie spottend, luden sie ein zu einem Reigen des Schreckens.

„Ruhig, Kleine!" Eine tiefe Stimme. Sie schlug weiter um sich. „Ganz ruhig. Sie ist tot!"

Shareena hörte jemanden schreien und erkannte, dass sie es selbst war. Sie riss sich zusammen, öffnete die Augen und starrte fassungslos um sich. Der Körper der Spinne lag auf dem Rücken, die Beine im Tod über dem Unterleib zusammengezogen. Eine große Wasserlache umgab sie, und Shareena erkannte, dass es nicht das Gift gewesen war, das sie gespürt hatte, sondern das Wasser.

Vor ihr stand ein Mann, vielleicht vier oder fünf Dekaden alt. Er trug eine klirrende Kettenrüstung aus fingerdicken Metallringen an Brust und Armen sowie an den Beinen und darüber den blauen Wappenrock der Garnisonstruppen von Varanas.

Ein Soldat! Eine Wache aus Varanas! Sie haben mich gefunden!, schoss es Shareena durch den Kopf, doch der Mann machte keine Anstalten, sie zu fesseln und abzuführen. Stattdessen blickte er über seine Schulter nach hinten und Shareena sah eine Frau mit einem Stab in der Hand. Runen glitzerten darauf, und ein blaues Licht erhellte den Bereich der Höhle, in dem sie stand, mit einem sanften Schimmer. „Frau Sharlin! Das Mädchen ist unversehrt!", rief der Soldat, und die Frau kam näher. Bewundernd blickte Shareena auf ihr grausilbernes Haar, das im Widerspruch zu ihrer noch jungen Haut stand. Ihre Augen waren von einer eisigen Farbe, beinahe blass, und so stechend, dass ihnen nichts entging. Ihre blauen Roben waren von edlem Schnitt, freizügig und offen an Hals und Dekolleté, eng an der Taille gebunden. Die Rockschöße reichten bis zum Boden. Der in Falten gelegte Stoff bewegte sich bei jeder ihrer Gesten und jedem ihrer Schritte fließend, und Shareena erahnte die Kraft und Gewandheit, die dem eher kleinen und grazilen Körper innewohnten.

Die Frau blickte an Shareena und dem Soldaten vorbei, und ein kaltes Lächeln zauberte sich auf ihre Züge. Mit spielerischer Geste hob sie ihren Stab. „Verzeiht, Hauptmann Tomas? Würdet Ihr für einen Moment beiseitetreten?“

Der Hauptmann verstand und beugte sich schnell und schützend über Shareena. Der Stab der Frau schoss vor, während sie seltsame Worte flüsterte, ein Singsang, weich und fließend, wie …

Wasser!

Shareena blickte an dem Körper des Mannes vorbei, wurde von dem blauen Lichtnimbus geblendet, der sich von der Spitze des Stabes löste, an ihr und der Wache vorbeischoss und zischend eine weitere Spinne einhüllte. Ein bizarrer Strahlenkranz aus Licht und Beinen tanzte wenige Schritte von ihr entfernt. Dann verstand das Mädchen: Wasser umhüllte die Kreatur, drang in ihre Atemwege ein. Die Spinne wand sich qualvoll und starb schließlich einen nassen Tod.

„Kein guter Ort für ein junges Mädchen“, sagte die Frau, die der Hauptmann vorhin Sharlin genannt hatte. „Kommt, Tomas, kehren wir zum Lager zurück. Forschungen sind heute Nacht sowieso nicht mehr möglich. Zu viele Interferenzen der Magie verunreinigen die Ergebnisse.“ Ein strenger Ton lag in ihrer Stimme, die Shareena verdeutlichte, dass der Soldat in jedem Fall alles tun würde, was Sharlin ihm befahl.

Ein weiterer Bewaffneter kam herbeigelaufen, Fackeln in den Händen, von denen er eine Hauptmann Tomas reichte. Dieser brannte gezielt und ohne Shareena zu verletzen das Netz um sie herum zurück, hielt ihr sogleich die behandschuhte Hand hin und zog sie hoch. „Keine Sorge, Kleines! Bei uns bist du in Sicherheit."

Shareena nickte nur und grauste sich davor, was der Soldat wohl sagen würde, wenn er wüsste, dass sie einen Mann getötet hatte. Sie tat zwei Schritte, dann ließen Hunger und Erschöpfung sie zusammensacken. Kräftige Arme fingen sie auf.

7. Das Auge der Weisheit

Shareena schlug die Augen auf und betrachtete das gebrochene Licht der Sonne, welches auf die hellen Leinenbahnen des Zeltes fiel. Das Zelt war achteckig und in der Mitte so hoch, dass ein Mann aufrecht darin stehen konnte. Die einzelnen Bahnen wurden mit Stangen gestützt, und dazwischen verliefen Seile und Schnüre, um das Konstrukt zusammenzuhalten.

In einer Ecke des Zeltes gab es eine weitere Bettstatt, ein Gebilde aus gestopften Schlafrollen, Laken und bunt bestickten Kissen. Daneben fand sich ein zusammenklappbarer Hocker sowie ein einfacher Tisch, der aus zwei Kisten und drei breiten Brettern bestand. Bücher, dick und schwer gebunden, Schriftrollen und Karten stapelten sich dort. Shareena stützte sich auf ihrem Lager hoch und erblickte Fässchen mit Tinte sowie mehrere Federkiele, die zum Schreiben dienten. Zur Linken des Tisches befanden sich Säcke und große Gläser, in denen Gräser, Kräuter und Beeren aufbewahrt wurden. Sie erkannte das seltene Bergteufelgras, ein Kraut, dem Kräfte zugeschrieben wurden, die für Tränke von größter Wichtigkeit waren. Todd hatte immer Profit gewittert, wenn sie hin und wieder eine solche Pflanze gefunden hatte.

Das Mädchen richtete sich vollends auf. Die grob gestrickte, braune Decke aus Schafswolle rutschte zurück, und ein Schrecken durchfuhr sie, als der Stoff über ihre nackten Brüste glitt. Sie blickte an sich herunter und erkannte, dass sie gänzlich entkleidet worden war. Scham stieg in ihr auf, und Shareena rutschte tiefer unter die Decke.

Ihr Blick wanderte unsicher im Zelt umher. Hinter ihr hingen an Schnüren aufgehängt ihr zerschlissenes Kleid und ihr dreckiges Nachtgewand. Felsen, Blätter und Erde hatten Schmutzflecken hinterlassen, und sie erkannte auch die rostfarbenen Stellen, die von Spritzern von Blut herrührten.

„Gut, du bist wach, Kind!"

Shareena fuhr herum. Am Fußende ihres Lagers hockte die silberhaarige Frau mit dem ihr jung erschienenen Gesicht. Nun jedoch, bei Tag, konnte Shareena erste Falten um die Augen ausmachen, und sie schätzte, dass die Frau eher vierzig denn dreißig Sommer zählen mochte. „Wie heißt du, Kleines?"

„Lina!", log Shareena instinktiv und nannte den ersten Namen, der ihr einfiel. Wenn sie von den Wachen gesucht wurde, mochte sie der Name vielleicht nicht sofort verraten. *Dumme Gans, als ob dich eine solche Lüge schützen könnte.*

„‚Lina'", wiederholte die Frau den Namen und wog ihn auf der Zunge, als würde sie so die Wahrheit herausschmecken können. „Also gut, ‚Lina'. Ich bin Sharlin, und mich interessiert brennend die Antwort auf folgende Frage: Was macht ein Pioniermädchen allein des Nachts in der Höhle am Toten Baum?"

Shareena blickte in die forschenden Augen ihres Gegenübers und entgegnete: „Ich hatte mich verlaufen." Bestimmter setzte sie nach: „Beim Kräuterpflücken!"

Sharlin betrachtete das Mädchen wachsam, las die Reaktionen in ihren Augen, in ihrer Mimik und der Haltung ihrer Hände. Schmunzelnd deutete sie mit dem Kopf zu den Kleidern hinauf, ohne den Blick von dem Mädchen zu nehmen. „Sammelst du immer Kräuter im Nachthemd?"

Shareena blickte zu Boden, befürchtete sie doch, den Zorn ihrer

Retterin heraufbeschworen zu haben. Die Frau lächelte jedoch nur und setzte sich näher zu ihr. Sanft, beinahe zärtlich berührte sie ihr Kinn und hob es hoch. Die Finger der Frau zeugten von Kraft, waren rau. „Was ist passiert?“

Shareena presste ihre Lippen aufeinander, unfähig, die vergangenen Nächte in Worte zu kleiden. Sharlin deutete zu dem Kleid. „Das ist Blut. Helles Blut aus tiefen Wunden, also erzähl mir nicht, dass es von den Kratzern an deinen Händen und Beinen stammt.“

Lange sah das Mädchen die ältere Frau an. Diese ließ ihr Zeit, wartete, bis das Mädchen ihre Ängste in Worte fassen konnte. „Ich habe einen Mann getötet.“

Shareena schloss die Augen. Bestimmt würde Sharlin nun die Wachen rufen, sie in Eisen legen und nach Varanas schaffen lassen, um sie dort als Mörderin zu verurteilen. Sharlin jedoch legte ihr nur sanft die Hand auf die Schulter. „Dieser Mann, hat er dich ...“

„Nein!“, rief Shareena aus. „Nein“, fügte sie abermals ein wenig leiser hinzu und wischte sich die aufkommenden Tränen aus den Augen. „Nicht mich, aber Sybilla.“ Ungehemmt sprudelte ihre Pein aus ihr heraus, offenbarte ihre Seelenqual, und schon berichtete sie der Fremden alles, was sich zugetragen hatte: von Todds Plänen, sie mit einem Gildenfürsten zu vermählen, von der Schändung Sybillas und von der Rache, die Shareena an dem Peiniger ihrer Freundin genommen hatte. Sie erzählte von ihrer Flucht und ihrem Irrweg durch die Wälder. Sharlin hörte aufmerksam zu, ermutigte sie, weiterzusprechen, wenn sie ins Stocken geriet, gab ihr Wasser, wenn die Erinnerungen Übelkeit aufkommen ließen. Als Shareena von den Runen berichtete, die sich in ihrem Beutel befanden, straffte sich Sharlins Haltung. „Runen?“

Shareena nickte, deutete auf den Beutel und Sharlin holte die lederne Börse herbei. Sie reichte sie Shareena. Das Mädchen öffnete die Börse und ließ die Runen in ihre Handfläche fallen.

Sharlin sog den Atem lautstark ein. Sofort erkannte sie die Form der Symbole. „Zurhidon. … Shareena!“ Sharlin betrachtete das Spiel des gedämpften Sonnenlichts auf den kleinen Runen, beobachtete das rötliche Glitzern an den kristallinen Kanten, mit denen die Metallplättchen versehen worden waren. Nachdenklich rieb sie sich den Hals, strich sich über das Kinn und fasste einen Entschluss: „Kind, ich möchte, dass du mich nach Varanas begleitest und wir dort diese Runen von weisen Frauen und Männern untersuchen lassen. Vom *Auge der Weisheit*!“

Shareena kam nicht dazu zu antworten. Kaum hatte Sharlin geendet, öffnete sich die Plane, die das Zelt verschloss, und ein Soldat im blauen Wappenrock von Varanas öffnete das Zelt. Shareena hatte den Mann zuvor noch nicht gesehen und erschrak. Schamhaft bedeckte sie sich bis zum Hals mit der Decke, doch der Soldat stellte nur einen Teller mit Brot, Fleisch und frischen Äpfeln in den Eingang, bemüht, das junge Mädchen nicht anzustarren.

„Schon gut, Maximilian. Ich kümmere mich um das Essen.“ Sharlin blockierte mit ihrem Körper die Sicht auf Shareena und die Runen, die nun offen auf der Decke lagen. Die Forscherin sagte dem Mann Dank, schob ihn wieder aus dem Zelt und reichte ihr das Essen. Nachdenklich reichte sie den Teller dem Mädchen. „Du musst ausgehungert sein, Shareena.“

Das Mädchen nickte beschämt, griff mit den bloßen Fingern nach dem Fleisch und schlug ihre Zähne hinein. Schweigend beobachtete Sharlin, die sich wieder zu Shareena gesetzt hatte, wie diese das Essen hinunterschlang und mit jedem Bissen mehr an Energie zu gewinnen schien. Das Mädchen wischte sich mit dem Handrücken den Mund ab und beobachtete wachsam die erwachsene Frau. „Du hast Glück gehabt, dass wir in der Höhle waren. Das hätte böse ausgehen können. Diese Spinnen sind weitaus bösartiger als harmlose Hausspinnen, doch wie diese suchen sie auch stets Futter."

Ein Schauer durchlief Shareena. Dass sie das Futter gewesen wäre, daran bestand für sie kein Zweifel. „Warum wart Ihr dort?" Shareena war sich bewusst, dass es einen Grund für die Anwesenheit der Frau und der Soldaten gegeben haben musste. Sie hatte verstanden, dass sie nicht der Grund gewesen war.

„Die Spinnen und Fledermäuse am Toten Baum sind … etwas Besonderes. Die Legende besagt, dass der Kämpfer Logar, der dem Ort seinen Namen gab, dort den Spinnendämon Pirlanok besiegte. Angeblich wurde der Dämon in den weißen Baumstamm verwandelt, wo er nun die Energie der Wälder aufnimmt, jene magischen Ströme, die die Welt Taborea durchdringen. Es gibt Schriften, in denen davon gesprochen wird, dass Pirlanok auf seine Wiedergeburt wartet."

„Ich glaube, *jetzt* habe ich auch Angst vor Spinnen", bemerkte das Mädchen und verzog das Gesicht. Sharlin lächelte sie aufmunternd an und erhob sich grazil, sachte, als wolle sie Shareena nicht erschrecken, so, wie man es mit einem Vogel tut, der nahe bei einem gelandet war. Leise schritt sie zu dem Schreibtisch, um ein Buch herbeizuholen. Sie hockte sich neben das Mädchen und zeigte ihm den ledernen Einband. „Angst lähmt einen nur, Shareena. Aber Respekt vor den Kreaturen schadet nicht. Und aus Respekt erwächst Wissen."

„Wie schön es ist!" Shareena ließ ihre schlanken Finger über das dunkle Leder des Bucheinbandes gleiten. Seltsame Schriftzeichen umringten ein Symbol, welches ein Auge darstellte, stilisierte, aufrecht stehende Eulen und Schildkröten zur Linken und Rechten, die das Symbol festhielten.

„*Das Auge der Weisheit*", begann Sharlin und beobachtete Shareenas Reaktion. „Hast du schon von uns gehört?"

Das Mädchen nickte, unsicher, ob sie nicht zu viel von sich preisgegeben hatte. „Ihr seid Zauberer, Hexer!“

Sharlin lachte und schüttelte den Kopf. „Bei Ayvenas! Nicht schon wieder dieser Unsinn!“ Sharlin hockte sich zu Shareena auf die Bettstatt und berührte sanft die Wange des Mädchens. „Wir sind Forscher, Liebes!“

Sie schlug das Buch auf und zeigte Shareena ein seltsames Gebilde, eine Landmasse, die von Linien und Schriftzeichen umgeben war, von denen sie noch nie zuvor gehört hatte. „Wir sind Forscher des Magischen. *Das Auge der Weisheit* stammt vom Kontinent Kolydia, den du hier siehst. Wir sind eine Gemeinschaft von Wissbegierigen, die danach streben, das *Alte Wissen* neu zu entdecken!“

„Das *Alte Wissen*?“ Shareena hatte davon noch nie gehört. Sie setzte sich auf, die Decke um ihren nackten Oberkörper gezogen, sodass nur ihre Schultern frei waren. Sharlin zeigte auf die Karte und deutete auf zwei Landmassen, die durch eine weite See voneinander getrennt waren. „Hier sind wir, auf Candara. Und dort ist Kolydia! Daher kamen die ersten Forscher vor …“, sie legte den Kopf schief, „einhundert, nein, einhundertundzwanzig Jahren, um die Geheimnisse dieses Kontinents zu lüften.“

Die Frau blätterte um und zeigte eine andere Karte, viel grober und mit weniger Notizen versehen. „Candara. Noch viele weiße Flecken, viele Geheimnisse, die es zu enträtseln gilt.“

Ihr Finger deutete auf einen weißen Flecken oberhalb der Region, die mit ‚Rabenfeld‘ und ‚Kettenküste‘ beschriftet worden war. „Jüngste Berichte von Wanderern ergaben, dass es hier Sümpfe geben soll, riesige Sümpfe. Die Küste der Wehklagen. Andere unbekannte Regionen … Nun, wer weiß, was uns dort erwartet, doch wild werden diese Lande sein, in die wir vordringen!“

„Aber warum?“ Shareena verstand nicht, was die Frau ihr zu erklären versuchte. „Was hat das mit dem Baum zu tun?“

Sharlin lachte und nickte. „Verzeih! Schriftgelehrte schweifen gerne ab. Für jetzt sei einfach gesagt, dass die Menschen in den vergangenen eintausend Jahren viel Wissen verloren haben, eben seit der Epoche der *Großen Verbannung*. Von der hast du doch schon gehört, oder?"

Shareena widerstand dem Impuls einfach zu nicken, denn sie kam sich plötzlich unwissend und ungebildet vor. Zaghaft schüttelte sie den Kopf.

„Sei's drum! Es genügt fürs Erste, wenn du weißt, dass damals ein paar wirklich böse Menschen Schreckliches anrichteten. Sie waren mächtig, aber gierig nach immer mehr Macht. Sie waren Meister über die Magie der Runen. Und so nutzten sie diese, um die Welt zu dominieren, sie zu beherrschen. Ein wahnsinniges Unterfangen, denn diese Art von Macht ist nur den Göttern vorbehalten. Doch sie forderten die göttliche Macht heraus, veränderten ihre Körper durch die Macht der Runen in etwas Monströses! Doch es zerstörte auch ihren Verstand und ließ sie die Menschheit verraten."

Fasziniert hörte Shareena Sharlin zu. Sie hatte viele Geschichten gehört, wenn die Männer in der Siedlung ihre Zoten und Schwänke zum Besten gaben, aber diese war ihr neu. „Bitte, erzählt mir mehr."

Eine Ernsthaftigkeit schlich sich in Sharlins Stimme, eine Besorgnis und Schwermut. „Sie wurden zu Dämonen, Dämonenfürsten, wenn du so willst. Allianzen schlossen sich zusammen, um sie zu besiegen. Kriege, Hunger und Tod peinigten die Welt. Es war wichtiger, zu kämpfen, denn Wissen zu bewahren. Flammen wüteten in den Städten, Bibliotheken brannten nieder, während die Überlebenden aus zerstörten Häusern flohen, nur mit dem Nötigsten bepackt, um in der Wildnis überleben zu können. Viele Meister fielen im Kampf gegen die Dämonen, ließen ihre Lehrlinge zurück. Lehrlinge, die sich nun das Wissen selbst beibringen mussten!"

„Und Ihr …", begann Shareena, doch Sharlin fuhr schon fort. „Ja, Liebes, wir sind eigentlich nur Schüler, die nun ohne Lehrer lernen müssen. Lehrlinge, die ohne Meister begreifen müssen, was zu tun ist. Mit jedem Quäntchen Wissen, welches wir entschlüsseln, begreifen wir nur, dass es umso mehr gibt, das wir nicht wissen!"

Sharlin fegte mit der flachen Hand über den sandigen Boden des Zeltes und klopfte eine Stelle glatt. Mit ihrem Fingernagel des rechten Zeigefingers zeichnete sie einen kleinen Kreis in die Erde. „Das ist das, was wir vor hundert Jahren wussten, eben alles in dem Kreis."

Shareena nickte. „Ich verstehe."

„Gut! Jetzt stell dir vor: Alles, was du weißt, ist in dem Kreis, und die Außenlinie berührt die Dinge, die du nicht weißt." Sharlin zog einen zweiten Kreis um den ersten.

„Die Außenlinie ist größer. Länger!", rief Shareena aus.

„Richtig! Oder anders gesagt: Wir wissen, dass wir nichts wissen!"

Gemeinsam lachten sie einen Moment lang. „Die Höhle am Toten Baum ist mein Fachgebiet: Ich will mehr über die Kreaturen dieser Welt erfahren. Magie, die Magie der Runen, hat diese Welt geprägt, verändert. Das *Auge der Weisheit* ist eine Organisation, die sich der Rekonstruktion des Alten Wissens verschrieben hat. Spötter nennen uns Trödler, weil wir magische Relikte zu entschlüsseln versuchen. Weil wir Artefakte sammeln, um diese wieder zu verstehen lernen. Im Laufe der vergangenen einhundert Jahre haben wir viele neue Zaubersprüche aus gefundenen Artefakten erschaffen!"

„Also doch Hexer und Zauberer!", rief Shareena aus.

Sharlin betrachtete sie einen Moment lang und legte den Kopf schief, als würde sie nachdenken. „Magie durchdringt unsere Welt, Shareena. Sie ist eine Kraft, eine Instanz der göttlichen Schöpfung. Doch wie diese Magie sich manifestiert, ist eine ganz andere Sache. Manche, die Magier, benutzen Zauber in der reinsten Form – oder so behaupten sie zumindest. Es gibt aber auch klerikale Interpretationen: Heiler, Ritter und Priester nutzen oftmals eine spirituelle Form der Magie. Doch auch Schmiede, die es gelernt haben, die Macht der Runenmagie zu nutzen, binden diese in ihr Tagewerk ein. Und sogar Bauherren, die Festungen errichten, nutzen das neue Wissen."

Shareena deute auf den Stab mit den silbrig glänzenden Runen. „Wie habt Ihr die Spinnen getötet? Das war auch Zauberei, oder?!"

Sharlin nickte. „Ein Wasserzauber. Feuer und Wasser sind offenbar die ersten Elemente, die bereit waren, uns ihre Geheimnisse zu offenbaren. Ich schätze, es warten noch einige Mysterien auf uns, die es zu entdecken gilt."

„Und die Soldaten? Warum habt Ihr als Forscherin Soldaten dabei?"

„Dies sind unsichere Zeiten. Und Das *Auge der Weisheit* hat eine lange Geschichte. Berater und Gelehrte, Politiker und Händler zählen ebenso zu unseren Anhängern wie Abenteurer und Glücksritter." Sharlin strich sich durch ihr silbriges Haar. „Dummerweise haben wir auch zahlreiche Gegner. Durch Einfluss unserer Organisation auf den Rat von Varanas, genau gesagt zu Ratspräsident Berol, wurden mir zum Schutz diese Soldaten zugewiesen." Verschwörerisch beugte sie sich vor und hielt eine Hand an ihren Mund. „Ich vermute, sie sollen auch sichergehen, dass ich keine magischen Schätze finde, die ich dann vor dem Rat verheimliche!", flüsterte sie mit verschmitztem Gesicht.

Ein Zittern durchlief das frierende Mädchen. Feine Härchen stellten sich an ihren nackten Schultern auf. „Ich sollte mich langsam anziehen.“ Sie erhob sich und griff nach ihren zerschlissenen Kleidern. Sie schürzte die Lippen und sagte: „Zu dumm. Sie sind immer noch nass.“

„Warte!“ Sharlin öffnete eine Truhe, die sich neben der Pritsche befand und wühlte darin. Sie holte eine braune Hose und eine hellgrüne Tunika hervor und reichte alles dem Mädchen. „Du bist größer als ich, und die Kleider werden vielleicht ein wenig eng sein, aber sie sind zumindest trocken.“

„Ihr seid sehr gütig, Frau Sharlin!“ Shareena nahm die Kleider dankend an und schlüpfte hinein. Die Hose war ihr ein wenig zu kurz, sodass sie ihre Waden halb unbedeckt ließen, und die Tunika zeichnete sich deutlich an der Rundung ihres Busens ab, betonte die Schlankheit ihrer Taille und die geschwungene Form ihrer seit geraumer Zeit breiter werdenden Hüften.

Sharlin musterte sie und nickte. „Hübsch. Lass dich von den Soldaten nicht ärgern, denn wenn sie eine junge Frau von deiner Schönheit sehen, musst du damit rechnen, dass sie versuchen, dir ihre Aufwartung zu machen“.

Die Röte stieg ihr ins Gesicht. Als ‚junge Frau‘ hatte sie noch nie jemand bezeichnet. Doch sie fühlte schon seit geraumer Zeit, dass sie an der Schwelle zu etwas anderem, Reiferem stand. Ja, mehr noch, dass sie die letzten Reste ihrer Kindheit längst abgelegt hatte und nur ihr Verstand dies noch nicht akzeptiert hatte.

Sharlin holte einen Kamm und half Shareena beim Ordnen ihrer Haare. Die langen platinfarbenen Strähnen waren verheddert, und mehrmals schrie Shareena leise auf, wenn die Knoten durch den Kamm gelöst wurden. Nachdem sie fertig waren, flocht Sharlin ihr einen dunkelgrünen Schal in die Haare.

„Dein offener, leuchtender Schopf könnte dich eher zur Beute werden lassen, als dir lieb ist, Shareena", sagte sie und betrachtete ihr Werk. „Fast perfekt!"

Sharlin kramte nochmals in der Truhe und holte einen Gürtel hervor, an dem ein kleiner Dolch in ledernen Schlaufen hing. „Hier, gürte den um. Der Dolch sagt jedem, dass du keine Magd bist, sondern eine *Freie*. Eine Frau, die niemandem gehört. Und dass du willens bist, deine Ehre mit der Klinge zu verteidigen."

Shareenas Augen begannen zu leuchten. Sharlin war die Erste, die nicht versuchte, sie in eine Rolle zu pressen, die sie nicht spielen wollte. „Danke, Frau Sharlin!"

Sie band den Gürtel um und hatte den Dolch hinter sich schräg befestigt, damit er ihr nicht an der Hüfte hin- und herbaumelte, so wie sie es früher oft bei Laif Cindai gesehen hatte.

„Sharlin, Liebes. Sharlin reicht völlig. Komm, wir sagen Tomas Bescheid, dass er das Lager abbauen soll, und dann brechen wir umgehend nach Varanas auf. Auf dem Weg dorthin werde ich dir dann mehr von den Zurhidon und deren Machenschaften berichten!"

Shareena hielt Sharlin die Runen hin. Das gedämpfte Sonnenlicht im Innern des Zeltes verlieh den kleinen silbernen Steinen ein merkwürdiges Glühen, rötlich und kristallin, stechend … und beunruhigend. „Willst du die Runen an dich nehmen?"

Doch die ältere Frau winkte ab. „Es sind deine Runen, Shareena. Nimm sie an dich und verwahre sie gut. Du sollst es auch sein, die den anderen Forschern des *Auges der Weisheit* davon berichtet. Komm! Varanas wartet!"

Sharlin trat in den Eingang des Zeltes, hielt die Plane zurück und lächelte Shareena aufmunternd zu. „Auf geht's! Das Schicksal hat dich auf diesen Weg gebracht; finden wir heraus, welche Herausforderungen dich erwarten!"

Die Frau lächelte und ihre weißen Zähne glänzten. Das warme

Sonnenlicht des Herbstmorgens schimmerte auf dem silbrigen Haar, und die klaren Augen bargen eine Ehrbarkeit in sich, die Shareenas Ängste besänftigten. Sie machte einen Schritt auf Sharlin zu und stockte.

Ein Schatten, groß und wuchtig, verdunkelte die Zeltplane neben Sharlin. *Einer der Soldaten,* dachte Shareena, doch insgeheim wusste sie, dass dies nicht der Schatten einer der Garnisonskämpfer aus Sharlins Gefolge war.

Zu schnell war der Schatten am Eingang vorbeigezogen, und ein Hieb traf Sharlin am Kopf. Blut spritzte aus der aufgeplatzten Wunde an der Schläfe, und der Körper der zierlichen Frau wurde zur Seite geschleudert. Im Fall riss sie noch die Zeltplane mit sich und blieb regungslos liegen.

Shareena schrie auf, ein Laut, der in den Rufen, Schreien und dem Waffenklirren, welche nun im Lager ertönten, unterging. Durch das aufgerissene Zelt sah sie einen Schrecken nahen; ein schwarz gewandeter Kämpfer schwang sich von einem gepanzerten Schlachtross. Die Hufe des Tieres stampften auf, kampflüstern, gierig darauf, Blut zu wittern. Der Kämpfer war bullig und trug eine metallene Maske unter seiner schwarzen Haube, die mit seinem Umhang vernäht war. Der Mann schritt auf die besinnungslose Sharlin zu, einen stumpfen Streitkolben erhoben, der mit kleinen, pyramidenförmigen Nieten versehen worden war.

Entsetzen erfüllte sie. Ihre Augen weit aufgerissen, verharrte sie auf der Stelle im Zelt, sah, wie der Unhold einen weiteren Schritt auf Sharlin zu machte, dann noch einen. Er hob die Waffe über den Kopf und stimmte einen Kampfschrei an.

„Nein!“ Shareena sprang vor. Hilflos streckte sie ihre Hände dem Mann entgegen, einfach nur von dem Gedanken beseelt, *irgendetwas* zu tun, damit Sharlin nichts widerfuhr.

Der Mann hielt inne, stoppte seinen Hieb gegen den Schädel

der Frau ab, und sah zu Shareena. Einen Herzschlag bevor sie ihn erreichte, ließ er die Linke hochschnellen und versetzte ihr mit dem Faustrücken einen Hieb. Ein kehliges Lachen erklang. „Ahh, da bist du ja … *Shareena*!“

Das Mädchen schlug hart auf der Erde auf. Sie lag auf dem Boden und rang nach Luft. Eine Frage durchpflügte ihre Gedanken: *Woher kennt er meinen Namen?* Doch die Antwort kannte sie gleichwohl: *Galart! Dies sind Galarts Männer. Sie wollen die Runen!*

Mit wuchtigen Schritten folgte der Mann ihr ins Innere des Zeltes, den Streitkolben locker in der Hand schwingend. Shareena rollte sich zur Seite und kam behände auf die Beine.

„Wer …?“ *… seid … Ihr?* Sie sprach den Satz nicht zu Ende; der Mann löste die Maske und zeigte sein grausames Gesicht. Eng stehende Augen starrten sie seelenlos an. Tätowierungen bedeckten die rechte Gesichtshälfte und verliehen dem Antlitz des Mannes etwas Dämonisches, etwas Unheiliges und Unreines. „Du kleine Diebin hast etwas, das dir nicht gehört!“ Er bewegte tadelnd den Zeigefinger seiner linken Hand vor ihr hin und her, und streckte ihr dann die offene Handfläche entgegen. „Galarts Runen, Kind!“

Von draußen hörte sie Sterbensschreie und das dumpfe Stampfen von beschlagenen Pferdehufen auf dem festen Gras. Der Mann grinste boshaft. „Die Soldaten können dir nicht helfen, Shareena. Die sind nur noch Fraß für die Krähen.“ Das kalte Lächeln verschwand. „Die Runen!“

Shareena holte die Börse hervor und hielt dem Zurhidon die Hand hin. „Braves Mädchen“, spottete er und wollte danach greifen, als die Zeltplane hinter dem Schreibtisch sich verdunkelte und zwei Schatten durchbrachen. Tomas, der Hauptmann Sharlins, hatte die Oberhand über einen der Zurhidon gewonnen und hieb ihm mit dem Ellenbogen auf die Maske. Ein dumpfes Knacken sagte Shareena, dass er dem Mann die Nase unter der Maske gebrochen hatte, und noch bevor der Mann seiner Pein durch einen Schrei Linderung verschaffen konnte, hatte das Breitschwert des Soldaten den Brustkorb des Mannes durchbohrt.

„Einer weniger!“, grinste Tomas kalt und rollte sich von dem Toten, der ausgestreckt über dem Tisch aus Brettern und Kisten hing. Der Zurhidon vor Shareena ließ von dem Mädchen ab und hob seinen Streitkolben abwehrbereit hoch. „Oh“, intonierte er seinen Spott mit falscher Ehrfurcht: „Ein Held!“

Tomas hielt seine Klinge mit beiden Händen, wachsam und lauernd. „Mädchen! Lauf und versteck dich!“, rief er und sprang vor, wobei er einen Ausfallschritt in Richtung seines Gegners ausführte. Doch der Zurhidon war ebenfalls kampferprobt und durchschaute den Angriff. Er ließ sich in die Attacke hineinfallen, die Klinge des Soldaten glitt am geschmiedeten Kopf des Streitkolbens vorbei, und kraftvoll rammte der Zurhidon die schwere Waffe auf den Fußrücken Tomas’. Der Soldat schrie auf und stolperte zurück. Spöttisch drehte sich der schwarz gewandete Mörder zu Shareena um und imitierte die Stimme des Soldaten: „Mädchen! Du kannst Rao nicht entkommen!“

Rao …

Gleißender Schmerz brannte vor den Augen des Mannes, durchfloss Wangen, Stirn und Nacken, strömte über seine Schultern und durchspülte seinen Leib. Shareenas Dolch hatte ihm die rechte Gesichtshälfte zerschnitten und war ins Auge eingedrungen. Der Zurhidon schrie auf und wich zurück.

„Lauf!“ Tomas sprang hinter Rao hervor und trieb ihm seine Klinge in die Seite, doch die Rüstung, die dieser unter seinem Mantel trug, dämpfte die Wucht des Hiebs. Shareena blickte Tomas in die Augen. Einen Herzschlag lang nur, dann war der Soldat wieder auf den Kampf konzentriert und wehrte eine weitere Attacke des Zurhidon ab. Dieser begann zwischen zwei Hieben Wörter zu murmeln, deren Klang unangenehm und feindselig war.

Zauber!, durchschoss es Shareenas Kopf, und sie sah, wie die Waffe Raos rötlich zu glühen begann. Auch Tomas musste diese Erkenntnis gehabt haben und ließ mit einem Rückhandschlag die Schneide seines Schwertes über die Kehle Raos gleiten. Der Zauberspruch wurde unterbrochen, als Blut aus der aufgeschnittenen Kehle des Mannes strömte. Der Schnitt war nicht so tief gewesen, dass er die Halswirbelknochen getroffen hätte, jedoch tief genug, um Luftröhre und Stimmbänder zu streifen.

Doch Rao ging nicht zu Boden. Er gurgelte in seinem eigenen Schleim und Blut, doch er fiel nicht. Stattdessen schien sein Zorn nur noch weiter entfesselt. Er versetzte Tomas einen brutalen Hieb in die Rippen. Tomas stockte der Atem, und er taumelte einige Schritte zurück. ‚Lauf!', schienen seine Augen nochmals zu sagen, bevor Rao ihm einen weiteren Hieb versetzte.

Shareena sah nicht mehr, was aus Tomas wurde; wie Rao ihm den Todesstoss versetzte oder ob das Blut aus seiner eigenen Wunde ihn letztlich doch noch zu Fall brachte. Sie hatte die Börse mit den Runen gegriffen, ihren blutigen Dolch fest in der Hand, und hatte sich unter der rückwärtigen Plane aus dem Zelt gerollt.

Das gleißende Licht der Vormittagssonne blendete sie, und sie hob die Hand vor die Stirn, um schneller wieder klar sehen zu können. Zwei Soldaten, die den blauen Wappenrock von Varanas trugen, lagen tot im Gras vor ihr. Bei dem Baum, unter dem die Pferde angeleint worden waren, parierte ein weiterer Soldat – sie glaubte, dass dies jener war, den Sharlin Maximilian genannt und der ihr das Essen gebracht hatte – die wütenden Attacken eines Zurhidon, während ein anderer sich an den Pferden der Soldaten zu schaffen machte.

Shareena rannte hinter dem Zelt entlang und blickte ins Zentrum des kleinen Zeltlagers, welches neben Sharlins Zelt noch ein weiteres Großraumzelt für die Männer sowie einen Karren mit Plane für die Vorräte hatte. In der Mitte brannte ein Lagerfeuer unter einem eisernen Dreibein. Der Kessel war von der Kette losgerissen worden und hatte seinen breiförmigen Inhalt über die Glut und den Rand der Feuerstelle ergossen. Weißer Dampf zischte aus dem heißen Brei, als dieser mit der Glut in Berührung kam, und stieg in dicken Schwaden von der Feuerstelle auf.

Ein weiterer Soldat streckte gerade einen Zurhidon nieder, der im Begriff war, einen Zauber zu wirken. Rötliche Lichter umflirrten die beiden Männer, doch schon brach der Zauber ab und verrauchte, ohne seine Wirkung zu entfachen. Der varanasianische Soldat rammte seine Klinge tief in den Bauch des Mannes, stemmte routiniert seinen Stiefel dagegen, um seine Klinge freizubekommen, und suchte nach einem weiteren Angreifer.

Shareena schrie auf, als sie sah, dass der Soldat in die falsche Richtung geblickt hatte. Hinter ihm tauchte ein weiterer berittener Zurhidon auf und trennte im Vorbereiten den Kopf vom Rumpf des Mannes, als wäre der Hals nur Butter, in die eine heiße Messerschneide eindringt. Der Schwarzgewandete brüllte in seiner Blutgier auf und riss seine rot glühende Klinge in die Höhe. Er versetzte seinem Hengst mit den Fersen einen Druck in die Flanken, und das massige Reittier hielt direkt auf Shareena zu.

Instinktiv duckte sie sich, um dem Schlag gegen ihren Kopf zu entgehen. Die Klinge zischte über ihre offenen Haare hinweg. Die donnernden Hufe des Tieres warfen die Grasnarbe auf, und kleine Steine und Erde trafen sie im Gesicht. Sie krabbelte auf Händen und Füßen, versuchte so, dem Reiter zu entkommen. Dieser hatte seinen Vorbeiritt beendet und wendete gerade, um einen erneuten Angriff auf sie zu beginnen. Shareena schlug einen Haken, rannte seitlich davon. Sie hörte den Mann fluchen, als dieser zu hart an den Zügeln riss und sein Pferd sich aufbäumend sträubte, in die eingeforderte Richtung zu galoppieren.

Sie rannte wieder zurück ins Zentrum des Lagers. Mit Entsetzen erkannte sie, dass die Zurhidon die Oberhand gewannen. Sharlins Soldaten waren tot oder verwundet, und Rao taumelte gerade aus dem halb eingerissenen Zelt, unter dem sich Sharlin und auch wohl Tomas befinden mussten. Rao hielt sich die Kehle und drückte die Wunde zusammen. Seine Züge waren blass, geschwächt von den Wunden.

Als sie die Feuerstelle passierte, warf Shareena einen Blick über die Schulter. Der Reiter hatte sein Tier wieder unter Kontrolle und gab ihm die Sporen. Das Mädchen zögerte, war unschlüssig, ob sie nach links oder rechts laufen sollte. *Komme ich noch einmal an Tomas' Mörder vorbei? Entkomme ich dem Reiter, wenn ich weglaufe?*

Sie schüttelte die lähmenden Gedanken ab. Aus den Augenwinkeln sah sie Rao von rechts auf sie zustapfen und von vorne Reiter und Pferd nahen. Die Zeit streckte sich, der Augenblick schien ewig zu währen und eine eigenartige Ruhe erfüllte sie. Sie dachte nicht, sondern *begriff*, *spürte*, *verinnerlichte* den Moment.

Die Sonne des Herbsttages war warm auf ihrer Haut. Sie sah Vögel, die sich sammelten und davonzogen, um andernorts zu überwintern, und registrierte die beginnenden Gold- und Rosttöne in dem Grün der sterbenden Blätter. Und sie blickte auf ihren nahenden Tod. Unaufhaltsam, mit jedem Herzschlag kam er näher. Unausweichlich.

Nein …

„Nein!“, brüllte sie. Sie griff das Dreibein der Feuerstelle. Ihre Hände zischten, war das Eisen doch heiß von der Glut, in der es gelegen hatte, doch sie ignorierte den Schmerz. Kräfte erfüllten sie, von denen sie nicht wusste, dass sie sie hatte. In einem Bogen wirbelte sie das Gestänge um sich herum. Dabei öffnete sich das sperrige Gestell, ohne dass Shareena das beabsichtigt hatte, und spreizte die drei Beine drohend wie die Stacheln eines Igels.

Rao erschrak und wich zurück. Der geschwächte Zurhidon stolperte rückwärts und riss die Reste von Sharlins Zelt ein, als er zu Boden ging. Doch Shareena hatte nur Augen für das Pferd. Das Tier, von seinem Reiter unwirsch behandelt, erschrak und stieg. Die Vorderläufe wirbelten durch die Luft, und das Wiehern zeugte von einem Unmut, der nicht nur den drei Metallbeinen galt, sondern auch dem Reiter, der das Pferd zu oft gequält hatte. Es ließ seinen massigen Körper zurückschnellen, bockte und schleuderte den Zurhidon über seinen Kopf auf Shareena zu. Der Reiter landete in den Resten der Glut, blieb einen Moment lang betäubt liegen, während die Hitze Haut, Haare und Kleidung zu erfassen begann. Als er begriff, wo er sich befand, schrie er auf wie am Spieß, stützte sich hoch und versuchte sich aus dem Feuer zu rollen, doch jede Bewegung, die er ausführte, jede Stelle des glühenden Bodens, die er berührte, verursachte ihm neue Schmerzen.

Shareena zögerte nicht. Sie streckte die Hände aus und deutete dem verängstigten Tier an, dass sie keine Gefahr darstellte. Das Pferd erinnerte sie an den alten Haras. Es betrachtete sie mit großen Augen, wich schnaubend zurück, doch der sanfte Klang der Stimme des Mädchens beruhigte es, und so ließ es Shareena näher kommen. Sie berührte mit einer beruhigenden Geste seinen Kopf, strich zärtlich darüber und griff dann entschlossen die Zügel. Geschickt schwang sie sich in den Sattel und bedeutete dem Tier durch einen Druck ihrer Fersen in die Flanken, wohin sie sich bewegen wollte. Das Pferd spürte, dass sie eine erfahrene Reiterin war und dass sie, im Gegensatz zu seinem vorherigen Reiter, weitaus weniger gewalttätig war. Schnaubend schüttelte das Pferd den Hals und preschte los.

Der abgeworfene Zurhidon, dem es zwischenzeitlich gelungen war, der Glut der Feuerstelle zu entkommen, blickte auf, als er die Hufe seines eigenen Pferdes hörte. Krachend zermalmte das Tier ihm den Schädel, drückte Brust und Oberschenkel mit lautem Knacken ein und eilte davon.

Shareena ließ das Lager hinter sich. Sie hörte Rufe, harsch und wütend. Das Tier trug sie eine Hügelkuppe hinauf, und erstmals wagte sie einen Blick über die Schulter zu werfen. Zwei schwarz gewandete Reiter folgten ihr auf Pferden, ganz ähnlich dem ihren.

Sieh nicht zurück! Sieh nicht zurück! Sie hatte den Schal verloren und ihre platinblonden Haare wehten im Wind, als sie sich enger über den Hals des Tieres beugte. Sie spürte das Blut des Pferdes durch die Ader an seinem Hals pulsieren, fühlte die abgefederten Stöße, die jeder Huf beim Aufwerfen der Erde verursachte.

Sie erreichte die Hügelkuppe und sah eine offene Ebene vor sich, die Wälder und Berghänge zu ihrer Linken gelegen. Ein Areal von Hünengräbern lag vor ihr. Schwarze Schatten huschten zwischen den wuchtigen Steinen der Megalithanlage, den Dolmen, spitzen Menhiren und aufgetürmten Findlingen umher.

Wölfe! Doch das Wolfsrudel suchte, aufgeschreckt von den heranpreschenden Reitern, den Schutz der Wälder. Shareena lenkte ihr erschöpftes Tier zwischen die steinernen ‚Tische‘ und gönnte sich selbst und dem Pferd eine kurze Verschnaufpause.

„Ganz ruhig.“ Sie berührte sanft den Hals des Pferdes, wie sie es bei Haras immer getan hatte. „Ganz ruhig, mein Guter.“

Ein Gedanke kam ihr. „Ruhig, *H'ary*!“ Das Wort bedeutete ‚Zuversicht‘ und der Hengst schien nichts gegen den neuen Namen zu haben, doch kaum hatte sie diese Worte geflüstert, hörte sie schon das Nahen ihrer Verfolger. Sie spähte unter dem Schutz der Steine in Richtung der heranreitenden Zurhidon.

Die beiden Männer zügelten ihre Tiere und sprachen miteinander. Einer deutete auf eine Stelle zu ihrer Linken und dann begannen die beiden mit lockerem Trab die Grabanlage zu umkreisen.

„Es tut mir leid, H'ary", flüsterte sie sanft dem Ross zu. „Aber wir müssen weiter. Komm, sammle deine Kräfte." Ob das Pferd Shareena verstand oder ob es einfach das Vertrauen war, das sie in sich selbst entdeckt hatte, wusste sie nicht. Sie wusste nur, dass sie leben wollte. Leise lenkte sie H'ary zwischen zwei großen Steinplatten hindurch. Für die eingravierten Schriftzeichen und Symbole aus einer längst vergessenen Zeit hatte sie keine Augen. Zu dicht waren die Verfolger ihr auf den Fersen.

Sie bog um eine Ecke und erschrak. Wenige Schritte von ihr entfernt wartete einer der Zurhidon. Er hatte wohl seine Umkreisung abgebrochen und war direkt ins Zentrum der Steinanlage geschlichen. Die metallene Maske starrte sie unverwandt an, zeigte keine Regung, keine Seele. Der Schwarzgewandte hob eine gespannte Armbrust und zielte auf sie.

„Es ist aus." Die Stimme des Mannes klang hohl und leer. Kalt.

Bitte …

Die Finger des Zurhidon schlossen sich um den Abzug der Armbrust, und Shareena schloss die Augen. *Bitte, Ayvenas.*

Ein Knurren, tief und kehlig, erklang nah bei den beiden Reitern. Die Pferde scheuten und der Armbrustbolzen schlug wirkungslos in einen der altertümlichen Grabsteine ein. Der Zurhidon begann einen magischen Fluch, doch schon hatten ihn zwei schwarze, in zotteligen Pelz gehüllte Wölfe angesprungen und vom Rücken seines Pferdes gerissen, welches nun in Panik austrat und mit stampfenden Hufen versuchte, die Raubtiere von sich fernzuhalten.

Shareena zögerte nicht. Sie signalisierte ihrem Tier, dass es in einen schnellen Sprint verfallen solle und sprang über die beiden Wölfe, die sich gerade in die Kehle und Hände des am Boden liegenden Mannes verbissen. Weitere Tiere hetzten zwischen den Steinen hervor und umringten das wild wiehernde Pferd des Mannes.

Shareena blickte nicht zurück, als die gequälten Schreie ihres Verfolgers höher und höher wurden und schließlich abrupt abbrachen. Sie hatte kein Mitleid für ihre Häscher.

Schneller und schneller trug der kräftige H'ary sie aus der Anlage aus Hünengräbern heraus. Die Wölfe, die vor dem Winter Fett ansetzen mussten, heulten ob ihres grausigen Mahles, doch weitere Tiere folgten ihr nicht.

Shareena fragte sich einen Moment lang, ob die übrigen Wölfe wohl auch den zweiten Verfolger gerissen hatten, doch da preschte der letzte Zurhidon ihr schon hinterher. Shareena erhöhte den Druck ihrer Schenkel und ritt im gestreckten Galopp über die weich dahinfließenden Grashügel, die den Übergang der Heulenden Berge nach Silberquell markierten.

Der Nachmittag brachte eine Hitze, die eher in die Zeit des hohen Sommers zu passen schien. Fliegen, Bienen und Mücken summten um sie herum und weißlich schäumender Schweiß stand ihrem Pferd auf dem Fell. Immer wieder hatte Shareena versucht, ihren Verfolger abzuschütteln, doch immer wieder war der Zurhidon auf seinem schwarzen Schlachtross aufgetaucht und hatte ihr nachgesetzt. Wieder und wieder hatte sie Haken geschlagen, war über Bäche gesprungen und hatte versucht ihn abzuhängen. Sie hatte die Straße nach Varanas auf ihrer Flucht gekreuzt und die festgetrampelten Lehmwege als Wohltat empfunden.

Endlich war es ihr gelungen, den Mann abzuschütteln, und sie sattelte ab. Die Mühen der vergangenen Stunden hatten ihren Preis gehabt; ihr Reittier begann zu lahmen und würde ihr bald keine Hilfe mehr sein.

„Es tut mir leid, mein Großer", flüsterte sie traurig, denn sie wusste, dass es für das Pferd keine Rettung mehr gab, wenn sie es zu Grunde richtete, weil sie es für ihre Flucht benutzte. Ohne die Künste eines Heilers vermochte dann nur der Tod das Tier zu erlösen. H'ary schnaubte und blickte sie aus großen, traurigen Augen an. „Es tut mir so leid."

Tränen flossen über ihre Wangen, und sie blickte auf ihre schmerzenden Hände. Das heiße Eisen des Dreibeins hatte blasige Brandwunden in ihren Handinnenflächen hinterlassen, die durch das Halten der Zügel aufgeplatzt waren und nun das rohe Fleisch zeigten.

„Wie rührend!"

Häme lag in der Stimme. Shareena wirbelte herum. Der Zurhidon hatte sich ihr genähert, ohne dass sie ihn gehört hatte. Ein bläuliches Glitzern umspielte die Hufe seines Tieres. Er machte eine Geste mit den Händen, murmelte ein harsches Wort der Entschwörung und hob den Stillezauber auf. „Und jetzt beenden wir das Spielchen, kleines Mädchen! Gib mir die Runen, und dann haben wir beide etwas Spaß!"

Shareena blickte traurig zu ihrem H'ary. Sie würde es nicht schaffen, wieder aufzusteigen, bevor der Mann sie erreichte. Sie nickte und griff hinter sich. Statt der Börse zog sie jedoch den Dolch und schleuderte diesen ihrem Häscher entgegen. Die Waffe flog durch die Luft, verlor jedoch, da Shareena nicht geübt im Umgang mit Wurfmessern war, die gerade Lage, traf das Schlachtross mit der flachen Seite an der Brust und fiel zu Boden. Doch die Berührung genügte. Das Tier bäumte sich kurz auf, und Shareena nutzte die Gelegenheit. Flink tauchte sie unter ihrem eigenen Pferd hindurch und rannte so schnell, wie ihre langen Beine sie zu tragen vermochten.

Sie hörte den Zurhidon hinter sich fluchen und harsch eine Beschwörungsformel grunzen. Sie erwartete den tödlichen Zauber, der sie in den Rücken traf, sie niederstreckte, doch dann wurde sie von Bäumen verdeckt, und der dunkle Priester hatte keine freie Bahn für seinen Angriff.

Shareena sah sich nicht um, dachte nicht mehr nach. Sie rannte einfach nur über den Weg, bemerkte nicht, wie dieser seine Form verwandelte. Statt festgestampften Lehmbodens bildeten nun lose ins Erdreich eingelassene Steinplatten den Untergrund; ein Zeichen, dass Silberquell nahe war und dies eine Handelsstraße war, die es schweren Karren und Karawanen erlaubte, ihre Gefährte leichter zu bewegen.

Das Geräusch von beschlagenen Hufen auf den Steinen erklang wieder hinter ihr, und diesmal gab es keine Büsche in der Nähe, in die sie sich schlagen konnte, kein dichtes Unterholz. Sie rannte einfach nur, weil ihre Muskeln sie weitertrugen, weil ihre Beine nicht willens waren, stehen zu bleiben und den Tod so bereitwillig zu empfangen.

Die Brücke nach Silberquell tauchte vor ihr auf, eine einfache Konstruktion aus schweren, quer liegenden Holzbalken, Seilen und aufgespannten Hängeelementen, die die Brücke in der Mitte durchsacken ließen. An den Rändern bildeten schwere Findlinge die steinernen Begrenzungen. Große Bäume, deren lange Stämme hoch hinauf in den Himmel ragten, waren zwischen den grasüberwachsenen Felsen zu sehen, die in der Enge zwischen den östlichen und westlichen Gebirgsketten häufig zu finden waren. Unter der Brücke plätscherte ein Bachlauf, der nur wenig Wasser führte. Erst mit der Schneeschmelze des nächsten Winters würde der Wasserpegel wieder ansteigen.

Schritt um Schritt eilte das Mädchen auf die Brücke zu, fast so, als ob das Überqueren der Brücke ihr Schutz bieten würde, als ob sie so ihren schwarzen Häscher abschütteln könnte.

Das Schnauben des Pferdes war dicht hinter ihr. Shareena glaubte schon, seinen warmen Atem spüren zu können, erwartete den tödlichen Hieb oder den flammenden Zauber mit jedem weiteren Herzschlag.

„Zurhidon!", hörte sie jemanden rufen. Sie blickte nach vorne. Auf der anderen Seite stand eine Handvoll von grimmig aussehenden Männern und Frauen in Rüstungen, die unweit der Brücke ihre Pferde angeleint hatten, um zu rasten. Als die Menschen das Mädchen und ihren Verfolger bemerkten, sprangen sie auf, und Shareena sah, wie eine der Frauen einen schweren Langbogen hob, auf den sie einen Pfeil gelegt hatte.

Shareenas Füße berührten die Brücke. Der Boden schwankte unter ihr, dann erreichte sie die nächste Planke.

„Runter!", hörte sie einen der Kämpfer rufen, der sein Schwert kampfbereit in den Händen hielt. Sie dachte nicht nach und duckte sich. Sie glaubte, den Pfeil zu hören, der einen Augenblick später den Brustkorb des schwarzen Reiters durchschlug und ihn aus dem Sattel riss.

Das Pferd des Zurhidon wieherte und stieg, als es von der unbequemen Last seines Reiters befreit worden war. Shareena klammerte sich mit der Rechten an den Seilen der Brücke fest, die eine lose Brüstung bildeten. Zitternd zog sie sich hoch und blickte zu dem Toten. Der Pfeil, ein daumendicker, über einen varanasianischen Klafter langer Schaft, hatte den Brustkorb des Mannes bis auf eine Ellenlänge durchdrungen und das Herz des Reiters durchbohrt.

Sie hatte ihre Verfolger abgeschüttelt. Sie war in Sicherheit. Aufatmend wandte sie sich zu ihren Rettern um. „Danke!"

Die Frau mit dem Bogen lächelte sie an, ein eigentümliches Lächeln, welches bar jeder Wärme war. Hart traf sie ein Hieb in den Magen, und sie ging zu Boden. Würgend spie sie das wenige Essen aus, welches sie am Morgen zu sich genommen hatte.

„Leicht verdientes Geld“, spottete die Frau mit dem Langbogen, und sie hörte die Männer und Frauen harsch lachen. „Schaut nach, was unser schwarz gewandeter Freund noch an Beute hat und fangt mir die beiden Gäule ein.“

Beute.

Shareena spürte, wie Hände nach ihr griffen. Es war keine Kraft mehr in ihr. Verzweiflung und Erschöpfung gewannen die Oberhand, als ihre ‚Retter‘ sie knebelten und ihr Stricke umbanden. Endlich ergab sie sich in eine erlösende Bewusstlosigkeit.

8. Erwachen

Ein Echo schwebte im Nichts.

Nur ein Wimmern und Klagen.

Schmerzen.

Dann formten sich Gedanken in der Leere.

Gedanken, die bizarr und fremd auf *die Präsenz* wirkten. Dennoch brachten sie eine längst vergessene, vertraute Note mit sich, eine Ruhe und Nähe, die sie in dieser Welt zu schützen schien. Fragmente, nebelhaft und flüchtig, bildeten sich in der endlosen grauen Weite … *jener* Welt.

Gefühle überspülten die Präsenz förmlich, ertränkten sie, erdrückten sie … *ihn!*

Gefühle tosten. Er hatte das Gefühl, keine Luft mehr zu bekommen, er spürte noch immer den Druck, der schmerzhaft auf der Brust lag, auf den Augen, dem Mund. Sein Verstand schrie auf, zwang ihn, nicht *das* zu tun, wonach es seinen Körper lechzte. Zeit, die sich ins Unendliche dehnte, bis der Wahnsinn ihn heimsuchte.

Endlich der erlösende Atemzug. Nur – er hatte keine Luft bekommen. Wasser, kalt und salzig, hatte seine Lungen gefüllt.

Ich bin gestorben … hätte sterben sollen … sterben müssen! Ich bin …

Bitter folgte die Erkenntnis: *Dunstan!*

Still glitt er aus dem grauen Wasser des frühen Morgens. Die Sonne war noch nicht aufgegangen. Keine Welle brach sich an seinen Gliedmaßen. Welle um Welle rollte einfach durch ihn hindurch, den nassen Sand hinauf, weiße Schaumkronen mit sich tragend, um dann wieder ins Meer zurückzusinken.

Der Schemen blickte sich um. Weiße Strände grenzten an das klare Wasser des Meeres. Vögel schrien in der Ferne, ließen ihre Rufe von den schieferfarbenen Felsen herüberhallen, auf denen sie im Frühjahr und Sommer ihre Nester hatten, die jedoch um diese Zeit des Jahres längst verlassen waren.

Das Schiffswrack der *Janus* ragte unweit von ihm aus dem Wasser. Gebrochene, zersplitterte Masten, Planken und ein gespaltener Kiel streckten sich anklagend in den Himmel. Dunkelgraue Formen vor dem helleren Grau von Himmel und Meeresoberfläche.

Gleißend schob sich die Sonne über den östlichen Horizont, tauchte die kleinen Wellen der weiten Wasserfläche in ein Meer aus glitzernden, funkelnden Lichtern. Doch Dunstan sah die Schönheit dieses Morgens nicht. Er sah ein Fegefeuer aus Licht, spürte das Brennen in seiner … *Seele?*

Endlich verstand er. *Ich bin … nicht tot, nicht lebend, nur schemenhaft! Ich bin verdammt!*

Er war ein Wiedergänger geworden.

9. Chantreas Hof

„Fantur, du alter Halunke!“, rief Chantrea freudig aus und drückte den Ritter ohne jeglichen Respekt vor seinem Rang an ihren üppigen Busen. „Du hast dir ja viel Zeit gelassen, um die alte Chantrea wieder einmal heimzusuchen!“

„Heimsuchen?!“ Fantur lachte, und seine ebenmäßigen Zähne leuchteten im grau durchwirkten Haar seines Bartes. Der alternde Kämpfer fasste die stämmige Frau an den Hüften, hob sie hoch und wirbelte sie lachend um sich herum, was ein mädchenhaftes Kreischen bei der mittlerweile in die Jahre kommenden Dame auslöste. „Lass mich runter, lass mich runter!“, feixte sie. „Du alter Strolch!“

Lachend zog sie ihn an den Händen zum Eingang, hielt kurz inne und wies ihren Knecht Ben an, sich um das Pferd des Ritters zu kümmern. Zielstrebig führte sie Fantur ins Innere des alten Gutshauses und platzierte ihn an dem alten Eichentisch. „Hinsetzen, und dann gibt es erstmal etwas Ordentliches zu essen.“

Fantur hob abwehrend die Hände, doch er wusste, dass er in der Falle saß. Chantreas Suppen, Braten und Küchlein auszuschlagen, war weitaus gefährlicher, als einer Harpyie ein Ei aus dem Nest zu stehlen. Bevor er sich versah, lud sie ihm dampfendes Gemüse und knusprigen Braten auf, stellte ihm einen Becher mit gewürztem Wein hin und forderte ihn mit ungeduldiger Geste auf, es sich gut gehen zu lassen.

Fantur tat, wie ihm geheißen, und fragte zwischen zwei Bissen: „Samuel ist schon zurückgekehrt?“

„Vor zwei Tagen“, sagte Chantrea. „Er ist unterwegs, um Nachforschungen anzustellen.“

Fantur biss ein Stück aus der geschmorten Schweinshaxe heraus und fragte schmatzend: „Gut, gut. Obschon ich bezweifle, dass unser Grünschnabel viel in den Straßen von Varanas herausbekommt. Er …“

„Mund zu beim Essen! Ist ja widerlich, was ihr Kerle euch auf euren Reisen so angewöhnt!“, unterbrach die alte Gutsherrin ihn. Schuldbewusst grinste der Ritter und tat, wie ihm geheißen wurde. „Außerdem habe ich ihm Elliott mitgegeben, damit diese Schurken Marco und Claudio ihn nicht gleich beim Glücksspiel ausnehmen!“

Die Tür des Hauses öffnete sich, und der junge Ben stand auf der Schwelle. „Herrin! Herr Samuel und der Jäger Elliott kehren zurück!“ Sogleich war er auch schon wieder verschwunden, und die alte Chantrea eilte hinter ihm hinaus. In der Tür blieb sie stehen und blickte Fantur ungeduldig an. „Ja, was ist denn los mit dir, mein Junge? Komm!“

Fantur wischte sich den Mund mit dem Handrücken ab und sprang auf. Chantrea übernahm draußen sofort das Kommando, befahl ihrem Knecht, sich auch um die Pferde der beiden Männer zu kümmern, und schon schob sie die drei Männer wieder an ihre Tafel, sodass Fantur kaum Zeit blieb, seinen Weggefährten Samuel zu begrüßen. Fantur war Ritter und diente dem jungen Magier während seiner Ausbildung deshalb als Geleitschutz in der freien Wildbahn, ein Verfahren, welches sich für den Bund der *Silberschatten* bewährt hatte.

Fürsorglich bewirtete die alte Dame die Männer, sorgte dafür, dass ihre Weinbecher stets gefüllt waren und schürte ein behagliches Feuer im Kamin, als die Dunkelheit hereinbrach. Hilfe, die Samuel und Fantur ihr immer wieder anboten, lehnte sie kopfschüttelnd ab, murmelte etwas von „Jungvolk“ und „altes Eisen“ und „das es so schon schwer genug sei“ und kümmerte sich weiterhin um das Wohl ihrer Gäste.

Chantreas Hof war einer der vielen kleinen Höfe, die Varanas mit Nahrung versorgten. Ihr Hof war nicht so groß und bedeutend wie die von Dorian und Peer oder dem heimtückischen Morrison, aber er war nahe genug an der Stadt, um den Silberschatten als Ausgangsbasis zu dienen, wenn dies notwendig sein sollte – und weit genug entfernt, um keine Aufmerksamkeit zu erregen.

Durch die Nähe der Stadt genoss das Gut Schutz, und die wohlhabende Gutsherrin führte einen Hausstand von einem Dutzend Angestellten, die sich um Felder und Weiden in der Umgebung kümmerten. Auch wenn sie eine Gutsherrin war, so legte die rüstige Dame dennoch Wert darauf, so viele Dinge wie möglich selbst zu tun. Die Wärme des Kamins erfüllte die Stube, und sie schickte den jungen Ben zu Bett, verabschiedete sich von Elliott, der zur nächtlichen Jagd aufbrach, und betrachtete ihre beiden Gäste.

„Hört auf die alte Chantrea, Jungs! Varanas ist eine Stadt, in der immer etwas am Köcheln ist, wenngleich der Rat stets bemüht ist, Ordnung zu halten. Manchmal sogar etwas zu viel Ordnung. Dieser alte Halunke Berol nimmt einem den ganzen Spaß am Leben mit seinen Gesetzen und Beschlüssen und Verordnungen“, knurrte sie.

Herzhaft lachten Fantur und Samuel. Sie wussten beide, dass die alte Chantrea keinen Sinn für zu viel Bürokratie hatte und eher pragmatische Lösungen bevorzugte.

Sie legte die belustigte Mine ab und wurde ernster. „Aber reden wir nicht über das übliche Ränkespiel der Gilden, der Handwerker und Diebe, die sich mit schönen Worten beglückwünschen und hinten herum das Gift in die Weinbecher gießen!“

Sie blickte über die Schulter, als ob sie prüfen wollte, ob jemand lauschte, beugte sich verschwörerisch vor und sprach mit gesenkter Stimme weiter. „Eine Gruppe ist am Werk, die versucht, mehr Macht zu gewinnen."

Der Ritter und der Magier rückten näher heran. „Was hast du gehört, Chantrea?"

„Es ist nicht das, was ich höre, sondern wie es gesagt wird. Angst wächst in Varanas, Unsicherheit. Die Frauen auf dem Markt flüstern und die Männer auf den Feldern singen nicht mehr. Viel Unrecht geschieht in Varanas, und niemand will es sehen!"

Samuel beugte sich vor. Bauern klagten immer über irgendetwas, sei es das Wetter, die Steuern, Probleme mit dem Vieh oder der Ernte. Aber etwas in Chantreas Gebaren ließ ihn aufmerksam werden.

Er faltete seine dunklen Hände in einer beinahe betend anmutenden Geste und legte diese an seinen Mund; ein Symbol des Schweigens und aufmerksamen Zuhörens, wenngleich eher in der wilden Region der Sascilia-Steppen üblich, denn im kultivierteren Silberquell.

Doch Chantrea verstand die Geste und fuhr fort. „Es ist das Getuschel. Manches davon ist natürlich weinseliger Blödsinn. Geschwätz über fliegende Schiffe, die so manch einer gesehen haben will, oder von Schätzen, die eine Gruppe in den spinnenverseuchten Minen der Ruinenstadt von Tagena versteckt haben will. Oder war es in den Minen des Zwielichts? Was auch immer!"

Sie hielt inne und stierte einen Moment lang ins Feuer. Sie erkannte, dass der letzte Gedanke nichts zur Sache tat, räusperte sie sich kopfschüttelnd. „Nein. Ich rede von Dingen, die die Ordnung verändern. Kleine Dinge, die einzeln gesehen nicht wahrgenommen werden. Gesetze und Beschlüsse des Rates, Veränderungen in den Gilden, Machtstrukturen, die sich verschieben …"

Fantur tat einen Zug aus seinem Weinbecher und ließ die rote Flüssigkeit über seinen Gaumen rollen, spielte mit der Zunge, bis er den vollen Geschmack auskosten konnte und durch seine Kehle rinnen ließ. „Macht und Varanas. Eine gefährliche, korrupte Mischung!", sinnierte er.

Chantrea nickte eifrig. „Es begann schon vor ein paar Jahren. Erst wurde das *Auge der Weisheit* politisch immer schwächer, seit deren Großmeister damals spurlos verschwand."

„Ancalon", bot Sam an. „Das *Auge* war damals beinahe handlungsunfähig, habe ich gehört."

„Richtig. Erst mit Yarandor, einem der führenden Forscher in der Magie der Runen, wurde sein Amt überhaupt wieder aktiviert, und durch geschickte Winkelzüge hat er das *Auge* wieder näher an den Rat von Varanas herangebracht." Chantrea winkte ab. „Dennoch: Der Rat hat den Einfluss des *Auges* stark beschnitten, und andere haben die entstanden Lücken ausgefüllt!"

„Andere?", fragte Sam, doch Fantur winkte ab. „Sie meint die Gilden. Alle, wie sie da sind: Händler, Handwerker, Diebe, Halsabschneider und Besserwisser, wenn du mich fragst. Varanas ist schon immer eine beispiellose Anhäufung von Arroganz und der niedersten Gier gewesen."

Abfällig zuckte der alte Ritter mit den Achseln. Er wusste, dass seine Anschauungen über Varanas in der Stadt nicht sehr populär waren. In Varanas zählten Weltverbesserer wie Fantur, die eine eigene Meinung hatten, wie Verbrecher zu den Geächteten – und letztere hatte man wohlweislich aus der Stadt zu verbannen versucht. Die Stadt Varanas schätzte keinen Makel auf ihrer weißen Fassade.

„Und? Macht mag kein Vakuum", murmelte er und schaute enttäuscht auf den Rest des Weines in seinem Becher. „Macht verabscheut ein Vakuum." Fantur leerte den Becher und stellte ihn auf dem Tisch ab. „Kommen wir auf den Punkt, Chantrea. Worüber reden wir hier?“

Die Frau strich sich über die Haare und ordnete ihren Knoten. Abrupt straffte sie sich, als müsse sie ihren beiden Freunden eine unangenehme Mitteilung machen. „Ich habe einen … Freund, der einen Händel mit einem der Gildenfürsten von Varanas hat.“

Fantur blickte nicht einmal auf. „Dein ‚Freund‘ sollte sich besser einen anderen Duellpartner suchen. Man lässt sich nicht mit den Gilden ein wegen eines … einfachen Händels!“

„Guillaume Nathaniel Fitzfantur!“, explodierte Chantrea plötzlich und tippte dem Mann mit ihrem knorrigen Finger auf die Brust. „Wenn ich dich um Hilfe für einen Freund bitte, dann will ich keine dummen Sprüche von dir hören!“

Samuel beugte sich grinsend zu ihm herüber, während Chantrea die Schelte fortsetzte. „Guillaume? Nathaniel?“, fragte er hämisch.

Fantur warf dem Jüngeren einen bösen Blick zu und hob abwehrend die Hände in Chantreas Richtung. „Schon gut, schon gut, du alter Drachen! Ich rede mit diesem Freund von dir. Aber nenn mich nicht Guillaume. Den Namen mag ich nicht – zumindest für mich. Jeder echte, jeder mit dem Schwert geschlagene Ritter heißt Guillaume, Henry oder Alec oder Richard. Es ist beinahe so, als würde es keine anderen Namen unter Adeligen geben. Mein Vater hieß Guillaume und dessen Vater vor ihm.“

Lachend, die Hände ins Gesicht vergraben, wandte sich Samuel ab und stand mit bemüht ernster Miene vom Tisch auf. „Liebe Chantrea, wer ist denn nun dieser ominöse Freund, der unsere Hilfe braucht?“

Eine tiefe Stimme, rauchig und scharf in der Betonung, klang von der Fensternische herüber, und die drei blickten überrascht in die dunkle Ecke. „Sein Name ist Quentin und er ist ein …“, sagte der drahtig aussehende, junge Mann mit schwarzem Haarzopf und einem schelmisch gestutzten Oberlippenbart. Entspannt, beinahe gelangweilt gleichgültig – *laissez-faire*, wie man in Varanas sagte – ließ er ein Bein von der Fensterbank baumeln und grinste Chantrea, Fantur und Samuel frech an. Er strich sich mit einem schmutzigen Finger über den Oberlippenbart und fuhr mit vergnügter Note fort: „… Organisator schwer verfügbarer Kostbarkeiten und Schätze!“

Mit offenem Mund musterte Samuel den jungen Dieb, während Fantur die Gutsherrin fragend ansah. „Chantrea, altes Mädchen, du überraschst mich immer wieder!“ Verlegen grinste die alte Dame zurück, während Quentin sich behände von der Fensterbank erhob und sich hernach spöttisch verneigte. „Ungewöhnliche Zeiten erfordern ungewöhnliche Lösungen, so sagt man doch immer. Und in den Kerker eines Gildenfürsten einzubrechen ist auch für jemanden aus der …“, er brach ab und suchte nach einem Wort, „… aus der *Welt der Schatten* von Varanas nicht ganz ungefährlich. Die Hilfe von Schwert und Feuerzauber kann dabei eine große Hilfe sein!“

Samuel gaffte Fantur verständnislos an. „Was?“

„Wie bitte, heißt das!“ Der alte Ritter lachte grimmig und legte seinem jungen Gefährten die Hand auf die Schulter. „Unser junger Freund hier ist ein Dieb, ein Schurke und Halsabschneider. Und er will uns haben, weil er seine *Geschäfte* außerhalb der regulären Gildenaktivitäten durchführt!“

Mit gekränkter Pose legte der junge Schurke seine Hand aufs Herz: „Ich? Ein Dieb?! Aber Chantrea, weißt du denn nicht, dass der Rat unlängst kundgetan hat, dass es keine Diebe, Schurken und anderes Gesindel mehr in Varanas gäbe?!“ Er lachte leise vor sich hin.

Chantrea lächelte gleichfalls, füllte die Weinbecher erneut und winkte die Männer wieder an den Tisch. „Quentin, mein Junge, erzähl ihnen von den Zurhidon!“

10. Varanas

Berol, gewählter Ratspräsident zu Varanas, blickte aus den lichten, bis zur Zimmerdecke reichenden Fenstern seines Amtszimmers hinaus auf die Stadt. Die Hände auf dem Rücken gefaltet, wirkte der ehrwürdige alte Mann mit dem schütteren Haarkranz in seinen purpurnen Roben eher wie ein Priester, der ins kontemplative Gebet versunken war, als wie der mächtigste Mann des Ostens von Candara. Zumindest hielten viele ihn dafür, sah doch die Realität des Rates oftmals anders aus. Zu viele Adelige, zu viele alte Händel und Gefälligkeiten sorgten dafür, dass der Rat selbst das mächtigste Instrument war, nicht der Ratspräsident.

Varanas' Glanz leuchtete im Licht der klaren Morgensonne, und die Häuser, Mauern, Zinnen und Türme der Stadt zeigten ihre ganze Pracht. Varanas war ein Juwel, mehr eine gigantische Kathedrale als eine natürlich gewachsene Stadt. Vor einhundertundzwanzig Jahren waren Baumeister, Architekten und Statiker von Kolydia nach Candara gereist – vornehmlich Frauen und Männer, die dem *Auge der Weisheit* zugeneigt gewesen waren – und hatten mit der Konstruktion der Stadt begonnen.

Das kleine Fischerdorf, damals noch bewohnt von den barbarischen Ureinwohnern, die es in ihrer eigentümlichen Sprache *V'aras* genannt hatten, hatte den neuen Siedlern aus Kolydia, deren Schwertern und überlegener Magie weichen müssen. Berol wusste aus den Aufzeichnungen jener Zeit, die in den Archiven unter der Ratshalle lagerten, dass hier viele Gräuel begangen worden waren. Feuer und Schwert und Magie waren zur *Neulandgewinnung* eingesetzt worden. Dies waren Dinge, über die heute niemand mehr gerne sprach.

In nur zwanzig Jahren hatten die Baumeister des *Auges der Weisheit* die wichtigsten Gebäude errichtet: die breiten Wehranlagen, die Tore und auch die Ratshalle, in der er nun residierte und die das Zentrum der politischen Macht war. Viele der neu gegründeten Gilden hatten diese Aktivitäten damals misstrauisch beäugt. Die Behauptung des *Auges*, dass es den Ort nur als Basislager für die Erforschung Candaras nutzen wollte, hielten viele für vorgeschoben, und es wurden Mutmaßungen angestellt, die letztlich zur Beschneidung der Macht des *Auges* führen sollten.

Die Stadt entwickelte sich in nur einhundert Jahren zu einem Zentrum der Kultur und des Handels, ein Ort der Blüte. Geschickte Verhandlungen und eine Abkehr von den monarchischen Strukturen, wie sie auf Kolydia zu jener Zeit gängig gewesen waren, führten zu einer Stärkung des Rates.

Der Rat hatte besonders in den vergangenen Jahren verstärkt die Führung übernommen, und dies nicht zuletzt, weil Berol sich als harter und gewitzter Diplomat erwiesen hatte. Die führenden Familien der Stadt hatten ihren Einfluss geltend gemacht und Berols Kandidatur zum Ratspräsidenten mit großen finanziellen Spenden unterstützt, doch der alte Politiker wusste, dass Wohl und Wehe unstete Gefährten waren, denn vielen hungerte es in der Stadt nach mehr Macht, mehr Geld und mehr Einfluss und Ruhm. Er selbst kannte genug Hofschranzen und Emporkömmlinge, die zwar korrupt und gierig waren, jedoch auch völlig unfähig.

Der Disput, der gerade zwischen seinen beiden Besuchern entbrannt war, zählte nicht zu jenen, die auf Unfähigkeit und Gier basierten, sondern war ernsterer Natur, denn es ging um die Kontrolle der öffentlichen Ordnung in Varanas.

„Kriegsrecht?“, schnaubte Charbonneau, der Vertreter des *Auges der Weisheit* im Rat. „Seid Ihr von allen guten Geistern verlassen, General DeVanano?“ Der dicke Mann sprang aus dem schweren Sessel auf, beugte sich vor und stützte seine Fäuste auf den kleinen Tisch, der zwischen ihm und seinem Gegner stand. Dabei brachte er eine der Schachfiguren zu Fall, die auf dem Tisch standen. „Ihr seid hier in Varanas, nicht bei euren Barbaren im Staubteufel-Canyon oder Ystra oder Sascilia! Kriegsrecht, weil sich die Gilden die Köpfe wegen Steuern und Tributen einschlagen!“

Der muskulöse Krieger in der dunkelgrau brünierten Rüstung, die nicht auf Pomp und Prunk ausgelegt war, sondern zahlreiche Scharten und Schrammen von echten Kämpfen zeigte, blieb ruhig und betrachtete das hochrote Gesicht des Magiers mit solch amüsierter Miene, dass sich die vielen kleinen Falten seiner wettergegerbten Haut mit weiteren Linien durchzogen, die von seinen Tätowierungen im Gesicht nur noch verstärkt wurden.

„Für einen Forscher, Zauberkundigen und Gelehrten seid Ihr ganz schön aufbrausend, mein lieber Charbonneau. Was ist aus ‚in der Ruhe liegt die Weisheit‘ geworden?“

Er löste seine an den Fingerkuppen zusammengefalteten Hände und deutete auf die kleine weiße Figur, die an die Tischkante gerollt war. Sie lag auf der Seite, bestand aus einem asketisch aussehenden hageren Mann in langen Roben, der dozierend die eine Hand erhoben hatte und in der anderen ein Buch hielt. „Bezeichnend, nicht war, mein lieber Charbonneau: Ihr habt Euren *Hüter der Weisheit* umgeworfen. Ausdruck Eurer geheimsten Wünsche, mein Freund?“

Der dicke Mann hielt inne und blickte zu der Figur herunter. Verlegen stellte er sie wieder auf die Position zwischen den *Turm der Belagerung* und der *Herrin des Lichts*, einer elfengleichen Dame mit Blumenkrone und weich fließenden Gewändern, die der ruchlos anmutenden und sich lasziv räkelnden schwarzen Figur, der *Elevin des Schattenreiches,* gegenüberstand. Fiel die jeweilige hohe Dame, war das Spiel entschieden.

Der General lächelte und führte seinen nächsten Zug aus. Der berittene *Berhu der Gehörnten* übersprang einen Gegner und bedrohte nun die weiße Dame. „Schach …" Grinsend lehnte sich der Soldat in seinem Sessel zurück. „Wusstet Ihr, dass die alten Kaiser und Könige dieses Spiel zur Simulation von Schlachten benutzten? Schach ist ein Sinnbild für Schlachten!"

Charbonneau schnaubte abfällig. „Schlachten! Kriegsrecht! Bei Euch geht es immer nur um Stahl und Muskeln und Schwerter!" Eine Figur, die der General übersehen hatte, fiel ihm ins Auge. „Obwohl das diesmal der richtige Weg sein mag, mein Guter!" Mit seinen feisten Fingern griff er den *Galanten Kavalier*, die einzige Figur, die sich in alle acht Richtungen auf dem Schachbrettmuster des Spielfeldes bewegen durfte, der ultimative Beschützer der Dame, und schlug den *Berhu.*

Der General frohlockte. „Ihr habt natürlich recht, mein Freund. Es gibt noch eine andere Lesart dieses Spiels. Erst bringt man seine Figuren, oder besser noch, seine Truppen und Agenten in Position, und dann schlägt man zu. Denn jetzt erst offenbart sich der Plan!"

Charbonneau erblasste, als er sah, dass der General ihn in die Falle gelockt hatte. Triumphierend zog dieser einen einfachen *Spießträger*, die niederste Figur, die nur einen gerade Zug machen und diagonal schlagen durfte, vorwärts, räumte damit eine Blockade und bedrohte nun mit zwei weiteren Figuren die *Herrin des Lichts*. „Grämt Euch nicht, Charbonneau, Ihr seid nur ein Forscher des *Auges der Weisheit*, während meine Profession der Krieg ist. Ihr müsst dem Tod nicht ins Auge sehen können."

DeVanano übertrieb nicht, denn er war einer der Generäle des

Ordens der Dunklen Glorie, einer Verbindung von Söldnern, die trotz ihres grimmigen Namens doch eher dem Schutz und der Erhaltung der Freiheit zugeneigt waren, wenngleich sie im Gegensatz zur varanasianischen Kultur eher die militärische Konfliktlösung bevorzugten.

„Ich gebe mich geschlagen, aber nur im Spiel. Was unseren Disput um die Verhängung des Kriegsrechts in Varanas angeht, so ist meine Antwort Nein, Nein und nochmals Nein. Solcher Unsinn mag ja bei Euch in der Wildnis da draußen im Schatten der Obsidianfeste funktionieren, aber das Kriegsrecht in Varanas auszurufen, nur weil die Konflikte der Gilden ein wenig überhand nehmen – nun, das scheint mir übertrieben!", ereiferte sich Charbonneau.

Berol drehte sich vom Fenster her um. „Ein *wenig*?" Er schüttelte den Kopf. „Meine Boten berichteten mir von einem Schlachtfeld im Norden von Silberquell, auf dem Hunderte von Schwertkämpfern, Reitern und Lanzenträgern sich gegenseitig massakrierten. Früher haben die Gilden dies bei einem Duell der Ehre oder in den Arenen ausgetragen, doch nun kaufen sie Söldner, bauen Heere auf und schlachten sich gegenseitig ab. Doch ein ‚Nein' ist richtig, mein lieber Charbonneau, denn wir müssen diesem Gemetzel Einhalt gebieten. Diese Kriege zwischen den Gilden nehmen überhand und schaden dem Aufbau unserer Nation. Der Handel und die Versorgung Candaras darf nicht zum Erliegen kommen, nur weil einige Gilden versuchen, ihre Ausschreibungen mit dem Schwert auszufechten."

„Nun, die letzte Ausschreibung ist beendet, würde ich sagen", warf DeVanano ein und erinnerte an das jüngste Schlachtfeld der Gildenkriege.

Charbonneau bedachte ihn mit einem dunklen Blick. „Possenreißer! Und Kriegsrecht kann nicht die Lösung sein, Berol", sagte er entschlossen.

„Und warum nicht? Ausgangssperren, keine Schlägereien in den Tavernen, den Galgen für Duellanten, mehr Kontrollen an den Toren und am Hafen, hin und wieder ein paar eingebeulte Köpfe bei den Uneinsichtigen. Das sollte schon eine gewisse … Entspannung mit sich bringen!“, warf DeVanano ein.

„Eine typische Antwort der *Dunklen Glorie*!“, rief Charbonneau aus. „Erst mal draufhauen!“ Der dicke Forscher lief vor Zorn rot an.

„Besser als immer erst abzuwarten, was passiert. Ist nicht unlängst eine Eurer Forscherinnen von Räubern attackiert und ihr Begleitschutz aufgerieben worden?!“

Charbonneau starrte DeVanano fassungslos an. „Woher wisst Ihr …?“

Der General machte eine abfällige Geste mit den Händen. „Woher? Weil die *Dunkle Glorie* nicht nur ‚draufhaut‘, sondern auch Informationen beschafft. Vergesst nicht, die Ursprünge unserer Organisation liegen im Handel mit dem Stahl, nachdem wir damals dem *Auge* nach Candara gefolgt waren. Wir kennen die Gesetze – und Methoden – des Marktes. Und wir bevorzugen es, unsere Gegner zu kennen!“ Ein böses Grinsen stahl sich auf seine Züge. „Dann erst hauen wir drauf!“

„Herrschaften!“ Berol trat zwischen die beiden Streithähne. „Ich schlage vor, diesen Disput zu beenden. Kriegsrecht funktioniert nicht in Varanas, und ich möchte auch nicht, dass Eure Männer eine erhöhte Präsenz im Umland zeigen, General. Vielleicht bringen ein paar bewaffnete Einheiten Eurer Söldner ja die ganz Hitzigen dazu, es sich dreimal zu überlegen, ob sie eine Auseinandersetzung wagen sollten, aber die politischen Auswirkungen wären derzeit nicht wünschenswert. Nein, die Wache von Varanas soll sich dieser Aufgabe annehmen!“

„Wie Ihr wünscht!“ DeVanano erhob sich brüsk, deutete eine

Verbeugung an, die mehr eine Geste des Respekts vor dem Amt Berols war, als dass sie eine unterlegene Position ausdrückte. „Charbonneau.“

Der Magier des *Auges der Weisheit* nickte, als der General auf die großen Flügeltüren zuschritt, die ein Page für ihn öffnete.

„Soldaten“, brummte Charbonneau abfällig, doch Berol winkte ab. „Möglicherweise hat er diesmal sogar recht, Charbonneau. Die mehr und mehr eskalierenden Konflikte zwischen den Gilden kosten uns mehr, als dass sie einbringen. Die Häuser einzelner Fürsten werden stärker, während andere völlig ausgelöscht werden. Was auf dem Schlachtfeld beginnt, setzen Meuchelmörder mit Gift und Klinge in den Familien fort. Nein, wir müssen den Gilden zeigen, wer die Leine in der Hand hält, und wer ‚bei Fuß‘ zu gehen hat! Aber es muss aus Varanas selbst kommen, nicht durch die Hilfe des Ordens!“

Charbonneau dachte nach. „So oder so, das wird den Gildenfürsten nicht gefallen. Sie werden es nicht mögen, in ihren Rechten beschnitten zu werden!“

„Der Rat hat das *Auge der Weisheit* beschnitten und nun die Gilden. Meine Aufgabe ist es, eine Balance herzustellen. Wird eine Partei zu stark, dann ist es an mir, das Zünglein an der Waage zu sein. Ich biete den Gilden jedoch einen Ausgleich. “

Charbonneau schnaubte. Der Verlust an Einfluss hatte in den letzten Dekaden immer wieder für Spannungen zwischen Rat und dem *Auge* geführt. „Ich vermute, Ihr sprecht von der geplanten Neustrukturierung der Stadtanlagen. Ihr brecht Strukturen auf, die unsere Gründerväter so explizit geplant hatten.“

Berol lachte. „Reden wir jetzt über Egos?“ Er legte dem Forscher vertraulich die Hand auf die Schulter. „Seid beruhigt, mein Freund. Die Pläne des Baumeisters beziehen sich nicht auf eine Veränderung der Kathedrale oder der Wehranlagen. Wir verschönern ein wenig das Bild der bedeutenden Straßen und Viertel der Stadt. Ein paar alte Fachwerkhäuser werden abgerissen, neue Statuen aufgestellt und hier und da vielleicht ein Baum gepflanzt. Nichts Bedeutsames!"

Charbonneau musterte Berol. *Geschickter Fuchs,* dachte er. *Du bietest den Gilden ein Mitspracherecht an, doch sie nehmen keinen wirklichen Einfluss.* Er musste gleichsam lächeln. Charbonneau war aus Prinzip ein Gegner von Veränderungen, schließlich mochte er es eher ‚bequem', ‚konstant' und ‚beständig', wie er immer wieder selbst gern betonte. Dabei hatten die Pläne, die der Baumeister aus dem Hause der Galarts vorgelegt hatte, durchaus eine ästhetische Qualität besessen, die zur Veränderung des Stadtbildes beitragen würde. Doch etwas nicht Fassbares, etwas Schemenhaftes störte ihn, ließ sich nicht greifen.

„Übrigens, wie geht es der Forscherin …?" Berol suchte nach dem Namen, der ihm entfallen war.

„Sharlin, Forscherin am Toten Baum in den Heulenden Bergen", bot Charbonneau an und fegte die Gedanken beiseite. „Sie ist noch nicht aus ihrer Besinnungslosigkeit erwacht und liegt im Fieber. Wir haben sie in eine Hülle der Stasis versetzt, damit sie genesen kann, ohne die Pein durchleben zu müssen. Aber bis sie ihre Forschungen wieder aufnehmen kann, wird es wohl noch einige Zeit dauern."

„Bedauerlich", sagte Berol. Ein Page trat vor, verneigte sich und gab ihm ein Zeichen. Berol bedeutete dem Pagen in seinen kurzen Ballonhosen und den weißen Strümpfen, die ihm etwas erschreckend Unmännliches gaben, zu sprechen.

„Nun, mein Freund. Die nächsten Amtsgeschäfte warten." Berol schüttelte die schwammige Hand Charbonneaus und schob ihn bestimmt in Richtung des Pagen, der ihn nach einem verabschiedenden Gruß hinausgeleitete.

Kaum außerhalb des Flügels des Ratspräsidenten, hielt Charbonnau inne und blickte von dem oberen Geschoss der steinernen Ratshalle in den Eingangsbereich hinunter. Die mit bunten Glasbausteinen verzierte Kuppel schenkte ein facettenreiches Licht in allen Farben des Regenbogens. Das geschäftige Treiben auf der unteren Ebene war der Alltag in der Halle; Gilden und Händler machten hier ihre Geschäfte, heuerten Lehrmeister für die verschiedenen Professionen an und erörterten ihre politischen Winkelzüge. Der dicke Forscher lehnte sich gegen die steinerne Brüstung und schaute dem Treiben eine Zeit lang zu. Dann endlich fiel ihm ein, was ihn gestört hatte, und er machte sich auf den Weg zum *Auge der Weisheit*. Die Archive würden ihm gewiss eine Antwort auf seine brennenden Fragen geben, die ihm so unvermittelt in den Sinn gekommen waren.

11. Sybilla

„Narr!“ Zarhir funkelte Galart mit eisigem Blick an. Die schweren, roten Samtvorhänge im Arbeitszimmer des Händlers waren zugezogen. Nur wenige Talgkerzen brannten in dem großen Raum mit den brokatverzierten Tapeten, den kunstvoll geschnitzten Regalen und dem breiten, beinahe pompös wirkenden Schreibtisch, an dem Brian Galart sonst seinen Geschäften nachging.

„Idiot!“

Der hagere, hochgewachsene Anführer der Zurhidon gab Rao einen Wink, und der bullige Mann versetzte dem Gildenfürsten einen weiteren Hieb in die Rippen. Raos Hals zierte eine rote Narbe, noch frisch und wulstig, während sein rechtes Auge von einer Augenklappe verdeckt wurde. Die Tätowierung, die ihn als vielfachen Mörder und Seelenbeschaffer der Zurhidon auswies, war von einer Klinge zerschnitten worden. Nur die dunkelste Magie hatte es vermocht, den schwer verwundeten Zurhidon am Leben zu erhalten.

Mehr als ein Dutzend Kinder hatte Zarhir geopfert, um sein Werkzeug wiederherzustellen, ein Unterfangen, das sich in diesen Tagen als nicht so einfach erwies, denn die meisten Eltern hüteten ihren Nachwuchs. Doch glücklicherweise gab es selbst in Varanas genügend Waisen, die auf der Straße lebten – auch wenn der Rat dies tunlichst zu verheimlichen suchte. Armut und Hunger passten nicht zur weißen Fassade der Stadt.

Brian Galart ging zu Boden und rang nach Atem. „Wir suchen

sie!“, rief er aus. „Wir finden sie!“, bestätigte er, obgleich er nicht wusste, wohin das Mädchen entschwunden war.

Wut, Angst und Ohnmacht hatten ihn erfüllt, und Speichel, vermischt mit seinem eigenen Blut, rann über seine aufgeplatzte Lippe. Raos Hiebe hatten ihre Wirkung hinterlassen.

„Narr.“ Zarhirs Stimme war nur ein Flüstern. „Deine Unfähigkeit gefährdet mehr als nur deine Pläne nach mehr Macht, mein Freund. Du verzögerst … *Bedeutsameres*.“

Galart stützte sich hoch und wischte sich den Speichel vom Kinn. „Ich werde ein Kopfgeld auf sie aussetzen!“ Flehend sah er seine Peiniger an. „Wir werden das Mädchen finden!“

Zarhir beugte sich zu ihm herunter und betrachtete ihn mit einem Blick, der sonst für Dinge vorbehalten war, die auf dem Boden herumzukrauchen pflegten. Er wandte sich den Wandreliefs zu, die das Zimmer zierten. Statuen, gebeugt und unterwürfig, flehend und schreiend, während andere zornige Züge im Gesicht trugen. Wieder andere lauerten in dunklen Ecken, lauschten an Wänden. Ein Gleichnis über gedungene Mörder, würden die meisten Kunstgelehrten sagen, doch Zarhir sah etwas anderes darin: die Offenbarung des Notwendigen. Schwäche musste mit Stärke begegnet werden, die Macht der *Dreizehn* musste wiederhergestellt werden, so lautete das oberste Ziel aller Zurhidon. Ayvenas mochte Taborea erschaffen haben, doch er war ein schwacher Gott. Seine Zeit war abgelaufen, und nur die neuen, wahren Götter der Zurhidon waren würdig, seinen Platz einzunehmen. Und er, Zarhir, war das Werkzeug der neuen Götter.

„Wir?“ Zarhirs Stimme verzog das Wort mit einem spöttischen Grinsen. „Wir!“, rief er dann lauter aus.

„*Wir* haben dir die Runen verschafft, und du Narr lässt sie bei diesem Schwachkopf von deinem Neffen! Und der lässt sie sich von einem kleinen Mädchen stehlen.“

Zarhir erhob sich, und Rao stemmte sich mit seinem Fuß auf das rechte Knie des Gildenfürsten. „Wenn wir dich nicht noch für die Ratsgeschäfte brauchen würden, wäre dieses Versagen dein Ende, Brian Galart!"

Galart schrie auf, als er spürte, wie seine Kniescheibe brach. Wimmernd krümmte er sich auf dem Boden zusammen, und Rao ließ von ihm ab, als Zarhir ihn zu sich rief. „So kann er nicht seinen Geschäften nachgehen, Rao." Zarhir nahm einen Kurzstab auf und ließ seine langen, kräftigen Finger über die eingelassenen Runen gleiten.

„Etwas Heilung ist angebracht." Worte dunkler Magie intonierend, verstärkt durch den Fluss der Runen seines Stabes, begann der Hohepriester der Zurhidon seine Kräfte zu entfesseln.

Rote Lichter umringten den Körper des gefolterten Mannes, stachen auf ihn ein und ließen ihn vor Schmerzen schreien. Aufgeplatzte Wunden schlossen sich, Knochenbrüche verheilten in wenigen Augenblicken, und die Male der Folter, die einen Herzschlag zuvor noch rot und roh und wütend gewirkt hatten, verblassten, wurden zu Narben und verschwanden schließlich völlig.

Rao grinste boshaft, als er die Schmerzen des Mannes beobachtete. Er selbst zog die Narben und Wunden jener Tortur vor. Narben zeugten von seinen Taten im Kampf, wenngleich er dem Mädchen weitaus Schlimmeres anzutun gedachte, hatte sie ihn doch ein Auge gekostet und seine Tätowierung verunstaltet.

Zarhir beendete den Zauber, und Galart lag schweißüberströmt auf dem kalten Boden seines Stadthauses. Rao zerrte ihn unsanft hoch, und Zarhir trat dicht an ihn heran. „*Wir* …" Zarhir dehnte das Wort erneut und rückte Galarts Kragen zurecht. „*Wir* kümmern uns um die Wiederbeschaffung der Runen. Wir kümmern uns auch um diese kleine Magd aus Logar, die du deinen Rachegelüsten zuliebe hast einkerkern lassen, anstatt sie zu töten, wie es sinnvoll gewesen wäre."

Brian Galart zitterte, erwartete, dass der grausame Mann ihm weitere Schmerzen bereiten würde, doch Zarhir deutete auf die jüngsten Lieferlisten aus dem Kontor des Händlers. „Du, mein lieber Brian, sorgst dafür, dass die Erzlieferungen von diesem Todd aus den Heulenden Bergen weiterfließen und dass die Pläne für die Neustrukturierung der Anlagen wie geplant verlaufen!"

Galart nickte und atmete flach, hielt beinahe den Atem an, als fürchtete er sich davor, ein Zeichen der Entspannung und Schwäche vor dem Zurhidon zu offenbaren. Doch Zarhir beachtete ihn nicht länger und befahl Rao: „Beseitige alle Spuren, vom bestechlichen Richter dieses Narren bis hin zu den Wachen im Kerker. Jeder, der etwas von der Existenz des Mädchens weiß, ist zu töten."

Rao grinste, zog seine Haube tief ins Gesicht und befestigte die Maske. Seine Untergebenen zusammenrufend, eilte er an den Leichen der Bediensteten Galarts vorbei und stahl sich hinaus ins Dunkel der Nacht, ein Dutzend blutrünstiger Zurhidon unter seinem Befehl auf seinen Fersen.

Mit aufgerissenen Augen sackte die Wache zu Boden.

Fantur riss sein Schwert mit einem harschen Ruck aus dem Bauch des Mannes und rannte tiefer in den finsteren Gang des Kerkers. Alle zwanzig Schritt waren an den feuchten und nach Schimmel riechenden Wänden flackernde Fackeln montiert, die den engen Tunnel nur schwach erhellten.

Das gedämpfte Jammern und Wehklagen, das aus den Zellen zu ihm drang, zeugte von der Schwäch der Gefangenen, die hier schon seit langer Zeit eingekerkert waren.

Manche von ihnen waren Mörder, Diebe und Spione, andere

eher Gefangene politischer Natur, Aufrührer, die sich mit dem Rat oder den Gilden von Varanas eingelassen hatten, und auch Schänder und Vergewaltiger.

Fantur schüttelte die Gedanken an die Gefangenen ab; die Aufgabe vor ihm war die Rettung einer Dame in Not.

„Eine Dame ist eine Dame! Punkt!“, murmelte er leise. Sein Fechtlehrer hatte dies immer zu ihm gesagt. *Punkt!* Mehr gab es dazu nicht zu sagen. Dem schönen Geschlecht war mit Respekt und Ritterlichkeit zu begegnen. *Genau, Punkt! Das hast du schon zu oft vergessen. Erinnere dich, was es heißt, ein echter Ritter zu sein!*

Seit dem Abend auf Chantreas Hof hatte sich ihm und Samuel ein seltsames Ränkespiel offenbart; Quentin hatte ihnen von einem Freund bei der Garnison von Varanas berichtet. Fantur hatte zunächst keine Zweifel daran, dass es für einen Dieb immer gut war, *Freunde* – vermutlich oftmals gekauft oder erpresst – unter den Wachen der Stadt zu haben. Als der alte Ritter seine Abscheu gegen korrupte und bestechliche Soldaten kundtun wollte, hatte Chantrea ihn unterbrochen und aufgefordert, Quentin anzuhören.

Und Fantur war überrascht worden. Gegen Mitternacht war ein junger Feldwebel namens Victor mit einer Gruppe Reiter gekommen, in ihrem Geleit ein varanasianischer Hauptmann in einer zerschlissenen Uniform und mit Blutflecken auf dem Wappenrock, frischen Wunden an Armen, Brust und Kopf. Tomas wurde der Mann gerufen, und Chantrea hatte ihm ein Lager bereiten und die Wunden versorgen lassen.

Der junge Feldwebel hatte von der Verfolgung seiner Schwester Shareena berichtet, die den Neffen ihres Verlobten getötet hatte. Victor hatte nach und nach die einzelnen Bruchstücke zusammengetragen; die Schändung Sybillas, die Tötung Alexanders und schließlich die Flucht seiner Schwester.

Da sie sich nicht dem Gesetz gestellt hatte, wurde sie nun als

Mörderin verfolgt, ein Umstand, der Victor zutiefst erschütterte. Seine Männer hatten schließlich Spuren des Mädchens gefunden, ihre Haube, Fetzen ihrer Kleider, und waren zum Lager der Forscherin Sharlin gelangt, wo sich ihnen ein Bild des Grauens geboten hatte. Zurhidon waren gerade dabei, die Soldaten zu massakrieren, als seine Patrouille den Zeltplatz erreichte.

Wären die Zurhidon nicht schon durch ihren Angriff geschwächt gewesen, so wäre der Ausgang wohl ungewiss gewesen, doch so konnten seine Männer zwei von ihnen töten und drei weitere in die Flucht schlagen. Victors Soldaten hatten zwei Überlebende finden können, Sharlin und Tomas, und Victor hatte die Magier und Priester in Logar zur Hilfe gerufen, damit diese ihre heilenden Zauber wirken konnten. War Sharlin von den Magiern des *Auges der Weisheit* sorgsam gehegt und gepflegt worden, war das Überleben von Tomas niemandem wichtig gewesen. Ein Priester hatte eine Anzahl an Zaubern gewirkt und sich dann wieder der Forscherin zugewandt, die ohne Bewusstsein war. Victor hatte dies nicht verwundert; ‚Frontschweine' wurden die Soldaten oftmals abschätzig von den Zauberkundigen genannt.

Die Magier hatten Sharlin mit einer Sphäre aus Licht umgeben und waren ohne einen weiteren Gruß fortteleportiert. Victors Männer hatten sich um Tomas gekümmert, und Victor hatte sie angewiesen, niemandem von dem Treffen mit den Zurhidon zu berichten. Ein ‚Angriff von ruchlosen Räubern und Wegelagerern' war seine offizielle Darstellung in seinem Patrouillenbericht, denn Tomas hatte ihm das Mädchen beschrieben, und Victor wusste sogleich, dass es sich tatsächlich um seine Schwester handeln musste. Dass seine Schwester von Zurhidon verfolgt wurde, ergab keinen Sinn, doch er zweifelte nicht daran, dass in jener Nacht mehr passiert sein musste. Dunkle Dinge, von denen Sybilla nicht mehr hatte berichten können, nachdem sie nach Varanas gebracht worden war, um dort unter der Fürsorge von Brian Galarts Heilern zu genesen.

Victor war aufgebrochen, um sich nach Sybillas Wohl zu erkundigen, doch er war mehrfach harsch abgewiesen worden. Brian Galart war nicht für ihn zu sprechen. Schließlich hatte Victor Todd um Hilfe gebeten, doch dieser hatte nichts von irgendwelchen hanebüchenen Verschwörungsgeschichten wissen wollen, die wohl zu viel Wein und zu einsamen Nächten entsprungen sein mussten.

Wieder im Lager berichtete Tomas von einem alten Freund aus Jugendzeiten, der ihm noch einen Gefallen schuldig war. Quentin, ein Dieb, hatte seine Kontakte in der Stadt genutzt, um herauszufinden, wo Sybilla war. Brian Galart hatte sie nicht den Heilern übergeben, sondern sie in den Kerker der Stadt werfen lassen – als Komplizin der Mörderin seines Neffen. Quentins Kontakte hatten von Galarts Treffen mit dem mit ihm befreundeten Richter Rana berichtet. Eine Magd hatte an der Tür gelauscht.

Galart hatte gewettert, und Rana hatte ihm recht gegeben: Die Schändung einer jungen Frau niederer Herkunft war nach derzeitiger Rechtslage allenfalls ein Vergehen geringerer Art, eine Ordnungswidrigkeit oder ein Kavaliersdelikt, und unter dem mildernden Umstand des Alkohols unter dem sein ‚armer Neffe' bei dem Fest gestanden hatte, hätte Alexander die ‚geraubte Unschuld' eines einfachen Mädchens vom Lande doch mit einer geringen Geldbuße angemessen begleichen können. Eine ‚kaltblütige Ermordung ob einer solchen Lappalie war inakzeptabel', hatte Richter Rana gesagt, der dafür bekannt war, solcherlei ‚Entschuldigungen' heranzuziehen, wenn es seinen Zwecken diente.

Rana verurteilte Sybilla ohne Verhandlung und ließ die Einträge von seinen Vertrauten vollziehen. Das Mädchen wurde in die tiefsten Zellen unter der Kathedrale von Varanas geworfen.

Offenbar hatte Galart auch Männer in den Schlüsselpositionen des Kerkers dafür bezahlt, dass sie in den Büchern nur als Mörderin auftauchte, die keinerlei Rechte genoss. Sie hatte weder den Trost der Priester erhalten noch den Beistand von Advokaten der Gilde. Die junge Sybilla war ein Geist geworden, einfach entschwunden, ein sich auflösender Schemen, wie Nebel an einem Sommermorgen.

Doch Galarts Geld mochte die Bücher fälschen, in denen die Gefangenen erfasst wurden, aber Mäuler vermochte er nicht zu schließen. In einer der weniger illustren Schenken hatte ein Wachmann des Kerkers vom ‚Spaß' mit einer der Gefangenen geprahlt. Die beiden Schankwirte, Claudio und Marco, zwei ehemalige Barden, Diebe und Glücksritter, hatten Quentin informiert, dass ihnen eine Geschichte zu Ohren gekommen war, die in dessen Suchprofil passte.

Quentin hatte Fantur und Sam mithilfe der sehr energischen Chantrea von dem Mädchen berichtet und dass Victor beabsichtigte, sie aus dem Kerker zu befreien. Sie freizukaufen würde nur die Aufmerksamkeit Galarts erregen, und vermutlich würde sie dann ganz zufällig eines ‚natürlichen' Todes sterben.

Fantur und Sam hatten eingewilligt und den Wachmann in ein Hinterzimmer gelockt, in dem Marco und Claudio ihre Damen mit zweifelhaftem Leumund beschäftigten. Dort hatten sie ihn unsanft verhört. Fantur hatte ihm den Arm aus dem Gelenk gekugelt und ihm Daumen und Zeigefinger der linken Hand abgetrennt. Eine Stunde später – Claudio und Marco entsorgten die Leiche des Wachmannes im Hafen; Samuel hatte ihn in einer beschworenen Wasserblase ertränkt, als dieser berichtet hatte, welche Folter und Schändungen Sybilla auch noch im Kerker hatte erleiden müssen – waren sie aufgebrochen, hatten sich mit Victors Uniform Zugang zum Kerker verschafft und waren schließlich mit Waffengewalt in die tieferen Ebenen vorgedrungen.

„Zurhidon!“, rief Samuel und begann Wörter der Magie zu rezitieren. Begriffe, die die Runen bildeten und sich nach und nach zu einem Zauber verbanden; ein Konstrukt aus Buchstaben, Zeichen und Symbolen, dann Silben, Wörtern und schließlich Sätzen, die die Energie kanalisierten, umlenkten, transformierten und endlich freigaben.

An den Handgelenken gekreuzt, streckte er seine Arme aus und entfachte einen Regen aus gleißendem Licht, der auf den Zurhidon zuraste. Dieser hatte seine Arme in Gesten der Abwehr erhoben, doch bevor er seinen Zauber weben konnte, hüllten Flammen ihn ein, verbrannten Stoff und Haut und Haar zu einer rauchigen, bröckeligen Schicht und fraßen das restliche Leben aus dem Leib, dessen Seele längst einem dunkleren Gott geopfert worden war.

„Ich sollte vielleicht nicht als Erster in der Reihe stehen“, murmelte Sam und warf Fantur einen bösen Blick zu, als dieser an ihm vorbeieilte, um den nächsten Gegner mit Schild und Schwert anzugehen. „’Tschuldigung“, murmelte der alte Ritter. „Ich bin aufgehalten worden!“

Sam verdrehte die Augen. „Ich bin der Magier! Ich stehe hinten. Du bist der Muskel, du bist vorne, und …“ Er hielt inne. „Einmal nach rechts, bitte!“

Fantur dachte nicht nach. Kaum hatte Sam seinen Wunsch geäußert, ließ er sich fallen und spürte, noch bevor er den Boden berührt hatte, wie stechende, rötliche Energiestrahlen über ihn hinwegfegten. Er warf einen Blick zu seinem Gefährten und sah, wie dieser einen Schutzzauber um sich herum spann. Energieentladungen flossen von ihm ab.

Fantur sprang auf und versetzte dem verbrannten Körper im Vorbeilaufen einen Hieb, der ihn zerbröckeln ließ. Schon griff er den nächsten der schwarz gewandeten Jünger des Dämonenkultes an, die so unvermittelt in diesem Trakt des Kerkers erschienen waren.

„Victor!“

Fantur parierte die Attacken seines nächsten Gegners. Er erkannte den Rhythmus des Zurhidon: Hieb von rechts oben, von links oben und auf eine hohe Abwehr spekulierend, zwei-, dreimal hintereinander.

Der kampferprobte alte Recke wog sein Gegenüber für zwei Hiebe in Sicherheit, unterwanderte sogleich den hohen Block und stieß mit der Klinge in Richtung des Brustbeins. Der Zurhidon, seinen Fehler erkennend, geriet in Panik und bemühte sich, die todbringende Klinge auszuhebeln. Doch auch dies hatte der alte Ritter einkalkuliert; die Spitze seines Schwertes wurde durch die Parade höher geschoben, glitt über den Rand des Brustpanzers und fuhr dem Mann in die ungeschützte Kehle.

„Dummkopf!“, spottete Fantur, riss die Klinge aus dem Hals des Sterbenden und stieß diesen mit einem Fußtritt beiseite.

„Victor! Quentin!“, rief er dann erneut. „Beeilt euch!“

Wenige Schritte den Gang hinunter war der Dieb dabei, die Zellentür aufzubrechen, während Victor ihn sicherte.

„Beeilt euch, beeilt euch, macht schneller!“, murmelte Quentin. „Immer denken die Leute, dass das so leicht sei!“ Quentin schob seinen Sperrriegel, der ihm als einfacher Dietrich diente, in das Schlüsselloch, lauschte nach dem Kontakt der feinen Bartelemente, und ließ das Schloss mit einem Klicken aufschnappen.

„Bei allen drallen Huren von Varanas: Verdammt, bin ich gut!“, frohlockte er und stieß die Tür mit der Schulter auf. Victor schnaufte neben ihm, und Quentin drehte sich zu seinem Bewacher um. Dieser wurde gerade von einem weiteren Zurhidon angegriffen und parierte dessen wütende Attacke mit Mühe.

Quentin verdrehte die Augen und beschied, dass es an der Zeit war, seinem neuen Weggefährten zur Hilfe zu kommen. Er kramte in seinen Hemdfalten, ertastete den Gegenstand, den er gesucht hatte, und schleuderte diesen dem Zurhidon entgegen, der gerade Victor in die Defensive zu drängen begann. Der Mann, plötzlich seines Augenlichts beraubt, schrie auf.

Victor nutzte die Gelegenheit. Sein Breitschwert durchbohrte den Angreifer, zertrennte Eingeweide und durchstieß die Aufhängung der Rippen an der Wirbelsäule, bevor der Stahl am Rücken austrat.

„Blendung." Quentin erwähnte dies beiläufig und machte eine einladende Geste in Richtung der Tür. Victor warf ihm ein dankbares Nicken zu und schritt in die dunkle Zelle.

Der Geruch von Exkrementen, Schweiß und Blut vermengte sich mit dem der schimmeligen Wände der kleinen Zelle. Ratten huschten in die dunklen Ecken, als Victor mit einer Fackel in der Hand näher trat. Inmitten des verdreckten Strohs lag ein schmutziges Bündel, wimmernd und zitternd, gefangen in einem Albtraum, der nun endlich enden sollte.

Victor kniete sich zu der jungen Frau und bemühte sich, den Zorn, der ihn befiel, nicht hier und jetzt aus sich herauszuschreien.

„Sybilla!" Seine Stimme war sanft, damit er sie nicht erschreckte, doch das Bündel vor ihm blickte ihn nicht an. Angst hatte sie gelehrt, den Blick abzuwenden, wenn Männer in Uniformen kamen. Nur ein klagendes Wimmern war zu vernehmen. „Schhhhh …", machte er, versuchte sie zu beruhigen und berührte sie zärtlich an der Schulter. Das Mädchen wich wie von einer Tarantel gestochen zurück, versuchte, die unwillkommene Berührung mit den Händen abzuwehren und drängte sich tiefer in die hinterste Ecke.

„Sybilla. Ich bin es!" Der junge Soldat war ratlos.

Quentin legte ihm die Hand auf die Schulter und hielt ihm eine Phiole hin. Er nickte in Richtung des Mädchens. Victor verstand und öffnete das Fläschchen mit dem bläulichen Extrakt. „Ganz ruhig, Kleines. Halte einfach nur durch. Wir bringen dich hier raus!"

Er hielt Sybilla die Phiole hin, doch sie drehte den Kopf fort. Als Victor nach ihr griff, schrie sie auf. Ihre Finger kratzten und versuchten ihn abzuwehren, dann benetzte das Elixier ihre Lippen, ihre Zunge kostete davon, während sie versuchte, zu schreien und zu wimmern. Ihr Widerstand schien ewig zu dauern, doch endlich fiel sie in einen tiefen Schlaf, in dem es keine Dämonen mehr gab.

Rao rief seine Männer aus dem Gang zurück und wies ihnen taktische Positionen zu. Zwei links und rechts neben dem Eingang, ein Bogenschütze und ein Magier an seiner Seite sowie drei Schwertkämpfer an die Frontlinie.

Der Kampf in dem finsteren Verlies hatte sich zu einer Pattsituation entwickelt. Die Angreifer hatten das Mädchen vor ihnen erreicht und waren ebenso blutig gegen die Wachsoldaten vorgegangen wie Raos Männer gegen sie.

Die Gegenseite bestand zwar nur aus vier Mann, doch neben dem Soldaten und dem Dieb, die allein für sich nur eine geringe Gefahr darstellen mochten, waren der Ritter und der dunkelhäutige Magier die größten Hürden. Die beiden erwiesen sich als eingespieltes Duo; der junge Magier schleuderte seine Konstrukte aus Energie von hinten gegen sie, während der erfahrene Ritter Schritt für Schritt an Boden gewann.

Energieströme bildeten Schilder aus Licht und Luft, funkelnd und strahlend. Die Zauber ihres eigenen Magiers waren auf ihn zurückgeschleudert worden, und nun kämpfte der Zurhidon darum, seine Konzentration zurückzuerlangen.

Rao wies den Bogenschützen an, den dunkelhäutigen Magier abzulenken. Der Zurhidon nickte, legte einen neuen Pfeil ein und ließ diesen durch den Raum schnellen.

Der Pfeil traf Samuel an der Schulter, und der Zauber, den er gerade aus Wörtern und Silben konstruierte, löste sich auf. Magische Energie, elektrisierend und aufgeladen, waberte durch die Luft, schlug Funken auf den Steinen des Mauerwerks und verpuffte schließlich, ohne eine Wirkung zu erzielen.

Sam hatte hierfür keine Augen. Der Pfeil hatte ihn zwar nur am Oberarm gestreift, doch er spürte die unheilige Wirkung des mit dunklen Runen versehenen Geschosses. Sein Blut brannte in seinen Adern und strömte unter überhöhtem Druck aus der Wunde. Zudem war es flüssiger, hatte die dickflüssige Konsistenz eingebüßt und wurde ihm regelrecht abgesogen, als hätte ein Vampir seine Fänge in seinen Körper geschlagen. Der Ohnmacht nahe, taumelte er zurück und wurde von Quentin aufgefangen.

Fantur knurrte ob des Verlustes seiner Rückendeckung und hieb dem vordersten Zurhidon mit einem kraftvollen Hieb den Oberschenkel durch. Seine Waffe glühte hell, als er sich der alten Zauber der Ritterlichkeit entsann und diese entfesselte.

Dem zweiten Zurhidon versetzte er mit dem gepanzerten Ellenbogen einen Hieb auf die Maske. Einen Herzschlag lang konzentrierte er sich, kanalisierte Energieströme, die seinen Geist und Körper durchflossen, und wirkte den ritterlichen Zauber der *Bestrafung* auf den Gepeinigten. Wimmernd ging dieser zu Boden, doch Fantur schenkte ihm keine Gnade. Seine Klinge durchstieß die Lungen des zusammengesackten Feindes, und schon stellte er sich dem dritten Zurhidon, der versuchte, ihn mit schnellen Attacken gegen seinen Kopf, seine Arme und seine Brust in die Enge zu treiben.

Fantur wich zurück, trieb jedoch seinen Angreifer zwischen sich und den Bogenschützen, der einen weiteren Pfeil auf die Sehne gelegt hatte und nun nach einem neuen Ziel suchte. Der alte Ritter duckte sich unter einem Hieb seines Angreifers hindurch und spürte, wie das nächste Geschoss an ihm vorbeirauschte.

„Fantur!“, rief Quentin entsetzt. Fantur verlor einen Moment lang die Konzentration und verspürte sogleich einen brennenden Schmerz in seiner Seite – die Klinge des bulligen Zurhidon, der zuvor zwischen dem Schützen und dem ausgeschalteten Magier Stellung bezogen hatte, traf ihn dank seiner Unachtsamkeit.

Der Atem ging ihm aus, und er sah, dass er nun zwei Gegnern im Nahkampf begegnen musste. Er war zwar im Zweikampf erfahren, doch nun merkte er den Zoll, den die harten Jahre ihm abgepresst hatten.

Aus dem Augenwinkel sah er, wie Victor mit einem Pfeil in der Schulter zu Boden gegangen war. Quentin hatte das bewusstlose Mädchen, das der Soldat einen Augenblick zuvor noch auf dem Arm gehalten hatte, aufgefangen, und Fantur sah dem Dieb an, dass er versucht war, sie alle einfach zurückzulassen, um seine Haut zu retten. Ihre Augen trafen sich einen Herzschlag lang, und Fantur deutete mit dem Kinn auf die gefallenen Gefährten. Quentin schüttelte den Kopf und verschmolz mit den Schatten.

Fantur fluchte ob der Feigheit des Schurken. Der Ritter machte einen seitlichen Ausfallschritt in der engen Kammer, schob dabei seinen linken Fuß unter die Klinge eines gefallenen Gegners, während er mit der Linken seinen Schild losließ und dessen harte Oberkante ins Gesicht des bulligen Zurhidon rammte, der ihm nachsetzte.

Rao schrie auf, als seine Maske brach und weitere Schnitte, verursacht von den scharfen Kanten des Metalls, seine Haut durchdrangen. Bevor der Zurhidon wieder eine klare Sicht hatte, katapultierte Fantur die Klinge mit der Stiefelspitze hoch, fing diese mit der Linken auf und ging nun in ein Kampfmuster mit zwei Schwertern über, um auch den zweiten Gegner anzugehen.

Die Attacken der beiden Zurhidon abblockend, trieb er diese zurück und lenkte sie in die Schussbahn des Bogenschützen. Doch aus den Augenwinkeln sah er, dass nun der Magier wieder die Kontrolle über seine Zauber gewonnen hatte und in den nächsten Momenten seine Kräfte entfesseln würde. Er wusste, dass ihm nur noch wenige Augenblicke blieben. Der Bogenschütze suchte nach einer freien Schussbahn, der Magier hatte begonnen, seine Kräfte zu fokussieren, und die beiden verbleibenden Zurhidon versuchten, ihn langsam in die Ziellinie zu drängen.

Fantur konzentrierte sich, versuchte sich an jene Lehren zu erinnern, die er einst gelernt hatte, bevor ihn sein Weg in die dunklen Gefilde der Welt geführt hatte. Heilig sollte sein Schlag sein, so hatte es sein Mentor und Fechtmeister ihn gelehrt. Der alte Ritter spürte, wie eine neue Kraft seine Arme und seinen Geist beseelte. Der Hieb krachte auf die zum Block erhobene Klinge des Zurhidon zu seiner Rechten nieder, durchbrach dessen Schwert und spaltete den Schädel des Angreifers. Die hohe Stimmlage verriet dem Ritter, dass sich eine Frau unter der Maske verbarg, doch es kümmerte ihn nicht.

Sie ist wohl nicht sehr damenhaft.

Ein leuchtender Regen wurde freigesetzt, und *Siegel des Lichts* waberten durch den Raum.

Plötzlich war Quentin hinter dem Magier der Zurhidon aufgetaucht, als hätte er einen Schritt durch die Schatten des dunklen Verlieses gemacht. Ein giftiger Dolch fuhr dem Magier in den Rücken und schickte ihn zu Boden. Der Bogenschütze der Zurhidon ließ seinen Bogen fallen und parierte mit seiner eigenen Klinge den nächsten Angriff des Diebes.

Rao erkannte, dass sich das Schlachtenglück endgültig gewendet hatte und brüllte auf. Von Wut erfüllt, sprang er vor, bemüht, dem Ritter den Garaus zu machen.

Fantur blockte die nächsten Angriffe und stieß Rao mit einem Haken vor die Brust zurück. Noch einmal bot er seine letzte Energie auf und beschwor einen Zauber des *Schocks*. War der Schaden dieses Zaubers nichts, was Rao beeindruckt hätte, löste er doch die wabernden *Siegel des Lichts* aus. Die freigesetzten Energien stoben durch den Raum und versetzten den Bogenschützen und den Anführer der Zurhidon in Benommenheit, unfähig, sich zu wehren.

Quentin tötete den Bogenschützen mit einem schnellen Schnitt durch die Kehle, während Fantur Rao mit einem Schlag gegen die Stirn niederstreckte. Der Kampf war gewonnen, und der alte Ritter atmete schwer auf. „Einen Moment lang dachte ich, du würdest deine Haut retten wollen ..."

„Als ich verschwunden bin?" Quentin lachte hart auf. „Du hast deine Wege, mein ritterlicher Freund – und ich habe meine!"

Fantur hatte keine Zweifel daran, dass sich der junge Dieb auf seinen zweihändigen Kampfstil bezog; ein Erbe aus einer Zeit, die Zweifel am Sinn seiner Existenz mit sich gebracht hatte, die ihn gezwungen hatte, zu rauben und zu stehlen, um zu überleben.

Er betrachtete den jungen Dieb und nickte schließlich. „Nur ein Dieb erkennt einen Dieb, was? Manchmal führt das Schicksal auch den Ehrbaren an den Abgrund."

Bevor Quentin etwas erwidern konnte, deutete Fantur auf die bewusstlose Gestalt Raos. „Fessle den Gefangenen, mein Junge, und dann sammeln wir unsere Verwundeten ein und verschwinden von hier!"

Grinsend wischte der Dieb das Blut seiner Gegner an seinem Messer an den Roben der Toten ab und nickte. „Verschwinden ist mein zweiter Vorname!"

12. Sklavin

Die Menge johlte und grölte.

Wie ein Stück Vieh mit einer Leine um den Hals hatte man Shareena auf die hölzerne Plattform gezerrt, sie mit den anderen Mädchen – manche älter, manche jünger als sie – in einer Reihe aufgestellt, und nun wurden ihre körperlichen Vorzüge angepriesen. Cofell, der bullige Menschenhändler mit dem über seine lederne Schürze hängenden Bierbauch, ließ dabei keine Gelegenheit verstreichen, die Mädchen an Beinen, Po und Brüsten zu berühren, eine Shareena abstoßende Gier und Lüsternheit in seinen Augen zeigend.

Die Sonne brannte schon seit dem frühen Morgen auf die schmutzigen Bauten der Siedlung, und auch das nahe Meer konnte den Gestank von Schweiß, Blut und Urin nicht aus den Gassen vertreiben. Shareena empfand Ekel vor den Männern und Frauen, die hier vor sich hinvegetierten. Die Haut der meisten war verdreckt und hatte schon lange keine Seife mehr gesehen. Auch die Zähne waren schadhaft und nur selten unversehrt, und die schmierigen, verfilzten Haare der meisten Einwohner zwangen diese dazu, sich beständig zu kratzen.

Manche der Mädchen weinten offen, als sie an den Meistbietenden verkauft wurden, andere zitterten, fielen zu Boden und wurden von ihren neuen Besitzern mit Gerten oder Stöcken vom Podest geprügelt.

Als Shareena an der Reihe war, ging ein Raunen durch die

Menge und ein bösartiges Grinsen zeigte sich nicht nur auf den Zügen Cofells. Mit einer theatralischen Geste strich er durch das platinfarbene Haar der jungen Frau und schnupperte daran; die Mädchen und jungen Frauen waren vor der Auktion gewaschen und ihre Haare gekämmt und mit duftenden Wässerchen besprüht worden.

Shareena war froh gewesen, dass dies andere Sklavinnen getan hatten und der widerwärtige Sklaventreiber diese Gelegenheit nicht für seine Gelüste genutzt hatte. Man hatte ihnen kurze weiße Tuniken gegeben, die ihre Reize mehr betonten als verhüllten, und ihre Augen und Lippen dunkel bemalt, damit diese größer und frivoler wirkten.

„Etwas ganz Feines kommt hier, ihr gierigen Teufel von Rabenfeld!“, spottete der Händler und griff Shareenas Kinn. Er presste ihr den Daumen in die Wangen, damit sie den Mund öffnete und ihre weißen, ebenen Zähne zeigen konnte.

Sein nach altem Schweiß riechender Körper ließ ihr übel werden, und sie versuchte vergeblich, vor ihm zurückzuweichen, als der kleingewachsene Mann seine feiste Pranke auf ihren Bauch legte. „Und unangetastetes Fleisch ist sie auch! Sehr kostbar!“

Die Menge begann zu tuscheln. Jungfräulichkeit war offenbar ein seltenes Gut unter diesen Piraten. Das Feilschen begann, und Shareena schloss die Augen, ohnmächtig dem Treiben gegenüber.

Die vergangenen Wochen – oder waren es Monate? – waren in quälender Langsamkeit verstrichen. Durch die immerwährende Hölle aus Angst und Gefangenschaft hatte Shareena kaum noch ein Gefühl dafür, wie viel Zeit vergangen war.

Die Frau mit dem Bogen, die sie niedergeschlagen hatte – Malvara –, war in der ersten Nacht in ihrem Zelt erschienen und hatte dem verängstigten Mädchen erklärt, dass sie nun eine Sklavin sei. Und dass sie als Sklavin das zu tun hätte, was von ihr verlangt wurde. Tat sie es nicht, wartete der Tod – wenn sie Glück hatte.

Schließlich hatte Malvara Shareena untersucht und ihr ‚unangetastetes Fleisch' wohlwollend in einer Warenliste vermerkt. Malvara hatte Shareenas Habe durchwühlt und dabei auch die Börse mit den Runen an sich genommen. Kurz darauf waren zwei Männer erschienen und hatten Shareena in einen Wagen gesperrt, in dem sich noch zwei weitere junge Frauen befanden. Die beiden anderen Mädchen waren schweigsam und sprachen nicht. Zu viele Gräuel hatten sie gesehen, zu viel Angst hatte sie ihrer Stimmen beraubt.

Und Shareena hatte schnell verstanden, dass Malvara den Wert ihrer Ware zu schätzen und schützen wusste. Einer der Sklavenjäger hatte noch in der gleichen Nacht versucht, sich Zugang zu Shareenas Wagen zu verschaffen und war von Malvara mit einem Pfeil in den Kopf getötet worden.

Die folgenden Wochen waren eine Zeit der Angst gewesen. Malvaras Sklavenjäger hatten sie seit ihrer Gefangennahme in Silberquell weiter nach Norden gebracht, um sich mit anderen Menschenjägern zu treffen.

Nördlich von Varanas war die Karawane auf zwei Dutzend verschleppter Mädchen und Frauen angewachsen. Diejenigen, denen es an Schönheit nicht mangelte, waren in einen der beiden Wagen gesperrt worden; die anderen, jene, die als Arbeiterinnen eingestuft worden waren, waren schließlich stumm dem Zug hinterhergetrottet, der durch die lichten Wälder von Silberquell gezogen war.

Einmal hatten die Frauen und Mädchen Hoffnung geschöpft, als sie die blauen Wappenröcke der Garnisonstruppen von Varanas sahen, doch sie waren bitter enttäuscht worden. Malvara hatte dem Hauptmann der Truppen zugewunken, ihm eine Börse ausgehändigt, die dieser unter verstohlenen Blicken in seinen Kleidern versteckte, und dann waren sie unbehelligt weitergezogen.

Schließlich hatten sie die sandige Ebene von Rabenfeld erreicht, doch für die Schönheit des Küstenstreifens hatten die Gefangenen keine Augen. Sonne und Sand, Palmen und die weich dahinrollenden Dünen waren kein Ersatz für die Freiheit, für die Nähe der Familien, aus denen sie gerissen worden waren.

Die Stadt, jeder nannte sie nur ‚Hafen ohne Namen' – ein- oder zweimal hörte Shareena, wie eine der Wachen etwas von ‚Shahar' murmelte, ein Name, der auf den wenigsten Karten heutzutage noch vermerkt worden war –, war dreckig und zweifellos der Unterschlupf von Piraten, Dieben und Räubern, die der Rat aus Varanas hatte vertreiben lassen.

Im Morgengrauen wurden die Mädchen verkauft. Malvara blickte nicht zurück und ritt mit ihren Männern davon.

Cofell hatte die Ware begutachtet und nach seinen eigenen Kategorien eingeteilt. Eine Woche lang hatte er die Mädchen und Frauen, die er ‚besonderer Dienste' würdig hielt, mit gutem Essen ernähren lassen, damit sie wieder ‚Fett an den richtigen Stellen' ansetzten, und sie dann auf die Auktion vorbereitet.

Das Raunen der Menge holte sie aus ihren Erinnerungen zurück. Der Zuschlag war an einen der wohlhabenderen Männer der Enklave gegangen, einem (zumindest sauberen) Mann mit hoher, kahler Stirn und einem ebenso stattlichen Wanst wie der Cofells – wenngleich jener von blauem und roten Samt verhüllt wurde: Herron.

Die kalten Augen des Mannes betrachteten Shareena eingehend und berechnend, und eine grausame Note umspielte seine Züge, als drei seiner Wächter sie unsanft abführten und zu seiner Behausung brachten.

Neid und Eifersucht lag in den Blicken der übrigen, die nicht die Freuden ihres Fleisches kosten sollten. Shareena hatte keine

Zweifel darüber, welcher Art jene *Dienste* sein sollten, die diese nächste Inkarnation eines Albtraums einfordern würde.

Herron ließ sie zu sich bringen, als die Sonne über den Gebirgshängen im Westen unterging. Eine ergraute Magd, eine gehässige, unwirsche Frau, die ihre besten Jahre längst hinter sich hatte, betrat ohne Vorwarnung ihre Kammer und legte ihr ein Gewand auf die harte Holzbank, das einzige Möbelstück in dem engen und feuchten Kellerraum. Das Kleidungsstück bestand nur aus einem luftigen, durchsichtigen Stoff und verbarg ihren Körper nicht.

„Ich bin keine Hure!“, rief Shareena wütend aus, doch die Frau grinste sie nur mit schiefen Zähnen an. „Doch, jetzt schon, Püppchen. Aber wehr dich ruhig, und dann werden die Wachen ihren Spaß mit dir haben. Die nehmen dich auch, wenn der Herr dich blutig gepeitscht hat, weil du nicht gehorcht hast.“

Die Frau verschränkte ihre Arme und wartete. *Eine Helfershelferin*, dachte Shareena, *genauso schuldig wie dieser Abschaum.* Sie erkannte, dass ihr nichts anderes übrig blieb, und wandte sich nicht ab, als sie sich entkleidete und ihre Tunika achtlos auf die Holzbank legte. Die Wochen in der Gefangenschaft hatten ihr jegliches Schamgefühl genommen; unter den Augen der Wachen hatten sie sich an- und auskleiden müssen, sich gewaschen und sogar ihre Notdurft verrichten müssen.

Shareena legte die luftigen Stoffbahnen an, und die alte Vettel band die Bänder an Hals und Taille unsanft fest. Anschließend holte sie einen Beutel hervor und schmierte ihr rote Farbe auf die Wangen, bemalte ihre Lippen erneut und trug mit einem Pinsel frische schwarze Farbe um ihre Augen auf. Shareena musste sich zusammenreißen, nicht laut aufzuschreien, denn die Frau war alles andere als vorsichtig dabei. Abschließend sprühte sie sie noch mit einem schweren Duftwasser ein, welches Shareena beinahe den Atem raubte.

Die Alte trat zurück und betrachtete ihr Werk. Sie nickte und winkte Shareena mit sich. Schweigend stiegen sie die Treppen aus dem Keller empor und erreichten das Foyer des Hauses.

Sie kamen an einem bodenlangen Spiegel vorbei, und Shareena betrachtete im Vorübergehen ihr Antlitz. Die Bemalung ließ ihr Gesicht wie das einer wollüstigen Kurtisane erscheinen, ein Eindruck, der durch die aufreizenden Stofffetzen, die den Namen Kleid nicht verdienten, nur noch verstärkt wurde. Sie wandte ihren Blick von der Fremden im Spiegel ab und folgte der Alten.

Das Haus selbst war weitläufiger, als Shareena es bei ihrer Ankunft wahrgenommen hatte. Rechteckig und mit einem offenen Innenhof, der mit Palmen bepflanzt war und von einen plätschernden Springbrunnen verziert wurde.

Die Dienerin führte Shareena über den Innenhof und öffnete die Tür zu den Gemächern Herrons. Der Raum war dunkel und wurde nur von Kerzen und einem prasselnden Feuer im Kamin schwach erhellt. Stoffe, ähnlich dem luftigen Nichts, welches Shareena trug, hingen an den vier Seiten des Bettes herunter, welches den Raum dominierte.

„Rein da, Püppchen.“ Die Frau gab ihr einen unsanften Stoß in den Rücken. „Denk dran. Stelle den Herrn zufrieden, und du überlebst die Nacht, wenn nicht …“ Sie zuckte mit den Schultern und verschloss die Tür von außen und ließ Shareena alleine mit ihren Gedanken zurück.

Auf einem Tisch stand eine Schale mit Obst, Kelche mit gekühltem Wein. Herron nutzte sein Geld offenbar dazu, Eis aus den Bergen herbeischaffen zu lassen. An den Wänden hingen Masken, manche Fratzen, andere schön und pfauenartig. Statuen mit muskulösen Körpern, verdreht, gebeugt oder in Posen des Kampfes verharrend, zierten die kleinen Alkoven des großen Raumes. Figuren von kräftigen Kriegern und halbnackten Zauberinnen.

Ein Wimmern machte sie auf einen weiteren Körper aufmerksam, der in einer Ecke kauerte. Das Mädchen mochte etwa in ihrem Alter sein, und Shareena fragte sich, ob sie ihre Leidensgenossin aus der Sklavenkarawane oder dem Auktionshaus kannte.

Unter der verlaufenen Schminke und den von brutalen Hieben angeschwollenen Augen war dies schwer zu sagen. Shareena war entsetzt, als sie ihren Rücken betrachtete. Rote Striemen zeugten von Auspeitschungen, und an den Armen und Beinen waren dem Mädchen Schnitte zugefügt worden. Es waren Wunden, die zu Narben werden würden, die sie auf ewig zeichneten.

„Schönheit ist etwas Wunderbares, mein Kind."

Herron!

Shareena fuhr herum und sah, wie sich der feiste Mann aus dem Schatten eines dunklen Alkovens löste. „Schönheit und Hingabe. Gepaart mit Gehorsam und Unterwürfigkeit!"

Der Mann schlug eine Reitgerte gegen seinen Oberschenkel, und mit einem boshaften Lächeln zeigte er seine Zähne. „Du, mein Kind, wirst heute Nacht lernen …", er hielt kurz inne, suchte nach Worten und fügte dann voller Häme hinzu: „… wo deine Position unter meinen Kostbarkeiten ist. Die Kleine dort war nicht sehr …"

Er dachte nach und berührte seine wulstigen Lippen mit seinem Zeigefinger. „… *wissbegierig*!"

Er trat näher an sie heran, drängte sie in Richtung des Bettes. Ihr Blick huschte zur Tür, die verschlossen war, zu den Fenstern, die mit Gitterstäben verbarrikadiert waren.

Ich sitze in der Falle, dachte sie und berührte schon die luftigen Vorhänge, die das Bett einrahmten; ellenbreite Stoffbahnen, die von oben herab das Bett umflossen. Ein Gedanke schoss ihr durch den Kopf. Mit gespielter Schamhaftigkeit griff sie eine der Bahnen und versuchte sich damit zu bedecken. Sie erfuhr, was sie zu wissen suchte: der Stoff gab leicht nach und war nur locker in große Ösen eingehakt worden.

Herron frohlockte. „Du willst dich bedecken? Ohne meine Erlaubnis?“

Er zog einen Dolch und zielte damit spielerisch auf ihr Gesicht. „Ja, ich muss dich wirklich noch vieles lehren. Ich werde es in dich hineinritzen, auf dass du es niemals vergisst!“

Shareena ließ den Stoff los und wich zurück. Sie rutschte weiter auf das Bett, tiefer hinein in die seidenen Kissen. Ihr Plan nahm Formen an.

„Ihr wollt meinen Gehorsam, Meister Herron?“ Sie ließ sich zurücksinken, die Schenkel seitlich geschlossen und die Arme über den Kopf ausgestreckt, eine leichte Beute für den Händler, dessen Gelüste von Schmerz und Pein sie abstießen. Sie schloss die Augen halb und drehte den Kopf zur Seite, ließ es so wirken, als hätte sie sich in ihr Schicksal ergeben, als würde sie halb willens, halb von Furcht erfüllt ihren Peiniger erwarten.

Sie hörte das leise Lachen des Mannes, spürte, wie er sich mit dem Knie auf dem Bett niederließ und versuchte, sich über sie zu schieben. Sie spürte seinen Wanst an ihren Fesseln und zog das obere Bein zurück.

„Schamhaftes Fleisch, was?“, höhnte Herron und strich ihr mit der Rechten über die Hüfte, während er seine Körpermasse auf der Linken trug, mit der er sich auf dem Bett abstützte, den Dolch nun lose in seinen Fingern haltend.

Shareena sah auf und blickte ihm in die Augen. Gier las sie darin. Herron stutzte, als er die kühle Entschlossenheit in ihrem Blick erkannte. Sie zog ihr Knie an. Feurig brannten Schmerzen in seinem Schritt auf, pflanzten sich durch seinen Bauch fort, nahmen ihm den Atem und ließen ihn gequält aufstöhnen.

Shareena rollte sich unter dem zusammensackenden Leib nach rechts weg, riss dabei eine der Stoffbahnen herunter und schlang diese um Herrons fetten Hals. Das gequälte Stöhnen erstickte zunehmend und ging in ein Gurgeln über, als sie den Stoff wie einen Strick zuzog. Ihr Knie fest gegen die Wirbelsäule gedrückt, zog sie die Schlinge weiter zu, während der fette Mann versuchte, sich gegen die junge Frau zu wehren. Seine Züge liefen rot an, und seine Augen traten hervor.

Irgendwo hörte sie das Mädchen in der Ecke wimmern, schließlich in Panik und Furcht schreien. „Stirb!", rief sie selbst aus, ohne es zu merken. „Stirb, du Schwein!"

Doch Herron starb nicht. Ungeahnte Kräfte schlummerten in dem schwammigen Leib, erweckt durch den nahenden Tod. Er riss mit der Rechten an der Schlinge, während er mit der Linken nach hinten stach, Shareena am Oberschenkel streifend. Der Schmerz brannte, war aber nur oberflächlich.

Herron rollte sich nach vorne, Shareena über sich hinweg schleudernd. Benommen riss er sich den Stoff vom Hals, als sie sich erneut wie eine Wildkatze auf ihn stürzte. Ihre Finger instinktiv wie Krallen geformt, fuhr sie ihm mit den Nägeln über das Gesicht, riss die Haut auf und ließ das Blut in seine Augen strömen.

Herron stach mit dem Dolch zu, verfehlte sie jedoch erneut. Shareena umfasste den linken Arm Herrons, versuchte, ihm die Waffe zu entreißen und schlug ihre Zähne in die feiste Hand.

Herrons Schrei gellte durch das Schlafgemach, und die Klinge entglitt ihm endlich. Shareena zögerte nicht, als ihre Finger sich um den Griff des Dolches schlossen. Zu viel Leid hatte sie erfahren, zu viele Sünden hatte sie mit angesehen. Das Kindliche in ihr war längst etwas anderem gewichen. Etwas Kaltem und Berechnendem.

Sie stieß die Klinge in die Kehle des Mannes, stemmte sich

dagegen, bis das scharfe Metall die Luftröhre durchbohrt hatte und drückte es solange in den schwammigen Hals, bis Herrons Röcheln erstarb. Auch das Mädchen verstummte, blickte sie nur mit weit aufgerissenen Augen an.

Shareena fühlte nichts, als sie den Toten betrachtete, der sie mit anklagenden Augen anzustarren schien.

Nein, das ist nicht richtig, dachte sie. Sie fühlte einen gewissen, dunklen Triumph, das Gefühl, sie habe Gerechtigkeit walten lassen. *Du hast den Tod tausendfach verdient! Wie viele vor mir hast du gefoltert, ihrer Träume beraubt? Nein, dieser Tod war viel zu schnell für dich!*

Die Tür wurde aufgestoßen und Wachen stürmten in den Raum.

13. Arena

Donnernde Trommeln hallten durch die Kampfstätte.

Die Arena – eigentlich war es eine von vielen Gruben, die ausgehoben worden waren, um darin Zweikämpfe auszufechten oder um Verräter wilden Tieren vorzuwerfen –, wurde von einem dreireihigen Rand aus Bänken umringt, die es den Zuschauern gestatteten, in die Gruben hinabzublicken.

Männer, Frauen und Kinder stampften zum Takt der Pauken und Djembén, kleiner, kelchförmiger Handtrommeln, die mit Ziegenfell bespannt waren, und stachelten die Kämpfenden an.

Als hätte ich noch nicht genug von ihnen getötet!

Die Gladiatorin verneigte sich nicht. Sie senkte nur leicht das Kinn und hielt ihre Klinge nach hinten ausgestreckt; eine Pose, die ihr Gegenüber eher als herausfordernd denn ehrfürchtig empfand. Der muskulöse Schwertkämpfer hielt eine Streitaxt in seinen Händen und schützte sein Gesicht mit einem Helm, der wie das wallende Haar eines Mannes ausgeformt war. Das Visier bildete ein Abbild dieses menschlichen Kopfes, dessen Lippen zu einem höhnischen Lächeln verzogen waren.

Die Frau selbst trug hohe blutrote Wildlederstiefel, die ihr weit über die Knie reichten. Die Absätze waren flach, um ihr einen besseren Stand zu geben. Sie rammte mit der Ferse einen kleinen Stein in den sandigen Boden und spannte ihren Bauch an. Ein fester Stand, der die Flammen ihrer Wut zügeln konnte – wie auch die Schmerzen, die jeder Kampf mit sich brachte.

Das Feuer des Kampfes brennt heiß in mir!

Gepanzerte Platten auf den Oberschenkeln, Armen und Schultern schützten sie vor Treffern gegen ihre Gliedmaßen. Ihr muskulöser, schlanker Oberkörper wurde von einer mit Nieten beschlagenen Lederrüstung bedeckt.

Nur ihren Kopf schützte sie nicht. Ihre langen platinfarbenen Haare wehten im Wind des jungen Frühlings, und die Menge liebte ihren Anblick. Ein dünner Schweißfilm ließ ihre Haut glänzen, und der seidige Schimmer betonte ihre wohlgeformten Muskeln, die mehr auf Schnelligkeit denn auf Kraft ausgelegt waren. Eine erbarmungslose, scheinbar endlose Ausbildung hatte ihren Körper in den vergangenen Monaten verwandelt, und Shareena fixierte ihr Gegenüber mit abwägendem Blick.

Der Kämpfer starrte sie aus seiner Maske heraus an und vollführte abwechselnde Drohgebärden mit seiner Klinge, die sie unbeeindruckt ließen. „Du wirst heute im Sand liegen, meine Schönheit!“, spottete der Gladiator und wagte sich langsam näher, wobei er die Klinge in seinen beiden Händen bei jedem Schritt höher hob. „Was du aufzubieten hast, wird mir nicht standhalten!“

Shareena ignorierte die Prahlerei, verzog einen Mundwinkel spöttisch und bewegte ihren Kopf im Takt der Trommeln vor- und zurück, wobei sie darauf achtete, ihr Kinn nicht abzusenken. Das begeisterte Raunen der Menge steigerte sich zu einem Lachen. Sie wusste, dass sie als Champion in der Kampfgrube galt.

„Für Euch reicht's“, spottete sie laut genug, damit ihr Gegner dies hören konnte. Sie hatte die Erfahrung gemacht, dass sie ihre Gegner leichter fällen konnte, wenn sie diese zuvor reizte. Wer im Zorn angriff, machte Fehler, war unachtsamer – und so war es auch diesmal. Der Gladiator brüllte plötzlich auf, überwand die Distanz zu der wartenden Frau mit drei schnell gesprungenen Schritten und führte einen kraftvollen Hieb gegen ihren ungeschützten Kopf.

Shareena machte keine Anstalten, den Hieb zu blocken. Sie blieb bis zum letztmöglichen Moment in ihrer offenen Haltung stehen und katapultierte sich dann seitlich unter der herabrauschenden Klinge hindurch auf die Seite des Angreifers. Die Gladiatorin griff nach dem Mann und nutzte seinen Schwung, um ihn über ihre Hüfte zu Boden zu werfen. Die Arme in Panik ausgebreitet, lag er vor ihr, und bevor er aufschreien konnte, durchstieß ihre Klinge die ungeschützte Achsel des Angreifers. Das Metall fuhr bis in die Lunge.

Der Schock des Stichs ließ den Mann zittern. Sein Schwert entglitt seinen Händen, und Shareena schickte es mit einem abfälligen Tritt in den hellen Sand. Sie sah, wie das Leben aus seinen Augen entwich und riss ihre blutige Klinge aus dem Sterbenden heraus. *Keine Gnade*.

Die Menge tobte und schrie ihren Namen. „Ree-Na! Ree-Na! Sha-Ree-Na!" brandete es über ihren Kopf hinweg, und die Piraten von Rabenfeld, die auf sie gewettet hatten, forderten ihre Gewinne von den Verlierern ein. Duelle und Kämpfe in den Gruben waren beliebt in dieser Region Candaras, und so war es ein lohnendes Geschäft, mit den *Spielen des Blutes* Geld zu machen.

Der Jubel versiegte, und schließlich erklärte Kampfgrubenmeister Garin die heutigen Kämpfe für beendet. Die Menge verließ schwatzend das Areal, und Wächter ließen der Siegerin eine Strickleiter herunter, an der sie aus der Grube klettern konnte.

Garin nickte ihr anerkennend zu und bedeutete ihr, den Wachen zu den Kammern zu folgen, in denen die Kämpfer der Kampfgruben von Shahar untergebracht waren.

„Ich bin beeindruckt, Shareena. Die Menge liebt dich. Vielleicht könntest du das nächste Mal dein Opfer etwas länger am Leben lassen. Die Leute zahlen dafür, dich im Kampf zu sehen. Wenn du deine Gegner so schnell tötest, nimmst du ihnen den Spaß!"

Shareena betrachtete den kleinen, drahtigen Mann mit den flinken, unstet umherzuckenden Augen abschätzig. „Spaß“, wiederholte sie und ließ das Wort nachdenklich auf der Zunge zergehen. Sie schloss ihre Augen und nickte müde. Einen Moment später betrachtete sie die Wunden, die sie in den drei Kämpfen davor davongetragen hatte.

Garin deutete auf einen Schnitt, der auf der Außenseite ihres Oberschenkels verlief, direkt unter dem schützenden Metall der Panzerplatte. „Zeig das Asiya. Sie soll ihre Wunder an dir wirken.“ Gönnerhaft wandte er sich an den führenden Wächter. „Und gebt ihr heute Abend die doppelte Ration Fleisch, Wein, Brot und Obst. Niemand soll sagen, dass Garin seine Helden nicht pflegt, was!?“

Shareena erwiderte nichts, doch mit Verachtung dachte sie: *Ja, Garin, du bist ein echter Menschenfreund!*

Die Wachen führten sie durch die Nacht zu dem abgeriegelten Gelände der Gladiatoren und deuteten ihr an, in den Zellentrakt zu gehen, der ihr zugewiesen worden war. Shareena leistete keinen Widerstand und betrat die kleine Kammer, die sie sich mit der Heilerin teilte.

„Reena?“

Die zierliche Frau war vielleicht drei Jahre älter als Shareena und schnell zu ihrer Freundin geworden, nachdem Shareena in die Arena geschafft worden war. Asiya war still und oftmals unsicher; eine Eigenschaft, die Shareena, obwohl sie die Jüngere war, dazu bewegte, sich ebenso um sie zu kümmern, wie die Adeptin Ayvenas' es für sie tat.

Asiyas Stärken lagen in der Anwendung von Heilzaubern; die Kunst des Angriffs und der Verteidigung hatte sie nie meistern können – ein Umstand, der ihre Verzweiflung und Hilflosigkeit in der Gefangenschaft nur noch verstärkte. Doch nachdem Shareena zu ihrer Zellengefährtin geworden war, war die junge Frau zumindest in ihrer Nähe aufgeblüht.

Die Wachen Herrons hatten Shareena dem Exekutionär übergeben, einem Amt unter den Piraten, das eine bizarre Mischung aus Sheriff, Richter und Henker war. Dieser hatte sich angehört, was sie zu ihrer Verteidigung zu sagen hatte – bei einem seltsamen Schauprozess, bei dem die Zuschauer lautstark ihren Tod, ihre Folter oder auch ihre Verbrennung forderten –, und hatte lakonisch geurteilt, dass, wenn sie so gerne mit Klingen die Kehlen von Männern aufschneiden wollte, er sie in die Kampfgruben schicken würde. Der Menge hatte es gefallen, und Shareena war Garin übergeben worden, dem der Exekutionär offenbar noch eine beträchtliche Menge Geld aus diversen Wetten schuldete.

Garin selbst hatte sie eingehend studiert und lange Gespräche mit ihr geführt, um ihre Geschichte zu erfahren. Zuerst hatte Shareena Hoffnung geschöpft, dachte sogar, dass Garin in ihr ein ‚armes Pioniermädchen' sah, doch letztlich hatte sie erkannt, dass seine Fragen nur darauf abzielten, herauszufinden, ob ihr jemand folgte. Shareena hatte ihm nichts von den Zurhidon und auch nichts von den Runen berichtet, und so hatte er einzig und allein darauf geachtet, sie für den Kampf ausbilden zu lassen.

Ihre ersten Kämpfe waren gegen andere junge Frauen gewesen. Raufereien, die die grölenden Piraten eher als Belustigung ansahen. Shareena hatte gelernt, sich die anderen Frauen vom Leib zu halten, sie sogar zu bezwingen, und schließlich war sie befördert worden: eines Nachts – die Kämpfe wurden immer bei Einbruch der Dunkelheit ausgetragen – hatte man ihr ein Kurzschwert in die Hand gedrückt und sie gegen eine Sandchelone antreten lassen, eine krebsartige Kreatur, die magische Ströme zu Energieblitzen umwandelte, wenn man sie gewähren ließ.

Asiya, eine angehende Priesterin war ebenfalls eine Sklavin, doch Garin hielt sie von den Kämpfen fern. Ihre Dienste begannen immer erst nach den Kämpfen, um die Würdigen wieder zu heilen. Wer in den Augen Garins unwürdig war, wurde zum Opfer bei den nächsten Spielen.

Die beiden jungen Frauen waren schnell Vertraute geworden, und Asiya hatte sie immer wieder mit ihren Kräften geheilt, sobald Shareena neue Wunden davongetragen hatte. Und nun war die junge Priesterin ihr Halt und ihr Anker.

Shareena ließ sich auf ihr Lager niedersinken und sich von Asiya beim Ausziehen helfen. Die Rüstungsteile landeten achtlos auf dem Boden. Shareena streckte ihre schmerzenden Muskeln und lauschte, wie Knorpel und Gelenke knackten. Asiya schob sich hinter sie und massierte ihr sanft die Schultern, legte ihr dann die Hände auf und Shareena spürte Energieströme fließen, die sie nicht nur stärkten, sondern die Wunden ihres von den Kämpfen zerschundenen Leibes heilten.

Ein rostiger Schlüssel schabte im Schloss, und Aaron, der Wächter, dem das Wohlbefinden der Kämpferinnen und Kämpfer übertragen worden war, öffnete die Zelle. Der Mann lächelte die beiden Frauen an und hielt ein Tablett mit Essen und einem Krug voller Wein hoch. „Mit Grüßen von Garin!", sagte er und trat ohne zu fragen in die Kammer der beiden Frauen.

Shareena nickte ihm einen knappen Dank zu, als sie sah, dass die Wachen nichts von dem Käse, dem Fleisch und dem Obst gestohlen hatten, wie es besonders in den ersten Wochen so oft vorgekommen war. Doch nach den fünf, sechs Monaten, die sie nun schon hier war, hatte sie sich einen gewissen Respekt verdient.

Shareena wartete darauf, dass der Wächter die Zelle verließ, doch Aaron blieb stehen, beinahe ein wenig unschlüssig wirkend.

„Ist noch etwas?" Shareena rutschte von ihrem Lager und griff nach Fleisch und Brot. Sie war ausgehungert und schlug gänzlich unmädchenhaft ihre Zähne in den Braten.

„Du hast hervorragend gekämpft, Shareena“ Die Stimme des jungen Mannes klang gequält, und Shareena hielt inne, die Backen voll mit Essen. „*Mam-pe*“, antwortete sie kauend und sah Asiyas Augen spöttisch leuchten. Die dunkelhaarige Schönheit machte eine Kussbewegung, die der Wächter nicht sehen konnte. Doch Garin führte ein strenges Regiment, und die Männer in den Kampfgruben hatten nie versucht, ihre Grenzen zu überschreiten.

Der Wächter kramte in seiner ausgebeulten Tunika und holte ein weißes Fellknäuel hervor, welches er darunter verborgen hatte. Der Körper maß etwas mehr als eine Elle und wurde noch einmal von einem halb so langen, buschigen Schwanz verlängert.

Asiya rief entzückt aus: „Ein Frettchen!“

Aaron strahlte. „Ja, noch nicht ganz ausgewachsen, aber sie sollen sehr gelehrig sein.“ Er hielt es Shareena hin. Mit fragendem Blick nahm sie das Tier entgegen, und Aaron machte eine gebende Geste, als er verlegen auf das kleine Wesen deutete, das sich sogleich an sie schmiegte. „Für dich … na ja, euch …“

Er betrachtete die verwunderten Frauen einen Moment lang und verabschiedete sich wieder in seiner linkischen, unbeholfenen Art. In der Tür blieb er nochmals stehen, unschlüssig, ob er noch etwas sagen sollte, doch ihm fiel nichts ein, und so wandte er sich ab.

„Danke, Aaron“, rief Asiya, und Shareena wiederholte den Dank. Aaron schaute noch einmal zurück, lächelte und verschloss die Zelle. Die beiden Frauen liebkosten das Tier, nachdem er gegangen war. Frech schaute das Frettchen sie an.

„Wie süß!“, rief Asiya aus.

Endlich etwas Lebendiges an diesem Ort des Todes!, schoss es Shareena durch den Kopf. Sie spürte, wie das kleine Herz unter dem Fell trommelte. Das Frettchen war zutraulich, schien die beiden Frauen sofort als neue Wegbegleiter anzunehmen. Ungebetene Tränen stiegen in Shareenas Augen auf, und Asiya schloss sie sogleich in die Arme.

„Schhh …“ Asiya küsste ihr Haar, das noch voller Sand und Staub aus der Arena war. „Nicht aufgeben, Shareena. Niemals aufgeben!“, flüsterte sie ihrer Freundin zu.

Shareena ließ ihren Gefühlen freien Lauf, wie sie es so oft tat, wenn sie wieder einmal die Kampfgruben überlebt hatte. Sie hatte sich verändert, war härter geworden, sich selbst gegenüber und auch der Welt, in der sie lebte. Sie hatte gelernt, das Schwert zu führen, hatte gelernt, die Schwächen ihrer Gegner im Kampf zu entdecken, und hatte überlebt.

Und mit jedem Kampf liebte die Menge sie mehr, wettete auf ihren Sieg, und bereicherte sich an ihrem Tun.

Morden! Ich morde das Leben!, schalt sie sich. In jener Nacht, in der sie die Gemahlin Galarts hätte werden sollen, als sie den Schänder Sybillas getötet und nichts empfunden hatte, als sich eine unheimliche Kälte an jenem Ort in ihrem Inneren ausgebreitet hatte, an dem Verständnis und Mitgefühl gewohnt hatten, ja, in jener Nacht war etwas in ihr zerbrochen. Das Mädchenhafte, Liebliche und Verträumte war etwas Dunklem gewichen. Einem Dämon, der nach Blut und Schweiß und Tränen roch, sich von Schmerz nährte und die Nähe der Pein beinahe … *liebte!*

Ihre Hände berührten das Fell, und sie genoss das Schnurren des Frettchens. „Der kleine Kerl braucht einen Namen“, flüsterte sie. Sie genoss Asiyas Nähe, die Wärme, die die andere Frau ihr in den kalten Nächten von Rabenfeld gab. Zumindest für diese Freundschaft war sie Garin dankbar, da er erkannt hatte, dass Asiyas Nähe Shareenas Leistungen in der Arena beflügelte und sie zudem ‚an der Leine laufen ließ’, wie er es so gerne nannte.

Die Angst vor Repressalien hielt Shareena davor zurück, sich gegen den Meister der Kampfgruben zu erheben; die Furcht, dass ihrer Freundin etwas zustoßen mochte. Die Angst vor dem Verlust Asiyas war zu groß, war gleichfalls etwas, was in den vergangenen Monaten gewachsen, nein, *gewuchert* war.

Asiya nahm Wasser und ein Stück Seife, welches Garin auf ihren Wunsch hin hatte anfertigen lassen, indem er Palmöl und die Asche von Pflanzen hatte vermengen und aufkochen lassen, und bearbeitete mit sanft kreisenden Bewegungen den Körper ihrer Leidensgefährtin. Das Gemisch hatte nicht nur einen reinigenden Effekt, sondern schien auch die Wunden davor zu bewahren, sich zu entzünden. Schließlich bürstete sie Shareenas Haar und betrachtete schließlich ihr Werk. Die harte, blutverschmierte Gladiatorin war verschwunden, und eine verletzbare, junge Frau saß vor ihr, deren mädchenhafte Anmut nur durch den dunklen, düsteren Blick durchbrochen wurde.

Shareenas Gesicht war schmaler geworden, und ihre grünblauen Augen, noch immer groß und klar, hatten durch die nun betonten hohen Wangenknochen etwas Forsches, beinahe Jagendes erhalten.

„Aaron hat ein Auge auf dich geworfen, Liebes.“ Asiya wartete ab, wie die jüngere Frau darauf reagierte. Sie spürte die Versteifung im Körper der anderen. Auch wenn die Wachen es bisher nicht gewagt hatten, sie anzurühren, so war Angst doch ihr ständiger Begleiter. Doch gerade der Wächter Aaron war jener, der den beiden Frauen am freundlichsten gegenübertrat; ein Umstand, der ihnen die Tage in der Gefangenschaft zumindest ein wenig erleichterte.

Shareena sagte nichts und ließ den Fluss ihrer Tränen einfach nur zu. Sie wollte sich dem nicht stellen, gleich, ob es Gefühl oder einfach nur Lust war, die Aaron ihr gegenüber hegte.

Ein Wächter in einer Arena voller Sklaven ist nicht der Prinz, auf den ich damals hoffte, dachte sie mit Verbitterung. Der Prinz ihrer romantischen Mädchenträume hatte sich aufgelöst, war einem Gefühl der Enttäuschung gewichen.

Als würde sie Shareenas Gedanken lesen, flüsterte Asiya. „Weißt du, Shareena, wir Menschen verlieren oftmals so viel Zeit mit unseren Träumen, dass wir nicht das sehen, was wir haben. Oder wen."

Shareena betrachtete ihre Freundin nachdenklich. „Hast du jemanden verschmäht?"

Asiya nickte, nahm das Tier aus Shareenas Armen und setzte es auf dem Boden ab. „Komm, lassen wir die bösen Dämonen der Vergangenheit ruhen."

Sanft zog sie Shareena auf das Nachtlager, bettete sie mit der Decke und klopfte auf das Fußende, um dem Frettchen einen Schlafplatz zu geben. Das Tier betrachtete sie einen Moment lang eingehend, dann huschte es flink durch die Beine der Frau, kletterte die Tür mit zwei schnellen Sätzen hoch und verschwand durch die Gitterstäbe des Sichtfensters in die Nacht. Asiya wollte etwas sagen, doch Shareena schüttelte nur den Kopf. Das Frettchen war fort; wieder ein Verlust.

„Es ist besser, sein Herz nicht an Dinge zu hängen, die wir verlieren können." Shareena drehte sich um. Asiya ließ ihr Kleid zu Boden fallen und schlüpfte zu ihrer Gefährtin unter die Decke. Die Wärme ihrer Körper unter der dünnen, rauen Decke aus Schafswolle ließ sie in einen unruhigen Schlaf fallen.

14. Verfolgung

Der Zurhidon verschwand in den Schatten der Nacht.

Grimmig nickte Fantur Quentin ein Lebewohl zu und folgte seiner Beute, Samuel ihm dicht auf den Fersen. Nach der Befreiung des Mädchens Sybilla aus dem Kerker hatten sie die Verwundeten in die Obhut Chantreas gegeben, während Quentin, Fantur und Samuel den gefangenen Rao zu einer im Westen Silberquells gelegenen Minenanlage gebracht hatten, um ihn zu verhören.

Die Zwielichtminen wurden von der ehrbaren Bevölkerung von Varanas und Silberquell gemieden, da die Erze seit Jahrzehnten vollständig abgebaut waren und sich nunmehr nur noch übergroße Spinnentiere hier eingenistet hatten wie auch Räuberbanden, die hier oftmals lagerten.

Die Schreie eines Mannes, der verhört wurde, waren hier nichts Besonderes – und Fantur brachte Rao zum Schreien. Samuel hatte trotzdem die Reichweite der Schreie durch einen Zauber begrenzt und seinem ritterlichen Freund das Verhör überlassen.

Hatte der Zurhidon anfangs noch geglaubt, der Ritter würde durch einen Kodex daran gehindert, ihm Schmerzen zuzufügen, so wurde er schnell eines Besseren belehrt. Fanturs Ritterlichkeit war seinem Hass auf die Zurhidon unterlegen. Er hatte seine Familie verloren, sein Lehen, und er hatte Kolydia verlassen müssen. Ritterlichkeit hatte seinen Magen nicht gefüllt, und so hatte er sich, von Hunger und Durst getrieben, schließlich dem Raub und der Wegelagerei zugewandt. Zwar hatte er diesen Pfad nach langem Ringen um sein Seelenheil wieder verlassen, doch wenn er den Zurhidon gegenübertrat, kochte das Verlangen nach Rache in ihm auf. Die Zurhidon mussten vernichtet werden, hatte er oft zu Sam gesagt. Jedes Mittel sei ihm recht, um die Zurhidon auszulöschen! Und dies ließ er Rao spüren.

Samuel war schließlich eingeschritten, um zu verhindern, dass Fantur Rao Dinge antat, die auch seine Seele nicht mehr hätten retten können – und den Zurhidon in einem Zustand zurückließen, in dem er ihnen nicht mehr nutzen konnte.

Rao hatte schließlich von dreizehn Runen berichtet, die sein Herr – Zarhir – benötigte. Fantur hatte versucht, herauszufinden, wozu die Runen dienten, doch Rao konnte nichts mehr dazu sagen. Zornig schlug Fantur ihm die linke Hand ab, bevor Quentin und Samuel ihn davon abhalten konnten, und Rao versank in eine geschockte Bewusstlosigkeit.

„Bist du von Sinnen?!“, hatte Quentin ausgerufen, und Samuel hatte einen der kostbaren Heiltränke für den Zurhidon verwenden müssen, um ihn vor dem Verbluten zu bewahren.

„So wirkt es glaubhafter“, hatte Fantur geknurrt und den Dieb böse angefunkelt. Quentin schüttelte den Kopf ob der Grausamkeit des Ritters, doch die Männer wussten, was sie zu tun hatten.

Sybilla hatte von der Nacht berichtet, als Alexander sich an ihr vergangen und Shareena ihn getötet hatte. Auch Victors und Tomas' Schilderungen vom Lager der Forscherin Sharlin verrieten ihnen die Bedeutung der Runen, die die Zurhidon nun wieder in ihren Besitz bringen wollten. Das Mädchen – Shareena – war die Beute der Dämonenanbeter, und Fantur und Samuel hatten sich geschworen, sie um jeden Preis zu finden, bevor die Zurhidon es taten.

Sie hatten ihr Nachtlager in der Höhle aufgeschlagen und sich so positioniert, dass Rao ein Weg zur Flucht blieb. Und wie erwartet hatte der verwundete Zurhidon die Möglichkeit genutzt und eilte – so hofften die Gefährten – nun zu seinem Herrn: ein Köder, den die Jäger der Zurhidon ausgelegt hatten.

„Ich kümmere mich um die Sicherheit des Mädchens“, hatte Quentin zum Abschied noch gesagt, und Sam hatte grimmig genickt. Galart würde gewiss versuchen, Sybillas wieder habhaft zu werden. Fantur hatte nach ihrer Rettung vorgeschlagen, dem Gildenfürsten direkt einen ‚Freundschaftsbesuch' abzustatten, doch Quentins Kontakte hatten schnell gezeigt, dass sich der Händler in den Bereich seiner Gildenburg zurückgezogen hatte, einem magisch abgeschirmten Ort, der einem direkten Angriff mühelos standhalten würde. Die Magier und Zauberkundigen, die ihre Sprüche aus den Runen zu weben vermochten, sprachen oftmals von Instanzen, einem Wort, das Fantur nur schwer über die Lippen kam.

Sam hatte ihm und Quentin erklärt, dass es sich dabei um *Un-*Orte handelte, die parallel existierten, wie verschiedene Schichten der Realität, die am gleichen Zeitpunkt mehrere Plätze zuließen. Ein Trakt jener weitverzweigten Anlage, die die Gildenburgen zu Varanas beherbergte, mochte mehrere solcher magischer Orte beinhalten. Sie existierten nebeneinander in Sphären, die sich dem Denken normaler Sterblicher entzogen. Einen solchen Ort anzugreifen war nur möglich, wenn man ein Heer an Magiern und Schwertkämpfern und Priestern befehligte, die bereitwillig für ihren Heerführer in einen kalten Tod gehen würden.

„Gehen wir“, brummte Fantur, nachdem Rao verschwunden war. Sam und Fantur begaben sich zu ihren Pferden, und Quentin machte sich auf den Weg zurück zu Chantreas Hof.

Magisch abgeschirmt blieben Fantur und Samuel in sicherem Abstand zu Rao, der weiter und weiter nach Norden rannte, am nächsten Vormittag den See des magischen Schleiers passierte, am Nachmittag an den Ruinen der untergegangenen Stadt Tagena vorbeikam und sie schließlich zu einem Versteck der Zurhidon führte, welches sich im Nordosten Silberquells befand. Weder Sicht noch Geräusch verriet die beiden Verfolger.

Die Bergketten im Norden und Osten schützten das Lager vor Angriffen aus jener Richtung, boten jedoch zugleich Rückzugsmöglichkeiten, sollten Truppen aus Varanas hier einen groß angelegten Angriff ausführen. Das Lager bestand aus ein paar Zelten, doch eine große Anzahl der Zurhidon patrouillierte in der Umgebung. Die Stäbe in den Händen der verhüllten Gestalten sagten den beiden zudem, dass dies hier nicht einfache Schwertkämpfer waren, die sich der Sache der Zurhidon verschrieben hatten, sondern Zauberkundige, dunkle Priester und Magier, die den Dämonen dienten und ihre Kunst nur allzu bereitwillig an ihnen ausprobieren würden, wenn sie sie entdecken sollten.

Die beiden hatten ihre Pferde unweit des Lagers auf einer kleinen Lichtung zurückgelassen und sich zu Fuß weiter angeschlichen. Nun lagen sie im Unterholz. Rao lief gerade in das Lager, rief etwas Unverständliches und wurde dann von zwei anderen Vermummten in ein Zelt gebracht.

„Jede Wette: Da drin ist der Mistkerl von ihrem Anführer." Fantur rieb sich seinen grauen Bart und kniff die Augen zusammen. Sam sah, dass der alte Ritter sichtlich erwog, anzugreifen. „Ach, verflucht! Es sind einfach zu viele", brummte er missmutig.

Sam lehnte sich zurück und grinste. „Das wäre eine Geschichte, was? Wir beide ganz allein heben ein Lager aus!"

Fantur grinste böse zurück. „Aber dann bekommen wir auch keine Antworten."

Sam nickte. „Richtig. Also warten wir?"

„Wir warten!"

Eine Zeit lang schwiegen die beiden Männer, und Rao erschien noch immer nicht wieder. „Na, der tätowierte Schweinepriester muss aber eine ganze Menge zu beichten haben“, fluchte Fantur. Sam betrachtete ihn nachdenklich. Eine neue Grimmigkeit hatte seinen ritterlichen Freund befallen, seit sie sich dieser Sache mit den Zurhidon angenommen hatten. Sam sah, dass sein Mentor von einer tiefen Nachdenklichkeit befallen war und oftmals grübelte, wenn er sich unbeobachtet wähnte.

„Eines ist mir nicht klar: Warum unterstützen die Zurhidon Galart? *Er* giert nach mehr Macht, doch was haben die Zurhidon davon?“ Fantur schüttelte den Kopf. „Die Zurhidon interessieren sich nicht für das alltägliche Ränkespiel der Gilden und ihrer Burgen. Sie interessiert ihr Kult, ihre Dämonen, aber die Macht und Politik von Varanas? Wohl kaum!“

Sam legte seinen Kopf schief. „Es sei denn, sie hängen zusammen. Die Zurhidon haben in den vergangenen Jahren viele Ämter und Institutionen infiltriert. Offenbar wählen sie eine andere Gangart, als nur Blutopfer zu feiern.“

Sie schwiegen erneut, und Sam fragte sich, wie es Sybilla, Victor und Tomas wohl ging. Nach Sybillas Rettung hatten Quentin und Fantur die Verwundeten zu Chantreas Hof gebracht und durch eine Kombination aus Tränken und Zaubern einer schnellen Genesung zugeführt.

Tomas und Victor waren Kämpfer, Kriegernaturen, die wussten, dass ihre Profession sie mit Wunden und Schmerzen konfrontieren würde, doch das Mädchen bereitete ihm Sorgen. Die Täler der Qualen, durch die sie geschickt worden war, hatten tiefe Wunden geschlagen, die länger brauchten um zu heilen als verletztes Fleisch. Die Seele war ein so zerbrechliches und fragiles Gut.

Er schüttelte die Gedanken ab, als Rao in Begleitung eines anderen Mannes aus dem Zelt trat. Der Mann war groß gewachsenen und trug wie Rao keine Maske. Sein schwarzes, stoppeliges Haar rahmte eine hohe Stirn ein, und die Augen des Mannes schienen in der hereinbrechenden Dunkelheit regelrecht zu glühen.

„Das ist Zarhir“, knurrte Fantur, und Sam nickte ob der Schlussfolgerung.

„Er ist zauberkundig“, fügte er hinzu und deutete mit dem Kinn zum Lager. Die Hände des Mannes wanderten in einer ausholenden Geste zu dessen Seite, flammten auf, und eine Flammenbrunst hüllte Rao ein. Die Schreie des Zurhidon hallten durch die Dunkelheit, als sich das Feuer wie eine Kugel in seiner Brust einbrannte.

„Scheint, als wäre der Gute in Ungnade gefallen!“ Fantur sah, wie sich Rao schreiend auf dem Boden wälzte, während seine Zurhidongefährten um ihn herum standen und seine Pein mit unbewegten Mienen hinnahmen. Fantur und Sam beobachteten fasziniert, wie ein weiterer Mann aus dem Zelt trat.

„Oh, hallo!“, flüsterte Sam. „Das ist noch ein Magier. Und keiner, der das Gelübde der Zurhidon abgelegt hat.“

Der Hohepriester der Zurhidon, Zarhir, sprach mit dem Magier, einem hageren Mann in blutroten Roben und auffälligen goldenen Verzierungen an den Schultern. Der rote Magier deutete auf den sich immer noch windenden Rao, und der Hohepriester machte eine einladende Geste. Zarhir setzte seine Maske auf und trat zurück.

Rao zitterte, als sich der rote Magier vor ihm aufbaute. Lichter umringten ihn plötzlich, beschworen durch die Sätze, die der Magier sprach. Die Lichter wechselten ihre Farben, von Rot zu Blau, dann zu Grün und Gelb und wieder zu Rot. Rao begann zu schreien, doch diesmal klang sein Schrei unirdisch, hohl, als würde ihm die Körperlichkeit fehlen.

Zuckend, windend, um sich schlagend, versuchte Rao dem Zauber des roten Magiers zu entkommen, doch die Lichter hielten ihn fest, fixierten ihn an Ort und Stelle. Mit einem jämmerlichen Laut des Wehklagens löste sich sein Leib schließlich auf und verschwand.

„Was zur …“ Fantur starrte fassungslos auf die Stelle, an der einen Moment zuvor Rao gelegen hatte. „Sie haben ihn *aufgelöst*!“

Doch Sam schüttelte den Kopf. Sie haben ihn nicht aufgelöst. „Sie haben ihn *verschoben*!“

Fantur schaute seinen Weggefährten verständnislos an. „Verschoben?“

Grimmig deutete Sam wieder ins Lager. Rao manifestierte sich wieder, zusammengekauert auf dem Boden, schreiend. Sein heiles Auge war weiß, geblendet, und der Mann schrie und wimmerte.

Zufrieden studierte der rote Magier den Leib des Zurhidon und schritt lächelnd in das Zelt zurück. Der Anführer der Zurhidon blickte noch einmal auf seinen in Ungnade gefallenen Helfer hinab, gab dann seinen Männern ein Zeichen und folgte dem Magier ins Zelt.

Die Zurhidon, die den flehenden Rao umringten, hoben ihre Hände, intonierten ihre Zauber, und Flammen schossen auf den Mann zu, hüllten ihn gänzlich ein und verbrannten ihn, bis auch das klagende Wimmern endlich erstarb.

„Das war … *interessant*.“ Sam rieb sich über den kahlen Kopf, und auch Fantur nickte grimmig. „Ja, sie haben ihre eigenen Wege, um ihre Effizienz zu steigern“, bemerkte er lakonisch. „Warten wir ab, was sie als Nächstes tun.“

Er holte einen Schlauch mit Wein aus seinem Beutel hervor, dazu etwas Brot und Käse und teilte das Mahl in zwei Teile auf.

„Ja, warten wir“, nickte auch Sam und biss hungrig von dem Brot ab.

15. Flucht ins Dunkel

Asiya lachte und tätschelte das gelehrige Frettchen. Der kleine Strolch war die vergangenen sieben Tage immer mitten in der Nacht von seinem Raubzug zurückgekommen und hatte es sich am Fußende des Bettes gemütlich gemacht. Er brachte oftmals wertlose Dinge mit, Tonscherben, einen Löffel aus Holz, immer eine Belohnung einfordernd, einen Bissen von ihrem bescheidenen Mahl. Shareena und Asiya hatten eine neue Freude aus der Gegenwart des Tieres geschöpft und die Vormittage damit verbracht, dem kleinen Räuber Befehle beizubringen.

Aaron und die anderen Wachen ließen sie gewähren, beachteten das Tier meist nicht, und somit war Jonesy, wie sie ihn getauft hatten, frei, dorthin zu gehen, wohin ihn seine Neugier führte.

In der fünften Nacht hatten Shareena und Asiya eine Überraschung erlebt. Jonesy musste in Garins Haus eingedrungen sein, denn er hielt ein glänzendes Kleinod in seinem Maul.

„Das kann nicht sein!", rief Asiya aus und nahm ihm das Medaillon ab. Ungläubig starrte sie darauf, und Tränen der Rührung schossen ihr in die Augen. Neugierig kam Shareena näher und betrachtete das Objekt. Es war eine Kette aus feinen, silbernen Kettengliedern, die in einem verschnörkelten, flachen Bildanhänger mündeten, der von einem goldfarbenen Ring verschlossen wurde.

„Ahira!"

„Ahira?", fragte Shareena und nahm das Schmuckstück entgegen, das ihr Asiya hinhielt.

„Eine Priesterin und Magierin von besonderer Begabung“, flüsterte Asiya leise. „Sie hat mich ausgebildet, bis ich … davonlief, weil ich …“ Sie schluckte. „Ich fühlte mich ihr so grenzenlos unterlegen. Ich dachte, ich hätte keinen Platz mehr dort.“

Shareena betrachtete das Bildnis der dunkelhaarigen Schönheit und hielt den Atem an. Diese Frau kannte sie, es war die Freundin ihrer Schwester gewesen. Die sich eine Weglaufbörse zusammengespart hatte. Ahira, die neben Laif, der Kundschafterin des Dorfes, immer ihr Vorbild gewesen war.

Die Ähnlichkeit zwischen Asiya und Ahira war nicht zu übersehen. Beide trugen ihre langen, schwarzen Haare offen und über die Schultern fallend, wobei Shareena der rötliche Schimmer auf dem Bild auffiel. Die Augenbrauen waren in scharfen Linien geschwungen, und die Augen selbst waren groß und geheimnisvoll. Eine dunkle Haube war bis auf den Hinterkopf zurückgezogen, abgesetzt mit feinem Goldbrokat. Ein freizügiges Kleid, nur an den Schultern gehalten, mit Trägern aus Silber, Gold und in sich gefalteten Klappen, gab den Blick auf den üppigen Busen der Frau frei, wobei Shareena vermutete, dass dieser Anblick eher der Fantasie des Malers entsprungen war denn einem wirklich tragbaren Kleidungsstück.

Shareena gab ihrer Freundin das Kleinod wieder zurück und beugte sich zu Jonesy herab, der die beiden aufmerksam beobachtete. Sie warf ihm eine Traube zu, die er geschickt auffing.

„So ein kluger kleiner Kerl!“ Shareena streichelte ihn und kraulte seinen Bauch. „Unser kleiner Strolch!“ Sie schaute wieder zu Asiya auf, die immer noch in Gedanken versunken auf das Bild der Frau starrte. „Ihr seht euch ähnlich.“

Asiya erwachte aus ihren Grübeleien und nickte schließlich. „Wir sind verwandt. Sie ist meine Cousine und ein paar Jahre älter als ich. Der Ruf, Ayvenas zu dienen, hatte sie schon früh ereilt, und sie versteht es wie keine andere, die Ströme der Magie und des Göttlichen zu vereinen."

Shareena dachte nach. *Die Wege Ayvenas' sind seltsam.* „Meinst du, sie würde uns helfen?"

„Helfen? Wie soll sie uns hier helfen?" Mit plötzlicher Verbitterung betrachtete Asiya ihre Hände, als würde sie in den Linien ihrer Handflächen all die Möglichkeiten ihres Lebens erkennen, die sie vertan hatte.

„Nicht hier. Wenn wir hier herauskommen!"

Asiya riss die Augen weit auf und schaute ihre Gefährtin an. „Du meinst fliehen? Wie?!"

Shareena nickte grimmig und deutete auf das Frettchen, das sich genüsslich unter ihren Liebkosungen auf dem Rücken wand und zufriedene Laute des Wohlbefindens brummte. „Ich schlage vor, wir bringen ihm bei, was ein Schlüssel ist!"

Shareena hatte den letzten Kampf überlebt, doch die Axt des Gegners hatte ihre Deckung durchdrungen und ihr eine schmerzende Wunde an den Rippen zugefügt. Der Kämpfer war die neueste Errungenschaft Garins, der kurz zuvor von der Sklavenhändlerin Malvara neue Ware gekauft hatte. Den erfolgreichen Geschäftsabschluss feierte Garin, indem er die Menschjägerin dazu einlud, den Kampf von seinem erhöhten Stand aus zu verfolgen und seine beste Kämpferin gegen den Neuen antreten ließ. Interessiert hatte die hagere und immer grimmig aussehende Frau, die sich auch während der Kämpfe nie von ihrem Bogen trennte, die Entwicklung ihrer ehemaligen Gefangenen angesehen.

Doch nun war sie verletzt. Wertlos für Garin. *Ein Opfer.*

Das Atmen fiel ihr schwer, und sie war sich sicher, dass mindestens eine Rippe angebrochen war. Aaron hatte sich besorgt in ihrer Nähe aufgehalten, nachdem der Kampf mit einem Unentschieden für beendet erklärt worden war, und hatte dafür gesorgt, dass sie direkt zu Asiya gebracht wurde.

Unschlüssig stand Aaron nun in der Tür ihrer Zelle und betrachtete das schmerzverzerrte Gesicht der Kämpferin mit Sorge. Asiya scheuchte ihn hinaus. „Verschwinde, Aaron! Wenn du etwas für sie tun willst, dann hol mir Wasser. Heißes Wasser!"

Der junge Wächter nickte und eilte davon.

„Verflucht!" Asiya betrachtete die Wunde. „Das sieht böse aus, Reena. Wenn Garin dich damit antreten lässt, überstehst du das nächste Duell nicht."

„Ich glaube, das ist ihm egal. Malvara ist zurück und hat Frischfleisch mitgebracht." Shareena bis die Zähne zusammen und betrachtete die Wunde. „Wir müssen hier weg", stellte sie fest.

Asiya blickte unschlüssig von Shareena zur Tür. „Ihr Götter!"

Aaron hatte sie offen stehen gelassen. Shareena stützte sich hoch und hätte beinahe laut aufgeschrien, doch ihre Entschlossenheit half ihr, den Schmerz hinunterzuschlucken.

„Komm, Jonesy", rief sie. Das Frettchen sprang ihr auf die Schulter, gab einen schnurrenden Laut von sich, und schon schob Shareena Asiya durch die Tür. „Wie lange mag Aaron brauchen? Oh, Shareena, das klappt doch nie!" Angst lag in der Stimme der Frau, doch Shareena funkelte sie nur grimmig an.

„Willst du als Sklavin sterben, Asiya? Nein? Ich auch nicht!"

Der Gang vor den Zellen war leer. Die Frauen bewohnten diesen Trakt der Sklavenunterkünfte allein. Der Zellengang mündete in einen breiten Gang, der genug Platz für vier Krieger in Rüstungen bot, und sanft anstieg, hinauf zu dem staubigen Gelände, auf dem die Kämpfer ihre Schwert- und Waffenübungen ausführten. Ein Gatter mit groben Gitterstäben, die es einem Menschen jedoch verwehrten hindurchzuschlüpfen, blockierte den Zugang, gesichert durch einen Schließmechanismus.

Beißender Rauch schlug ihnen entgegen, Schreie hallten von draußen herein, und die beiden Frauen hörten, wie die anderen Gefangenen an den Zellen ihrer Gitterstäbe zerrten und wie die Bestien in den unteren Katakomben, die gefangenen, krebsartigen Chelonen, mit ihren Zangen die Türen ihrer Pferche attackierten.

Schreie von Sterbenden hallten durch die Nacht. Panik lag in der Luft und Jonesy knurrte, blieb jedoch auf Shareenas Schulter.

„Was …?“ Asiya hielt sich die Hand vor den Mund, als sie durch die Gitterstäbe des Gatters sah, wie zwei schwarz gewandete Magier gerade Feuerzauber auf einen der Wächter warfen. Der Mann – sie glaubten, es war eine ältere Wache namens Walter – schrie und warf sich auf den Boden, doch die beiden Männer in ihren langen Roben würdigten ihn keines Blickes mehr. Shareena erkannte das Muster auf den Stoffen, die krallenartigen Schulterpolster und die neutral dreinblickenden Masken.

Gefühllos und kalt.

„Zurhidon“, war alles, was Shareena sagte. „Sie suchen mich, Asiya. Wenn du in meiner Nähe bist, werden sie dich töten.“

Doch Asiya schüttelte den Kopf. „Vergiss, was du sagen willst, Reena. Wir bleiben zusammen. Sie werden mich auch töten, um zu wissen, *wohin* du verschwunden bist.“

Die beiden kauerten sich in die Alkoven neben dem Tormechanismus und spähten hinaus. Die Männer hatten sie nicht gesehen und wandten sich ihrem nächsten Gegner zu, einem jungen Wächter, der eine Schüssel mit heißem Wasser beiseitewarf und sein Schwert zog.

„Aaron.“

Fassungslos mussten die beiden Frauen mit ansehen, wie die beiden Zurhidon den Schwertkämpfer mit ihren Feuerzaubern töteten. Aaron ging zu Boden, bevor er einen einzigen Schlag ausführen konnte. Sein Kopf blickte in Shareenas Richtung, und sie glaubte, den gequälten Ausdruck auf seinem Gesicht sehen zu können. Schon eilten die beiden Zurhidon weiter in die Richtung, in der Garin sein Quartier hatte.

Es tut mir leid, Aaron, dachte Shareena. Asiya berührte sie am Arm und deutete auf den Mechanismus. „Wir brauchen den Schlüssel."

Shareena verstand. Sie griff Jonesy an seinem pelzigen Kragen, setzte ihn auf dem Boden ab und gab ihm das Zeichen fürs Apportieren. Sie hatten ihm Worte und Begriffe beigebracht, und nun zeigte Shareena ihm das Symbol für Schlüssel, ein Loch aus Daumen und Zeigefinger ihrer linken Hand, in das sie die Spitze ihres rechten Zeigefingers stieß und leicht drehte.

Jonesy keckerte und huschte durch das Gatter über den nächtlichen Platz. Die Schreie der Kämpfenden auf der Mauer und auf dem Platz irritierten das Frettchen einen Moment lang. Unentschlossen blieb es nach wenigen Schritten stehen, witterte mal links, mal rechts. Shareena und Asiya fürchteten, ihr kleiner Begleiter würde von seinem Ziel abgebracht werden, doch dann erreichte er den toten Aaron. Er schnupperte an dem verbrannten, noch immer rauchenden Fleisch des Toten und blickte zu den beiden Frauen zurück. Shareena deutete ihm nochmals das Symbol für den Schlüssel, und das Frettchen huschte um den Körper herum.

Heiser hörten die beiden Frauen Garin aufschreien; die Zurhidon mussten ihn gefunden haben, und auch auf den Mauern beendeten Flammenwolken die Kämpfe mit den unterlegenen Wachen.

„Da kommen wir nie raus!"

Blanke Furcht lag ins Asiyas Stimme. Shareena nickte und sagte: „Sieh zu, dass Jonesy den Schlüssel bringt. Und ruf mich, wenn du ihn hast." Sie fuhr herum und rannte den Gang wieder hinab zu den anderen Zellen.

Im Zentrum fand sie den Mechanismus für die Verriegelung der Zellen, ein mechanisches Ungetüm aus Hebeln und Ketten, die in den Wänden verschwanden. Shareena betrachtete die Verriegelung und legte die Hände um den groben Hebel, der am abgenutztesten aussah. Kaum hatte sie ihre Hände darum geschlossen, hörte sie auch schon Asiyas Ruf, dass Jonesy den Schlüssel für das Gatter gebracht habe und dass die Zurhidon mit Garin im Schlepptau im Anmarsch über den Hof seien.

Shareena legte den Hebel um und knarrend fuhren die Verriegelungen der Zellengitter hoch. Die Rufe der Gefangenen erstarben und schon hörte sie die Männer und Frauen und Tiere herannahen. In den tiefergelegenen Zellen schrie jemand – vermutlich war er das Opfer einer Chelone oder eines Löwen oder Bären geworden.

Shareena rannte zurück. Sie erreichte Asiya, die das Haupttor aufschloss, welches sich prompt ratternd nach oben bewegte, während das metallene Gegengewicht in der dafür vorgesehenen Aussparung an der Wand herunterkrachte.

„Heh!“ Shareena hörte die Stimme eines der befreiten Gefangenen. Der Mann hieß Kobett und war ein muskelbepackter Kämpfer, der in der Arena mit Spieß und Schild kämpfte. Die Kämpfe zwischen Shareena und ihm waren immer unentschieden ausgegangen und dienten eher zum Anfeuern der Menge denn einem ernsthaften Blutvergießen.

Shareena deutete auf den brennenden Innenhof und die in dunkle Kutten gehüllten Männer, die den Hof nahezu zur Hälfte überquert und nun zu rennen begonnen hatten, als das Gatter hochfuhr.

„Zurhidon“, sagte Shareena nur, und der Name trieb den übrigen Gefangenen die Angst ins Gesicht. Nur Kobett grinste kalt und sagte: „Dann ein jeder für sich selbst!“

Er stürmte an den beiden Frauen vorbei, nahm von einer toten Wache das Schwert auf und raste auf einen der Zurhidon zu, die

Garin gerade zum Zellentrakt begleiteten. Der Zurhidon erhob seine Hände und begann einen Zauber zu intonieren, doch Kobett erreichte ihn als Erster und spaltete mit einem kraftvollen Hieb den Schädel des Mannes.

Die Gladiatoren strömten aus dem Gang auf den Platz. Asiya und Shareena, noch immer an die Wände des Portals gedrückt, hörten das Fauchen einer Chelone, die aus den unteren Bereichen nach oben gekommen war und sich ihnen nun aus der Tiefe des Ganges näherte.

„Zur Mauer!“, rief Shareena und rannte los, Asiya ihr dicht auf den Fersen. Panik und der Wunsch nach Freiheit hatte die Gefangenen erfüllt, die nun durch die Flammen und Blitze der Zurhidon einer nach dem anderen niedergestreckt wurden. Shareena hatte gesehen, wie Kobett von Blitzen regelrecht in Stücke gerissen wurde, als diese seinen Körper umtanzten, ihm in die Glieder fuhren und Haut und Fleisch bis auf die Knochen durchschlugen.

Andere, die sich nicht dem Kampf stellten, rannten über den Platz, versuchten einfach nur die Mauern oder das Hauptportal zu erreichen. Shareena und Asiya nutzen sie als Deckung. Sie liefen hinter ihnen und beteten.

Auf der Mauer erblickte Shareena einen rot gewandeten Magier, der in seiner Robe stark an einen Dämon aus der Hölle erinnerte. Seine erhobenen Hände beschworen Wind, der die Flammen stärker auflodern ließ, dann bebte der Boden. Eruptionen aus Lava schossen hervor, während glühende Steine vom nächtlichen Himmel donnerten.

Shareena erreichte die Stufen zur Brüstung und rannte diese hinauf. Eine tote Wache, den Körper halb über den oberen Brüstungsgang und die nach unten führenden Stufen gebeugt, starrte sie aus leblosen Augen heraus an. Sie suchte nach seiner Waffe, doch das Schwert des Mannes war in die Tiefe gefallen. Shareena fluchte und hastete weiter hinauf. Oben angekommen, blickte sie zurück.

Mit letzter Kraft kletterte Asiya auf allen Vieren die Stufen hoch. Sie bekam kaum noch Luft. Einer der Zurhidon streckte Garin in einem Regen aus Feuer nieder und bedeutete seinen Männern mit winkenden Armen, in Shareenas Richtung zu sehen. Offenbar *war* sie das Ziel dieses Angriffs.

„Kopf weg, Hübsche!"

Malvara.

Shareena sah hoch, und die Sklavenjägerin stand auf der Brüstung hinter ihr. Der Pfeil schnellte von der Sehne ihres verzierten Langbogens und durchschlug einen Moment später die Brust des winkenden Zurhidon.

„Wenn ihr überleben wollt, Mädchen, dann folgt mir. Über die Brüstung!", rief die Sklavenjägerin und ließ Shareena und Asiya an sich vorbeilaufen. Beinahe gelassen feuerte sie noch zwei weitere Pfeile ab und sprang dann ebenfalls in die Dunkelheit jenseits der Mauer.

16. Dunstan

Malvaras Männer hatten auf ihr Geheiß außerhalb des Kampfgrubengeländes Pferde bereitgehalten, wie sie es immer befahl, wenn sie ihren Geschäftspartnern nicht vertraute. Und Garin gehörte eindeutig zu jenen, denen sie kein Vertrauen schenkte.

Shareena hatte kurz gestutzt, als einer der Männer ihr die Zügel eines braunen Hengstes hinhielt und das Tier sie ohne zu zögern akzeptierte. „H'ary?", hatte sie überrascht ausgerufen, sich in den Sattel geschwungen und Asiya hinter sich auf den Pferderücken gezogen.

Schnell waren sie den Zurhidon entkommen, die das Areal der Kampfgruben jetzt mit Feuer und Schwert verwüsteten. Der Hafen ohne Namen hatte seine wohl wichtigste Attraktion eingebüßt, und Malvara beklagte lakonisch, dass dieser Markt wohl geschlossen sein würde, als sie das Lager der Sklavenfänger erreichten.

Malvaras Lager war an der Küste im Schatten eines der zahlreichen Schiffswracks errichtet worden, die sich hier oftmals fanden. Die Sklavenjäger hatten die geborstene Außenhülle als Unterschlupf genutzt und Waffen und Vorräte darin deponiert. Die Frauen und Männer atmeten auf, als sie endlich ihre Pferde absattelten und im grauen Sand des nächtlichen Strandes standen.

Die Männer in ihrem Gefolge, ein halbes Dutzend an der Zahl, betrachteten die beiden jungen Frauen neugierig. „Was ist das, Malvara? Neue Ware? Oder eine Bonuszahlung für uns?"

Hämisches Lachen und Grölen erklang. Einer der Männer griff Asiyas langes Haar und schnupperte daran. „Oh, ja! Die ist für mich!“, posaunte er, und die Männer applaudierten. Shareena fuhr herum und ließ ihren Ellenbogen auf die Nase des Mannes krachen. Bevor der Mann aufschreien konnte, schnellte ihr anderer Ellenbogen hoch und trieb ihm die Knochensplitter der zertrümmerten Nase ins Hirn. Ohne einen weiteren Laut sackte der Mann zu Boden.

Die Schergen zogen ihre Messer und machten einen Schritt auf die blonde Gladiatorin zu, die sich offenbar zu wehren wusste, doch Malvara gebot ihnen Einhalt.

„Ganz ruhig, Shareena. Ganz ruhig“, sagte sie, den Bogen in ihrer Linken, die Rechte locker auf einem aufgelegten Pfeil ruhend. „Du magst vielleicht ein, zwei meiner Männer erledigen, doch du bist nicht so schnell wie meine Pfeile!“

Shareena funkelte die Frau wütend an, die Hände kampfbereit erhoben, während Asiya sich schutzsuchend hinter sie drängte. Die Sklavenfänger mochten glauben, dass sie einfach nur Schutz suchte, doch Asiya flüsterte einen der wenigen klerikalen Zauber, die sie beherrschte. Energien strömten in Shareenas Körper, die nicht nur den Schmerz ihrer verletzten Rippe heilten, sondern ihr auch mehr Kraft gaben, sie stärkten.

Shareena spannte ihre Muskeln an, beobachtete die Reaktionen ihrer Gegner, wartete auf Hinweise, dass einer der Männer sie angreifen würde. Die Arena hatte sie für den Kampf gegen ein, maximal zwei Gegner vorbereitet, doch hier stand ihr ein halbes Dutzend gegenüber.

Malvara sagte: „Dein künftiger Ehemann hat einen Preis auf deinen Kopf ausgesetzt. Du und alles was in deinem Besitz ist, soll ihm übergeben werden – gegen eine beträchtliche Summe natürlich.“ Die Frau schmunzelte diabolisch. „Die Forderung nach deinem Besitz ist ungewöhnlich, findest du nicht auch? Ein verschmähter Ehemann, der sich an der dir rächen will, gut. Aber nach deinem Besitz?“ Ein kaltes Lächeln umspielte ihre Lippen. „Du weißt, wovon ich rede, Shareena, nicht wahr? Von diesen seltsamen Runen.“ Malvara nahm die Hand vom Pfeil und holte jene Börse hervor, die Shareena nach Alexanders Tod an sich genommen hatte.

„Ihr habt sie nicht verkauft?“ Shareena war überrascht, doch Malvara schüttelte den Kopf. „Wir haben es versucht, Kindchen. In Silberquell und Aslan. Die Runen mögen ja magischer Natur sein, doch niemand scheint diese Magie nutzen zu können. Nur einmal hatte ein Magier etwas an ihnen feststellen können und wie von Sinnen ‚Zurhidon' ausgerufen.“

Malvara klimperte mit der Börse. „Da horchten wir auf. Die Zurhidon haben viele Spitzel, doch ich habe erst heute Nacht begriffen, dass ich ein Geschäft mit ihnen machen kann!“

„Zurhidon!“ Eine Stimme erklang. Weit entfernt und doch nah. Unirdisch. Und wütend!

„Geschäft? Mit Zurhidon?!“

Fauchend kam der Schemen über sie und durchstieß die Oberkörper von zwei von Malvaras Männern. Die Bogenschützin ließ die Börse fallen, wirbelte herum und ließ den Pfeil von der Sehne schnellen. Doch der Körper des Seemannes, der plötzlich aus dem aufgerissenen Schiffsrumpf gekommen war, war durchsichtig und durchlässig. Wirkungslos schlug der Pfeil in das aufgequollene Holz des Rumpfes ein.

Shareena nutzte die Gelegenheit und sprang vor. Sie griff den Schwertarm von einem der abgelenkten Männer und entwendete ihm die Klinge. Der Mann schrie wütend auf und versuchte, die Waffe zurückzuerlangen, doch Shareena gab ihm mit dem Knie einen Stoß in die Seite und ließ die Schneide über seinen Hals fahren. Unter einer Fontäne aus sprudelndem Blut sackte der Mann zu Boden, doch Shareena beachtete dies nicht und ging bereits ihren nächsten Gegner an.

Malvara wich vor dem Wiedergänger zurück, der sich zornig auf ihre Männer stürzte. Sie suchte nach einem besonderen Pfeil in ihrem Köcher, fand ihn und legte ihn auf die Sehne. Sie zielte, und der Pfeil traf den durchsichtigen Körper des Untoten. Der geisterhafte Seemann brüllte auf, schien von einer Schicht aus Frost und Eisstücken durchdrungen zu werden und wurde langsamer in seinen Bewegungen.

Shareena schickte den nächsten Häscher Malvaras zu Boden und spähte nach der Börse mit den Runen, die die Anführerin der Sklavenjäger in den Sand des Strandes hatte fallen lassen. Wenige Schritte vor sich erblickte sie die Börse.

Malvara sah dies und schrie wütend auf. „Finger weg!"

Der nächste Pfeil schnellte von der Sehne.

„Shareena!" Asiya schrie und warf sich vor ihre Gefährtin. Mit ungläubigen Augen starrte sie auf den Pfeil, der in ihrem Bauch steckte. „Reena …" Ihre Stimme brach und sie sackte in den Sand.

„Nein!" Schmerz und Trauer überspülten Shareena, wie das salzige Wasser des Meeres einen Fels in der Brandung umfließt. „Nein! Nicht du!" Asiya war eine Gefährtin auf ihrem Weg durch das Leben! Ihre Nähe *hielt* sie doch am Leben!

Zornig sprang sie auf Malvara zu, doch die kampferfahrene Frau gab ihr einen Hieb auf die verwundete Rippe und Shareena ging atemlos zu Boden. „Ich war bei deinem Kampf in der Arena dabei, du dummes Ding!" Hämisch grinste sie. „Tja, eigentlich schade um das Kopfgeld, aber ich denke, deinem künftigen Gemahl ging es ja auch mehr um die Runen!"

Kaltblütig zog sie einen weiteren Pfeil aus dem Köcher und wollte gerade anlegen, als ihr ein kleines Knäuel aus weißem Fell, das mit Fängen und Krallen bewehrt war, ins Gesicht sprang. Die Zähne des Frettchens gruben sich tief in ihre Wange, und sie versuchte schreiend, das Tier von sich zu reißen. Doch Jonesy biss immer wieder zu, schlug Löcher in ihre Wangen, und Malvara taumelte zurück.

„Hure der Zurhidon!“, zürnte eine Stimme hinter ihr. *„Elevin der Finsternis!“*

Malvara fuhr herum. Das Frettchen fauchte noch einmal und ließ von ihr ab. Stechend durchdrang die eisige Kälte des Todes ihren Leib, und der Wiedergänger labte sich an der Essenz ihres dahinschwindenden Lebens. Ihre Muskeln versagten. Malvaras Fingern entglitt der Bogen, und schon spähte der Wiedergänger nach seinem nächsten Opfer. Doch Dunstan spürte keine Boshaftigkeit, kein Übel mehr in seiner Nähe.

Die Sklavenjäger waren tot, und nur eine junge Frau hielt ihre sterbende Gefährtin in den Armen. Der Wiedergänger machte einen Schritt auf sie zu, und Shareena hob ihr Schwert wieder auf. „Lass sie in Ruhe, du Monster!“

Der geisterhafte Seemann hielt inne und eine traurige Note umspielte sein Gesicht, als er sagte: *„Dunstan.“*

Asiya zitterte. „Mir ist kalt.“

Tränen liefen über Shareenas Wangen. Der Untote kam nicht näher, und sie warf das Schwert in den Sand. Sie streichelte den Kopf ihrer Freundin und machte beruhigende Laute.

„So kalt …“

Sie sah in die Augen Asiyas. Der klare Glanz war fort, und mit jedem Atemzug wich das Leben mehr aus ihr. Shareena blickte dem geisterhaften Dunstan ins Gesicht. Wenn ein Gesicht aus Rauch und Nebel Gefühle zeigen mochte, dann war es seines. Traurigkeit lag in den Zügen des Seemannes, und er schüttelte langsam sein Haupt. Auch die Nähe Jonesys, der spürte, dass etwas Schreckliches geschehen war und der sich eng in die Armbeuge Asiyas kuschelte, konnte die Kälte nicht abwehren.

Sanft berührten Shareenas Lippen die ihrer Gefährtin. „Reena …“

Asiyas letzter Atemzug ergoss sich in Shareenas Lungen. Dann lag sie still in den Armen ihrer Freundin. Nun war es Shareena, die zitterte, immer stärker, bis sie ihrer Muskeln nicht mehr Herr wurde. Sie warf ihren Oberkörper zurück und schrie ihren Schmerz, ihren Verlust in die Nacht, doch nur das Rauschen der nahen Brandung antwortete ihr.

17. Asiya

Der Schrei gellte durch die Nacht.

„Was war das?“

Fantur ignorierte die Frage seines Gefährten. Es war offensichtlich, dass es der Schrei einer jungen Frau war. Voller Schmerz und Seelenqual. Der Ritter trieb sein Pferd mit sanftem Druck seiner Oberschenkel zu einem schnellen Galopp an. Sam war ihm sogleich wieder dicht auf den Fersen und preschte hinter ihm durch die Nacht.

Seit sie vor Monaten das Lager der Zurhidon gefunden hatten, waren sie ihnen immer dicht auf den Fersen geblieben. Ein Schatten. Raubtiere, die die Fährte ihrer Beute aufgenommen hatten. Wachsam und wartend. Wochenlang tat sich nichts, doch eines Tages brach der rote Magier auf, und sie waren den Zurhidon gefolgt, die geheime Pfade in den Bergen durchwandert hatten, um nach Rabenfeld zu gelangen. Als die Zurhidon das Lager der Gladiatoren im namenlosen Hafen angriffen, hatten auch Sam und Fantur ihre Waffen gezogen, doch sie waren zu spät gekommen. Die Zurhidon hatten die meisten Menschen dort getötet oder waren selbst von den ausgebrochenen Gladiatoren und Bestien zu Boden gestreckt worden.

Der Kampf, den sich Fantur und Sam mit den verbleibenden Angreifern geliefert hatten, war somit nur kurz gewesen. Der rote Zauberer hatte sich fortteleportiert, als er sah, mit welcher Effizienz Sam und Fantur den Zurhidon den Garaus machten.

Fantur hatte gerade seine blutverschmierte Klinge aus dem Leib des letzten Zurhidon gezogen, als Sam ihn rief. Eine Spur außerhalb des Lagers hatte Abdrücke von Pferdehufen gezeigt, die sich in Richtung der östlichen Küste bewegten.

Die beiden hatten das brennende Lager hinter sich gelassen und waren den Spuren der Pferde gefolgt, als sie den Schrei der Frau hörten. Sie eilten durch die Nacht und sahen die Silhouette eines Schiffswracks zwischen Sand und Felsen aufragen; eine schwarze Form gegen den nachtblauen Sternenhimmel.

Sam gefror das Blut in den Adern. Ein Wiedergänger stand gefährlich nahe vor der blonden Frau, die eine dunkelhaarige in den Armen wiegte, während ein halbes Dutzend Leichen im Sand verstreut lagen.

Fantur zog seine Klinge aus der Scheide und trieb sein Tier auf den Schemen zu. Sam begann einen Blitzzauber zu intonieren, und Fantur passierte den Untoten, einen kraftvollen Rückhandschlag von unten nach oben gegen ihn ausführend. Der Wiedergänger fauchte, und der Ritter zwang sein Pferd zu einer harten Wendung. Um ihm mehr Zeit für einen neuen Angriff zu geben, feuerte nun Sam seine Attacke ab, und gleißende Äste eines Blitzgewitters hackten auf den Körper der Kreatur ein.

Schreiend, rufend, war die junge Frau mit den blonden Haaren aufgesprungen, hatte sich durch den Sand gerollt und einen Bogen aufgenommen, der neben einer anderen Toten lag. Sie legte einen Pfeil auf und zielte auf den Magier.

„Stopp!“

Verblüfft hielten Fantur und Sam inne. Die Frau zielte abwechselnd auf sie beide, während sich der Schemen in die Dunkelheit des Rumpfes des Schiffswracks zurückzog.

„Stopp?“ Sam traute seinen Ohren nicht. „Ähm, Kindchen, das da ist eine mordlustige, grausame Bestie, ein Untoter!“

Shareena ließ den Pfeil auf der Sehne. „Das mag sein, *Jungchen*, aber er heißt Dunstan, und er hat Asiya und mir geholfen!“

Sam erblasste. „Asiya?“ Er blickte zu der dunkelhaarigen Frau, die leblos im Sand lag. „Ihr Götter, nein!“

Er sprang ab und lief auf die Tote zu, auf deren Brustkorb sich ein fauchendes Frettchen aufgebaut hatte, um sie zu verteidigen. Erkenntnis erfüllte ihn, als er sie erkannte, und der junge Magier sank mit den Knien in den Sand.

Fantur sattelte ebenfalls ab und schritt wachsam näher an die Tote heran. Er nickte grimmig, als er sie erkannte, und betrachtete dann die junge Frau mit dem Bogen. „Shareena, nehme ich an?“

„Woher?“ Misstrauisch hob sie den Bogen mit dem aufgelegten Pfeil wieder eine Handbreit. „Noch mehr Kopfgeldjäger meines treuen Verlobten?“, spottete sie.

Fantur steckte sein Schwert in die Scheide und hob die Hände. „Nein, keine Häscher Galarts und keine Zurhidon. Lass uns reden, Mädchen!“

Das Lagerfeuer erhellte die Dunkelheit der Nacht und spendete ein wenig Wärme, wenngleich Shareena am Rücken fror und am liebsten in die Flammen gekrochen wäre, so kalt war ihr. *Nie wieder werde ich Wärme spüren,* dachte sie und sah zu Asiya, die der junge Magier mit seinem Mantel zugedeckt hatte.

Nachdem Dunstans Geist geflohen war und Shareena sich davon hatte überzeugen lassen, dass ihr keine Gefahr von den beiden Neuankömmlingen drohte, hatten sie ihre Geschichten ausgetauscht.

Shareena war entsetzt, als sie von Sybillas neuen Leiden im Kerker hörte, doch auch froh, dass sie gerettet worden war. Kunde von Victor und sogar dem Soldaten Tomas erfüllte sie mit einer neuen Kraft, und sie begann, den jungen, dunkelhäutigen

Magier und den alten Ritter mit seinem grauen Bart genauer zu studieren.

Der Ritter wirkte grimmig, während er sein blutverschmiertes Schwert reinigte und mit einem feinen Öl bearbeitete, nachdem er die schlimmsten Scharten ausgewetzt hatte. Der Magier dagegen wirkte abwesend und beinahe verloren, wie er zusammengekauert am Feuer saß, eingehüllt in die Falten seiner Roben, und immer wieder mit traurigem Blick zu der toten Asiya hinübersah.

„Ihr kanntet sie?“ Shareena hatte dies aus der ersten Reaktion des Mannes geschlossen.

Sam nickte. „Ja, wir waren …“ Er brach ab. Sie waren das nie gewesen.

„Sie war eine Freundin der Familie!“, beschied er. Shareena wusste, dass mehr dahintersteckte, doch sie wollte gar nicht mehr hören. Gefühle waren etwas sehr Zerbrechliches in diesen Stunden des Todes.

„Ich wünschte, wir könnten all dies ungeschehen machen!“ Shareena vergrub ihren Kopf zwischen den Armen, die sie über ihre angezogenen Beine gefaltet hatte.

„Ungeschehen“, murmelte Fantur und ließ den Blick nicht von der Toten. Fantur beobachtete den jungen Mann aus den Augenwinkeln. Ein Gedanke kam ihm, und er flüsterte mit dem Magier. Doch Sam schüttelte nur den Kopf. „Der Tod will nicht betrogen werden!“

„Pah! Ich betrüge den Tod, seit ich das erste Mal ein Schwert in der Hand hatte. Denk darüber nach!“

Shareena horchte auf. „Wovon redet Ihr, Herr Ritter?“ Fantur warf ihr einen knurrigen Blick zu. „Sag Fantur zu mir, Engelchen. Den ‚Herrn Ritter‘ habe ich schon vor langer Zeit abgelegt, nachdem ich das erste Mal einem Händler seine Habe rauben musste, um nicht zu verhungern.“

Sam machte eine abwinkende Geste. „Glaub ihm nicht. Er ist der ritterlichste Schurke, den ich kenne. Und ich denke, du hast recht. Es gibt einen Weg! Auch wenn dieser gefährlich ist."

Shareena sprang auf. „Ihr könnt sie zurückholen aus dem Reich der Schatten?"

Fantur und Sam sahen sich an, maßen sich mit ihren Blicken, doch schließlich nickte Fantur den jungen Magier an, der sagte: „Sie ist noch nicht lange tot, noch nicht zu sehr in das Reich der Schatten abgedriftet. In den ersten Stunden nach dem Tod kann ein kundiger Magier – oder besser noch Priester – den Verstorbenen zurückbringen."

Shareena spürte das Zögern und maß Sam mit wachen Augen. „Aber?", fragte sie.

„Aber es ist nicht ohne Preis. Es gibt ein Ritual an den alten Steinzirkeln, welches sie wieder auferstehen lässt, doch es heißt, mit jedem Wechsel zwischen dem Reich der Toten und der Lebenden wird die Seele dünner, blasser. Bis man schließlich selbst ein Wesen des Schattenreiches wird, gefangen zwischen Leben und Tod."

Sam blickte zu Asiya und biss sich auf die Lippe. „Die Frage ist, wie sehr hängt sie am Leben? Will sie überhaupt zurückkehren?"

Shareenas Blick heftete sich auf den zugedeckten Körper ihrer Freundin. „Warum sollte sie im Reich des Todes bleiben wollen? Bring sie zurück, Magier!"

Shareena stieß ihre Fußspitze in den Sand. Sie betrachtete einen Moment lang die Muster, die sich dort durch ihre Schritte gebildet hatten, und lenkte dann ihren Blick in Richtung des Schiffsrumpfes.

„Oder ist sie dann ein Geist? So wie der arme Dunstan?"

Sam trat neben sie. „Nein. Er ist etwas anderes. Gefangen zwischen dem Leben und Nicht-Leben. Viele Seeleute, ganz gleich, ob ehrbare Händler oder kaltblütige Piraten, ereilt dieses Schicksal. Sie kehren wieder zurück, sie sind Wiedergänger. Schemenhafte Wesen, durchsichtig, wie verräucherte Luft."

„Er rief ‚Zurhidon', als er die Sklavenjäger tötete", stellte Shareena leise fest und wiederholte das Wort erneut. „Zurhidon."

Sam zuckte die Schultern. „Manche sagen, dass die Toten in die Seele der Lebenden schauen können. Vielleicht sah er, dass das Herz der Sklavenjäger schwarz war? Oder er hatte einen Händel mit den Zurhidon, der noch offen ist? Haben sie seinen Tod herbeigeführt? Seinen Un-Tod? Wie dem auch sei: Er ist verdammt, Shareena. Dein Dunstan wandelt nun über die Gestade Taboreas, immer auf der Suche nach Erlösung."

„Können wir etwas für ihn tun? Er tut mir so leid."

Sam schüttelte den Kopf. „Nein. Aber dein Mitgefühl ehrt dich, Shareena!"

Sie blickte zu Asiya und hockte sich zu der Toten. Sie schlug die Decke zurück und strich ihr sanft durch das schwarze Haar. Jonesy keckerte und sprang ihr auf die Schulter. Nachdenklich und abwesend streichelte sie das Tier. Die Nähe des kleinen Lebewesens beruhigte sie. „Alles wird gut …"

Sie erreichten den Steinkreis gegen Mittag des nächsten Tages. Dunstan war nicht wieder aufgetaucht. Shareena hatte ihm viel Glück gewünscht und dies in den dunklen Schiffsrumpf gerufen, das den Schriftzug *Janus* an dem aufgebrochenen Heckteil trug. Sie wünschte dem Geist inständig, dass er seinen Frieden finden mochte.

Shareena hatte Malvaras Bogen an sich genommen und die Pfeile eingesammelt, die die Sklavenjäger noch in ihrem Versteck gelagert hatten. Fantur hatte laut gepfiffen, als er die vielen kleinen Runen bemerkte, die in die Pfeile eingelassen worden waren.

Shareena hatte schnell begriffen, dass diese Pfeile mehr konnten, als nur Rüstungen und Fleisch zu durchschlagen, und Fantur erklärte ihr nun bereitwillig die Kräfte von Runen, die in Waffen eingearbeitet waren. Sie entschied, dass sie den zynischen älteren Mann mit seiner tiefen, sonoren Stimme mochte. Sam bereitete währenddessen Asiya für das Ritual der Wiederbelebung vor.

„Wenn dieser Wahnsinn hier funktioniert, bringen wir euch zu einer unserer … nun, nennen wir sie mal eine unserer Auftraggeberinnen. Sie wird dir mehr über Magie, deren Strömungen und ihre Verbindungen berichten können als Sam oder ich. Und wir können dann auch ein paar deiner Ausrüstungsgegenstände aufwerten."

„Aufwerten?", fragte Shareena und schaute den alten Ritter neugierig an.

„Die magischen Potenziale sind nicht auf Zauberer beschränkt oder Priester oder auf Waffen, in die diese eingearbeitet wurden; die verschiedensten Runen können die unterschiedlichsten Funktionen haben. Schmiede können sie ebenso nutzen wie Alchemisten. Runen gibt es in jeder Form und Größe mit den seltsamsten Eigenschaften. Jede von ihnen kann bestimmte Elemente begünstigen oder abwehren."

Er deutete auf ihr Schwert. „Deine Waffe ist ein tödliches Instrument. Doch mit der richtigen Rune kann sie mehr: Sie kann dich gefährlicher treffen lassen, dich bei Paraden schützen, magische Angriffe ablenken oder den Prozess der Heilung beschleunigen. Es hängt eben davon ab, welche Aufgabe die jeweilige Rune hat, die dort von fachkundiger Hand eingefügt wurde."

Shareena beobachtete Sam, der den Leichnam Asiyas in die Mitte des Steinkreises bettete, ihre Arme empfangend ausgebreitet und ihre Beine geschlossen. Konzentriert schritt der Magier die alten Steine ab und ließ seine Finger über die raue Oberfläche gleiten. Er tastete nach Erhebungen und Vertiefungen, studierte die eingelassenen Symbole und begann Worte der Macht zu flüstern.

Fantur beugte sich zu Shareena und flüsterte. „Die Macht der Wiederbelebung hängt mit einer Verbindung zusammen, die Sam herbeiführen muss. Er muss die freien, wilden Ströme der Magie kanalisieren. Normalerweise tun dies die Priester, aber ich denke, er kriegt es hin."

Shareena hielt den Atem an und bedeckte ihre Augen mit ihrer Hand, um diese vor dem blendenden Sonnenlicht abzuschirmen. „Wo hat er das dann gelernt, wenn er kein Priester ist?"

„Unsere Profession hat den Grundsatz: ‚Lerne, was du lernen kannst!' Ganz gleich, ob es sich um Bergbau, Holzfällerei, Kräuterkunde oder das Schneidern handelt. Es gibt immer eine Fertigkeit, die du in der einen oder anderen Situation einsetzen kannst. Vielleicht musst du nur deine zerschlissenen Kleider reparieren, vielleicht musst du aber auch einen Trank herstellen oder in den Minen Zinn abbauen oder, oder, oder."

Sam kam auf sie zu. Er hatte den letzten Ratschlag gehört und fügte hinzu: „Noch besser ist es, wenn du das Kochen lernst, denn das Zeug, das Fantur zusammenbraut, kriegt man nur schwer hinunter." Verschwörerisch beugte er sich zu ihr vor und schirmte mit einer übertriebenen Geste seinen Mund ab. „Dafür macht er ganz wunderbare Stickarbeiten mit seiner Nähkunst!"

Fantur führte einen Tritt gegen das Schienbein des Magiers aus, der jedoch geschickt auswich. „Witzbold! Was macht Asiya?"

Sam wurde ernst. „Sie ist bereit, und wir sind es auch, denke ich."

Er bedeutete Shareena und Fantur, den Ritualkreis zu verlassen. Dann baute er sich am Rand des Ringes auf und begann die Worte der Wiederbelebung zu flüstern.

Keiner der drei sah, dass Dunstan, der Wiedergänger, über die sandige Ebene der Dünenlandschaft glitt und beobachtete, wie die Verbindung zwischen den Welten aufriss, um die Seele Asiyas wieder ins Leben zurückzuholen. So wie er Malvaras Bosheit gespürt hatte, vernahm er nun eine andere Inkarnation des Todes. Unstet, nah und doch fern.

Der Schmerz hatte nur kurz gewährt und war einer seltsamen Kälte gewichen, einer Kälte, die kein Feuer jemals wärmen konnte. Der letzte Funke ihres Lebens war erloschen. Sie hatte ihn ausgeatmet, ihrer Weggefährtin geschenkt und dann hatte sich ihre Welt aufgelöst. Das Gefühl war eines der Ohnmacht gewesen, so als würde man betrunken vornüberfallen und hart auf dem rauen Pflaster einer Straße aufschlagen.

Dunkle Schatten griffen nach ihr, und sie fiel ins Nichts. Stimmen flüsterten in dieser Leere. Entsetzliche Stimmen, Gedanken und Worte voller Gleichgültigkeit erfüllten den Raum und ließen keinen Platz für Gefühle, für Nähe und Wärme.

Asiya – hieß sie nicht so? – wollte schreien, doch sie hatte keinen Mund, keine Kehle. Sie existierte nicht mehr, hatte keinen Körper mehr, und auch der Raum, der sie umgab, *war* nicht. *Schemen aus Grau, dachte* sie. Der Gedanke verwunderte sie. *Ich kann denken? Dann* ‚bin' *ich doch, oder?*

Das Konzept schien ihr den Verstand zu rauben und neue Wellen der Furcht durchliefen ihr … *Sein*. Beinahe hatte sie den Wunsch, die Furcht festzuhalten, denn sie spürte noch etwas Weiteres: Es war ihr … *gleichgültig*.

Gleichgültigkeit gegenüber Liebe, gegenüber Hass, gegenüber dem Leben und dem Tod. Gleichgültigkeit erfüllte sie mit jedem weiteren Augenblick, als würde sie sich auflösen, mit dem grauen Nichts, welches sie umgab, eins werden.

Schemen hetzten durch die graue Leere, und sie hatte das unbestimmte Empfinden, dass sie beobachtet wurde. Sie blickte in die Richtung, aus der sie Nähe gespürte hatte. War es ein Mann, abgerissen und in jene Kleidung gehüllt, die Seefahrer trugen? Er war flüchtig, wie Rauchschwaden nach einem Brand. Er schien ihr etwas zuzurufen, doch sie glitt von ihm fort, wurde abgedrängt, bis sie ihn nicht mehr wahrnehmen konnte. Ein anderes Gesicht schaute sie an. Ein Mädchen. Gezeichnet. Traurig. Dann war auch sie weg.

Wind fegte durch die Leere, scharf und peitschend, schien ihre Seele zu zerfetzen und Stücke aus ihr herauszureißen. Es war ihr gleichgültig. Die Kälte in ihrem Inneren füllte nun beinahe ihr Denken aus, und sie hoffte, dass sie bald in einen tiefen Schlaf fallen würde, um sie nicht mehr spüren zu müssen.

Dann plötzlich verspürte sie Wärme, Hitze und Schmerzen brannten durch ihre … *Nicht*-Existenz. Wieder eine der Stimmen, doch diesmal nicht gleichgültig, sondern eine, die sie ängstigte. Die Furcht vertrieb die Gleichgültigkeit. Die Stimme wisperte ihr ruchlose Wörter zu, Bosheiten und Bestialitäten, doch Asiya wollte diese Grausamkeiten nicht hören. Sie versuchte, der Stimme zu entkommen, der Hitze zu entkommen, doch jeder Gedanke, der sie von dem Objekt ihrer Angst fortbringen sollte, brachte sie nur näher heran. Ein Lachen erfüllte den grauen Raum, ein dämonisches, kaltes Lachen, und sie spürte, wie sich die Wesenheit an ihrer sich auflösenden Existenz labte, sich von ihrer schwindenden Kraft nährte.

Schlagartig verstummte das Lachen und wandelte sich in Zorn. Ein Zorn, der maßlos und voller Brutalität war. Die Präsenz wütete, und ein Riss im Kontinuum bildete sich. Gleißendes Licht brannte sich durch das Grau des Nichts, und Asiya fühlte einen Zwang an ihrem Sein, als würde sie wieder eine Nabelschnur haben, an der sie in eine neue Richtung gerissen wurde, fort von jener grausamen Bestie, die im Reich der Schatten auf sie gelauert hatte.

Schmerzen durchströmten sie, und sie spürte wieder ihren Kopf, ihren Hals, ihre Brust und ihr Becken, Gliedmaßen, steif und kalt, gehorchten wieder ihrem Körper. Die Schmerzen paarten sich mit flackernden Lichtern, bunt und tanzend, hell und feurig. Sie erhob sich, streckte die Arme aus und atmete tief ein. Luft füllte ihre Lungen, und sie schrie einen kehligen Laut des Lebens aus. Sie fiel und schlug hart auf dem Boden auf. Feiner Sand flog ihr in den Mund und vermischte sich mit dem Speichel, der ihr über Lippen und Kinn rann.

Ich lebe, dachte sie. Sie hörte Schritte und Stimmen und schlug die Augen auf. Es ging schwer, wie nach einem langen Schlaf. Ihre langen Wimpern waren verklebt und ihre Lider wund. Hände berührten sie sanft, und da war Shareena, die sie in die Arme schloss, während ein junger Mann in Magierroben, ihr einen Schlauch mit kühlem Wasser an die spröden Lippen setzte.

Samuel …

Erschöpfung erfüllte sie, und Asiya verlor wieder das Bewusstsein.

18. Marcellus

Der Mann schrie unter der Folter.

Zarhir ignorierte die Pein des Gefangenen, dem seine Männer gerade ‚einen Helm schnitten'; dem Opfer wurde mit einem feinen Draht die Haut am Kopf bis auf den Schädel durchtrennt und bei lebendigen Leib vom Haupt gerissen.

Der Bruder des Gefangenen schrie: „Hört auf! Ich tue, was ihr verlangt!"

Der Zurhidan beachtete den Mann gar nicht, sondern klopfte nachdenklich mit seiner Faust auf die schwere Platte des Tisches, der sein Zelt dominierte und auf dem sich zahlreiche Karten Candaras befanden. „Ein alter Ritter und ein dunkelhäutiger Magier, sagt Ihr?", fragte er und blickte Marcellus in die Augen. Dieser bejahte und schilderte, was er bei dem Angriff auf die Kampfgruben von Rabenfeld gesehen hatte. „Sehr effizient, sehr erfahren."

Zarhir musterte den Magier und nickte dann nur. Es machte keinen Sinn, einen Gegner zu unterschätzen, und Leute wie der alte Fantur hatten der Gemeinschaft der Zurhidon schon einmal Ärger gemacht, wenngleich dieser den Ritter seine Titel, sein Land und seine Familie gekostet hatten. Zarhir hatte die Schriften seines Lehrmeisters studiert, der die Kreuzigung der Frau und der beiden Kinder detailliert beschrieben hatte.

Zarhir hatte die sadistische Ader seines Mentors nie verstanden, denn er zog es vor, einen Gegner gänzlich auszuschalten, anstatt ihn durch Wut und Schmerz nur noch gefährlicher werden zu lassen. Er sah den Magier in seinen roten Roben nachdenklich an. „Samuel Rebar und Sir Fitzfantur. Handlanger von Andhor und seiner Hexe Ahira. Es war weise, den Kampf zu verlassen."

Marcellus nickte. „Ja, ich denke, meine Künste sind weitaus wichtiger, als im Kampf verschwendet zu werden."

„In der Tat." Zarhir betrachtete den Magier nachdenklich. „Und Linettes Dienste sind von Vorteil. Ihre Art Kontakt herzustellen, sich von Gedanken und Gefühlen zu nähren, macht sie zu einem wertvollen Werkzeug."

„Wie recht Ihr habt, Zarhir. Meine Braut ist so wie wir sie erschaffen haben: gehorsam und unterwürfig. Nur mit ihrem wahren Glauben, da hapert es noch ein wenig. Sie sperrt sich dagegen, die Informationen preiszugeben, die sie findet. Aber ich habe meine Wege."

Zarhir drehte sich um und lauschte dem Wimmern des Künstlers und dem Wehklagen seiner Familie, die dem Schauspiel der Folter des Gefangenen zusehen mussten. „Wenige Menschen verstehen die Bedeutung der wahren Götter. Das Dämonische, welches die Menschen auf die höhere Stufe ihres Seins hob, ist die primäre Kraft der Schöpfung. Ein Mensch, der sich durch die Macht der Magie, durch das Wissen um die Kräfte der Runen, zu einer Gottheit erheben kann, ist mehr als ein mystisches Wesen, das der Fantasie von Priestern und Gelehrten entsprungen ist. Solch ein Mensch, der seinen Geist, seine Seele und seinen Leib zu transformieren vermag, der hat das Göttliche in sich."

Marcellus nickte. „So wie die *Dreizehn*."

„Ja, so wie die *Dreizehn wahren Götter* Taboreas. Erhabene Wesen voller Macht. Und diese Macht werden sie mit uns teilen, wenn sie zurückkehren."

Marcellus blickte Zarhir in die Augen und verneigte sich leicht. „Es wird Zeit, dass ich meiner Braut wieder eine Lektion ihres

Katechismus zukommen lasse; jede falsche Antwort auf meine Fragen zu unserer Lehre wird mit einer Züchtigung geahndet!“

Zarhir lachte unecht auf und gab Marcellus ein Zeichen, dass er sich zurückziehen durfte, um mit seiner geisterhaften Geliebten Spaß zu haben. Dann winkte er den gebrochenen Künstler hinaus, damit dieser mit der Arbeit an den Statuen beginnen konnte.

„Was machen wir mit den Überlebenden?“ Ein maskierter Zurhidon deutete auf die zusammengetriebene Familie des Mannes: eine schmutzige Ansammlung von Frauen, Kindern und Kranken.

„Bewacht sie, bis die Statuen vollendet sind – dann sehe ich keine Überlebenden“, wisperte Zarhir. „Nur Opfer.“

Linette lauschte den fernen Gedanken, vernahm die Zweifel und das Verlangen nach mehr Macht. Sie las in einer weiteren Seele, die infiziert worden war. Trauer erfüllte sie. Dann betrat Marcellus ihr Zelt, und der Albtraum begann aufs Neue.

19. Harf

Schnee fiel in dicken Flocken aus den grauen Wolken.

Die Pferde der Gefährten stapften durch die weiße Landschaft, und mit jedem Schritt sanken die Hufe der Pferde eine Elle tief ein.

„Harf!“, rief Fantur aus und zügelte sein Pferd. Zwischen den dunklen, schneebedeckten Tannen, deren Äste unter der Last des Schnees ächzten, tauchte die Siedlung auf. Die Ansammlung hölzerner Hütten und aus Stein gemauerter Häuser war von Leben durchdrungen. Menschen der verschiedensten Herkunft, die meisten eingehüllt in dicke, wärmende Kleider, liefen zwischen den Häusern und Marktständen umher, während aufsteigender Rauch von einer behaglicheren Wärme in den Gebäuden kündete.

„Harf?“, fragte Shareena und warf ein amüsiertes Stirnrunzeln zu Asiya, die neben ihr ritt. Auch Asiya schmunzelte und blickte Fantur mit ihren dunklen Augen auffordernd an, Shareena mehr über den Ort zu berichten. Die junge Frau hatte die Wiederbelebung gut überstanden. Sie war eine Zeit lang geschwächt gewesen und nachdenklich in sich gekehrt, doch mit jedem Tag, der vergangen war, hatte sie mehr an Kräften zurückgewonnen. Auch spürte Shareena eine Veränderung, eine neue Freude am Leben, die wie ein junger Sprössling von Tag zu Tag größer wurde.

Sie hatten Rabenfeld und Silberquell auf dem Pferderücken schnell hinter sich gelassen. In einem Zeltlager in Aslan, einem Umschlagplatz für Jäger, Abenteurer und Handelskarawanen, die hier ihre Vorräte auffüllten oder handwerkliche Dienste in Anspruch nahmen, hatten auch die Gefährten die Gelegenheit genutzt, um sich mit Vorräten und Kleidern für die Kälte des Hochlands von Ystra einzudecken.

Shareena hatte den Anblick der dichten Wälder und der sanft dahinrollenden Hügel, der rauschenden Wasserfälle und der hölzernen Brücken, der blühenden Sträucher und die Blumenpracht am Wegesrand geliebt. Sie hatte sich frei gefühlt. Aslan war in ein lebendiges Grün gehüllt, ein Pflanzenteppich, der den Boden und die Wände ihrer Welt umgeben hatte, und selbst der Himmel leuchtete in einem sanften Ton aus Grün, als sie das Waldland von Qilana durchquert hatten.

Die Passage, die der *Orden der Dunklen Glorie* kurz nach seiner Ankunft auf Candara durch den Fels getrieben hatte, war ein Bollwerk und ein Meisterstück der Architektur und Handwerkskunst. Shareena hatte etwas so Imposantes noch nie zuvor gesehen. Turmhoch ragte der Zugang zur Passage zwischen den grünen Hügeln von Süd-Aslan auf, die düsteren, martialischen Schild- und Flügelsymbole des Wappens der *Glorie* in Übergröße in den dunklen Obsidianstein gemeißelt.

Shareena hatte gefroren, als sie durch das schwere, schmiedeeiserne Gatter ritten, welches im Kriegsfall geschlossen werden konnte. Die Gänge waren dunkel gewesen, und ein kalter Wind pfiff heulend und beißend durch die breiten, gemauerten Gänge, die sich in endlosen Windungen aufwärts geschraubt hatten, hinauf, durch das Frostholztal, bis sie endlich die Reisenden wieder dem Tageslicht preisgaben, oben, auf der Hochebene von Ystra.

Die Kälte der schneebedeckten Hochebene hatten sie schon lange vorher in den Gängen gespürt, denn je höher sie die breiten Rampen hinaufritten, desto rutschiger waren die Steinplatten gewesen. Ein weißgrauer Himmel hatte sie empfangen, eine Welt, in der es keine Sonne und Wärme zu geben schien. Die Kälte, die sie still und leise einhüllte, war klar gewesen und schleichend, kriechend durch jede Falte ihrer Roben und Jacken gedrungen.

Doch Shareena genoss die neuen Anblicke, bestaunte die seltsamen Tiere, die sie nie zuvor gesehen hatte. Prächtige Rentiere wanderten durch die verschneiten Wälder, und Hirsche mit mächtigen Geweihen wachten über die Herden, die nahe der Bergstraße von Khazor heimisch waren. Auch Jonesy hatte aufgeregt gekeckert, als er in der Ferne fliegende weiße Frettchen über den Schnee gleiten sah, seltsame Transmutationen Ystras.

Sie hatten eine kurze Rast bei Khazors Wachturm gemacht, und Fantur hatte mit dem Kommandanten des hölzernen Außenpostens, der von vereisten Zelten umringt war, gesprochen, um zu erfahren, welche Gefahren und Neuigkeiten es in Ystra gab.

Asiya, die hier aufgewachsen war, hatte Shareena erklärt, dass der Name *Ystra* von den Minotauren stammte und dass diese immer wieder mit Waffengewalt gegen die menschlichen Fremdlinge vorgingen, die in ihr Gebiet eingedrungen waren.

Samuel hatte während der Reise mehrfach die Nähe Asiyas gesucht, doch die junge Frau achtete immer darauf, dass Shareena bei ihr war. Dieser war es so vorgekommen, als fürchte sich Asiya davor, mit dem jungen Magier, der sie aus dem Reich der Schatten zurückgeholt hatte, allein zu sein.

Shareena hatte die Mienen und Ausrüstungen der Männer und Frauen beobachtet, die hier ihren Dienst leisteten. Wachsam waren sie, immer kampfbereit und abgehärtet. Dies war eine gefährlichere Gegend als die Heulenden Berge oder Silberquell. Nur die Dörfer waren weitestgehend sicher, und sie war froh gewesen, als sie gegen Nachmittag endlich den Handelsposten erreicht hatten und Fantur nun mit großer Geste auf die verschneite Siedlung deutete. „Harf."

Samuel ritt mit seinem braunweißen Schecken näher zu Shareena heran. „Der Name stammt aus der Zeit, als der Handelsposten errichtet wurde. Man sagt, es sei das erste Wort gewesen, dass der Leiter des Postens ausrief, als er hier ankam!“

„Vermutlich hat er vor Kälte geniest!“, spottete Shareena und zog ihre Jacke enger, in der sich Jonesy gerade unter ihrem Busen zitternd eingerollt hatte. „Es *ist* verflucht kalt hier! Sogar H'ary friert“, sagte sie und tätschelte das Fell ihres Tieres.

„H'ary, dein Fluchthengst“, scherzte Asiya. Sie hatte noch immer Probleme, den Namen mit jener Mundart auszusprechen, die Shareena aus den Heulenden Bergen mitgebracht hatte. „Wie schreibst du das eigentlich?“

Shareena warf ihr einen dunklen Blick zu. „Na, wie man es spricht. Mit Apostroph und Ypsilon!“

Lachend gab Asiya ihrer Stute Druck auf die Flanken und ritt vor. Ihre schwarzen Haare wehten wild im kalten Wind, als sie mit einem ‚Hüah' ihr Pferd antrieb. Die anderen folgten ihr, und sie ritten mit donnernden Hufen in den Handelsposten von Harf ein.

Am Ortseingang riefen zwei Wächter im Wappenrock der *Dunklen Glorie* sie an, und Shareena erkannte sofort, dass diese Kämpfer weitaus gefährlicher waren als die Garnisonstruppen, die auf ihren Patrouillen die Heulenden Berge sicherten. Fantur ritt mit erhobener Hand an ihnen vorbei und rief grinsend: „Frederick, du alter Halunke! Hat Shamar dir wieder einen Sonderdienst aufgebrummt, weil du im Dienst getrunken hast?“

Der Soldat lachte und warf Fantur eine unflätige Geste hinterher. „Schön, dich wiederzusehen, du alter Raufbold. Aber ich glaube, Hauptmann Shamar würde es begrüßen, wenn du nicht wieder so einen Ärger machst wie beim letzten Mal.“

Fantur schnaubte abfällig. „Wieso eines von diesen Zuckerpüppchen aus Varanas hier Dienst schiebt, ist mir sowieso ein Rätsel.“

Samuel schob sich vor und grüßte Frederick und seinen Kameraden ebenfalls. „Vielleicht, weil es euch Raufbolden guttut, endlich mal etwas Strenge und Etikette zu erlernen, wie man sie in Varanas beherrscht?“

Frederick lachte. „Sam, du alter Scharlatan. Ängstigst du immer noch arme Witwen mit dem *Bösen Blick*, um ihnen das Geld aus der Tasche zu ziehen?“

Mit hochgezogenen Augenbrauen wanderte sein Blick zu der jungen Frau, deren weißblondes Haar im Wind wehte und sie wie eine Göttin des Eises erscheinen ließ. „Hallo, hallo! Und wen haben wir denn hier?“ Grinsend fasste er Shareenas Pferd am Zaumzeug, was ihm ein Schnauben H'arys und ein Stirnrunzeln Shareenas einbrachte.

Fantur beugte sich im Sattel vor. „Geh davon aus, dass sie meine Tochter ist, Jungchen!“

Frederick riss die Augen auf, ließ das Zaumzeug des Tieres los und trat zurück. Der Wächter murmelte etwas Unverständliches und winkte die Gefährten durch. Als sie an ihnen vorbeiritt, spürte Shareena die bewundernden Blicke der Männer auf sich ruhen.

Shareena studierte die Siedlung. Über ihr ragten die dunklen Silhouetten der Berggipfel auf, violette Flecken vor dem Weißgrau des bedeckten Himmels. Schneewehen türmten sich zwischen den Häusern auf, und immer wieder rieselte der glitzernde Pulverschnee von den verschneiten Dächern.

Markstände waren vor den Häusern aufgebaut worden, auch wenn hier oftmals Fässer mit Feuer und kleine Öfen die Händler mit Wärme versahen. Doch die Gesichter der Menschen hier zeugten nicht von Furcht, sondern von einer Lebensfreude, die nur aus der Nähe des Todes erwachsen konnte. Nur wer dem Tod ins Auge gesehen hatte, wer den Atem dieser kalten Fratze gespürt hatte, wusste, was es hieß, jeden Moment auszukosten, jeden Tropfen dieses Elixiers, das sich Leben nannte.

Fantur führte sie an der Kommandantur von Harf vorbei und wechselte ein paar Worte mit einem steif und ordentlich dastehenden Hauptmann, der die Abzeichen der Wache von Varanas auf dem Wappenrock trug. Die Kommandantur selbst war ein beeindruckendes Gebäude. Es bestand aus gemauertem Stein. Eine hölzerne Außentreppe führte zu den Räumen der Offiziere, während unten die einfachen Soldaten untergebracht waren. Asiya deutete auf die vergitterten Bereiche im unteren Bereich des massiven Gebäudes und sagte nur: „Die Zellen. Hauptmann Shamar hat da den lieben Fantur schon die ein oder andere Nacht ausnüchtern lassen."

Der Wachturm beeindruckte Shareena jedoch am meisten. Das spitze Dach war ebenfalls von Schnee bedeckt, doch vom Ausguck musste man einen wundervollen Blick über diese erhabene Landschaft haben.

Sie ritten weiter. Fantur und Samuel führten die beiden jungen Frauen zu einer alten Taverne, die unweit eines großen, kahlen Baumes stand, der die Mitte des Ortes beherrschte. Die Taverne selbst war ein ebenso weitläufiges Gebäude wie die Kommandantur. Shareena sah das Schild mit dem aufgemalten Kopf eines Hirsches über der Tür und sah, dass in den Nischen und Ausläufern des Bauwerkes nicht nur Stallungen untergebracht, sondern auch Markstände eingebaut worden waren, bei denen die Einwohner und Durchreisenden Speisen erwerben konnten, ohne den Schankraum zu betreten.

„Das nennt sich auf die Faust", rief eine kratzige Stimme. Shareena sah einen muskulösen Mann mittleren Alters, mit Vollbart und braunen Locken, der für die hiesigen Temperaturen am Oberkörper ungewöhnlich leicht bekleidet war und alleine ein Bierfass von einem Wagen hob, um es zu einer Batterie weiterer

Fässer zu stellen, die darauf warteten, ins Innere der Taverne gebracht zu werden. „Ich würde ja sagen, tretet ein und erzählt uns am Feuer eine Geschichte, während Wein, Bier und Hirschbraten, duftend und saftig, euch erwarten, aber ich kenne schon jede Mär von euch Säufern, Raufern und Lügnern und weiß, dass sie allesamt erfundenes Garn von dir altem Raubritter sind, Guillaume Nathaniel Fitzfantur."

„Tanilof! Panschst du immer noch deinen Wein und behauptest, es wäre Zeug aus dem Weinkeller des Kaisers Haidon?" Fantur schwang sich aus dem Sattel und reichte dem Mann die Hand zum Gruß. Der Wirt der Taverne *Zum Hirschkopf* lachte herzhaft, ergriff die angebotene Rechte und klopfte Fantur auf die Schulter.

Anschließend begrüßte Tanilof Sam und rief laut Asiyas Namen aus. Ein strahlendes Lächeln erschien auf seinen Zügen. „Kind, was für eine Prinzessin du geworden bist. Es ist so lange her – wie viele Jahre?"

Asiya verneigte sich leicht und schenkte dem Wirt ebenfalls ihr wärmstes Lächeln. „Vier in diesem Sommer." Eine bittere Note umspielte ihren Mund, als sie zum Eingang blickte. Tamilof nickte und sagte: „Geh schon rein! Ahira wird sich freuen, dich wiederzusehen."

Fantur stellte Shareena vor und genoss die Herzlichkeit, die der Wirt auch ihr angedeihen ließ. Tanilof lief die Stufen zum Eingang hinauf, beugte sich durch die Tür in den Schankraum und rief: „Sadera! Gäste und den besten Tisch, sage ich! Und nichts von dem Zeug für die Gäste, hörst du!" Dann rannte er ums Haus und rief mit donnernder Stimme: „Philipp, Daniel, kommt her, ihr Tunichtgute, und kümmert euch um die Pferde von Sir Fantur und Meister Samuel!"

Zwei Stalljungen kamen herbeigelaufen und riefen freudig „Sir Fantur!" und dann „Meister Samuel!" aus. Der alte Ritter grinste die beiden an und warf ihnen die Zügel seines Tieres zu. Die anderen taten es ihm gleich, und Tanilof hielt den beiden Damen die Tür in den Schankraum auf.

Samuel sprach ein paar Worte mit den beiden Jungen, ermahnte sie, die Hufe auszuschaben, das Fell abzureiben und zu striegeln und den Tieren Hafer und Heu zu geben. Dann steckte er ihnen ein paar Münzen für eine besonders gute Fürsorge der Tiere zu. Die Jungen lachten und führten die Pferde in die Stallungen hinter dem großen Haupthaus.

Im Schlammraum legten sie ihre schmutzigen Mäntel und Stiefel ab, und Tanilof hieß Ulrich, einen weiteren seiner fleißigen Helfer, an, die Kleider auszubürsten und die Stiefel zu reinigen. Weiche und vor allem warme Filzpantoffeln wurden für die Gäste herbeigeschafft, und ohne weitere Umschweife führte er sie in den Schankraum.

Behagliche Wärme empfing die vier Reisenden. Sadera, die Schankmaid des *Hirschkopfes*, geleitete sie zu einem Tisch in einer Nische, in der sie Ruhe vor den frühen Gästen an diesem Abend hatten, während Tanilof weiter in die Küche eilte, um die Jungköche anzutreiben, Rebhuhnflügel, Hirschbraten, Bachforellen, dampfende Kartoffeln und Rotkraut, Brot und Käse zuzubereiten.

Der Raum war großzügig geschnitten und wurde durch einen großen Kamin in eine mollige Wärme und sanftes, goldgelbes Licht gehüllt. Die Tische waren alt und abgenutzt, doch gut geölt und sauber. Der Boden war ebenso frei von Dreck und Spinnenweben wie die Nischen, Regale mit Zierrat und die Balken an der Decke. Shareena fühlte sich hier sicher und geborgen.

Eine Frau, schlank und zierlich gewachsen, vielleicht etwas mehr als fünf Fuß messend, schwebte auf sie zu. Sie bewegte sich mit einem sinnlichen Schwung in den Hüften auf sie zu. Lange, schwarze Haare fielen ihr über die Schultern, und Shareena bewunderte den rötlichen Schimmer, der auf ihnen tanzte, wenn sie sich bewegte. Ihre Roben setzten diesen Ton fort, denn sie waren schwer und samtig und von einem tiefen Rot, das ihre Figur betonte und sie beinahe liebevoll umspielte.

Doch was Shareena faszinierte, waren ihre Augen, die groß und geheimnisvoll blickten. Wenn die Augen die Tore zur Seele eines Menschen waren, dann las sie hier eine Weisheit und Erfahrung, die im Kontrast zu den jungen Jahren standen, die die Frau zählen musste, war sie doch allenfalls zwei, drei Jahre älter als Asiya, der sie wie eine ältere Schwester glich.

Auf einmal wusste sie, wer da vor ihr stand: Es war Ahira. Und auch wenn es dieselbe Ahira war, die einmal einem kleinen Mädchen in Cindairyn von einer Weglaufbörse erzählt hatte, hatte sie mit der Ahira von damals nur noch wenig gemein.

Fantur hob jetzt die zierliche Frau hoch und wirbelte sie einmal um sich herum, was für einen lachenden Aufschrei sorgte, der glockenhell durch den Raum klang. Sie wechselte Worte des Grußes mit Fantur und Samuel und betrachtete Asiya mit einem Kopfschütteln. Shareena sah, dass die Augen der beiden Frauen feucht wurden, und dann fielen sie einander in die Arme, flüsterten und lösten sich schließlich mit einem Augenblick des Glücks. Asiya deutete mit einer offenen Geste auf Shareena, und die Frau trat näher.

„Willkommen in Harf, Shareena. Du wirst dich sicher nicht mehr an mich erinnern, ich bin …“, sagte die dunkelhaarige Schönheit mit sanfter Stimme, nicht rau und doch mit jener leichten Laszivität, die das Blut der Männer nur mittels eines gehauchten Wortes in Wallung bringen konnte.

„Ahira!“, rief Shareena lächelnd aus und sah das Stirnrunzeln auf den ebenen Zügen der schönen Frau. „Natürlich erinnere ich mich an dich und an deine Geschichte mit der Weglaufbörse!“

Ahira lächelte. „Ich dachte mir schon damals, dass es, wenn

es eine von euch Schwestern ist, die Cindairyn verlässt, du sein würdest, Shareena! Sei willkommen in Harf und im *Hirschkopf*. – Kommt! Ihr müsst hungrig und müde sein. Esst, trinkt, und wenn ihr gespeist habt, ist das Wasser in den Bädern heiß. Und heute Abend reden wir in Ruhe!"

Shareena widersprach nicht und rutschte auf die Bank, die hufeisenförmig in die Nische eingebaut worden war. Asiya und Fantur saßen zu ihrer Linken, während Samuel den Platz gegenüber von Asiya wählte; Shareena vermutete, damit er sie besser ansehen konnte. Aber da kamen schon die heißen Speisen und der gewürzte Wein, und sie dachte nicht weiter darüber nach, welche Vergangenheit Sam und Asiya gehabt hatten.

Jonesy versuchte vergeblich, sich eines Hühnerbeins zu bemächtigen und wurde von Fantur vom Tisch verscheucht. Shareena lachte, als er Jonesy ‚elende Ratte' schimpfte und warf dem Frettchen unter dem tadelnden Blick des Ritters ein Stückchen Fleisch zu. Gleichfalls hungrig nahm sie ein Stück von dem saftigen Hirschbraten mit der dunklen Rotweinsauce und genoss das Leben. Sie begriff, dass der Albtraum, der im vergangenen Herbst in Logar begonnen hatte, endlich vorbei war. *Das Leben hat mich wieder! Ich bin frei! Endlich frei!*

Sie hatten sich nach dem Mahl auf die ihnen zugewiesenen Zimmer zurückgezogen, und kurze Zeit später war Shareena von einer Magd in den Keller ins Bad geleitet worden. Ein Raum mit bunten Kacheln an den Wänden und einer hölzernen Wanne mit duftenden Kräutern hatte sie erwartet. Der Raum glühte golden im Licht Hunderter von Kerzen, die um die runde Wanne herum standen.

Asiya war kurz darauf zu ihr gestoßen, und die beiden Frauen genossen das gemeinsame Bad, während Jonesy das feuchte Nass mit skeptischer Miene vom Rand aus beobachtete.

Eine Magd wusch ihnen die Haare und seifte ihnen den Rücken ein, stellte ihnen Wein und leichte Speisen hin.

Shareena tauchte unter und ließ ihre Haare im Wasser hin- und herwandern. Sie kostete das Gefühl des Schwebens aus, tauchte wieder auf und prustete Wassertropfen und Schaum in die Richtung Jonesys, welcher gerade versuchte, sich einer Weintraube vom Speisenteller zu bemächtigen. Zeternd sprang der kleine Räuber zurück, wischte sich mit dem Vorderlauf entrüstet über die Schnauze, und die beiden Frauen lachten erlöst.

„Was ist mit dir und Samuel?", fragte Shareena unvermittelt. Asiya hielt inne. Nachdenklich betrachtete sie Shareena und schickte dann die Magd hinaus.

„Sam.", begann sie. „Sam liebte mich, oder besser, liebt mich noch, was weiß denn ich. Damals, als ich hier eine Adeptin des Lichts war, suchte er meine Nähe und schrieb Gedichte."

„Gedichte?" Shareena war beeindruckt. Alles, was sie von den Jungen in der Siedlung gesehen und gehört hatte, waren anzügliche Gesten und Pfiffe gewesen. „Waren sie gut?"

Asiya lächelte wehmütig. „Sehr. Sanft und romantisch, so wie es sich wohl viele in ihren lichten Mädchenträumen oftmals vorstellen."

„Aber?" Shareena spürte, dass ihre Gefährtin etwas bedrückte.

„Aber …" Asiya fuhr sich mit den Händen durch ihre Haare und wrang diese aus. „Ich war jung und dumm. Ich ließ mich mit den Kerlen ein, die ich für interessanter hielt!"

„Und interessanter heißt was? Diebe und Gaukler?", spottete sie freundschaftlich. Asiya lachte und planschte so stark mit den Beinen, dass sie Wasser über Shareena verteilte und dabei einige der Kerzen löschte, die zu nahe am Rand der Wanne standen. Dann wurde sie wieder ernster. „So etwas Ähnliches. Soldaten, Kämpfer. Kerle, die mehr Wert auf die Form ihrer Bauchmuskeln legten, als auf das, was sie im Kopf hatten. Die wenigsten von denen, mit denen ich mich herumtrieb, wussten am nächsten Morgen noch meinen Namen."

Asiya rieb sich das Gesicht, als könne sie so das Vergangene von sich abwaschen. „Ich lief von hier fort und zog mit den Söldnern durch das Land. Ich war ihnen hörig, hatte kaum einen eigenen Willen und tat, was sie mir auftrugen oder von mir verlangten. Tagsüber kümmerte ich mich um ihre Wunden, nachts …" Sie schüttelte die Gedanken ab. „Eines Tages wurde die Truppe von Sklavenjägern niedergemacht, und ich wurde nach Rabenfeld verkauft, ängstlich, allein." Ihre Züge erhellten sich, und sie sagte: „Bis du kamst, Shareena!"

Tränen standen Asiya plötzlich in den Augen. Shareena glitt näher an sie heran und nahm sie in die Arme. „Ich habe Dinge gesehen, die ich nicht teilen will, Reena."

Asiya blickte hoch und sah Shareena in die Augen. Dann bewegte sie sich näher an ihre Freundin heran und gab ihr einen Kuss auf den Mund.

Shareena riss die Augen überrascht auf. Asiya war ihr immer nahe gewesen, sie hatten im gleichen Bett geschlafen, um sich zu wärmen, doch dieser Kuss war anders als die Liebkosungen, die sich zwei Freundinnen sonst gaben. Er fühlte sich seltsam falsch an, nicht angemessen, verboten, und doch richtig.

Platschend fiel das Frettchen ins Wasser und unterbrach ihre wirbelnden Gedanken. Jonesy war erfolgreich auf dem Rand der Wanne entlanggehuscht und hatte ein Stück gebratenes Fleisch ergattert, dann jedoch den Halt verloren und paddelte nun mit geknicktem Stolz auf den Rand der Wanne zu, um wieder herauszuklettern.

Shareena und Asiya lachten, berührten sich flüchtig. Sie sahen einander an. Shareena spürte Asiyas Atem und versank in den großen, dunklen Augen, die sie mit unbeweglicher Miene betrachteten. Die Zeit schien stillzustehen, und Shareena spürte ein Brennen in ihrem Körper auflodern, das sie so noch nie empfunden hatte. Sie blickte zu den Lippen, diesen sinnlichen, vollen Lippen, die sich leicht öffneten, und dann wieder in die Augen Asiyas.

Shareena erwiderte den Kuss.

20. Kriegsrat

Der Wind sang Choräle, und die eisige Kälte hielt das nächtliche Hochland von Ystra fest im Griff, doch in den beheizten Bädern war hiervon nicht viel zu spüren.

Nachdem sie sich gewaschen und gekämmt hatten, schlüpften sie schweigend in die Roben, die Ahiras Magd für sie bereitgelegt hatte. Asiya wählte einen schweren roten Stoff, der von ähnlichem Schnitt war wie die Roben, die Ahira trug, während Shareena in dunkelgrüne und braune Kundschafterkleider schlüpfte; eine braune Hose mit Lederverstärkungen im Schritt und eine hellgrüne Tunika, die durch einen Gürtel ihre schlanke Taille betonte.

Sie sprachen nicht über das, was zwischen ihnen geschehen war und kehrten in den Schankraum zurück, wo Samuel und Fantur sie bereits erwarteten. Es war weit nach Mitternacht, bis die letzten Gäste den *Hirschkopf* wieder verlassen hatten. Tanilof und Sadera wuschen Gläser, Krüge und das Geschirr, wienerten die Tische und brachten die Taverne wieder auf Vordermann, während die Köche in der Küche das allabendliche Chaos beseitigten.

Fantur führte die drei die Stiege in einen abgesperrten Bereich hinauf, und Shareena wunderte sich erneut über die Größe des Hauses, das ihr von draußen gar nicht so weitläufig vorgekommen war. Samuel hatte ihre Blicke wohl bemerkt und sagte: „Magische Erweiterungen der Räume. Die Vorteile eines eigenen Hauses, Shareena. Besonders, wenn man viel Platz für die ganzen Spielereien braucht, die der gute Andhor immer anschleppt!“

„Andhor?“, fragte Shareena.

„Mein Gefährte auf dem Pfad des Lebens! Vielleicht auch bald mein Gemahl“, antworte Ahira, die die Tür, zu der die Stiege führte, geöffnete hatte. Sie wandte sich zu einer fremden Magierin um, die gerade dabei war, ihre Haube über das Gesicht zu ziehen. Einen Augenblick lang sah Shareena zwischen den blonden Haaren, die leicht ins grünliche gingen, ein Paar spitzer Ohren aufragen, doch schon verdeckte Ahira die Sicht wieder und sagte: „Habt Dank, Maline, und möge Ayvenas' Licht Euch sicher durch die Nacht bringen!“

Die fremde Frau verschwand durch den schmalen Flur, der sich weit zu beiden Seiten der Stiege hinzog, und Ahira bat die Gefährten in den Raum, dessen Tür mit Runen versehen war, die im Halbdunkel des Flurs leuchteten. „Abhörsicher“, sagte Sam nur und deutete auf die sich drehenden Lichter, die über den kleinen Steinplatten flackerten.

Der Raum war groß, und Shareena erkannte, dass er nicht wirklich Bestandteil der Taverne war, sondern eine jener magischen Erweiterungen war, von denen Samuel gesprochen hatte.

Karten und Pergamente mit Zeichnungen seltsamer Schiffe, die über dem Land flogen, zierten die Wände zu ihrer Linken, während schwere Regale mit Schriftrollen und kostbar gebundenen Büchern die rechte Seite des Raumes beherrschten. Ein kleiner Tisch und gepolsterte Sessel luden vor einem großen Kamin mit einem prasselnden Feuer zu Gesprächen ein. Auch hier standen Getränke, und auf einem Beistelltisch waren ein paar leichte Speisen zur Nacht angerichtet. Der Raum hatte etwas Ruhiges und doch Mächtiges an sich. Es war ein Ort, an dem die Geschicke Candaras gelenkt wurden.

Shareena betrachtete die mannshohen Karten an den Wänden mit Verwunderung. Kleine Fähnchen an Nadeln waren über der

Welt verteilt und markierten offenbar die Positionen von Helfern dieser seltsamen Gruppe. Sie las *Andhor* in einer sumpfigen Region nördlich von Rabenfeld, *Naga* und *Flüsse aus Feuer* auf einem weißen Flecken, *Orlean* mit einem Fragezeichen versehen im Staubteufel-Canyon, *Laval*, *Yin* und *Sedariaor* in Aslan und Sascilia.

„*Silberschatten.* Eine Vereinigung, eine Gilde von Glücksrittern, Söldnern, Forschern und Abenteurern, die sich der Sache des Guten verschrieben haben. Wir haben viele Helfer", sagte Ahira leise, die Shareenas Staunen bemerkt hatte. „Manche sind Mentoren, die den Schwachen eine Hilfe beim Start in ein neues Leben geben, andere sind Handwerker, Alchemisten und Forscher, die uns mit ihren Künsten dienen."

Sie blickte einen Moment lang auf die Karten und fügte dann nachdenklich hinzu: „Und wir führen auch andere Aufgaben aus. Wir schützen unsere Welt!"

Shareena erkannte eine Art lockerer Frontlinie, die sich bedrohlich den neuen Siedlungsgebieten der Menschen entgegenstreckte. Sie entdeckte Namen, deren Klang elfisch und geheimnisvoll war, sah eine Insel, von der sie noch nie zuvor gehört hatte.

Ein Gemälde mit einem verwegen dreinblickenden Krieger, einem Söldner und Haudegen, dessen volles, dunkles Haupthaar an den Schläfen leicht ergraut war, hielt ihren Blick gefangen. Die Mundwinkel, die von einem Rundbart an Oberlippe und Kinn umspielt wurden, waren auf einer Seite in ein verschmitztes Lächeln verzogen, und eine Narbe unter dem linken Auge gab Kunde von seiner waffentragenden Profession. Shareena vermutete, dass es sich dabei um Ahiras künftigen Gemahl handelte.

„Nettes Zimmer", bemerkte Fantur. „So geräumig!" Ahira lachte und führte die Gruppe zu dem großen Kamin. Sie bot ihnen an, Platz zu nehmen und sagte: „Ja, Tanilof hat mir ein geräumiges

Zimmer vermietet. Und ich war so frei, es ein wenig meinen Bedürfnissen anzupassen. Und nun setzt euch, meine Freunde, denn Ihr bringt besorgniserregende Kunde!“

Eine wohlige Wärme erfüllte den Raum. Die fünf lehnten sich in den behaglichen Sesseln zurück und beobachteten die Glut, die noch heiß war und funkelte, doch schon bald auch das letzte Holzscheit mit weißer Asche überziehen würde. Noch hatte die winterliche Kälte, die draußen klirrte, keine Möglichkeit, mit ihren klammen Klauen nach ihnen zu greifen. Nachdenklich nahm Fantur, der direkt neben dem Kamin saß, ein weiteres Holzscheit vom Stapel und legte es quer aufs Feuer, bevor er sich daranmachte, sein Schwert zu schleifen.

„Eine Kunde, die Zeugnis von den Plänen unserer alten Widersacher, den Zurhidon, ablegt.“ Ahira schaute zu Shareena. „Um zu verstehen, was es mit den Runen auf sich hat, die du uns brachtest, musst du mehr über unsere Vergangenheit wissen.“

Ahira machte eine Geste mit den Händen und ließ eine glühende Rune im Raum entstehen. „Der Schöpfergott Ayvenas hinterließ uns ein göttliches Geschenk: die Runen der Magie. Taborea, sinnbildlich das Buch, in das Ayvenas seine Schöpfung schrieb, ist eine Welt dieser magischen, göttlichen Runen. Hier gelten andere Gesetze als in der natürlichen Welt. Und die Menschen des Altertums besaßen das meiste Wissen über diese göttliche Macht. Sie waren einflussreich und vermehrten sich schneller als die anderen Spezies. Die Menschen wurden zur alles beherrschenden Macht.“ Ahira blickte Shareena lange in die Augen, und mit ihrer tiefen Stimme sagte sie: „Doch mit dem Wissen um die Kunst der Runen wuchs auch die menschliche Gier, Gier nach mehr Macht, nach mehr Gold, nach mehr Magie! Das Altertum ist eine Zeit des Blutvergießens gewesen: aus Scharmützeln wurden Schlachten, aus Schlachten Kriege, die ganze Landstriche verheerten. Und immer mehr setzten die Menschen Magie für ihre Zwecke ein. Mächtiger und grausamer wurden die Waffen, die sie schufen, die Runen; und grausamer wurden auch die Kriege. Nach und nach wurden alle Völker Taboreas von diesem Streben nach mehr Macht infiziert."

Ahira streckte ihren Rücken und blickte auf die Weltkarte, auf der Shareena neben einigen anderen Flecken auch die Kontinente Candara und Kolydia, getrennt durch ein weites Wasser, ausmachen konnte. „Kein Fleckchen der Welt blieb verschont: die Starken versklavten die Schwachen, zwangen sie, sich ihrem Willen zu unterwerfen."

Asiya fröstelte und schlang ihre Arme um die Beine. „Immer nur Tod und Krieg!", klagte sie und schaute dann zu ihrer Cousine auf. „Erzähl ihr, warum. Erzähl ihr von den *Dreizehn*!"

Shareena blickte fragend zwischen Ahira und Asiya hin und her. Ahira fuhr nun fort. „Die Stärke, die Überlegenheit einiger Könige, war nicht auf ihr Geschick im Kampf zurückzuführen oder auf ihre Waffenkunst. Nein, sie waren jenseits des Menschlichen."

Ahira schritt zu einer der großen Karten und löste an einer Seite einen Haken der Platte, an dem die Pergamentkarte aufgehängt worden war. Wie eine Tür ließ sie die Karte aufschwingen und gab den Blick auf ein Fresko frei. Die Wand war direkt auf dem frischen Putz bemalt worden und zeigte einen Menschen, der sich mit einer Präsenz verband, die ihm etwas Unheimliches und Böses verlieh.

„Ob sie so aussahen wie auf diesem Bild? Wer weiß, Shareena, doch was wir wissen, ist, dass dreizehn Anführer der Menschen nach einer gottgleichen Macht gierten und ihre Körper, ihre Seelen und ihren Verstand mittels der Runenmagie veränderten. Ihre Körper wurden kräftiger, und sie wurden zu dem, was wir Dämonen nennen. Einige Gelehrte behaupten sogar, die transmutierten Herrscher hätten sich voller Stolz selbst so genannt."

Shareena betrachtete das Bildnis, und ein Schaudern durchlief sie. Runen waren mit dem Fleisch verbunden, hatten sich in die Arme, Beine, Brust und die Knochen des Schädels eingebrannt, waren mit dem organischen Material des *Wirtes* verwachsen. Die Augen zeigten keine Wärme, keine Güte und kein Mitgefühl. Kalte, arrogante Augen blickten auf sie herab, und sie begann zu frieren.

„Was wurde aus ihnen?", fragte sie mit leiser Stimme. Sie fror und berührte Asiyas Hand. Stirnrunzelnd bemerkte sie, dass diese kalt und klamm war. War es die langsam eindringende Kälte Ystras? Oder war es die Kälte der *Dreizehn*, die diese in die Welt gebracht hatten? Das Thema behagte Shareena offenbar ebenso wenig wie ihrer Freundin.

Fantur legte seine Klinge beiseite und ergriff das Wort. „Das, was immer passiert, wenn sich Männer Macht teilen: Zwietracht und Misstrauen führten zu einem Krieg unter diesen Dämonenkönigen. Gegen wen hätten sie auch sonst kämpfen sollen, hatten sie doch alle anderen Länder längst unterworfen? Doch während die Dämonenfürsten einander bekriegten, übersahen sie, dass die Angst vor ihnen die Völker der Welt zu einer Allianz vereinte, die sich zum Ziel setzte, sie zu verbannen."

„*Die Große Verbannung*!", warf Samuel ein. „Der Krieg der Allianz gegen die dreizehn Dämonenkönige eskalierte immer mehr, doch es gelang den Völkern, die Bestien zu Portalen zu locken. Unzählige Menschen starben, und das Leben vieler Unschuldiger wurde geopfert, um die Dämonen in die Leere zu locken, wie sie diese Ebene nannten."

Als der Name der Ebene fiel, presste Asiya die Lippen zusammen. Eine unangenehme Übelkeit stieg in ihr auf. War es jene graue Sphäre gewesen, von der sie kurz gekostet hatte? Sie wusste es nicht, doch sie spürte eine Furcht in sich, die ihr den Atem nahm.

„Sie waren erfolgreich“, flüsterte sie. Es klang wie eine Bestätigung, nicht wie eine Frage, und Ahira nickte. „Oh ja, doch zu welchem Preis: Die Menschheit war dezimiert worden und verlor das Wissen um die Magie der Runen. Die *Alten Königreiche* versanken im Staub der Geschichte.“

Sam blickte sehnsüchtig zu den Büchern in den Regalen. „So viel Wissen und kulturelle Errungenschaften wurden gemeinsam mit den Dämonenfürsten vernichtet. Wir stehen erst am Anfang der Restauration dieses Wissens.“

Unvermittelt erhob sich Asiya. „Verzeiht mir, ich …“, sagte sie fröstelnd. Ihre Züge waren blass, und Ringe der Müdigkeit lagen unter ihren Augen. Shareena erhob sich gleichfalls und legte ihr die Hand auf die Stirn, um zu fühlen, ob sie vom Fieber befallen war. „Es ist nichts. Ich fühle mich nur etwas erschöpft“, flüsterte Asiya leise. „Ich werde mich zurückziehen.“

Ahira betrachtete sie nachdenklich, nickte schließlich und öffnete mit einer Geste eine leuchtende Tür. „Tritt hindurch und du kommst in dein Gemach.“ Asiya tat, wie ihr geheißen wurde, und ließ die vier allein.

„Sie sieht nicht gut aus, seit sie aus dem Reich der Schatten zurückgeholt wurde“, bemerkte Fantur mit ernster Mine. Ahira winkte jedoch ab. „Das ist nicht ungewöhnlich. Alle, die zurückgeholt wurden, sind anfangs schwach und erlangen oft erst nach Wochen und Monaten ihre alten Kräfte wieder. Gebt ihr Zeit!“

Samuel erhob sich ebenfalls, ging an den Kamin und streckte seine kalten Hände der Glut entgegen. „Sie wird schon wieder.“

21. Feuerteufel

Ihre Hände gleiten über ihren nackten Leib, der rötlich im Licht der Kerzen aufglüht. Sie zittert, und der glänzende Film ihres Schweißes verleiht ihrer Haut eine unirdisch schimmernde Samtigkeit. Verlangen lodert durch ihren Bauch, durch ihre Lenden. Ihr Leib wiegt sich im Klang von Trommeln, beugt und streckt sich. Ihre offenen Haare berühren die Spitzen ihrer Brüste und sie bemüht sich, ihre Gier nicht laut hinauszuschreien.

Leidenschaftlich, mit zitternder Stimme, murmelt sie Worte, die sie im Reich der Schatten vernommen hat und die ihr immer wieder in ihren Träumen in den Sinn kommen. Laute werden zu Silben, Silben zu Wörtern einer Sprache, die ein Mal der Dunkelheit, der ewig währenden Finsternis in sich bergen.

Der Schrecken kommt näher, zwingt sie Worte zu flüstern, deren Bedeutung sie nicht versteht …

Asiya fuhr aus dem Albtraum hoch. Ihr Körper lag in ihrem kalten Schweiß, und zitternd fuhr sie sich mit den Fingern über Brust, Arme und Beine, um die Nässe wegzuwischen.

Die Decke klebte an ihrem Körper, und sie war gezwungen, diese umzudrehen, um nicht noch mehr zu frieren. Vergeblich versuchte sie, einen Zauber der Heilung zu wirken. Ihr Verstand schien nicht fähig zu sein, sich der Worte der Macht zu erinnern.

Mit einem stummen Schrei wand sie sich auf ihrem Lager. Betete, dass sie ihren Glauben und ihre Kräfte wiedererlangen würde.

Wieder spürte sie eine Präsenz, eine Nähe, wie die eines Liebhabers, der unter ihre Decke geschlüpft war, doch diesmal nicht körperlich, nicht fleischlich. Stimmen wisperten in der dunklen Leere ihrer Kammer, und schließlich, als sie sich dem Wahnsinn nahe wähnte, fiel sie erneut in einen kalten, dunklen Schlaf. Den blauen Lichterregen des sich öffnenden Portals sah sie ebenso wenig wie die vermummten Gestalten, die ihre Kammer aus dem Nichts heraus betraten.

„Also wurden die *Dreizehn* nicht vernichtet? Sie wurden nur verbannt?“ Shareena griff nach Jonesy, der sich gerade einen Hühnerschenkel von Fanturs spätem Mahl als Beute auserkoren hatte. Die Vorliebe des Frettchens für Vogelfleisch und auch für Honig war offenkundig. Jonesy fauchte kurz, doch als er Shareenas sanftes Streicheln spürte, rollte er sich verspielt in ihren Schoß und genoss ihre nachdenklichen Liebkosungen.

Ahira nickte. „Die Portale sind Knotenpunkte. Verbindungen zwischen dem Hier und dem Jenseits. Ein Nexus.“

Shareena dachte nach. „Und wenn die Portale solch ein Nexus sind, durch die das Böse eindringen kann?“

„Siegel schützen die Portale, um das und die Rückkehr der *Dreizehn* zu verhindern. Und wir bewachen die, die wir kennen. Gelehrte Frauen und Männer vom *Auge der Weisheit*, von *Alics Gemeinschaft* und auch vom *Orden der Dunklen Glorie*. Alle leisten ihren Beitrag. Manche wissentlich, andere, weil sie dazu … motiviert wurden. Es ist ein Schachspiel. Die Steine werden in die richtigen Positionen geschoben, um andere Steine zu decken“, sagte Fantur und faltete seine Hände in einer abschließenden Geste, doch Shareena blickte ihn nur an und erwiderte: „Wenn ich mich recht entsinne, dann spielen dieses Spiel aber zwei Parteien.“

Ihr väterlicher Freund betrachtete sie verdutzt und begann dann breit zu grinsen. „Richtig."

„Aber wer sind die Zurhidon?" fragte sie. „Außer fanatische Mörder, meine ich."

„Verblendete!", rief Samuel dazwischen. „Wenn es irgendeine Krise oder Bedrohung auf Candara gibt, kannst du dir sicher sein, dass ein Zurhidon seine dreckigen Finger im Spiel hat. Sie verbünden sich mit allen üblen Kreaturen – oder beherrschen diese, ganz gleich, ob es Goblins sind oder Zyklopen. Bei der Schlacht von Dogamor, der wichtigsten Verbindung von Sascilia ins Drachenzahngebirge, hatten sie zum Beispiel einen magischen Teleporterkreis errichtet und die Zyklopen und die Kriegsmaschinen hinter die Linien transportiert – und Dogamor fiel erneut in die Hände des Bösen."

Ahria winkte ab. „Und wir können dem *Orden der Dunklen Glorie* dankbar sein, dass sie diesen Zirkel zerstörten und mit aller Härte gegen die Zyklopen und die Zurhidon vorgingen."

„Ich dachte irgendwie immer, dass der *Orden der Dunklen Glorie* …" Shareena hielt inne. „Naja, dass sie ebenfalls auf der Seite des Übels stehen."

Fantur klopfte sich auf die Schenkel. „Ich habe dem alten Lajos Halka, dem Anführer der *Glorie* bei der Obsidianfeste, tausendmal gesagt, dass es am Namen liegt! Hah!"

Samuel verdrehte die Augen. „Die Zurhidon glauben, dass die *Dreizehn* die wahren Götter Taboreas sind. Und ihr oberstes Ziel ist es, ihre *wahren Götter* zurückzubringen!"

Shareena öffnete den Beutel und verteilte die Runen auf dem Tisch. Silbern und glänzend lagen sie da. Ahira betrachtete die kunstvoll geformten Objekte und hielt ihre Hand darüber. „Starke Ströme … sehr dunkel … diabolische Fragmente und Worte der Macht … dämonische Kräfte sind hier am Werk!"

Ahira nahm eine Rune von ihrem Schreibtisch, ließ diese auf ihrer Handfläche tanzen und flüsterte Worte in jener seltsamen, melodischen Sprache der Macht. Göttliche Worte, geformt aus den Runen der Magie öffneten einen schimmernden Nexus, und eine wohlbeleibte Gestalt trat durch den Kreis aus wabernden Lichtern.

Zarhir betrachtete Asiyas schlafende Züge und lächelte kalt unter der seltsamen, neutral dreinblickenden Maske aus silbrigem Metall. Kalter Schweiß stand der Frau auf der Stirn, und ihre Augen wanderten unstet unter den geschlossenen Lidern umher. Sie war gefangen in einem Albtraum, der sie mit scharfen Klauen festhielt, sich in das Fleisch ihrer Seele krallte. „Linette hatte recht. So ein schöner Verstand. So zerbrechlich", flüsterte er leise. Still gab er seinen Männern ein Zeichen, damit sie ihre Positionen einnahmen.

„Charbonneau, Forscher des *Auges der Weisheit*", stellte Ahira den dicken Magier vor. „Ein Experte auf dem Gebiet der jenseitigen Runenmagie."

Gemeinsam betrachteten sie die dreizehn Runen, die auf dem Tisch vor ihnen lagen. „Was ist euer Geheimnis?", fragte Ahira leise, mehr zu sich selbst als zu den anderen, doch Charbonneau, der die Zeichen ebenfalls studierte, hatte es gehört. „Dies sind Runen des Teleports, aber anders als alles, was ich bisher gesehen habe. Können wir bislang nur verhältnismäßig kurze Distanzen per Teleport überwinden, scheinen diese hier andere Funktionen zu haben." Er flüsterte Worte, die die Runen mit einem seltsamen rötlichen Schimmer umgaben, die sich zu bizarren Tentakeln aus Energie verbanden, unstet und disharmonisch. „Ein Netzwerk aus Adern, und es gibt unzählige Kombinationen, je nachdem, wie diese Runen angeordnet werden."

Shareena ballte die rechte Faust und schlug sich damit in die geöffnete Linke. „Ein Schlüssel!“

„Was?“ Charbonneau betrachtete sie mit gerunzelter Stirn.

„Wie der Bart eines Schlüssels. Nur eine bestimmte Form schließt Dinge zu! Oder … auf!“

Ahira nickte. „Das ist es. Diese Runen sind Schlüssel, die ein Portal öffnen sollen. Diese Schlüssel hier sollen es ihnen ermöglichen, das Schloss zur Leere zu öffnen!“

Sam hob den Zeigefinger, als würde er sich bei seinem Lehrer melden. „Und was genau ist dieses Schloss?“

„Und wo?“, fügte Shareena hinzu. Bevor jemand antworten konnte, brach die Hölle los.

Donner erfüllte den Raum, und eine Welle der Kälte lähmte die Gruppe.

Keiner von ihnen vermochte sich zu bewegen oder seine Waffen emporzureißen. Stechend drang die Kälte durch ihre Haut, ihre Muskeln und Knochen, tief hinein in ihre Körper und ließ sie sich schreiend auf dem Boden winden. Eisige Nebelschwaden hüllten sie ein.

Flirrende Lichter tanzten durch den Raum, und die wabernde Scheibe eines weiteren Portals öffnete sich. Shareena versuchte zu atmen, versuchte, wieder Kraft zu gewinnen, als ein halbes Dutzend schwarz gewandeter Zurhidon aus dem soeben entstandenen Ringportal traten. Sie erkannte auch den rot gewandeten Zauberer, den sie bereits bei dem Angriff in Rabenfeld gesehen hatte.

Magische Panzer hüllten die Roben und Rüstungen der Zurhidon ein, bewegten sich in Wellen über ihre Leiber und absorbierten die magischen Barrieren, die Ahira in ihrem Gemach installiert hatte.

Die bewaffneten Begleiter huschten durch den Raum, studierten

Karten und sammelten die dreizehn Runen ein, die auf dem Tisch vor dem Kamin ausgebreitet lagen.

„Zarhir!“, rief der rote Magier und deutete grinsend auf die am Boden liegende Ahira, die benommen war von der plötzlichen Intensität der Attacke. Der Anführer der Zurhidon – seine so unberührt dreinblickende Metallmaske jagte Shareena einen Schauer durch den Körper – blickte zu der Frau herab, und ein kaltes Lachen durchdrang den Raum. „Das ist viel zu leicht!“ Zarhir zog seine Klinge und schritt auf Ahira zu.

Keckernd und fauchend sprang Jonesy in seinen Weg, doch Zarhir stockte nur kurz und gab dem Tier einen Tritt. Jaulend flog das Frettchen zur Seite und winselte.

Shareena sah entsetzt, wie der Anführer der Zurhidon sich über der besinnungslosen Magierin und Priesterin aufbaute und seine Klinge zum Zustoßen hochhob.

„Nein!“

Asiya!

Worte, Gebete, mächtig und von einer reinigenden Kraft, erklangen, und Shareena erkannte, dass ihre Gefährtin ebenfalls durch das Portal getreten war. Shareena versuchte, ihre Kräfte zu sammeln, versuchte, wieder Macht über ihre Muskeln zu erhalten.

Ein Zauber fegte durch den Raum, hüllte Zarhir ein und schleuderte ihn in einer reißenden Flut aus Wasser zu Boden. Asiya wartete nicht, um die Wirkung zu sehen. Sie sprach einen weiteren Zauber, und Shareena fühlte ihre Kraft zurückkehren und wie die heilenden Kräfte der Priesterin sie stärkten. Charbonneau war als Erster wieder auf den Beinen, und schon fegten Flammen durch den Raum, doch sie perlten von den magischen Rüstungen der Angreifer ab. Der rote Magier flüsterte Worte der Magie, gleichwohl geformt aus der Macht der Runen, und streckte seine hageren

Arme und langfingrigen Hände in Asiyas Richtung. Ein Blitz umzüngelte sie, und magische Stille erstickte ihren Aufschrei.

Verächtlich gab der rote Magier einem seiner Gefährten einen Wink, und dieser stapfte mit gezückter Klinge auf die verwundete Asiya zu, die schwankend und bleich wie ein Geist in ihrem weißen Nachthemd dastand.

Der Zurhidon hob seine Klinge und wollte sie gerade niederfahren lassen, als ihm Jonesy ins Gesicht sprang. Kratzend, beißend und fauchend griff das Frettchen den Mann an, und dieser schlug um sich, um den kleinen Quälgeist loszuwerden. Shareena sprang vor und entging dem Hieb eines anderen Angreifers. Sie duckte sich unter der Attacke hindurch, griff den Arm des Mannes und warf ihn über die Schulter zu Boden. Das Schwert des Zurhidon entglitt ihm und fand den Weg in ihre Hand. Sie stieß die Klinge in den Bauch des Mannes und rannte durch den Raum auf Asiyas Angreifer zu.

Stimmen erhoben sich, und Shareena hörte, wie Fantur und Samuel den Kampf aufnahmen. Endlich erklang auch Ahiras Stimme, und Lichter, Flammen und Funken stieben durch den Raum.

Dem Zurhidon, den Jonesy attackierte, gelang es, das Frettchen zu fassen, doch Shareena war schon hinter ihm und ihre Klinge durchtrennte mit einem mächtigen Schlag den Nacken des Mannes. Die Klinge in ihrer Hand glühte rot und unheilig auf, und sie spürte, wie die Lebensenergie des Mannes in ihren Körper eindrang, sie stärkte. Doch sie fühlte sich zugleich schmutzig, befleckt und verseucht.

Shareena wartete nicht, bis der Zurhidon zu Boden gesackt war. Blitze schlugen um sie herum ein, und sie sah, wie Ahira und Samuel sich ein Gefecht mit dem roten Magier lieferten, während Fantur mit Zarhir focht.

Statische Aufladungen zuckten durch den Raum, hinterließen

Brandspuren auf dem Holz und schlugen auf Fanturs Rüstung ein. Shareena hörte den Ritter aufschreien, und Zarhir streckte ihn mit einem Hieb zu Boden.

„Fantur!“, rief sie, doch er hörte sie nicht. Niemand hörte sie in dem Chaos, in diesem Wahnsinn aus Flammen und Energie, aus Wasser und Kälte. Erleichtert sah sie, wie Fantur wieder auf die Beine kam. Blut lief an seiner verwundeten Seite herunter, doch er war noch kräftig genug, um *Siegel des Lichts* im Raum zu wirken, ausgelöst durch Schläge einer heiligen Ehrfurcht. Shareena staunte über die Fähigkeiten des Ritters, während sie schützend Asiya in die Arme nahm und sie aus dem Kampfbereich herauszog. Bislang hatte sie Fantur nur als Schwertkämpfer wahrgenommen, doch in dem alten Mann ruhten Fähigkeiten, die sie nicht vermutet hatte. Zarhir zog sich von Fantur zurück.

Jonesy sprang ihr auf die Schulter und fauchte. Sie sah, dass der rote Magier Sam und Ahira erneut zu Boden geworfen hatte und nun einen weiteren Zauber begann. Shareena sprang über die umgestürzten und zerschmetterten Möbel und gab dem Mann einen Hieb gegen die Kehle, der sein magisches Treiben unterbrach. Wütend funkelte er sie an, zielte mit seinem Stab auf sie, und schon züngelten Blitze um ihren Leib, ließen sie aufschreien und zusammensacken. Grinsend wandte er sich wieder Ahira, Charbonneau und Samuel zu.

Wir stehen völlig falsch, erkannte Shareena. *Unsere Magier sind im Zweikampf und wir Schwertkämpfer stehen zu weit abseits, zu weit auseinandergerissen.*

Hinter dem roten Magier öffnete sich ein weiteres Portal, und mehr Vermummte betraten den Raum, Waffen und Stäbe in der Hand. Todbringende Zurhidon, Mörder!

Keine Taktik, keine Struktur! Wir verlieren! Fantur hatte ihr auf der Reise einmal gesagt, dass dies passieren könnte. „Wenn das Blut regiert, herrscht nur noch das Chaos!“, hatte er ihr zu erklären versucht.

Chaos!

Charbonneau, Samuel und Ahira hatten Positionen gefunden, von denen aus sie einander Schutz geben konnten. Der Magier des *Auges der Weisheit* wirkte Flammenzauber, die heiß und feurig durch den Raum fegten, und Ahira versah ihn mit ihren schützenden und heilenden Künsten.

Shareena sah, wie der dicke Zauberer eine Portalrune hervorzog und ein blaues Tor, das kreisrund war und wie eine aufrecht stehende Wasserwand aussah, sich hinter ihm auftat. Ahira winkte ihr zwischen zwei Zaubern zu, und Shareena verstand. Sie griff die zitternde Asiya und zog diese durch den Raum auf die andere Seite, während die Kräfte der Magier durch ihn hindurch fegten.

Wind und Feuer hatten die Herrschaft übernommen, und die eisige Kälte war einer glühenden Hitze gewichen. Karten, Bücher und Möbel rauchten, glimmten, schmorten und verkohlten. Flammenzungen leckten über Holz und Papier, wurden größer und tauchten den Raum in ein höllisches Licht aus Rot und Gelb.

Ihre Reflexe übernahmen die Kontrolle, und sie hieb gegen die Vermummten, die ihr zu nahe kamen. Sie spürte, wie ihre Klinge den Tod brachte, Knochen zerteilte und Haut und Muskeln durchschnitt. Endlich erreichte sie das wabernde Portal. Jonesy keckerte, und sie schob Asiya hindurch.

Bevor sie selbst hindurchtrat, sah sie Fantur, wie dieser die platzierten *Siegel des Lichts* aufleuchten ließ und die Zurhidon von klingengleichen Lichtstrahlen getroffen wurden. Samuel lief auf sie zu und winkte ihr, sie solle hindurchgehen, den Weg freimachen. Sie tat einen Schritt und materialisierte in der nächtlichen Finsternis. Knöcheltief stand sie im Schnee, und die eisige Kälte des Hochlands von Ystra umfing sie.

22. Sandhuf

Wasser plätscherte über den vereisten Felshang.

Der silberne Mond stand hoch am Himmel und ließ das schneebedeckte Land in der Dunkelheit leuchten. Frost und Eiszapfen glitzerten im kalten Zwielicht. Shareena hob die Hand, als sie den Abdruck einer bärenähnlichen Spur sah. Bevor sie eine Warnung ausrufen konnte, sah sie auch schon die massigen Schatten der Kreaturen, die sie eingekesselt hatten. Sie waren umzingelt, Klingen an langen Stäben waren auf ihre Leiber gerichtet, die zustoßen würden, bevor sie auch nur eine Gelegenheit zur Gegenwehr haben würden.

Nach Asiya und Shareena war nur noch Fantur durch das magische Portal gekommen, welches Charbonneau für ihre Flucht geöffnet hatte. Sam hatte dem verletzten Fantur – Zarhirs Hieb in die Seite hatte eine schmerzende, aber nicht lebensbedrohliche Wunde hinterlassen – durch das Portal gestoßen, und sie waren aus der Flammenhölle in die eisigen Gebirgszüge entlassen worden. Sam, Ahira und Charbonneau hatten das Portal noch einen Moment lang offen gehalten und den Zurhidon ihre Zauber entgegengeschleudert, dann war das magische Teleportationsfeld verschwunden.

Sie froren, hatten sie doch nicht mit einem Angriff gerechnet und waren leicht bekleidet, und die Tatsache, dass sie nicht wussten, was aus den Zauberkundigen, Sam, Ahira und Charbonneau geworden war, drückte wie eine Last auf ihre Seelen.

Die Portalrune hatte sie mitten in die harsche Bergwelt Ystras geführt, und die schwer zugänglichen Pfade hatten sie immer weiter nach Südosten abgedrängt, wo sie einen Unterschlupf gesucht hatten, der sich verteidigen ließ.

Fantur vermutete, dass sie in der Region des Schneehorns waren, einem wilden Gebiet des Hochlands. „Würdest du die östlichen Hänge hinabsteigen können“, hatte er zu Shareena gesagt, „würdest du wieder in deine Heimat kommen, denn die Heulenden Berge liegen direkt unterhalb des Hochlandes von Ystra.“

Asiyas Zustand hatte sich in den vergangenen Stunden verschlechtert. Der Zauber des roten Magiers hatte sie erschöpft, und sie wirkte abwesend, dünner und schwächer als noch die Tage zuvor. Es war, als hätte ein böses Fieber von ihr Besitz ergriffen, welches das Leben aus ihr herausströmen ließ.

Der angeschlagene Fantur stützte die zierliche Frau, die in ihrem dünnen Gewand zitterte, und Shareena hatte die Spitze übernommen. Sie suchte nach Spuren und Hinweisen, das seltsame Schwert in der Hand, welches unangenehm pulsierte. Kaum hatte sie die Spur gefunden, blickte sie auch schon den bulligen Kreaturen ins Antlitz, die ihr wie eine bizarre Mischung aus Bären und Raubkatzen erschienen, hornbewehrt und mit fingerlangen Fängen in den fauchenden Mäulern ausgestattet.

Doch noch beeindruckender waren ihre Herren. Die Kreaturen waren doppelt so groß wie zwei Männer, halb Tier, halb Mensch mit ihren Stierköpfen. Die Minotauren trugen grobe Panzer, die aus abgewetzten Metallschuppen und genietetem Leder gefertigt waren. Lange Fellmähnen lugten am Nacken hervor, doch ihre Hörner beeindruckten Shareena am meisten. Mächtige Stoßhörner, deren Enden mit blutroten Farben bemalt worden waren, vermutlich eine besondere Form der Rangabzeichen oder einer anderen Ordnung in dieser Gruppe.

„Versuche nichts!“, sagte Fantur und hob die Hände. Shareena blickte ihn fragend an, und er deutete mit dem Kinn auf den bulligen Anführer, der von seinem Berhu abstieg und mit donnernden Hufen auf sie zustapfte. „Wenn sie uns hätten töten wollen, hätten sie es getan, ohne sich erst vorzustellen!"

Die Minotauren sprachen nicht mit ihnen, sondern entwaffneten sie nur, knebelten – entgegen Shareenas vehementer Proteste – Asiya, die sie als ‚Hexe', wie sie es nannten, erkannten, und führten sie durch die Nacht davon. Fesseln hielten die Bestien offenbar für überflüssig, ein Ausdruck ihrer Überlegenheit.

Da es nichts gab, was sie an ihrem Schicksal ändern konnte, nutzte Shareena den Marsch und merkte sich mehr und mehr Merkmale ihrer Umgebung. Sie sah, wie der Schnee auf den Ästen einzelner Bäume aufgeworfen wurde, wenn Eichhörnchen darüber liefen, sie betrachtete die Spuren, die die Hufe der Minotauren hinterließen, wie auch die Tatzen der Berhu. Diese Tiere faszinierten sie. Sie waren wild und ungestüm und doch ...

Shareena schmunzelte mit einem gewissen Galgenhumor vor sich hin. „Das erklärt zumindest die Fährte, Reena!"

Fantur hatte sie gehört und sagte: „Die Spur eines Berhu. Sie sind hier heimisch. Gute Wachhunde und Reittiere. Zumindest so eine Art!" Er dachte an die Kreatur, die der Silberfuchs geritten hatte.

Die Patrouille führte sie fort von den schneebedeckten Hängen und dem zugefrorenen Wasserfall. Shareena sah zu der zitternden Asiya und legte ihr schützend die Hände um den Leib.

„Sie erfriert!" rief sie. Shareena blieb stehen, und einer der Minotauren machte eine drohende Bewegung auf sie zu. Fantur versuchte, sie weiterzuziehen, doch sie schüttelte die Hand des Ritters ab. Sie hielt ihre Gefährtin weiter fest im Arm und bot dem schnaubenden Tiermenschen die Stirn. „Gebt uns eine Decke für sie!"

Der Minotaurus riss fletschend die Zähne auseinander, und seine Nüstern blähten sich. Seine Pranke schloss sich um den Griff seiner Waffe. „Ein schwacher Menschling? Das ist ein toter Menschling!“

Die Klinge blitzte auf und der Minotaurus stach in Asiyas Richtung. Shareena fing den Hieb ab, wie sie es in der Arena gelernt hatte, wenn ihr ein kräftigerer Gegner gegenübergestanden hatte. Statt ihre geringere Kraft gegen die des Angreifers zu stemmen – ein aussichtsloses Unterfangen – lenkte sie mit weitaus geringerem Druck die Stossrichtung um, nutzte Schwung und Masse des Angreifers gegen ihn und brachte ihn dazu, das Gleichgewicht zu verlieren.

Krachend ging der Minotaurus zu Boden, und Shareena fing die große, für sie viel zu schwere Klinge auf, die ihm aus der Pranke geglitten war.

Fauchend und wütend kam er hoch und wollte sich auf sie stürzen, doch der Anführer rief etwas in seiner eigenen gutturalen Sprache dazwischen. *„Rak'Ure!“* Es klang tief und donnernd. Der in seiner Ehre gekränkte Minotaurus hielt einen Moment inne, fauchte dann erneut und stürzte sich auf Shareena. Asiya als Ziel schien vergessen.

Shareena wartete, bis sie den Moschusgeruch der Kreatur ganz nah bei sich wahrnahm, tauchte dann unter dem Schwinger des Minotaurus hindurch und rammte ihr Knie in dessen Schritt.

„Rack'Uree!“, rief sie, den Ausruf des Anführers imitierend. War es sein Name? Ein Befehl zum Einhalten? Es war ihr gleich, doch vielleicht half es ihr. Ihr Akzent musste stark gewesen sein, denn während ihr Widersacher mit einem Heulen zu Boden ging, stimmten die übrigen Minotauren ein Gebrüll an, welches nach einer Kriegserklärung klang. Erleichtert erkannte sie, dass es ein Lachen – wenn auch harsch und grimmig – war.

Die Schwere der Klinge zwang sie, ihren Arm sinken zu lassen. Sie warf sie dem am Boden liegenden Minotaurus hin und kniete sich schützend vor die zitternde Asiya.

Der Anführer der Minotauren war herbeigestapft und betrachtete sie neugierig aus seinen dunklen Stieraugen. Shareena deutete auf einen der Berhus, auf dem sich die Ausrüstung der Patrouille befand; Felle von Wölfen, Bären und anderen Tieren sah sie darauf.

Sie spürte den übel riechenden Atem des Minotaurus ganz nahe, doch Shareena wich nicht zurück. Er schnaubte, und Speicheltropfen hagelten ihr ins Gesicht. Dann rief er etwas in seiner eigenen Sprache, und ein anderer Minotaurus griff Asiya, setzte sie auf den Rücken des Packtier-Berhu und hielt ihr eines der wärmenden Bärenfelle hin. Die Patrouille setzte ihren Weg fort, und der Minotaurus, den Shareena gedemütigt hatte, nahm eine neue Position am Ende der Schlange ein.

„Das war knapp", murmelte Fantur. „Auch wenn ich befürchte, dass du dir einen Feind gemacht hast, Mädchen!"

Sie schaute über die Schulter zurück. Der Minotaurus am Ende funkelte sie voller Hass an, und sie konnte die Adern an seinem muskulösen Unterarm hervortreten sehen, als seine Pranke sich um den Griff seiner Waffe schloss.

Sie hatten das Lager der Minotauren nach einem mehrstündigen Fußmarsch erreicht. Auch Fantur und Shareena froren nun und waren bis auf die Knochen durchnässt. Ein kalter Schneeregen hatte die ausgetrampelten Pfade in schlammige Untergründe verwandelt, und sie waren wiederholt gestürzt, unsanft wieder auf die Beine gezogen worden und müde durch die schmutzige, klamme Kälte gestolpert.

Das Lager der Minotauren war eine Festung. Die Fundamente

der Mauern bestanden aus großen Steinblöcken, und seltsame Schildpanzer schützten die kriegerischen Stiermenschen vor feindlichem Pfeilbeschuss, sollte jemand so dumm sein und versuchen, diese Bastion anzugreifen. Symbolische Hörner ragten links und rechts neben einem hohen Portal auf, und Shareena sah turmähnliche Gebilde dahinter emporragen.

Die drei Gefangenen passierten das große Portal, und sie sahen Hütten im Innern, hölzern, doch mit Eisenbändern verstärkt. Seltsame Pfähle, verziert und gleichfalls mit Hornsymbolen versehen, steckten Areale ab. Rauchende Feuer flackerten vor einigen Hütten, und Shareena hatte das Gefühl, an dem hier herrschenden Gestank eines schmutzigen Kuhstalls zu ersticken, der sich mit dem beißenden Qualm vermischte.

Ein Bauwerk nahm ihren Blick gefangen. In der Ferne schraubten sich zwei gewaltige, horngleiche Säulen in den Himmel. Riefen waren darin zu sehen, und ein seltsamer Schimmer umspielte den Hornturm, während sie davor eine hausgroße Statue eines Minotaurenkriegers sah. *So viele Geheimnisse, die diese Welt in sich birgt,* dachte Shareena. *Genug für mehr als eine Lebenszeit.*

Die Minotauren sperrten sie in eine der Hütten, und Wachen bezogen Stellung davor. „Zumindest ist es trocken“, bemerkte sie. Essen und Wasser bekamen sie nicht – und sie vermuteten, dass man sie früher oder später töten würde, auch wenn keiner von ihnen es aussprach.

Fantur entfachte schnell ein prasselndes Feuer, und Asiya schien die Wärme der Flammen aufzusaugen, so nah kroch sie an die Glut heran. Der Hunger plagte sie, und Asiya sagte mit schwacher Stimme, dass sie keinen Zauber memorieren, keinen Schriftzug der Runen in ihrem Verstand aufrufen konnte. Shareena nickte nur und vermutete, dass es etwas mit jenem magischen Schimmer auf dem alten Bauwerk zu tun hatte – oder einer anderen Magie der Minotauren, die es der Priesterin verwehrte, ihre Künste anzuwenden.

„Diese verdammten Zurhidon haben die Runen“, fluchte Samuel und trat eines der verkohlten Tischbeine beiseite. Die magische Abschirmung des Raumes hatte ein Übergreifen der Flammen auf die übrige Taverne verhindert. „Ich sah, wie der Anführer sie aufnahm.“

Charbonneau legte dem jungen Magier die Hand auf die Schulter, eine vertraute, väterliche Geste, die ihm Trost und Sicherheit gab. „Geduld, junger Freund. Geduld und Beharrlichkeit führen den Weisen zum Ziel!“ Er sah sich in der ausgebrannten Kammer um und klopfte sich den Ruß aus der Kleidung. „Aber du hast recht, junger Samuel, wir müssen die Zurhidon finden und ihre Pläne vereiteln!“

„Nur wie? Wir kennen ihre Pläne nicht!“ Samuel hatte das Gefühl, den Verstand zu verlieren. „Wohin sollen wir uns wenden?“

Ahira trat zu ihnen heran. „Die Zurhidon brauchen diese Runen als Schlüssel für ein Schloss, Sam. Wir müssen herausfinden, wo und was dieses Schloss ist!“

„Wir?“ Sam lachte harsch auf. „Fantur, Asiya und Shareena sind verschwunden. Das Portal war instabil, und nun wissen wir nicht, wo sie sind!“

„Wie gesagt, Geduld, mein junger Freund!“, sagte Charbonneau. „Ich vermute, dass sie in Varanas zuschlagen werden!“

Ahira und Sam sahen ihn verblüfft an. Der dicke Magier räusperte sich und faltete dann in bester Lehrmeistermanier die Hände vor dem Bauch. „Es gibt Pläne der Baumeister zu Varanas, um Änderungen am Stadtbild vorzunehmen. Der zukünftige Gemahl von der kleinen Shareena hat seine politischen Finger darin!“ Er hielt einen Finger hoch und streckte einen zweiten dazu. „Der gleiche

Galart, der diese Runen von den Zurhidon erhielt, wie wir wissen. Es liegt also nahe, dass diese Runen dazu dienen, in Varanas eingesetzt zu werden."

Ahira nickte und hob eine verbrannte Karte auf. Sie war unkenntlich und zerbröselte unter ihren Fingern. „Wir wissen, dass es Runen sind, die der Teleportation dienen."

Charbonneau schnaubte. „Und außerdem haben die Zurhidon diesen lüsternen Kerl Marcellus auf ihrer Seite!"

Sam sah ihn überrascht an. Charbonneau nickte grimmig. „Ich hätte ihn beinahe nicht erkannt. Er sah noch hagerer und toter aus als in jungen Jahren. Ich war damals ein fahrender Richter in Sascilia, mit der Obisidianfeste als Basis. Eine dunkle Sache mit einem Mädchen. Er hatte sie entstellt, und sie hatte den Freitod gesucht, indem sie sich von der höchsten Klippe stürzte, die sie finden konnte."

Er schüttelte den Gedanken ab und schürzte die Lippen. „Wie dem auch sei, Marcellus hat einen gewissen Ruf, eine Koryphäe auf dem Gebiet der Teleportation zu sein. So gut, dass selbst Ailics Gemeinschaft neidisch werden könnte. Nur seine Methoden sind zweifelhaft, wie wir nun bestätigt bekamen."

Ein böses Grinsen umspielte Charbonneaus Mund. „Ich denke, wir wissen, welche Art Magie sie anwenden wollen. Die Zurhidon wollen ihre alten Götter zurückbringen. Sie haben einen Experten auf dem Gebiet der Teleportation auf ihrer Seite – und die Gilde der Baumeister in Varanas infiltriert, um ihre böse Kunst zu wirken!"

Sam nickte. „Also müssen wir nach Varanas! Den Rat warnen!" Doch Charbonneau verdrehte nur die Augen. „Und dann? Machen wir eine schriftliche Eingabe in dreifacher Ausführung? Nein, mein Sohn, da müssen wir schon etwas Handfesteres aufweisen können. Nein, wir beide reisen zu einem alten Freund von mir, der mir noch einen Gefallen schuldet. Was wir brauchen, sind Schwerter, die nicht dem Rat von Varanas unterstehen. Und wir brauchen ein Werkzeug, mit dem wir die Runen der Zurhidon neutralisieren können. Wir beide reisen zur Obsidianfeste!"

Sam blickte den Magier zweifelnd an und suchte Hilfe bei Ahira. Die schöne Frau hob ihren Kopf und lächelte mit jenem hinreißenden Lächeln, welches die Herzen der Männer höherschlagen ließ. „Ein weiser Plan, Charbonneau. Sucht Andhors Gewölbe auf. Es mag sein, dass Ihr dort Schriften findet, die Euch weiterhelfen!"

„Schriften? Haben wir dafür Zeit?" Verzweiflung drückte noch immer schwer auf Samuels Brust. „Sollten wir nicht etwas tun?"

Beruhigend berührte Ahira seinen Brustkorb, und Energie durchströmte den zweifelnden jungen Mann. „Habe Vertrauen, Samuel. Ayvenas schuf Taborea, weil er den Wunsch des Schaffens hatte. Habe Vertrauen, dass du sein Werkzeug sein kannst. So wie die Runen unsere Werkzeuge sind."

Charbonneau berührte eine der in seinem langen Eschenstab eingeschnitzten Runen. „Wir müssen abstrakter denken, Sam. Runen sind ja nicht nur Steine oder Metallfragmente, sondern in ihrer reinsten Form Interpretationen göttlicher Energie. Göttliche Worte, die sich manifestieren."

Noch immer verstand Sam nicht. Ahira erklärte mit sanfter Stimme: „Wir brauchen ein besonderes Werkzeug, um eine Rune zu erschaffen, die die Magie der Zurhidon neutralisiert, Sam. Ihr braucht einen *Arkanen Umwandler*!"

Bevor Sam seiner Überraschung Ausdruck verleihen konnte, holte Charbonneau ein kleines Handbuch hervor, blätterte darin und suchte ein bestimmtes Muster. Charbonneau murmelte eine kurze Verabschiedung zu Ahira, legte Sam die Hand auf die Schulter und zog ihn durch das Portal, das er erschaffen hatte. Einen Herzschlag später hing ein roter, staubverhangener Himmel über ihm, und vor ihm ragte ein dunkles, bedrückendes, glattgehauenes Mauerwerk auf. Ein uneinnehmbares Bollwerk.

Die Obsidianfeste.

Die Minotauren auf dem Platz brüllten ihre Kriegsrufe und hieben sich auf die Brust. Fackeln spendeten ein düsteres Licht, und beißender Rauch machte den Gefangenen das Atmen schwer.

Der mächtige Minotaurus vor ihnen war alt und überragte die anwesenden Stiermenschen um eine weitere Kopflänge: Prinktar Sandhuf. Die zahlreichen Verzierungen auf seiner Rüstung wiesen ihn als den Häuptling dieser Minotauren aus.

Einer ihrer Priester hatte Shareenas Waffe untersucht und reichte sie unterwürfig dem alten Häuptling.

„Eine mächtige Klinge", knurrte er in seiner kehligen Sprache und fixierte Fantur. Der Ritter stand neben Shareena und Asiya, und es war offensichtlich, dass die Minotauren ihn für den Anführer der Gruppe hielten.

„Eine böse Klinge!" Mit Verachtung in der Stimme spie er aus. „Zurhidon!"

Shareena kniff die Augen zusammen. Sie hatte geglaubt, dass all jene feindseligen Kreaturen, all jene Goblins und Riesen und Zurhidon, gemeinsame Sache machen würden, der Sache des Bösen dienen würden. Doch etwas lag in der Stimme des gehörnten Kriegers, das sie aufhorchen ließ. Der Häuptling deutete mit seiner Pranke auf seine Brust. „Wir sind keine Sklaven von euch! Wir töten Zurhidon!"

Zustimmend hieben manche der anwesenden Krieger auf ihre Waffen, während andere ein dumpfes, brachiales Muhen anstimmten, das ungleich grausamer und blutgieriger klang als alles, was

Shareena zuvor von Rindern, Stieren und Kühen vernommen hatte.

„Wir sind keine Zurhidon!“, rief sie. Knurrend beugte sich Prinktar zu ihr vor und streckte ihr einen knorrigen Finger entgegen. „Kleine Kuh spricht mit Prinktar?!“ Er betrachte Fantur fragend, vorwurfsvoll, doch dieser zuckte nur die Schultern. „Sie fällt mir auch dauernd ins Wort, mächtiger Prinktar!“

„Danke, das war eine große Hilfe“, raunte Shareena dem Ritter zu.

„Bring ihn dazu, darüber nachzudenken, dass wir keine Zurhidon sind!“

Shareena trat vor und senkte ihren Kopf ab, doch nur so weit, dass sie die Bewegungen ihres Gegenübers weiter sehen konnte. „Wir sind keine Zurhidon! Die Klinge habe ich einem von ihnen abgenommen, ja, aber *nachdem* ich ihn getötet habe!“

Die anwesenden Minotauren stimmten ein Geheul an, das ihr sagte, dass sie ihr nicht glaubten, doch sie sah, wie der alte Prinktar sein Maul nachdenklich berührte.

„Eine kleine Menschenkuh tötet einen mächtigen Zurhidon? Hmm …“

Prinktar gab einem seiner Krieger ein Zeichen. „Lasst die Götter entscheiden!“

Ein Minotaurus mit einer hellebardenartigen Waffe trat näher, hob die Klinge und wollte diese von hinten auf sie niederfahren lassen. Shareena fuhr mit ausgebreiteten Armen herum, stieß Fantur und die zusammengekauerte Asiya aus dem Weg und entging dem Hieb um Haaresbreite mit einem Ausfallschritt.

Der Minotaurus vor ihr – war es nicht der, den sie schon einmal gedemütigt hatte? – knurrte und versuchte eine zweite Attacke. Shareena wich zurück, duckte sich unter zwei erneuten Hieben hindurch, und der Ring aus Minotauren stimmte wieder jenes

Geheul an, das sie als Lachen und Spotten kennengelernt hatte. Dies machte ihren Angreifer nur noch wütender und maßloser in seinen Attacken.

Gut, wenn dich das wütend macht!

Shareena entging einem weiteren Angriff, huschte unter stampfenden Hufen hindurch und pfiff dem überrascht dreinblickenden Minotaurus zu, der seine Beute aus den Augen verloren hatte. Die Hand kokett in die Hüfte gestützt, stand sie hinter ihm und grinste ihn frech an.

Der Gehörnte brüllte auf und kam auf sie zu, ein Berg aus Fleisch, Muskeln und Metall. Die Hellebarde rauschte herab und rammte sich tief in den Boden. Shareena nutzte die Gelegenheit, führte einen harten Tritt gegen den hölzernen Schaft aus und ließ die Waffe durchbrechen.

Ein erneuter Schrei der Wut erklang, und der gedemütigte Krieger ballte die Fäuste, hieb blind von links nach rechts und von oben nach unten. Den zerbrochenen Griff der Waffe schleuderte er beiseite. Shareena tanzte vor und zurück, lenkte ihn von dem gebrochenen Waffenstumpf weg.

„Halt still!", brüllte ihr Angreifer frustriert.

Shareena deutete einen neuen Ausfallschritt an und tat ihm den Gefallen. Der Minotaurus, zu langsam und zu schwerfällig in seinen Bewegungen, verfehlte sie erneut. Shareena rollte sich durch den sandigen Boden, riss dabei den Stumpf der Waffe hoch und rammte ihn der Kreatur in den Oberschenkel.

Heulend sackte der Minotaurus auf dem Bein ein. Zornig riss er den Schaft aus seiner blutenden Wunde und schleuderte diesen beiseite. Er schritt näher, wütend, wild, aufgebracht und achtete nicht mehr darauf, wohin er sich bewegte.

Shareena hielt still, ließ ihn näher kommen. Ein Huf warf stampfend die Erde auf, dann der andere. Sie ließ sich zurückfallen, griff nach dem anderen Teil der zerborstenen Waffe, der noch immer mit der Klinge im Boden steckte, und riss diese hoch.

Der Minotaurus war heran, erkannte seinen Fehler, konnte seine gewaltige Körpermasse aber nicht mehr abbremsen. Tief drang der spitze, geborstene Schaft seiner eigenen Klinge in seinen Bauch ein, zerquetschte ihm die Eingeweide und riss eine klaffende Wunde.

Das dumpfe Kampfesbrüllen wurde zu einem kläglichen Laut, flehend und bitter. Der Atem der Kreatur klang nun schnaubend, abgehackt, und die großen Stieraugen blickten seltsam feucht.

„Rak'Ure", sagte Shareena mit leiser Stimme, fast so, als würde sie um Entschuldigung bitten. Sie ging auf einen der Wächter zu und deutete auf sein Messer – welches die Größe eines Kurzschwertes für Shareena hatte. Der Wächter blickte zu Prinktar, und als dieser nickte, gab er der Frau die Klinge.

Der sterbende Minotaurus litt, verhöhnt von einer Menschenfrau, gescholten von seinen tierischen Kriegerkameraden. Sie zeigte ihm die Klinge und hielt sie als Gruß vor ihr Gesicht.

Der Minotaurus verstand. Er nickte, sog tief die Luft ein und ließ ein markerschütterndes Brüllen erklingen. Shareena ließ ihm eine Sekunde der wiederhergestellten Ehre, dann trennte sie mit einem kraftvollen Schlag den Kopf der zusammengesunkenen Kreatur ab.

Ayvenas hatte gesprochen.

23. Beratschlagungen

Asiya kauerte sich auf den Fellen zusammen und versuchte vergeblich, die Dämonen abzuwehren, die sie umringten, an ihr zerrten, boshaft keckerten und nach ihr mit ihren langen, scharfen Klauen griffen. Sie schrie und wimmerte, flehte, dass dieser Alptraum enden möge, doch die kleinen Kreaturen schienen sich an ihrer Pein zu erfreuen.

Dann näherte sich die Präsenz, mächtig, schemenhaft, und die Nähe des Bösen stürzte sie in die Finsternis ihrer Albträume.

„Goblins." Der Minotaurus schnaubte abfällig, und seine Nüstern glitzerten feucht. „Die Hälfte von diesen missgünstigen, dummen Biestern weiß nicht einmal, dass sie überhaupt ein Reich haben. *Reich Hammerzahn* ist ein wohlklingender Name, doch mehr nicht. Goblins sind willige Diener der Zurhidon!"

Prinktar berührte die Klinge vorsichtig. Der rote Schimmer glühte stärker auf. „Hmm, mächtige Magie. Und machtvolle Runen."

Nachdenklich berührte er einen Stein, der vor seiner Brust hing, und wiegte den schweren Oberkörper vor und zurück. Shareena bemerkte, wie das Glühen der Klinge versiegte, als Prinktar fortfuhr. „Vor Monaten, im vergangenen Sommer, zogen Scharen von Kyrms Goblins von Aslan aus nach Süden. Wir haben sie gejagt, getötet, wie es unsere Art ist, doch einige kamen durch. Sie fanden Pässe durch die Berge, die sie nach *Ysterak'nahir* führten. Das Land, welches ihr die Heulenden Berge nennt."

„Großer Prinktar!“, ergriff Fantur das Wort. Der Häuptling hatte sie nach dem Gottesurteil in seine Behausung bringen lassen, ein Bauwerk aus Holz, Stein, Leder und gewaltigen Schuppen, von denen eine einem Soldaten aus Varanas als Kampfschild hätte dienen können. Fantur fragte sich lieber erst gar nicht, welche Kreatur solche Schuppen abwarf. „Wir nahmen an, die Minotauren stehen auf der Seite des …“ Der Ritter suchte nach Worten, die die Kreatur nicht beleidigten.

„… des *Bösen*, Menschling?“, schnaubte der bullige Häuptling. „Dein Denken ist zu einfach, kleiner Mensch. Ystra und wir, die diese Erde unser eigen nennen, wir sind Hüter von Dingen, von denen ihr Menschlinge nichts versteht. Doch glaube nicht, dass wir eure Freunde sind, auch wenn wir nicht das Knie vor den Zurhidon beugen. Nein, wir sind nicht eure Freunde!“

Shareena biss sich auf die Lippen. „Aber ihr habt uns am Leben gelassen.“

Der Minotaurus fixierte sie nachdenklich. „Weil die Götter es so wollten! Du hast Ragnir'kal gefällt, als sei er ein Nichts. Du hast seine Herde beschämt!“

Sie sah zu Boden, doch Prinktar fuhr bereits fort. „Aber du hast auch seine Ehre geläutert. Es war der Tod eines Kriegers. Ein Urteil der Götter! Prinktar gehorcht dem Willen der Götter. Wenn die Götter sagen ‚Tötet alle Menschlinge', dann werden wir zu euch kommen, eure Köpfe abschlagen und auf die Zinnen eurer Burgen aufspießen.“

„Charmant“, murmelte Fantur und prüfte seine wunde Seite. Der alte Ritter verzog das Gesicht zu einer Grimasse, doch er war froh, dass der Treffer ihn nicht ernsthaft verletzt hatte.

Shareena blickte besorgt zu ihm und fixierte dann wieder den Häuptling der Minotauren. „Mächtiger Prinktar, wir sind nicht Eure Feinde.“ Sie deutete auf die dunkle Klinge mit dem rötlichen

Nimbus und den seltsamen Runen, die in Schaft, Parierstange und Klinge eingelassen worden waren. „Aber die Zurhidon sind unsere Feinde. Und der Feind meines Feindes …“

Der alte Minotaurus stieß ein lachendes Geräusch aus. Harsch und grunzend. Er schlug sich auf die untergezogenen Schenkel und streckte einen knorrigen Finger in ihre Richtung. „Die kleine …“ Er suchte nach dem richtigen Wort, fand es nicht und sagte dann: „… *Kuh* gefällt mir! Hah!“

Er blickte auf die Klinge und sah die beiden dann abwechselnd an. „Wir sprachen von Goblins. Kyrm Hammerzahn, dieser Wurm, der es wagt, sich König zu schimpfen, hat schon immer eine gewisse Nähe zu Menschlingen gesucht.“

Fantur beugte sich zu Shareena. „Die Goblins in Aslan waren in den ersten Jahrzehnten der Besiedlung auf Candaras Sklaven in einigen Erzminen. Als die Menschen die Erzminen für erschöpft erklärt hatten, überließen sie sie den Goblins.“

„Richtig!“, donnerte Prinktar. „Kyrm Hammerzahn fühlt sich seitdem als großer Führer, der seinem Volk die Schmiede- und Schürfkünste der Menschlinge eingebracht hat. Doch da diese erbärmliche Bande nicht im Stande ist, zu erkennen, dass sie überhaupt ein eigenes Reich haben, streiten sie sich täglich, bekämpfen einander und bleiben die schwachen Sklaven, die sie unter den Menschen waren!“

„Aber?“ Shareena wartete auf die Schlussfolgerung des alten Minotaurus.

„Etwas hat die Goblins aus ihrem Schlaf aufgeweckt, kleine Menschenkuh. Kyrm Hammerzahn hat sich verändert, und seither werden seine Schergen frecher, dreister und erfahrener im Kampf.“

Shareena legte Fantur die Hand auf die Schulter. „Der Nexus der Zurhidon stärkt sie! Die Zurhidon haben die Goblins aus ihrem angestammten Gebiet vertrieben, weil sie dort einen Nexus fanden!“

„Nexus der Zurhidon?“, schnaubte der alte Minotaurus und zuckte die muskulösen Schultern, eine Geste, die ihn nur allzu menschlich wirken ließ. „Vielleicht. Doch die Zurhidon sind nicht mehr dort. Nur die dunkle Magie.“

Shareena fuhr sich mit den Fingern über das Gesicht. „Wenn die Zurhidon den Nexus der Goblins nicht brauchen konnten, war er vielleicht zu schwach? Wir müssen zurück nach Harf und mit Ahira reden!“

Prinktar lachte erneut. „Ihr? Gehen? Wohl kaum.“

„Aber Ihr sagtet, Ihr werdet uns nicht töten!“, rief Shareena überrascht aus.

„Ich sagte, wir werden euch nicht hinrichten. Von opfern war nicht die Rede!“

Kräftige Pranken packten sie und drückten sie zu Boden. Prinktar Sandhuf erhob sich. „In drei Nächten, wenn der silberne Trabant voll am Himmel steht, wird euer Blut die Erde erfreuen!“

24. Ingredienzien

„'Sammle doch bitte *eben* ein paar Zutaten', hat er gesagt! Zutaten!", schnaubte Sam und entließ einen feurigen Regen aus glühenden Steinen auf die geifernde Kreatur, einer Furie aus Krallen, Federn und Schwingen.

Der Meteoritenschwarm fiel zischend vom Himmel. Glühende Gesteinsfragmente trafen Arme und Beine des nackten Leibes, der entfernt an eine hagere Frau erinnerte, doch bizarr entstellt schien. Die Harpyie, eine grauenvolle Mischung aus Mensch und Raubvogel, stieß einen hohen Schrei aus und ging zu Boden.

Samuel wartete nicht, bis sie sich wieder sammeln konnte, und stieß seinen neuen Eibenstab in ihre Richtung. Ein Geäst aus gleißenden Blitzen stach hervor und hüllte die kreischende Kreatur ein, bis sie endlich starb und ihr Wehklagen verstummte.

Sam nickte anerkennend und betrachtete seine Waffe mit Respekt. Sein Aufenthalt in der Obsidianfeste war kurz gewesen, hatte Charbonneau ihn doch mit seiner Einkaufsliste losgeschickt, nachdem sie Andhors geheime Archive aufgesucht hatten. Der dicke Magiegelehrte hatte sich in die Forschungen zum *Arkanen Umwandler* vertieft und beschieden, dass sie eine spezielle, modifizierte Form brauchten. Während er selbst sich mit den Modifikationen des seltsamen Gerätes – auch *Arkaner Mutator* genannt – beschäftigte, musste Sam losziehen, um diverse Zutaten zu *besorgen*.

Runen aus Stein und Metall, Kräuter und grüne Disteln, Bergkristalle, Roherze von Kupfer und Silber, Sequiaholz und Splitter von Eiben – und nun auch noch das Ei einer Harpyie.

Sam fragte sich, wieso Charbonneau all dies wusste und er selbst, der so viele Bücher verschlungen hatte, nichts von diesen Geheimnissen wusste. Der *Arkane Umwandler* war ihm stets ein Buch mit Sieben Siegeln gewesen, obschon er verstand, dass er dazu diente, aus minderwertigen Runen und Elementen höherwertige Magiewerkzeuge herzustellen. Doch die Handhabung hatte ihn immer abgeschreckt, da die komplexe technomagische Mechanik reinste Diamanten benötigte, um die Ströme der Magie richtig zu kanalisieren.

Sam seufzte. Zumindest schien Charbonneau zu wissen, was er tat, und glücklicherweise hatte dieser auch einen grimmig dreinblickenden Freund in der Feste dazu veranlassen können, Sam eine Einheit bis an die Zähne bewaffneter Söldner mitzugeben. General DeVanano hatte den dicken Magier mit einer kraftvollen Umarmung willkommen geheißen und mit einem kameradschaftlichen Hieb auf Sams Schulter diese beinahe ausgekugelt. Die Krieger des *Ordens der Dunklen Glorie* waren keine Schöngeister; sie waren Kämpfer, die den Geruch von Stahl, Schweiß und Blut bevorzugten.

Doch auf Muskeln allein vertrauten auch die Söldner nicht. Der *Orden der Dunklen Glorie* war aus einer Stahlhandelsgesellschaft hervorgegangen, aus Bewaffneten, die ihre geschürften Erze und Metallwaren schützen wollten, und so war es wenig verwunderlich für Sam gewesen, dass er zahlreiche Geräte und Maschinen entdeckt hatte, die auf eine hohe Ingenieurskunst zurückzuführen waren.

General DeVanano hatte einen neuen Zauberstab für Sam anfertigen lassen. Mittels eines Waffenbohrers hatte dieser mehr Runen aufnehmen können. Sam war zuerst skeptisch gewesen, doch nun merkte er, wie sein Verstand neue Worte der Macht aus diesen Runen ableiten konnte. Wind, Feuer und Wasser gehorchten ihm auf eine ihm bis dahin verschlossene Art und Weise. Und der Zuwachs neuer Macht gefiel ihm.

Er seufzte, blickte sich um, ob weitere Harpyien in der Nähe lauerten, und kletterte dann den knorrigen Baumstamm hinauf. Die Bäume im Staubteufel-Canyon waren dürr und knorrig, oftmals kahl. Das kostbare Wasser speicherten die Pflanzen in den wenigen dicken, fleischigen Blättern. Sam erreichte das Nest, ein hängendes Gebilde aus Baumrinde, Federn und Erde, welches an einen übergroßen Tannenzapfen erinnerte, schnitt es mit seinem Dolch auf und holte das einzige Ei hervor, welches sich darin befand.

Sorgsam verstaute er es und landete wenige Augenblicke später sicher neben Hauptmann Haveron Rykker, einem gut gelaunten, bärtigen Haudegen, der die sechsunddreißig Mann starke Truppe befehligte.

„Ein Harpyienei?" Der Soldat kratzte sich am Kopf. „Ihr Magier braucht schon seltsames Zeug, oder?"

Sam lachte und gab ihm einen Klaps auf die Schulter. „Wie wahr, mein Freund, wie wahr!"

Sie holten ihre Pferde, und Haveron kramte eine Karte der Region hervor. „Ich denke, das nächste Ziel unseres kleinen Ausflugs wird Euch nicht so gut gefallen, junger Samuel!"

Samuel nickte grimmig und dachte mit einem Schaudern an die Schrecken, die vor ihm lagen. „Kal'Turok?"

„Kal'Turok", wiederholte Haveron und schwang sich in den Sattel seines Berhu.

25. Schattenlauf

Die Trommeln hämmerten die ganze Nacht hindurch.

Asiya erwachte mit einem stummen Schrei. Ihr Leib glitzerte vor kaltem Schweiß, und sie sah sich verstört um. Erinnerungen kamen langsam wieder. Feuer, Zurhidon, Kälte, Minotauren, die peinigende Präsenz eines schleichenden Bösen.

Ihre Kräfte waren geschwächt, nahezu unzugänglich. Doch der Schlaf hatte eine neue Klarheit gebracht, die Präsenz war ihr nun beinahe vertraut. Alles war so einfach.

Shareena blickte sich zu ihrer Gefährtin um. Sie hatte in der Hütte gelegen, in die die Minotauren sie gesperrt hatten, und über eine Möglichkeit zur Flucht nachgedacht. Jonesy schnurrte in ihrem Schoss, und sie kraulte seine kleine, haarige Brust.

Asiya blickte von Shareena zu Fantur. Der alte Ritter schlief. Auch ihm stand Schweiß auf der Stirn. „Böse Träume an diesem Ort“, murmelte Asiya. Sie legte ihm die Hände auf und versuchte einen stärkenden Zauber zu wirken, doch ihre Gedanken lösten sich auf, sobald sie sie zu fassen versuchte. „Verdammt! Die Götter lieben mich nicht mehr“, flüsterte Asiya Shareena zu. „Ich denke, die Minotauren haben etwas, das unsere Magie neutralisiert.“

Verblüfft betrachtete Shareena ihre Freundin. Eine neue Entschlossenheit schien die junge Frau erfüllt zu haben. Asiya blickte Shareena fragend an. „Hast du etwas Ungewöhnliches gesehen, Reena? Besondere Runen, einen Stein oder andere Artefakte?“

Shareena dachte nach. *Der Stein, den Prinktar um den Hals trägt!* Leise teilte sie Asiya ihre Beobachtung mit.

„Nimm ihm den Stein ab! Zerschmettere ihn, und ich sollte wieder meine Kunst wirken können“, sagte Asiya. Die Kämpferin nickte und erhob sich. Jonesy schaute ob der Störung entrüstet und ließ sich bereitwillig in die Arme der Pristerin legen.

Shareena trat an den Eingang der Hütte. Sofort blockierten zwei Wachen den Ausgang. Mit festem Blick musterte sie die beiden schnaubenden Tiermenschen. „Sagt Prinktar, dass ich ihn zum Kampf herausfordere!“

Der Kundschafter beobachtete das Lager der Minotauren aus der Ferne. Die silberne Fuchsmaske tief ins Gesicht gezogen, lag er auf der Lauer und sah, wie die Minotauren eine blonde Kämpferin aus einem Zelt in die Mitte eines rituellen Kampfplatzes führten, der von einer hausgroßen Statue beherrscht wurde.

Dann verstummten die Trommeln, und er sah den alten Prinktar Sandhuf zu seinem Volk sprechen, eine Naginata in der Hand, einen langen Stab mit einer sichelförmigen Klinge am Ende.

Remick fluchte. Er konnte der Kämpferin nicht helfen, doch nun wusste er, in welcher Hütte sich die Gefangenen aufhielten – sollten Fantur und Asiya noch unter den Lebenden weilen.

Leise kehrte er zu seinem Berhu zurück – das treue Tier hatte ihm gut gedient, seit er es dem alten Prinktar gestohlen hatte –, und nahm seinen Bogen vom Sattel. Er schlich in Richtung der Palisade und hoffte, dass die Aufmerksamkeit der Wachen durch den bevorstehenden Zweikampf nicht auf dem lag, was von außen in das Lager der Minotauren eindringen mochte. Nahezu unsichtbar huschte er durch das kahle Unterholz. Ein Jäger, der die Fährte seiner Beute aufgenommen hatte.

Shareena rollte sich unter den Hieben des Minotaurenhäuptlings über den schmutzigen Lehmboden ab. Im Gegensatz zu dem Wächter, den sie gefällt hatte, war Prinktar kein tumber Bulle, der seine brachiale Gewalt ohne nachzudenken losließ.

Sie hielt ihn sich mit Mühe vom Leib, konterte seine Attacken und versetzte dem Führer der Minotauren gleichermaßen leichte Wunden mit dem Schwert, das man ihr gegeben hatte. Shareena hatte keine Zeit gehabt, um darüber nachzudenken, welchem unglücklichen Abenteurer die Waffe einst gehört haben mochte. Doch die Herausforderung hatte das Beabsichtigte bewirkt: Sie hatte während des Gefechts die Kette getroffen und den Stein aus der Kampfzone geschleudert.

Prinktar Sandhuf hatte wütend aufgebrüllt, doch konnte er den Kampf nicht verlassen, ohne sie getötet zu haben, und nun hoffte sie, dass Jonesy den Stein vor den Minotauren finden und zu Asiya bringen würde.

Ein Huf traf sie am Oberschenkel und mit einem Aufschrei ging sie zu Boden. Prinktar hielt inne, hob triumphierend die Arme, und seine Mannen stimmten in das gutturale Geheul ein.

Sie atmete durch den Schmerz, und als der Minotaurus donnernd auf sie zustampfte, Erde und Lehm mit jedem Schritt aufwerfend, sprang sie vor, eine Mauer der Pein durchdringend. *Beeil dich, Jonesy!*

Der gehörnte Wächter, der den Stein seines Häuptlings suchen wollte, sah das Ungeziefer aus dem Augenwinkel vorbeihuschen. Er fuhr herum und hieb nach der übergroßen Ratte, verfehlte sie jedoch um Haaresbreite. Jonesy keckerte und sprang dem Minotauren durch die Beine, entging zwei stampfenden Huftritten und hastete weiter, in seinem Maul den magischen Kristall.

Er fand seinen Weg zurück zu Asiya, und die Priesterin frohlockte, als sie das kostbare Kleinod entgegennahm. Fantur beugte sich zu ihr. „Mystizit“, beschied der Ritter und rieb sich müde die Augen. „Reinstes Mystizit.“

Asiya hielt den violetten Kristall hoch und bewunderte kurz das Spiel der Farben. „Nein. Es wurde verändert“, sagte sie und deutete auf die silbernen Einfassungen. „Konvertiert, transmutiert. Das ist ein mächtiges Artefakt.“ Sie zeigte dem Ritter die Spuren, die kleine Fusionssteine hinterlassen hatten.

„Ahira hat es mir einmal gezeigt. Es ist wie das Licht, das durch eine Linse fällt. Je reiner und gezielter die Attribute der Magie kanalisiert werden, desto präziser wirkt der Zauber. Dieser hier neutralisiert jegliche Magie. Auch meine priesterlichen Gebete.“

Fantur betrachtete den Stein einen Moment lang nachdenklich und spähte aus der offenen Tür. Die Wächter schienen abgelenkt durch den Zweikampf. „Kannst du ihn ausschalten? Reena hält nicht mehr lange durch.“

Asiya blickte zweifelnd auf den harten Kristall. „Der hier ist so hart wie ein Diamant. Den zerschlagen wir nicht. Wir müssten ihn weit fortbringen von hier.“

Jemand räusperte sich. „Nun, da könnte ich vielleicht helfen.“

Fantur und Asiya fuhren herum und blickten in das grinsende Gesicht Remicks, der in der einen Hand seinen Bogen und in der anderen ein Langschwert hielt. „Große Minotauren, große Lücken in den Dachschindeln“, erklärte er und deutete auf das Loch im Dach, durch das er in die Hütte geklettert war.

Prinktars Tritt schleuderte Shareena in die Menge heulender Minotaurenkrieger, die sie unsanft griffen und wieder in den Ring warfen.

„Dumme Menschenkuh!“, grunzte der Minotaurus und hieb erneut mit seinem Huf zu. Shareena gelang es nur knapp, dem Tritt zu entgehen. Sie war müde, und ihre Muskeln schmerzten. Noch zwei, drei Tritte dieser Art und er würde sie zermalmen.

„Haltet ein, mächtiger Prinktar!“, donnerte eine Stimme.

Fantur!

Die versammelten Minotauren hielten inne und blickten fassungslos auf den Ritter, der mit einem Schwert in der Hand vortrat. Neben ihm stand Asiya. Ihre langen rotschwarzen Haare wehten im Wind.

Prinktar heulte auf, als er sah, wer sich zu den beiden gesellt hatte. Der *Silberfuchs*, der ihm seinen geliebten Berhu gestohlen hatte. Er ignorierte Shareena und streckte dem Dieb drohend die Faust entgegen.

„Mächtiger Prinktar! Dein Mut ist groß und deine Gnade ebenfalls. Mit deiner Erlaubnis werden wir jetzt diesen gastlichen Ort verlassen“, rief Fantur.

„Verlassen?“, schnaubte der Minotaurus und senkte den gehörnten Kopf, wie es ein Stier auf der Weide tut, kurz bevor er versucht, einen in Grund und Boden zu rammen. „... mit *meiner* Erlaubnis?“

Remick ließ einen Pfeil von der Sehne schnellen. Das Geschoss flog an Prinktar vorbei und schlug in einem der hölzernen Pfosten ein. Daneben stand der Berhu, den er vor so vielen Monden gestohlen hatte. „Jawohl, mit deiner Erlaubnis, mächtiger Prinktar, weil wir dir deinen treuen, entlaufenen Berhu zurückgebracht haben!“

Die Minotauren hielten inne, warteten auf den Befehl ihres Anführers, doch dieser blickte nun zu seinem schwarzen Lieblingsberhu. Die mächtige, bärenartige Kreatur knurrte zufrieden, beinahe einem Schnurren gleich, als sie ihren alten Herrn erblickte.

Prinktar schaute zu Shareena, die von ihm fortgekrochen war, um Luft zu holen. Die Frau hielt ihren Arm und massierte sich einen gezerrten Muskel. Doch sie war noch immer kampfbereit, wenngleich sie wusste, dass sie keine Möglichkeit hatte, gegen die zahlreichen Minotauren, die sie umringten, zu bestehen.

Prinktar Sandhuf gab ihr einen Wink und bedeutete ihr, sie könne gehen. „Ihr habt meine Erlaubnis! Bis die Sonne untergeht, wird euch keiner meiner Krieger ein Leid antun. Dann jedoch wird jeder Menschling, der es wagt, mein Reich zu betreten, zermalmt werden."

Der mächtige Minotaurus blickte zur Sonne, die nur eine Handbreit über den westlichen Berghängen Ystras hing.

Shareena verneigte sich, wie sie es immer in der Arena getan hatte, und schritt langsam durch das Spalier der Minotaurenkrieger, das sich ihr widerstrebend öffnete. Einen Herzschlag später eilte sie mit ihren Freunden über die Hochebene von Ystra. Sie wusste, dass Prinktar ihnen seine Meute in dem Augenblick nachsenden würde, in dem die Sonne hinter den schneebedeckten Hängen der Hochebene verschwunden war.

26. Todd

Der bullige Mann leerte den Bierkrug mit einem Zug und stellte ihn mit einer achtlosen Geste auf dem Eichentisch ab. Zufrieden betrachtete Todd seine schwieligen Hände.

Noch drei, vier solcher Ladungen an Galart und ich werde die harte Arbeit sein lassen können. Dann werde auch ich ein hoher Herr sein, dachte er und zählte in Gedanken durch, welchen Gewinn ihm die letzten Lieferungen der begehrten Zinnerze eingebracht hatten. Er hatte gerade wieder eine Fuhre in Brian Galarts Handelskontor abgeliefert und gönnte sich nun in einer der wenigen Tavernen Varanas' einen letzten Schlummertrunk, bevor er am nächsten Morgen in die Siedlungsgebiete zurückkehren würde.

Nachdenklich nahm er den leeren Tonkrug wieder auf und spähte hinein, obwohl er wusste, dass dieser leer war. „Heda, Markus!", rief er dem Schankwirt zu, der hinter der Theke Becher ausspülte.

„Marco!", erwiderte dieser und setzte ein geschäftiges Lächeln auf.

„Wie auch immer", brummte Todd und winkte mit dem leeren Krug. Marco nickte einmal mit halb geschlossenen Augen, füllte den Becher, den er gerade poliert hatte, und gab der Schankmaid ein Zeichen, die gerade ihren Dienst antrat.

Die dunkelhaarige Frau mit den harten Gesichtszügen nahm den vollen Becher entgegen und schritt zu dem kräftigen Mann, um ihm sein Getränk zu geben.

Als sie ihn erblickte, wurden ihre Hände schwach und der Becher entglitt ihr. Todd fuhr erschrocken herum, wollte in seiner bärbeißigen Art etwas zu dem Missgeschick erwidern. Fassungslos starrte er die junge Frau an. „Sybilla?“

Bevor er noch etwas Weiteres sagen konnte, hörte er, wie drei Männer – Marco hinter dem hölzernen Tresen – und zwei weitere Gäste, die vermummt in einer der Ecken gesessen hatten, ihre Waffen zogen.

„Sieh an, sieh an, Galarts Hündchen“, spottete einer der beiden Vermummten. Die Stimme klang jugendlich. Todd glaubte seinen Ohren nicht zu trauen. „Jon?“, rief er aus, als er die Stimme seines einstigen Lehrlings erkannte. Doch Todd sah keine Wiedersehensfreude, und keiner der Männer machte Anstalten, seine Waffe zu senken.

Todd schnaubte. „Und nun? Spießt ihr mich auf, oder sagt ihr mir, worum es hier geht?“ Er stand auf und schob Jons Streitkolben achtlos beiseite. Zu Sybilla gewandt sagte er: „Und jetzt erkläre mir, Mädchen, warum du noch lebst. Wir hörten, du wärest wegen Mordes an Galarts Neffen hingerichtet worden!“

„Mord!“, rief Sybilla aus. Grenzenlose Wut mischte sich mit Verzweiflung und Hass. Bevor Todd sich versah, hatte sie ihren versteckten Dolch gezogen und hielt ihm die Klinge an die Halsschlagader.

„Mord!“, wiederholte sie grimmig. „Ich glaube, es wird Zeit, dass wir dir ein wenig über deinen sauberen Geschäftspartner Brian Galart berichten!“

Todd betrachtete die Entschlossenheit in den Augen der jungen Frau und ihrer drei Schwertträger. Er nickte und setzte sich wieder hin. Marco verschloss die Tür der Schenke, hängte ein *Geschlossen*-Schild ins Fenster, und mit leiser Stimme berichtete Sybilla von ihrem Schicksal, welches durch Galart eine Richtung genommen hatte, in die sie nie hatte gehen wollen.

Die Rune zersplitterte in Myriaden von Teilen. Lichter, gleißend und grell, stachen wie ein Speerwall durch den Raum und streckten das Opfer nieder, das in der Mitte des Altars gefesselt worden war.

Marcellus kicherte. „Ich habe es Euch tausendmal gesagt, Zarhir: Das Opfer muss willig sein! Nehmt den Vorschlag an. Freiwilliger bekommt ihr kein Opfer!"

Zarhir bedachte den Magier in den roten Roben mit einem wütenden Blick. Er gab seinen beiden vermummten Schergen ein Zeichen, und diese banden den zerfetzten Leichnam der Frau vom Altar los und warfen ihn in eine Schubkarre, um ihn später zu entsorgen.

Nachdenklich betrachtete er den Magier. „Wen meint ihr?"

Marcellus verzog seine Mundwinkel zu einer Verhöhnung eines Lächelns und flüsterte Zarhir seinen Gedanken ins Ohr. Überrascht blickte Zarhir den roten Magier an. „Linettes Geist hat Euch wieder darauf gebracht?"

Marcellus nickte, und sein Lächeln wurde zu einer Fratze der Selbstgefälligkeit. „Die Furcht vor der Marter macht sie gefügig und so willig, wie man sich nur wünschen kann!"

Zarhir dachte nach. Der Geist Linettes war widerstrebend, voller Hass, doch Marcellus hatte recht. Sie hatte sie mit Informationen versorgt, hatte Kontakt hergestellt.

„Beschwört sie!", befahl er. Marcellus verneigte sich spöttisch, berührte eine Portalrune, die er in die Verzierungen seines Gewandes eingelassen hatte, und verschwand durch das wabernde Licht, das einen Herzschlag lang den Raum erfüllte.

Zarhir betrachtete den Altar, der sich in der Tiefe der Ritualkammer befand. Keiner seiner Gegner wusste von ihrer Existenz. Und keiner würde davon erfahren, bis das Werk vollendet war.

Er würde derjenige sein, der zu Ende brachte, was vor so langer

Zeit begonnen hatte. Er, Zarhir, würde die Zurhidon einen neuen Weg einschlagen lassen. Zu zerfressen war die Organisation, zu verstreut, zu uneins in ihren Methoden und Zielen. Nein, sobald sein Plan vollzogen war, würde er die Kontrolle über die Geschicke der Zurhidon übernehmen, würde mit eiserner Faust einen, was uneins war.

Ich bin der treuste Diener der Dreizehn*!*

27. Die dunkle Feste

Ein anthrazitfarbener Schimmer zeichnete sich gegen den roten, staubverhangenen Himmel ab. Dunkel und hoch ragten die Mauern auf, trotzig und doch von einem edlen Geist gezeichnet. Die Formen waren klar, aufragend und effektiv; wo Varanas' Architektur verspielt war, glich die Obsidianfeste einer dunklen Klinge. Goldene Verzierungen nahmen dem Bollwerk die Boshaftigkeit, die man sonst gemeinhin mit dem schwarzen Stein verband, und verliehen ihm etwas Schützendes, etwas Ritterliches. Shareena fühlte sich sicher.

Nach ihrer Flucht aus dem Lager der Minotauren hatten sie den Baum passiert, in den Remicks Pfeil mit dem Stein eingeschlagen war und dessen Abwesenheit aus der Siedlung es Asiya erlaubt hatte, ihre Heilzauber zu wirken. Shareena hatte den Stein gerade an sich genommen, als Prinktars Häscher sie beinahe einholten. Doch die Götter waren ihnen gnädig. Sie hatten den Pfad einer verfeindeten Patrouille der Eiszyklopen passiert, grobschlächtigen, blauhäutigen Wesen, und in dem darauf entbrennenden Scharmützel zwischen Zyklopen und Minotauren war es ihnen gelungen zu entkommen.

Remicks Anwesenheit hatte sich nicht als Zufall entpuppt. Ahira hatte den Waldläufer, Kundschafter und Haudegen ausgesandt, um nach dem Angriff der Zurhidon auf ihr Sanctum nach den drei Vermissten Ausschau zu halten. Ahiras Botschaft berichtete auch von dem *Arkanen Umwandler*, den Charbonneau und Sam nutzen wollten, um den Teleportationsrunen der Zurhidon entgegenzuwirken, und somit hatten sie sich auf den Weg zur Obsidianfeste gemacht, jener Festung aus schwarzem Gestein, welches im Dreiländereck der Gebirgsketten lag, das die Steppen von Sascilia, die windigen Canyons im Norden und das Schneemeer von Ystra bildeten.

Sie hatten eine kurze Rast in Harf gemacht, doch Ahira hatte den Ort bereits verlassen, um sich zu einem Treffen mit ihrem Gefährten Andhor zu begeben. So hatte Tanilof ihnen einen Brief mit den Schilderungen ausgehändigt und die Ausrüstung bereitgestellt, die Ahira für sie zurückgelassen hatte.

Shareena hatte Malvaras Bogen aufgenommen und die Lektionen genossen, die Remick ihr auf dem Weg immer wieder erteilte, bis er sie eine wahre Expertin mit dem Bogen nannte.

Asiya war gleichfalls zu Kräften gelangt. Die Albträume schienen vergessen, und sie bewegte sich wieder federnder und kraftvoller. Eine neue, grimmige Zielstrebigkeit hatte die dunkelhaarige Schönheit erfasst, die an eine aristokratische Entschlossenheit, ja, Erhabenheit grenzte, wie Fantur es einmal beiläufig am Lagerfeuer eines nächtlichen Rastplatzes bemerkte.

Und nun sahen sie die übermenschengroßen Banner und die goldenen, martialischen Verzierungen des Tores der Festung vor sich. Gewaltige Katapulte und Ballistae säumten die breiten Wehranlagen. Ein angreifendes Heer würde einen blutigen Zoll zahlen, deckten die Kriegsmaschinen doch jeden Klafter an Boden vor den Toren ab. Diese Festung war eine Insel der Verteidigung in einer wütenden stürmischen See aus Stein, Staub und Geröll.

„Ja, sie ist ein bisschen protzig, aber wirksam“, sagte Remick, der auf einem Schecken neben Shareena ritt, die ihren H’ary in Harf wiedergefunden hatte.

Sie lachte – und sie musste gestehen, dass sie den Kämpfer

mit dem weißen Haar mochte, die ruhige Art, wie er sie in die tieferen Geheimnisse des Spurenlesens einwies, den Umgang mit Pfeil und Bogen erläuterte oder einfach eine Präsenz der Sicherheit ausstrahlte, die sie genoss. Asiyas funkelnde Blicke sah sie nicht.

Remick zügelte sein Pferd und hielt an. „So, Zeit für mich, meiner Wege zu ziehen! Meine Damen, Fantur, du alter Räuber!"

Shareena sah enttäuscht auf. „Kommst du nicht mit uns?"

Remick grinste frech. „Ach was. Zum einen habe ich noch Hausverbot nach meinem letzten Besuch, und außerdem …" Er tätschelte mit einem gequälten Lächeln den Hals seines Pferdes. „Ich hatte mich so an Bob gewöhnt!"

„Bob?", lachte Shareena.

Verschwörerisch beugte sich Remick im Sattel vor und flüsterte leise, so als ob er nicht wolle, dass sein Pferd ihn hörte: „Mein Berhu!"

„Bob", wiederholte Shareena. „Bob, das Berhu? Prinktars Berhu?"

Auch Fantur lachte, als er Shareenas entgleitende Gesichtszüge erblickte. Remick musste ob ihrer mädchenhaften, offenkundigen Schwärmerei für ihn ebenfalls schmunzeln.

„Ja, der alte Sandhuf soll ja nicht glauben, dass wir quitt seien. Hätte er uns nicht vor Sonnenuntergang verfolgen lassen, hätte ich ihm die Auszeit ja gegönnt, aber so? Nein, mein guter Prinktar Sandhuf, quitt sind wir nicht!", rief er aus und beugte bei den zuletzt gesprochenen Worten den Oberkörper nach Südosten, wo er das Lager der Minotauren von Ystra wähnte. Dann preschte Remick davon.

Fantur beugte sich zu Asiya herüber und flüsterte. „Das nenne ich eine erfolgreiche Flucht!"

Asiya lächelte spöttisch, doch ihre Augen betrachteten Shareena mit einem seltsamen Funkeln. Es war, als suchte eine Kraft in ihr voller Eifer nach jener Leiden schaffenden Sucht, die so oft mit der Liebe einherging. Doch sie schüttelte das unbehagliche Gefühl ab. Es gab Wichtigeres zu tun.

„Reiten wir", sagte sie und trieb ihr Pferd auf das Tor der Obsidianfeste zu. Shareena und Fantur folgten der Priesterin durch den Bogen aus schwarzem Stein.

Selbst das prasselnde Feuer des großen Kamins in Lajos Halkas Besprechungszimmer konnte die eisige Kälte zwischen den Beteiligten nicht vertreiben. Hatten die Söldner noch vor wenigen Stunden gemeinsam die erfolgreiche Rückkehr Sams und Hauptmann Haverons gefeiert, war Shareena und ihren Gefährten nun bereits klar, wie wenig Liebe der Führer des *Ordens der Dunklen Glorie* derzeit für Varanas übrighatte.

„Aber Lajos!", rief General DeVanano und erhob sich von dem u-förmigen Konferenztisch, an dessen Kopf Lajos Halka thronte. „Wir sollten auf Charbonneau hören: Varanas braucht unsere Hilfe. Die Konflikte zwischen den Gilden geraten nicht nur zunehmend außer Kontrolle, sie sind ein Ränkespiel der Zurhidon. Der Rat von Varanas hat längst die Kontrolle über die Sicherheit der Stadt verloren!"

Der alte Halka, weißhaarig und noch immer muskulös, beugte sich vor und bedachte DeVanano mit einem finsteren Blick. „Und was denkst du, was wir tun sollen? Herbeigelaufen kommen, weil Berol und diese adeligen Schranzen, die sich hochtrabend *Rat von Varanas* schimpfen, ihre Schwertträger nicht mehr im Griff haben? Oder ihre eigenen Gilden? Die Gilden, die sie selbst immer mächtiger haben werden lassen?"

Halka nahm seinen Weinbecher und leerte ihn in einem Zug. „Ich will verdammt sein, wenn ich der Wachhund von Varanas werden soll. Ich selbst war es, der in jungen Jahren die Wache von Varanas aufgebaut hat. Aber als wir hierher auszogen, hier ins ‚Hinterland', wie sie es abfällig flüsternd nennen, hat die Gilde des Silberschattens die Führung der Wache übernommen. Und der silberne Schatten wurde schnell zum Schoßhündchen von Rat und *Auge*, nicht wahr?"

Er betrachtete die Anwesenden in seinem Amtszimmer: Fantur, Sam, Charbonneau, DeVanano und Shareena und Asiya. „Höllenhunde des Rates nannte man die Wache schon bald. Und in ihrem Streben nach Unabhängigkeit wurde die Wache zu einem Objekt, das allzu leicht zu infiltrieren war."

Charbonneau warf einen Blick zu seinem Freund General DeVanano und erhob sich. „Lajos Halka ist ein weiser Mann: Soldat, General, Oberbefehlshaber! Doch in erster Linie seid Ihr vor allem eines: tapfer und loyal! Ihr habt recht. Wir müssen mit dem Einfluss der Zurhidon aufräumen, wir müssen herausreißen, was verdorben ist, und wir müssen die Freiheit da schützen, wo sie bedroht ist. Aber es ist nicht ganz so einfach."

Der dicke Magier hielt inne und legte nachdenklich die Finger an den Mund, so als sei ihm der Gedanke, den er aussprechen wollte, gerade erst in den Sinn gekommen. „Wenn Varanas in die Hände der Gilden fällt, über die die Zurhidon die Kontrolle haben, wenn der Rat von Mitgliedern kontrolliert wird, über die die Zurhidon die Kontrolle haben, dann …" Charbonneau warf einen Blick auf die große Wandkarte, die hinter Halka hing. „Dann, mein Freund, kämpft Ihr bald einen Krieg an zwei Fronten!"

DeVanano blickte Halka an. „Lajos, meine Männer sind bereit, mit Charbonneau nach Varanas zu ziehen. Lasst uns vereinen, was sich zunehmend entzweit!"

„Nein!", donnerte Halka mit seiner tiefen, kratzigen Stimme. „Ihr wollt Schutz? Den genießt Ihr! Hier in der Festung Obsidian, die der *Orden der Dunklen Glorie* aufgebaut hat. Ihr wollt Zugriff auf die Archive? Bitte! Was glaubt Ihr wohl, warum Andhor von der Gilde des Silberschattens seine Kammer des Wissens hier eingerichtet hat und nicht in Varanas? Weil *wir* hier wissen, wie man etwas verteidigt. Weil unsere Gegner *uns* fürchten!“

Shareena erhob sich. „Großer Halka, Ihr sprecht weise: Ihr wisst, wie man sich verteidigt, wie man einen tückischen Gegner bekämpft. Wir brauchen Euren starken Arm! Die Zurhidon dürfen das Gefüge der Macht nicht verändern! Wir brauchen Freiheit!“

Halka verschränkte die Arme auf der Brust und betrachtete die schöne junge Frau eindringlich. Nach und nach stahl sich ein süffisantes Grinsen auf seine Züge. „Wenn ich achtzehn wäre und nicht achtzig, würde ich Euch zum Frühlingstanz bitten, junge Dame. Eine streitbare Frau bringt das Blut eines alten Kriegers immer noch in Wallung. Doch hüte dich, Kindchen, wenn du einmal das Schwert ergriffen hast, wirst du es niemals wieder loslassen. Der Kampf wird dein ständiger Begleiter sein; seine Gefährten Tod und Leid deine Schatten.“

Er betrachtete die Anwesenden der Reihe nach. „Die Freiheit wird gerne zitiert, wenn es um sinnloses Blutvergießen geht oder um die Ausweitung von politischer Macht. Hättet Ihr diese Worte gesagt, Charbonneau, hätte ich laut gelacht. Doch diese Worte von einer unschuldigen Seele rühren mich.“ Halka strich sich durch den weißen Bart. „Hört meine Entscheidung morgen Abend!“

Mit diesen Worten drehte sich der alte General um. Eine Wache öffnete ihm die Tür des Planungszimmers, in dem sie sich versammelt hatten. Shareena blickte zu ihren Gefährten, die sich ebenfalls erhoben und sich anschickten, den Raum durch die gegenüberliegende Doppeltür zu verlassen. Fantur lächelte sie müde an. „Es scheint, als hättest du sein Herz gerührt, Reena. Lassen wir dem alten Köter etwas Zeit, darüber nachzudenken, warum er einst zum Schwert gegriffen hat.“

Shareena nickte müde. Es war bereits weit nach Mitternacht, und sie würde sowieso nur noch wenig Schlaf in dieser Nacht finden. Charbonneau trat zu ihr und nickte sie zustimmend an. „Warten wir ab, ob dein Verstand oder deine Schönheit den alten Bock dazu bringen, seinen Stolz runterzuschlucken. Ich bin in den Archiven und bastle weiter an unserem Umwandler!"

Sam und Asiya folgten ihm – zu Shareenas Verwunderung hatte Asiya ein hohes Interesse an der Konstruktion des Werkzeugs entwickelt und ihre Hilfe angeboten. Asiya hatte ihr erklärt, dass es, wenn es denn um die Verbannung eines Dämons gehen würde, dieses auch eine priesterliche Angelegenheit sei und sie somit von Nutzen sein könnte.

Schweigend suchte Shareena ihre Kammer auf und hoffte, dass Lajos Halka, der Anführer der Schwertträger des *Ordens der Dunklen Glorie*, die richtige Entscheidung treffen würde.

28. Die Rune

Die Sonne stand wie ein feuriges Auge am staubigen Morgenhimmel.

Funkelnd glitzerte die Rune, die Samuel in seinen Fingern hochhielt und am Fenster eingehend inspizierte.

„Ist sie es?“ Asiya stand hinter ihm und hatte ihre Hände beiläufig auf seine Schultern gelegt, so als sei sie müde. Sie hatten gemeinsam den Rest der Nacht in den dunklen Archiven gearbeitet, Nun befanden sie sich in dem Turm, in dem sie ihre Experimente durchführen wollten. Der alte Charbonneau war in einem Ohrensessel eingeschlafen und schnarchte lautstark. Der Turm lag direkt über den Katakomben und Andhors Kammer des Wissens, einem mit zahlreichen magischen Sperren versehenen Verlies, in dem die seltsamsten Objekte verwahrt wurden.

Sam zitterte, als er Asiyas Brüste durch ihr Kleid an seinem Hinterkopf spürte. Die alte Leidenschaft, die er nur unzureichend verdrängt hatte, flammte wieder in ihm auf, erinnerte ihn an Nächte, in denen sein Verlangen nach ihr ihn nicht hatte schlafen lassen.

„Ein so kleines Ding“, flüsterte sie und strich sich eine Haarsträhne aus dem Gesicht. „Und so mächtig.“

Sam horchte auf. Wachsam. „Macht? Ist es Macht, die dich fasziniert, Asiya? So wie damals?“

Asiya spürte die Anspannung, die den Magier befallen hatte, und lachte leise. Sie warf einen Blick zu dem schlafenden Charbonneau. Spielerisch, mit einer Leichtigkeit, wie es nur junge

Frauen vermögen, die ihre mystischen Netze nach ihrer Beute auswerfen, glitten ihre Hände über seine Brust, und ihre Lippen berührten seinen Hals. Der Duft ihrer dunklen Locken stieg Sam in die Nase, und ihre Wärme schien ihn gleichsam zu verbrennen.

„Du meinst, so wie es dich nach dem Wissen dürstet, mehr über die Magie unserer Welt zu lernen?“ Ihre Stimme war leicht, und er genoss es, ihrem Klang zu lauschen. „Oder Shareena, die Candara nicht länger mit den Augen eines Pioniermädchens betrachtet, sondern mit dem Blick einer Kriegerin und Kundschafterin?“

Sam sah auf. Es gab offenbar viele Vorstellungen von Macht. Ihre Wärme und Nähe raubten ihm beinahe den Verstand. Ohne es kontrollieren zu können, drehte er sich zu ihr um, berührte sie an der Hüfte und zog sie sanft auf seinen Schoß. Er fürchtete, dass sie sich ihm entziehen würde und hoffte zugleich, dass sie ihm diese Nähe gestattete.

Und Asiya gewährte ihm diese Vertrautheit.

Sie berührte sein Gesicht mit beiden Händen und küsste ihn. Sam erschrak. Es war kein leiser Kuss, zaghaft und schüchtern, wie er es sich in seinen jugendlichen Träumen immer vorgestellt hatte, sondern ein leidenschaftlicher Kuss, wild und feurig, der Kuss einer Todesfee, die ihn verhexte, unter ihren Bann brachte, ihn zwang, ihr in alle Ewigkeit zu verfallen.

Charbonneaus Stimme ließ die beiden aufschrecken, und der Zauber endete. „Nehmt euch ein Zimmer in einer Taverne, Kinder!“

Asiya lachte, blieb aber auf Sams Schoß sitzen, ihre Arme um seine Schultern geschlungen. „Die Rune ist fertig“, sagte sie, und Charbonneau sprang mit einer Behändigkeit auf, die die beiden Jüngeren überraschte.

Der Magier inspizierte sie, erprobte sie mit einer Reihe von Zaubern, für die er einige seiner eigenen Runen parat liegen hatte, und schüttelte dann missmutig den Kopf. „Nein! Das ist sie noch nicht. Aber wir nähern uns an!"

Einladend deutete er auf die vielen Zutaten, die Sam zusammengetragen hatte. Sam stöhnte auf und bedauerte es zugleich zutiefst, dass Asiya sich von seinem Schoß erhob. „Also dann, auf ein Neues", stimmte sie gut gelaunt an. „Ziehen wir Strohhalme, wer losgeht, um Frühstück zu holen?"

Shareena und Fantur wanderten durch die abendliche Feste. Der Wind pfiff scharf und kalt durch die Gassen des stadtgleichen Bollwerks. Nachdenklich streichelte die junge Frau Jonesy, der es sich in gewohnter Weise auf ihrer Schulter gemütlich gemacht hatte. Die Berührung des Tieres tat ihr gut, gab ihr Kraft und Wärme in dieser trostlosen Einöde. Lajos Halka hatte ihnen mitgeteilt, dass die *Dunkle Glorie* keine Truppen nach Varanas senden würde; ein Krieg der Gilden sei eine interne Angelegenheit und Sache des Rates. Über die Machenschaften der Zurhidon verlor er kein Wort. Lajos Halka hatte entschieden.

Es gab es nicht viel, das sie tun konnten – die Zauberkundigen hatten sich in ihrem Turm eingeigelt und experimentierten zwischen Büchern und Schriftrollen und magischen Utensilien, um jene Rune zu erschaffen, die es ihnen gestatten würde, die Wirkung der Zurhidonrunen zu neutralisieren – und so nutzten sie die Zeit, um die Obsidianfestung zu erkunden.

Bei einem Bogner hatte Shareena mittels eines Waffenbohrers ihren Bogen verbessert und zwei neue Runen einarbeiten lassen. Die Sehne war jetzt nicht nur stabiler, sondern in Verbindung mit den richtigen Pfeilen konnte sie nun schneller und genauer schießen.

Shareena hatte die Gegenwart des alten Ritters zu schätzen gelernt. Er hatte sie geführt, ohne zu strafen, er hatte sie angeleitet, ohne ihr das Gefühl zu geben, ein lästiges Anhängsel zu sein. Fantur war das Gegenteil von Todd, und sie wünschte sich zunehmend, ihre Mutter hätte damals einen Ritter von Fanturs Schlag in ihr Haus und ihr Bett geholt.

Sie hatten die Zeit mit Schwertübungen verbracht und waren durch die Lager der Söldner gestreift. An einem Schießstand übten Bogenschützen das Schießen auf Strohsäcke, die in vierzig Schritt Entfernung an Seilen hin und her schaukelten. Zwischen Schussdurchgängen liefen Knaben zwischen den Zielen hindurch und stießen diese an, damit sie wie torkelnde Trolle mal nach links, dann wieder nach rechts taumelten.

Ein vernarbter, düster dreinblickender Krieger, vollbärtig, mit langen, dunklen Locken, der in eine reichverzierte Lederrüstung gehüllt war und einen mächtigen Langbogen in den Pranken hielt, schoss in schneller Folge drei Pfeile in einen weiter entfernten Leinensack. Shareena blieb hinter dem Mann stehen. Sie bewunderte die Zielsicherheit und die Schnelligkeit, mit der der Schütze seine Geschosse abfeuerte.

Fantur war gleichfalls stehen geblieben und musterte den hochgewachsenen Berg aus Muskeln, Haaren und Leder einen Moment lang, dann stutzte er.

„Dom?“

Der Krieger mit dem Bogen feuerte einen weiteren Pfeil ab, blickte dann zu dem Ritter und erlaubte einem breiten Grinsen in seinem bärtigen Gesicht, eine volle Zahnreihe zu präsentieren. Shareena war fasziniert; er erschien ihr wie ein jüngeres Abbild ihres väterlichen Freundes.

„Fantur! Du alter Dieb!“, rief der stattliche Mann aus, dann fiel er dem Älteren um den Hals und klopfte ihm erfreut auf die Schultern. Die beiden Männer begrüßten sich herzlich, und schließlich musterte Dom Shareena mit offenkundiger Bewunderung. „Und wen haben wir hier?“

Er warf Fantur einen süffisanten Blick zu. „Du alter Schwerenöter!“, brummte er mit seinem Bariton und knuffte den Ritter mit dem Ellenbogen in die Seite. Fantur warf dem Kundschafter einen bösen Blick zu. „Noch ein Wort und meine Klinge schneidet dir deine unverschämte Zunge heraus! Sie ist eine Weggefährtin, nicht mein Liebchen. Abgesehen davon ist Shareena durchaus in der Lage, sich einen Aufschneider, Lügner, Trinker und Raufbold von deiner Sorte vom Leib zu halten!“

Doms Augen funkelten angriffslustig, und er betrachtete sie nochmals mit messendem Blick. „Ja“, sagte er nachdenklich. „So wie sie aussieht, *sollte* sie dazu in der Lage sein!“

Shareena verdrehte die Augen und schüttelte lachend ihre offenen Haare. Sie gab Jonesy einen Schubs, woraufhin dieser brummend von ihrer Schulter huschte und sie vorwurfsvoll aus großen Augen anschaute. Shareena nahm ihren Bogen, legte einen Pfeil auf, spannte die Waffe und ließ das Geschoss von der Sehne schnellen. Einen Herzschlag später traf der Pfeil den strohgefüllten Leinensack an der Außenseite mit einem dumpfen Schlag und versetzte das Ziel in eine Drehung.

Dom pfiff anerkennend aus. „Guter Schuss, Schwester.“

Er fuhr herum, zog und feuerte in schneller Folge drei weitere Pfeile auf das Ziel ab. Der erste Pfeil stoppte die Drehung des Leinensacks, der zweite traf Shareenas Pfeil am Schaft und spaltete ihn, während der dritte das Seil durchtrennte, an dem die bewegte Zielscheibe aufgehängt worden war. Dom grinste frech. „Aber ein paar Tricks kannst du noch lernen!“

Sie lachten, und Fantur deutete auf eine der zahlreichen Buden und Marktstände, die neben Waffen, Kleidern, Kräutern und Heiltränken auch Speisen, Wein und Bier anboten, mit denen die kriegerischen Einwohner der Obsidianfeste den Staub aus den Kehlen spülen konnten.

Vom Stand aus beobachteten sie Söldner, Händler und Reisende, die mit einer der zahlreichen Karawanen, die die Sascilia-Steppe durchquerten, die Sicherheit der Feste gesucht hatten. Manche der Reisenden muteten sie seltsam an: In offene Kutten gehüllte Pilger, die Gebete sangen und sich mit jedem Schritt selbst geißelten, indem sie ihren Leib mit Dornenkränzen peitschten und den Stoff an ihrem Rücken mit ihrem eigenen Blut durchtränkten.

Dom bemerkte ihre Irritation. „Sie suchen nach Erlösung, göttlicher Erleuchtung, magischer Macht. Spinner, die sich den Lehren ihrer selbst ernannten Gurus und Hohepriester hingeben. Sascilia ist voll davon! Einige diskutieren sogar darüber, ob Narfas männlich ist und einen Bart hat oder einen Fischschwanz wie eine Meerjungfer, weil andere glauben, Narfas sei weiblich. Ja, das sind echte Probleme!“

Erinnerungen an Todds strenge Religionsauslegung kamen ihr in den Sinn. Das junge Mädchen, das sie einst gewesen war, hatte nicht mehr viel mit der drahtigen Kriegerin gemein, die die Monate in Hitze und Kälte, Einsamkeit und Blutvergießen aus ihr gemacht hatten. Die Shareena, die in züchtig verhüllenden Kleidern darauf hatte warten müssen, unter die Haube zu kommen, war in jener blutigen Nacht vor so vielen Monaten verschwunden. Gedanken an Sybilla kamen ihr in den Sinn, doch sie schüttelte diese ab. Sie hatte keine Zeit für Ablenkungen dieser Art und fragte Dom nach seiner Vergangenheit.

Shareena erfuhr, dass der junge Mann seine Karriere vor zehn Jahren als Krieger begonnen hatte und dann im Laufe der Zeit immer wieder als Kundschafter und Aufklärer für die Söldner des *Ordens der Dunklen Glorie* eingesetzt worden war. Dom berichtete von den Aktivitäten der Kreaturen im Umland, von Wanderungen der Monstrositäten, wie er sie bezeichnete, und von fehlgeschlagenen Attentaten der Zurhidon auf Lajos Halka.

Shareena schlug sich in die Faust. „Das ist es! Die Zurhidon binden Halka hier! Und deswegen schickt er keine Hilfe nach Varanas!“

Dom kratzte sich am Kopf und warf Fantur einen skeptischen Blick zu. „Wovon redet die Kleine?“

Fantur hob seinen Becher mit gewürztem Wein und schenkte dem kriegerischen Kundschafter einen Gruß. „Die *Kleine* hat in den Kampfgruben von Rabenfeld als Gladiatorin überlebt. Eine gute Schwertkämpferin mit Potenzial für vieles. Also sprich mit ihr! Und nicht über sie, als sei sie nicht da!“

Verlegen schabte Dom mit seinem Stiefel unter dem Tisch Lehm auf und blickte Shareena an. Er atmete tief ein und wollte ansetzen, eine ungelenke Entschuldigung zu formulieren, doch sie winkte ab. „Vergiss es. Als Entschuldigung kannst du mir eher noch ein paar von deinen Tricks beim Bogenschießen zeigen!“

Dom lachte und hieb ihr die Hand auf die Schulter. „Hah, du gefällst mir. Ich werde mehr tun: Ich mache aus dir die beste Kundschafterin diesseits von Ystra und Aslan!“

Fantur hob die Hände. „Ich fürchte, dafür wird keine Zeit sein. Wir müssen nach Varanas, sobald unsere …“ Er brach ab, als er Shareenas zusammengekniffene Augen sah. „Sobald unsere Freunde ihre Angelegenheiten erledigt haben!“

Dom blickte verdutzt zwischen den beiden hin und her, dann prustete er lauthals los. „Schon gut, ich frag erst gar nicht, was du alter Halunke wieder ausheckst.“ Er blickte wieder zu Shareena, die nachdenklich zu Halkas Turm hinaufsah. „Und? Was geht in deinem kleinen Köpfchen vor sich, meine Hübsche?“

Shareena schaute Dom nicht an. „Die Zurhidon, du großer Ochse.“

Sie leerte ihren Krug und stellte ihn auf dem verkratzten Holztisch ab. „Lajos Halka schickt keine Truppen, weil die Zurhidon hier ihre Attentate auf ihn ausführen. Findet die Attentäter …"

„… und Lajos Halka wird Truppen nach Varanas schicken!", rief Fantur aus.

„Hmm, Zurhidon." Dom kratzte sich am Bart. „Es gibt ein Zurhidonlager in Sascilia, das uns schon lange Ärger bereitet. Ich könnte ein Kommando hinführen, aber um da eine ganze Einheit reinzuschicken, braucht es schon mehr Gründe, als ‚Varanas braucht Hilfe'. Die meisten hier in diesen Grenzländern gehören ja zu denen, die von den hochnäsigen Schranzen rausgeworfen wurden, weil sie nicht in ihre hübsche saubere Stadt passten."

Shareena lachte harsch auf. „Und was wären ‚mehr Gründe'?"

„Gold und Diamanten, meine Hübsche, Gold und verdammte Diamanten!"

Fantur verdrehte die Augen und erhob sich dann. „Ich suche Charbonneau auf und sage ihm, dass wir mehr Ressourcen benötigen. Entweder hat der alte Fuchs noch etwas in unserer Reisekasse oder Ahira schickt uns was hierher."

„Gut!", sagte Shareena. „Und während wir warten, bringst du, Dom, mir noch ein wenig über die Kundschafterei bei!" Sie griff nach ihrem Bogen und deutete mit dem Kopf an, dass er ihre Ausbildung sofort beginnen sollte.

Jonesy keckerte aufgeregt. Das Frettchen hielt einen glitzernden Ring zwischen seinen Vorderläufen, während ein Händler zeternd herbeigelaufen kam. Fantur warf Shareena einen tadelnden Blick zu, doch sie lachte nur und hielt dem kleinen Räuber den Arm hin, damit er seinen Platz auf ihrer Schulter einnehmen konnte. Dom grinste sein breites und süffisantes Grinsen, doch als er Fanturs ermahnenden Blick sah, hielt er inne. „Behandle sie so, als sei sie meine Tochter, Dom! Und du weißt, was Väter mit Kerlen tun, die ihren Töchtern zu nahe treten!"

„Autsch!“, rief der Hüne aus und verzog schmerzhaft das Gesicht bei der Vorstellung, was der Ritter ihm antun würde. „Ich werde sie nur im Bogenschießen ausbilden, jawohl!“

Shareena beschwichtigte den Händler, gab ihm Jonesys Diebesgut zurück und winkte Fantur hinterher, der sich auf den Weg machte, um die Bezahlung für die Söldner aufzutreiben. Frech funkelte sie Dom an und lud ihn ein, mit ihrer Ausbildung zur Kundschafterin fortzufahren.

Fantur betrat die Kammer der Magier und riss die Klinge seines Schwertes aus der Scheide. Gleißende Lichter und sphärische Klänge füllten den Raum aus. Der Stein, tropfenförmig und facettenreich in seiner Struktur, schwebte über dem *Arkanen Umwandler*: eine Sonne blauen Lichts, die die Helligkeit der Nacht verdrängte, als sei der Stern vom Himmel gefallen. Kraftvolle Ströme der Magie formten Linien, die das kostbare Kleinod umgaben und seltsame Schriftzeichen waberten durch den Raum, flüchtig und vergänglich, als seien sie geisterhafte Schemen.

„Ganz ruhig, Brauner!“, spottete der dicke Magier des *Auges der Weisheit* und deutete dem Ritter an, dass alles in Ordnung sei. Charbonneau schirmte die Augen ab und betrachtete das Meisterwerk, welches sie geschaffen hatten. Er trat näher heran und fegte mit seinem Fuß die ausgebrannten Manasteine beiseite. Knirschend trat er auf die Reste des Chitinpanzers aus Kal'Turok, den sie für eines der zahlreichen Experimente verbraucht hatten. „Kinderchen“, hob der dicke Magier an. „Wir haben sie! Eine Rune, die den Nexus der Zurhidonrunen zu neutralisieren vermag!“

Das Konstrukt funkelte und summte leise, als sei es aufgeladen. Asiya streckte ihre Hand aus, sachte und vorsichtig, und das Summen nahm zu. „Prinktars Rune neutralisiert Magie.“

Sam beugte sich näher an das schwebende Objekt heran. Das

grelle Licht ließ seine dunkle Haut seltsam aufleuchten, fast grau und tot, ein Effekt, der durch das strahlende Weiß des Lichtes verursacht wurde. „Richtig. Und durch die Komponenten dieser Welt, die wir hinzugefügt haben, kanalisieren wir natürliche Magieströme des Diesseits und Jenseits derart, dass sie sich aufheben, wenn sie einander berühren. Wer sie auf seiner Rüstung trägt, wäre nahezu unverwundbar durch dunkle Magie. Er würde zwischen den Welten existieren können!“

Asiya hielt den Kopf schief. „Nein! Wir brauchen eine Waffe, in die die Rune eingebaut wird. Ein Schwert, Pfeil und Bogen.“

Samuel zog ein Gesicht. „Wohl eher den Stab eines Zauberkundigen!“

Charbonneau schnaubte. „Keine gute Idee, junger Sam. Die Rune muss ins Zentrum des Nexus der Zurhidon, um das Portal zu schließen. Wir wollen ja keine simple Transition von einem Punkt Candaras an einen anderen stören, sondern eine Art Feldfluktuation herbeiführen, die den Nexus aufhebt, der die Ebenen verbindet! Das bedeutet, die Rune muss in eine Klinge eingearbeitet werden, damit das Runenkonstrukt der Zurhidon zerschlagen werden kann – und jede Monstrosität der Leere, die es wagt, ihre hässliche Fratze zu zeigen!“

Fantur trat näher und betrachtete die Rune, die die beiden Magier und die Priesterin erschaffen hatten.

Sam rieb sich die Hände und sagte: „Ich denke, es ist Zeit für ein gesundes Frühstück. Das haben wir uns verdient!“ Er erhob sich und verließ die Kammer durch die immer noch aufgesperrte Tür, durch die der Ritter gerade gekommen war.

„Wo ist Reena?“, fragte Asiya und schaute Samuel mit irritierter Miene hinterher.

„Bekommt Privatunterricht von einem Kundschafter.“ Fantur

betrachtete noch immer das funkelnde Objekt. Asiyas nachdenklichen Blick, der immer noch auf die Tür gerichtet war, sah er nicht.

„Wir müssen einen Schmied finden, der sich darauf versteht, neue Sockel für die entsprechende Waffe herzustellen", sagte Charbonneau und nahm einen Beutel aus dunkelblauem Samt von einem Tisch. Als er sich anschickte, die transformierte Rune aus dem *Arkanen Umwandler* zu entfernen, erfolgte der Angriff.

29. Verrat

Die Wolken am dunkelblauen Morgenhimmel glühten unheilvoll in einem blutigen Rot auf, als die Strahlen einer noch unsichtbaren Sonne auf sie einstachen. Shareena schreckte aus dem Schlaf hoch, als sie das Fauchen Jonesys vernahm.

Sie hatte den Abend mit Dom verbracht, der ihr gezeigt hatte, wie sie Spuren auf dem Boden oder an Ästen richtig deutete oder wie sie ein Umschwingen des Wetters aus den Wolken lesen konnte.

Sie mochte den kräftigen Mann mit dem frechen Lächeln, und so war sie nicht zu ihrem Quartier zurückgekehrt, sondern hatte mit ihm am Feuer eines einfachen Zeltlagers – gelegen zwischen schweren Belagerungsmaschinen – ein einfaches Mahl eingenommen. Die Gespräche mit dem Mann, der ebenso viel über das Leben in der Wildnis, den Kampf mit Pfeil und Bogen wie auch mit Schwert und Axt wusste, hatte sie erfüllt und ein Verlangen in ihr geweckt, das ihr bisher unbekannt gewesen war.

Nachdem er mehr und mehr die wissbegierige Abenteurerin in ihr erkannt hatte, hatte er keine seiner anzüglichen Bemerkungen mehr gemacht und die Maske des Draufgängers und Herzensbrechers fallengelassen. Er hatte nicht versucht, sie anzurühren, doch Shareena hatte auch in seinen Augen jenes Verlangen erblickt.

Als er ihr ein Stück von der knusprig gebratenen Wachtel reichte, die sie an einem der Stände zusammen mit einem Schlauch schweren, roten Weines gekauft hatten, berührten sich ihre Finger.

War es ein Versehen gewesen? Keiner von ihnen hatte losgelassen, beide hatten das Stück einen Moment zu lange festgehalten, hatten die Energie aufgesogen, die durch ihre Fingerspitzen geflossen war.

Ein endloser Blick in die Augen des anderen. Dann hatte Shareena sich vorgebeugt, seinen Kopf gefasst und ihre Lippen auf die seinen gedrückt.

Der Rest der Nacht flackerte wie Bilder in einem Gewitter vor ihr auf; Dom, der sie sanft hochhob und in sein Zelt brachte; Shareena, die ihm die Rüstung und das Wams vom Leib riss, Momente sanfter Leidenschaft. Der erfahrenere Mann spürte ihre Unsicherheit und ließ ihr Zeit, wo sie sie brauchte, führte sie und ließ ihr gleichfalls den Freiraum, nach dem es ihr gelüstete. Seine Berührungen brachten Shareenas Blut in Wallung, und eine Leidenschaft, heiß und brennend, in einer Art und Weise, wie sie sie nie zuvor kennengelernt hatte, flammte durch ihren Bauch, ihren Schritt. Schließlich hatte sie ihn zwischen ihre Schenkel gezogen, hatte den Schmerz des *Ersten Mals* mit zusammengepressten Lippen ignoriert und sich ihm hingegeben. Schließlich war sie erschöpft in seinen muskulösen Armen eingeschlafen.

Der Schlaf war erst spät in der Nacht gekommen, und nun, herausgerissen aus den Momenten der Entspannung, fühlte sie sich schwer und müde. Ein schaler Geschmack lag in ihrem Mund, und der Zauber der vergangenen Nacht war verflogen. Dom war bereits fort; vermutlich auf der Suche nach Kriegern, um die Zurhidon zu finden, die Lajos Halka nachstellten.

Sie setzte sich auf. Die Sonne hatte den Horizont noch nicht erreicht. Jonesy war noch immer aufgeregt, und sie griff nach dem Tier, welches sie in der Nacht aus dem Zelt geworfen hatte, damit es sie nicht beim Liebestanz beobachtete.

Ihr Atem stockte, als sie die kalte Morgenluft einsog, und sie realisierte, dass eine Unruhe die Wachen am Turm der Magier befallen hatte.

Oh Ayvenas, nicht noch ein Angriff der Zurhidon!, schoss es ihr durch den Kopf. Shareena griff ihre Kleider und Waffen, setzte Jonesy auf die Schulter und lief über den Platz, um den unheilvollen Qualm und Rauch, der aus dem Fenster der hoch gelegenen Turmkammer der Magier hervorquoll, besser sehen zu können.

Fantur war tot. Der alte Ritter lag bäuchlings in seinem Blut. Sein Schwert lag auf dem Boden in einer großen Blutlache und seine Hände waren voller Brandspuren. Am meisten schockierte Shareena jedoch, dass der magische Angriff das freundliche Gesicht ihres väterlichen Mentors verbrannt hatte. Sie schüttelte den Kopf, als sie ihn so liegen sah. Dieser schwarze, verkohlte Schädel konnte doch nicht Fantur sein, der alte Ritter, der sich ihrer so freundlich angenommen hatte! Shareena blickte fassungslos auf den Leichnam ihres väterlichen Freundes und konnte die Tränen nicht zurückhalten.

Ich hätte ihn nicht allein lassen sollen, gab sie sich in Gedanken die Schuld. *Während ich meine Jungfräulichkeit an den ersten besten Waldschrat verschenkt habe, ist er gestorben.*

Charbonneau lag besinnungslos und gleichfalls mit schweren Verbrennungen an Brust, Hals und Gesicht vor dem umgestürzten Tisch. Ein schlaksiger Priester in dunklen Roben kniete neben dem Zauberer und hielt seine Hände über ihn. Er beschwor weiche, gelbliche Energieströme aus ihnen hervor, die den Tod bekämpften, der mit kalten Klauen nach dem Verwundeten griff. Der Priester sah den Blick der aufgelösten jungen Frau und nickte nur, ohne ein Lächeln.

Charbonneau lebt!

Wachen flankierten den Eingang der Kammer zu beiden Seiten,

und Lajos Halka stapfte gerade in den Raum, um den Ort des Schreckens zu inspizieren.

„Was zur Hölle ist hier passiert?“, bellte der Feldherr und funkelte Shareena böse an. Sie betrachtete ihn mit zusammengekniffenen Augen. „Wonach sieht es denn aus, Lajos Halka?“ Sie spie seinen Namen wütend aus.

Der alte Mann stutzte und hielt dann inne. Er nickte und sprach mit ruhigerer Stimme. „Zurhidon.“

„Ja“, presste Shareena mit brodelnder Wut, gepaart mit Trauer und Enttäuschung, hervor. „Zurhidon!“

„Wenn ich etwas tun kann …“, begann Halka, doch Shareena schnitt ihm rüde das Wort ab. „Ihr hättet vorher etwas tun können, Halka! Statt euch hier zu verstecken, hättet Ihr die Truppen entsenden können. Jetzt wollten *wir* Männer ausschicken, um die Zurhidon zu finden, die Euch nachstellen, doch das wäre Eure Aufgabe gewesen!“

Der weißhaarige Feldherr legte ihr beruhigend die Hand auf die Schulter, doch sie fegte sie wütend weg. Sie stutzte. Charbonneau war schwer verwundet und Fantur war tot. Doch Asiya und Sam lagen nicht unter den Trümmern des verwüsteten Raumes.

Wo seid ihr?

Shareena blickte sich um und betrachtete die Trümmer: Unzählige Ingredienzien hatten sie verbraucht, doch sie fand die Rune des Minotaurus Prinktar Sandhuf nicht unter den Überresten. *Vermutlich haben sie die Rune herstellen können,* dachte sie. *Doch wer hat sie genommen? Asiya? Sam? Beide?*

Der Priester erhob sich. „Er wird leben.“ Mit einer sachten Geste wies der dürre Heiler zwei Wachen an, den schweren Magier mit einer Bahre hinauszutragen.

Shareena war allein mit Lajos Halka in der verwüsteten Kammer. Wieder einmal hatte das Schicksal sie ihrer Freunde beraubt.

Grimmiger Zorn kochte in ihr hoch, und sie hieb mit dem Faustballen auf das steinerne Sims des Fensters.

Wer von euch beiden hat uns verraten?

„Was zur Hölle ist hier passiert?!“, rief eine neue Stimme von der Tür. Shareena fuhr herum und sah Sam, der ein Tablett mit frischem Brot, Obst und Krüge mit Milch und Tee in den Händen trug.

„Sam!“ Shareena machte einen Schritt auf ihn zu und hielt dann inne. *Asiya.*

Sie begriff, was passiert sein musste. Charbonneau hatte die Rune fertiggestellt, und Asiya hatte sie an sich genommen. Sie hatte immer mehr Macht haben wollen, hatte begabt sein wollen, wie die schöne Ahira. Und nun hatte sie Fantur getötet und das gleiche bei Charbonneau versucht, als Sam unterwegs war, um Frühstück zu besorgen.

Verfluchte Hure der Finsternis!, schrie es durch ihren Verstand. *Miststück!*

Halka legte erneut seine Hand auf ihre Schulter, und diesmal ließ sie ihn gewähren. „Verrat unter Waffenbrüdern wiegt am schwersten. Der Orden wird dir helfen!“

Shareena blickte Halka in die Augen. Erschöpfung griff nach ihr; sie nickte nur und wandte sich brüsk ab. Sie gab Sam ein Zeichen, ihm zu folgen. Jonesy keckerte aufgeregt, als er sich an ihrer Schulter festkrallte und sie mit entschlossenem Schritt dem Priester und Charbonneaus Bahre die Stufen hinab nacheilte.

30. Schlachtaufstellung

Zarhir, in die edle, dunkle Kleidung eines Hohepriesters der Zurhidon gehüllt, schob die metallene Maske vor sein Gesicht. „Varanas wird brennen!“, rief er, und die Hundertschaft vermummter Gestalten stieß einen harschen Gruß aus, die Hände erhoben. Das dreimalige Wiederholen dieses Grußes, den Zarhir unter seinem Gefolge eingeführt hatte, erklang wie die Kriegshörner einer Zeit, als die Macht noch in den Händen der Berufenen lag.

„Candara wird geläutert!“

Und er hatte seine Armee hier in Varanas. *Oder besser unter Varanas,* dachte er belustigt. *Von den Narren dort oben weiß keiner, dass wir hier sind.*

„Und Taborea wird erneuert!“

Lange hatten sie nach einem geeigneten Knotenpunkt der magischen Ströme gesucht, viele Orte hatten sie ausprobiert, wie jenes Goblindorf in Aslan, welches sich jedoch als unzureichend erwiesen hatte, und nun hatten sie hier, direkt unter der Stadt Varanas, diesem arroganten Ausdruck von Überheblichkeit, eine Festung erschaffen, deren ringförmiges Herz direkt unter der Rune von Varanas lag.

Kammern und Gänge mündeten in magische Portale, führten in die Viertel der Stadt hinaus. Durch geheime Wege konnten sie Häuser betreten, die unscheinbar waren, konnten Orte erreichen, die den Blicken der Wache von Varanas verborgen bleiben würden.

Er betrachtete sein Heer. Hier standen sie vor ihm, vermummt, alle gleich, nicht einer besser als der andere, würdige Diener der *Dreizehn wahren Götter*. Unter ihnen waren Krieger, Magier und Priester, die von den falschen Göttern abgefallen waren. Unter den Masken und Kutten wusste er Händler, Handwerker und auch Soldaten, die einst Varanas gedient hatten. Es war der Weg der Zurhidon, in andere Gesellschaften einzudringen und jene zu finden, die auf den Weg des Wahren Glaubens gebracht werden konnten. Zarhir lächelte, als er seine Armee sah. *Eine Armee aus Soldaten, von denen jeder einzelne bereit ist, sein Leben für die heilige Mission zu geben!*

Marcellus schlurfte heran. Er trug wie immer keine Maske, sondern seine roten Roben, als wolle er den Zurhidon zeigen, dass er außerhalb ihrer Gesetze und Regeln stand, dass er etwas Besseres war.

„Die Statuen sind in Position, Zarhir", flüsterte der rote Magier. „Und Galart berichtet, dass das Zinn flüssig in den Kesseln kocht! Wir warten auf Euer Zeichen, Zarhir."

Zarhir nickte und hob die Hände. Seine Krieger schwiegen, lauschten auf das Signal, das das Ritual einleiten sollte, um endlich den Ersten der *Dreizehn* wieder auf die Welt Taborea zu holen.

„Wir gehorchen keinen Göttern, die weit weg und entrückt sind. Wir sind Menschen. Menschen, die die Kraft der Götter an sich nehmen können – so, wie es die *Dreizehn* vor uns getan haben. Sie haben uns den Weg gezeigt, den Weg von gottgleichen Wesen. Befreien wir unsere Herren aus dem Gefängnis!"

Die schwarzen Krieger stießen erneut jenen harschen Grußlaut aus und stampften mit den Füßen auf. Donnernde Begeisterung hallte durch die weitläufige Kammer. „Begebt euch auf eure Positionen. Lasst den Feind nicht durchbrechen!"

Marcellus kicherte neben ihm, als die Diener der *Dreizehn* die

Kammer verließen und in die nächtlichen Straßen von Varanas hinauszogen.

„Was kicherst du, Magier?“ Zarhir verlor die Geduld mit Marcellus, doch dieser winkte ab. „Beruhige dich, mein Freund. Die Runen in den Kammern werden aktiviert, sobald wir mit dem Ritual beginnen.“

Zarhir funkelte ihn noch einen Moment lang böse an. Marcellus hatte recht. Das Ritual musste beginnen. Er beschied, dass es später noch genug Zeit gab, den Magier aus dem Weg zu räumen. Wenn erst der wahre Gott wieder auf der Welt war, war Marcellus überflüssig. „Lasst Galart das Zinn in die Bahnen pumpen, und dann eskortiert das Weib her! Es wird Zeit, den wahren Göttern das Gefäß anzubieten.“

Galart nippte von seinem Weinkelch und beobachtete, wie die ihm zugeteilten Zurhidon die schweren Räder drehten, die die Pumpwerke antrieben, um das flüssige Metall in die Adern zu befördern. Galart hatte Unmengen des *Weißen Bleis*, wie Zinn von den Weisen auf Kolydia einst genannt wurde, an Zarhir geliefert.

Im Gegenzug hatte Zarhir Galart Gold, Diamanten und vor allem jene Kontakte verschafft, die er brauchte, um in der verworrenen Hierarchie der Gilden aufzusteigen. Mit Zarhirs Hilfe hatte Galart nicht nur die Handgreiflichkeiten zwischen ausgeschickten Schlägern seiner Konkurrenten überstehen können, sondern auch blutige Schlachten schlagen lassen. Macht war es, die ihm sein Handel mit Zarhir eingebracht hatte.

Er lachte innerlich. Der Minenpionier Todd hatte sich ihm ob der Undankbarkeit seiner Tochter so verpflichtet gefühlt, dass er den Handel schuldbewusst ausgeführt hatte. Und eben jenes Zinn, erworben aus den zahlreichen Lieferungen Todds, wurde nun kochend und mit hohem Druck in das magisch erstellte Netz aus Löchern, Kammern und Röhren gepumpt, welches Zarhirs Magier Marcellus erstellt hatte.

Vier Schreine, direkt unter dem Verwaltungsbezirk, bargen die dreizehn Runen der Zurhidon und bildeten seltsame Konstrukte aus Strömen der Magie und fein geformtem Zinn, gleichsam magisch verändert.

Dunkle Wörter der Macht.

Über den schwebenden Runen und ihren Zinneinfassungen klafften Löcher, die an das verästelte Netzwerk angeschlossen waren. Weiteres Zinn, zum Schmelzen gebracht durch Flammen der dunkelsten Magie, füllte nun stetig diese Adern. In der ersten Kammer troff das Zinn bereits auf eine der Runen herab.

Der zweite Teil verblüffte Galart, obschon er hier Wunder gesehen hatte, die ihn an seiner eigenen Bedeutung zweifeln ließen. An bestimmten Stellen floss das glühend heiße Metall *aufwärts*!

Hinauf zu den Statuen, die meine Gilde hat aufstellen lassen, dachte er. Er hatte in den vergangenen Wochen die Ausrichtung der Statuen genauestens überwacht. Auch dies war ein Bestandteil von Zarhirs Plan gewesen; bestimmte Häuser hatten abgerissen werden müssen. Andere waren leicht versetzt worden, oftmals nur wenige Klafter, um neue Gebäude zu errichten.

Galart hatte seinen neuen Einfluss genutzt, um die Baupläne beim Rat durchzusetzen, und er hatte auch darauf geachtet, dass die Ausrichtungen der neuen Häuser genau nach Zarhirs Vorgaben ausgeführt wurden, wenngleich er oftmals nicht nachvollziehen konnte, warum bestimmte Hölzer, Mörtel und Steine auf die eine oder andere besondere Art verbaut werden mussten.

Doch nun hatte er es verstanden: Die Runenmagie bestand aus Schriftzeichen, und eben solche Schriftzeichen erschufen die Zurhidon hier. Gewaltige Worte, die sich während des geplanten Rituals verändern und den Zaubern anpassen würden.

Ihm schauderte, doch er war auch gespannt auf die nächste Phase des Vorhabens, aus dem er mit mehr Macht und Einfluss hervorgehen würde.

Rötlicher Rauch quoll aus den Schornsteinen des neuen Gebäudes in der östlichen Unterstadt zu Varanas.

„Das ist eins der vier Häuser", brummte Todd und blickte von der nächtlichen Gasse aus über den leeren Platz. Galarts Gilde hatte mehr als zwei Dutzend neuer Bauwerke errichten lassen, und Todd war die beste Chance der Silberschatten, herauszufinden, wo sich die Zurhidon trafen.

Zwei Stadtwachen machten ihre Runde, doch sie waren so sehr in ihren Tratsch vertieft, dass sie die seltsame Farbe des Rauchs nicht bemerkten. Quentin und Sybilla drängten sich hinter ihm in die Schatten und spähten an ihm vorbei.

„Es stinkt nach dem Qualm einer Metallesse. Zinn. *Mein* Zinn, würde ich sagen", erklärte Todd. Zinn war schon bei recht geringer Hitze aus dem Erz zu lösen, und als Minenarbeiter wusste Todd, wie jedes der Metalle roch, wenn es sich unter großer Hitze verflüssigte.

„Ich könnte schwören, dass die Augen dieser grässlichen Statue in der Fassade gerade aufgeleuchtet haben", flüsterte Sybilla. Die junge Frau hatte sich in eine Lederrüstung gehüllt, je zwei kurze Dolche an ihrer Hüfte und einen kurzen Säbel in der Hand. Todd sah sie an, blickte dann zu den Waffen der jungen Frau, deren Härte in den Zügen ihn immer noch erschreckte. Sie deutete zu den gequälten Seelen, die Dämonen vertreiben sollten. Gargylen aus Stein an den Fassaden waren eine alte Tradition unter den Architekten, doch diesen Figuren war eine seltsame Verzerrtheit zu eigen.

„Hmm, ich sehe nichts", brummte Todd. Er drängte seinen

massigen Körper in die Schatten zurück. „Aber da kommt jemand.“

Sie sahen, wie sich eine Gruppe Vermummter aus dem Schatten löste, den die Patrouille gerade passiert hatte. Wie Ratten huschten sie durch einen Seiteneingang in das Gebäude.

Quentin lächelte die beiden verschmitzt an. „Holen wir die anderen. Todds Freunde scheinen eine besondere Feier abzuhalten und haben uns nicht eingeladen. Ich liebe es, unangemeldet reinzuplatzen!“

Todd verzog das Gesicht. Nachdem er Sybillas Version der Ereignisse gehört hatte, war ihm klar geworden, dass er die Augen vor der Wahrheit verschlossen hatte. Es gab viel, für das er zu büßen hatte. „Das sind nicht meine Freunde“, knurrte er.

Du hast auch keine Freunde verdient, du kaltherziger Mistkerl. Sybilla dachte an Victor. Der junge Soldat – unlängst befördert zum Leutnant – hatte sie trotz seiner Verwundung nach jedem Dienst auf Chantreas Gut besucht. Fürsorglich hatte er sich um Sybilla gekümmert, über sie gewacht, und sie spürte eine tiefe Vertrautheit zu ihm, wenngleich auch die flammenden Gefühle, die sie als junges Mädchen immer erwartet hatte, ausgeblieben waren. Aber sie waren zumindest vertraut, vielleicht Freunde, vielleicht auch mehr. Er war ihr Licht in dieser Finsternis. „Ja, holen wir Verstärkung.“

Todd schüttelte den Kopf und gluckste. „Hat man das schon gehört: Diebe, die freiwillig nach der Wache von Varanas suchen!“

Sybilla funkelte den bulligen Mann kalt an: „Nicht nach *der* Wache, sondern nach *unserer!*“ *Victor.*

Mit feenhaften und grazilen Bewegungen verschwand sie in der Gasse. Todd blickte noch einmal zu dem dunklen Gebäude zurück und folgte dann den anderen in die schützende Dunkelheit der Nacht.

Schweißgebadet erwachte Charbonneau und erhob sich zu schnell aus seinem Bettlager.

„Sachte, alter Freund“, brummte eine markante Stimme.

DeVanano.

Stöhnend sank Charbonneau auf sein Lager zurück. „Was ist passiert?“

DeVanano schüttelte den Kopf und reichte dem dicken Magier einen Becher mit Wasser. „Ich hatte gehofft, du würdest mir das sagen können!“

Charbonneau schloss die Augen. Sie hatten die Rune der Neutralisierung fertiggestellt, und dann war er angegriffen worden. *Hinterrücks!* Schnell sprang er auf – und wäre wieder zu Boden gesackt, hätte DeVanano ihn nicht aufgefangen.

„Welchen Teil von ‚sachte' hast du nicht verstanden, eh?“

Charbonneau knurrte und suchte seine Kleider. Er fand sie über einem Schemel und zog sich an. „Wir sind verraten worden!“

„Das wissen wir. Asiya hat die Rune entwendet und ist geflohen. Vermutlich zu den Zurhidon!“ Charbonneau erkannte die Stimme der jungen Frau und atmete erleichtert auf, als er Shareena auf der anderen Seite des Raumes sah. Verlegen dachte er, dass er gerade halbnackt aus dem Bett gesprungen war, doch dann fegte er den Gedanken beiseite.

„Asiya?“

Ungläubig starrte er von Shareena zu Samuel und wieder zu DeVanano. Seine Augen weiteten sich, als er vollends begriff, was geschehen war. Schluchzend vergrub er seine Hände in seinem Gesicht, unfähig, dem Unfassbaren Ausdruck zu verleihen.

31. Ritual

„Magier!“, brüllte Tomas über den Kampflärm hinweg. „Deckung!“

Tomas’ Einheit hatte das erste Gebäude gestürmt, nachdem Todd die Bauwerke Galarts identifiziert hatte. Victor und Tomas hatten ihre Einheiten zusammengelegt, ein Schachzug, der an den bürokratischen Wegen der Wache von Varanas vorbeigelaufen war. Der erfahrenere Hauptmann Tomas agierte als Anführer der Einheit, Leutnant Victor als seine rechte Hand. Sie beide wussten, dass auch in der Wache von Varanas wahrscheinlich Spione der Zurhidon lauerten, und so hatten sie in den vergangenen Wochen nur die vertrautesten Streiter in ihre Einheiten geholt. Andere – weniger Vertrauenswürdige – waren versetzt worden.

Das Moment der Überraschung hatte ihnen einen leichten Vorteil gewährt, doch nun war dieser jäh gestoppt worden. Hatten die Stadtsoldaten, die darauf gedrillt worden waren, Seite an Seite auf engem Raum zu kämpfen, ein leichtes Spiel mit den vorrückenden Schwertträgern der Zurhidon gehabt, waren sie nun auf deren Magier gestoßen.

Blitzende Zauber, Strahlen aus weiß glühendem Licht hackten durch den Raum, Windböen und schneidende Splitter aus Eis, Feuer und Statik prasselten durch die Luft.

Sie waren durch die Magier in eine Pattsituation gelangt. Der Gang blitzte immer wieder funkenreich auf und verwehrte ihnen den Zugriff auf die Zauberkundigen, die sie nun aus der Ferne attackierten.

Ihre Kameraden suchten Deckung hinter den Vorsprüngen und Säulen des verwinkelten Bauwerks. Die Innenräume ergaben keinen Sinn. Sie waren verschachtelt und verzerrt angeordnet. Schwarze und rote Farbe verliehen den Wänden einen unheimlichen Ausdruck. Licht wurde verschluckt, und es lag der schale Geruch von Eisen in der muffigen Luft.

Blut.

Victor hatte mehr das Gefühl im Inneren eines gewaltigen und bösartigen Wesens zu sein als in einem Bauwerk, welches von außen wie ein unscheinbares Fachwerkhaus anmutete.

„Wir kommen hier nicht weiter!", rief Tomas und wollte sich gerade anschicken, einen anderen Weg einzuschlagen, als sich Klappen über ihnen öffneten und schwarze Schemen sie attackierten.

Vermummte Krieger der Zurhidon schälten sich zugleich aus den dunklen Nischen. Schwerter klirrten auf Schwerter, und die Soldaten hielten einen Herzschlag lang stand. Dann jedoch wurden sie wie von Geisterhand zurückgeschleudert – nur ein, zwei Schritt weit – und die so entstandene Lücke nutzten die Angreifer, um mit Stichen und Hieben weiter vorzudringen. Entsetzt erkannte Victor, was sie vorhatten: Die Übermacht der Zurhidon trieb sie in den Bereich der wartenden Magier zurück.

Asiya schwebte über dem blutbefleckten Altar. Eine Sphäre aus Licht umgab sie, schützte sie vor dem Feuer der Verdammnis und band sie zugleich an diesen Nexus der Magie. Ströme waberten durch die weite Kammer, ließen die Ebenen des Seins miteinander verschmelzen.

Für die Dauer eines Lidschlags nur.

Einen Herzschlag lang.

Sie spürte die anderen lauern.

Fratzen und Krallen schabten von der anderen Seite an der dünnen Wand zur Leere. Jener Seite, die sie schon einmal gesehen hatte.

Auf einer stufenförmigen, flachen Plattform vor ihr standen die Zurhidon: Zarhir, Marcellus und elf weitere vermummte Priester und Magier; sie hielten Stäbe in den Händen und flüsterten dumpfe Gesänge und Worte der Macht.

Sie spürte die Ungeduld der Präsenz auf der anderen Seite, die rastlos darauf wartete, dass sich das verhasste Portal endlich öffnen möge. Und dann spürte sie auch die andere Präsenz wieder in ihrer Nähe, wie schon so oft in den vergangenen Wochen, wie im Fieber im Lager der Minotauren.

Ihr Verstand wollte sie nicht glauben lassen, was sie sah. Ihr Henker trat vor. „Du bist eine Schönheit, Asiya. Begehrenswert. Würdig. Besudelt! ‚Geboren aus dem Blute befleckter Weiber', sagte schon Großinquisitors Leonidyr einst!"

Fantur grinste sie kalt an.

Quentin duckte sich hinter die eingestürzte Wand. Ohrenbetäubender Donner breitete sich wie eine Flutwelle aus und fegte Staub und Fragmente durch den Raum.

„Drei weniger!", grinste er und zwinkerte Sybilla zu. Jon stöhnte auf. Nur der draufgängerische Dieb konnte Humor in einer solchen Situation finden.

Als eine weitere Gruppe Zurhidon mit Schwertern das Haus betreten hatte, in das sie Tomas' und Victors Soldaten geschickt hatten, waren sie ihnen gefolgt. Ein blutigroter Wahnsinn hatte sie empfangen, und sie hatten sich durch ein bizarres Netzwerk aus Kammern und Gängen vorgetastet. Todds Muskelkraft war dabei von großer Hilfe gewesen, hatte er doch vier der vermummten Krieger kurzerhand den Schädel eingeschlagen und einem weiteren das Genick gebrochen.

Sie hörten den Kampflärm der Soldaten, doch konnten sie sie in dem Labyrinth nicht ausfindig machen. Treppen herunter und wieder hinauf. Doch schließlich überraschten sie in den weitläufigen Räumen – viel zu weitläufig für ein so kleines Gebäude, behauptete Quentin irritiert – die Zurhidon, die durch ihre Gesänge die seltsamen Statuen an den Fassaden und Balkonen veränderten. Tote Augen und aufgerissene Münder erstrahlten in einem kalten, grünlich grauen Licht. Ringe und Linien aus Licht drehten sich um die Köpfe der Statuen und formten immer neue Zeichen.

„Das sind Runen", flüsterte Sybilla. „Runen aus Licht!"

Die Zurhidon mussten sie gehört haben, denn die Magier hielten inne, fuhren herum und attackierten sie sofort mit blitzenden Zaubern. Die Versuche Jons und Quentins, die Statuen zu beschädigen, scheiterten an Sphären aus Licht und Finsternis, die die Statuen schützten. Schilde aus Magie. Fauchend erfasste der Ausläufer eines Blitzes Sybilla, und die junge Frau wurde zu Boden geschleudert. Quentin holte eine Flasche mit einem seltsamen, übel riechenden Gemisch hervor und schleuderte diese in den Raum. Die Magier fielen in der Explosion, die Statue jedoch stand unversehrt dort und verhöhnte sie.

Jon konzentrierte sich und flüsterte Gebete, um die Wunden, die Sybilla davongetragen hatte, zu verschließen. Die Blutung stoppte nach wenigen Augenblicken und hinterließ nur eine feurig aussehende Narbe, die, so er die Heilzauber regelmäßig fortführen konnte, auch noch verschwinden würde.

„Jetzt bin ich froh, dass du deinen Glauben gefunden hast, Jon", murmelte Sybilla dem jungen Priester der Diebe zu und spähte in den Gang hinein, in welchen Quentin einen weiteren Brandsatz schleuderte. Flammen züngelten an dem Holz hoch, und beißender Rauch breitete sich aus.

Quentin bedeutete den dreien sich zurückzuziehen, als die Hitze zunahm. „Ich schätze, Victor und Tomas sind dort! Suchen wir unsere Stadtwachen!“

Sybilla biss die Zähne zusammen und humpelte zwei Schritte. Todd machte einen Schritt auf sie zu und bevor sie protestieren konnte, fasste er sie unter den Arm und schob sie hinter Quentin und Jon durch die rauchigen Gänge.

Fantur beobachtete mit steinerner Miene, wie sich Asiya vor Schmerzen wand. Gefesselt an den Altar. Gepeinigt. Dem Schrecken einer Welt ausgesetzt, die sich kein Sterblicher vorstellen konnte.

Zarhir nickte ihm zu und Fantur atmete tief ein.

Erlösung für meine Seele. Nach all den Jahren, endlich die Macht, meine geliebte Frau aus dem Reich der Finsternis zurückzuholen!

Er war einen Pakt mit seinem schlimmsten Feind eingegangen. Doch warum auch nicht, denn seine Freunde konnten ihm nicht den Trost geben, den er brauchte, um seine Wunden zu heilen.

Fantur spürte die Runen, die durch Marcellus’ fortwährend gemurmelte Zauber zu glühen begannen wie ein Kribbeln auf der Haut.

Als würden Läuse und Sandflöhe unter meine Haut kriechen.

Der Schmerz nahm zu. Fantur biss die Zähne zusammen, wehrte sich gegen das Brennen, das Ziehen und Reißen, das seinen alten Leib durchfuhr.

Der Schmerz wuchs, und die Runen fraßen sich wie hungrige Skarabäen durch seine Plattenrüstung, rissen das Fleisch seiner Muskeln auf und verbanden sich mit seinen Knochen, Sehnen und Adern. Erlöst schrie er auf, ein Laut, der jedoch mehr an das Wehklagen eines Dämons erinnerte als an den eines menschlichen Wesens.

Marcellus betrachtete den Leib des Ritters. Größer wirkte er, mächtiger, kräftiger und jünger. „Es wird Zeit für das Blut!"

Asiyas Augen weiteten sich vor Entsetzen. Zarhir zog einen Dolch aus seinem Gürtel und schritt zum Gesang der übrigen Priester und Magier, die den Altar auf den vorgegebenen Positionen umgaben, auf sie zu.

Die gezackte Pfeilspitze zerschmetterte den Schädel der Wache.

Shareena war aus dem Nichts materialisiert und hielt den runenbewehrten Pfeil schussbereit auf der Sehne ihres Bogens. Der Zurhidon in der Portalkammer, mit einer hellebardenartigen Waffe ausgerüstet, hatte ihr den Rücken zugewandt und blickte neugierig in die große Kaverne, in der das unheilige Ritual vollzogen wurde. Ob es der bläuliche Lichtschimmer des magischen Portals war oder ein Geräusch, welches Shareena beim Herabsteigen der drei flachen Stufen gemacht hatte – die Wache hatte sie jedenfalls gespürt und war überrascht herumgefahren. Shareena hatte nicht nachgedacht, die Sehne mit dem aufgelegten Pfeil bis an ihr rechtes Ohr gezogen, Zeige- und Mittelfinger ohne zu verreißen gelöst, und das Geschoss hatte die wenigen Schritte in einem Augenblick zurückgelegt.

Der Zurhidon stöhnte nicht einmal auf, sondern fiel mit einem dumpfen Schlag nach hinten und blieb reglos liegen. Der Pfeil hatte die Augenhöhle durchbohrt, und graurote Gehirnmasse quoll aus dem rückwärtigen Loch auf den steinernen Boden.

Shareena fühlte, wie der schwelende Zorn und die feurige Blutgier, die in der Arena immer wieder in ihr hochgekocht waren, weiter in ihr wuchsen und nun durch diesen unheiligen Verrat genährt wurden. Sie bemühte sich, diese Energie für sich zu nutzen, umzulenken und zu kontrollieren.

Charbonneaus Erwachen hatte den Verrat offenbart. Der Magier hatte den Zauber einer Transformationsrune aufgehoben, und die Leiche Fanturs hatte sich vor ihren Augen in die Doms umgewandelt.

Shareenas Herz hatte aufgeschrien, als sie den Verrat verstand: Fantur hatte Dom getötet und den Leichnam als Ablenkung benutzt. Wieder einmal fühlte sie sich verraten und ihrer Träume beraubt. Sie hatte Fantur geliebt wie den Vater, den sie nie gekannt hatte! Für einen Moment hatte sie Schwierigkeiten, den Gedanken der Trauer auf später zu verschieben.

Charbonneau hatte in Fanturs Gemach eine ausgebrannte Portalrune gefunden, doch der Magier konnte durch seine Künste das Ziel der Rune entschlüsseln, und so hatte sie diesen Ort erreichen können, die Festung in der Dunkelheit, im Fels unter Varanas, im Herzen des Nexus der Magieströme. Shareena hatte verstanden, dass die Festung nicht unter Varanas war, sondern parallel zu dem Fels existierte, auf dem die Stadt errichtet worden war. Sie befand sich gewissermaßen in einer anderen Dimension.

Ihr Ziel war klar. Sie musste die Rune von dem Verräter zurückholen. Die Gegenrune, nach der Samuel und Charbonneau gesucht hatten und die sie brauchten, um das Runenkonstrukt der Zurhidon zu neutralisieren.

Sie schüttelte die Gedanken ab, als Jonesy von ihrer Schulter sprang. Das Frettchen keckerte aufgeregt und blickte mit zitternder Schnauze in den Gang. Leise schlich sie an den verschlungenen Torbogen der Portalkammer heran und spähte in die Ritualkammer hinab, während Samuel hinter ihr durch den Lichtring des Portals trat. Sie beachtete den jungen Magier nicht, sondern blickte über die flache Brüstung in die Tiefe. Abwesend streichelte ihre Linke das Frettchen, spürte das aufgeregte Herz des Tieres wild in der kleinen Brust hämmern.

Shareena musste ihre Augen anstrengen, um das Dunkel der

weitläufigen, dunstigen Kammer zu durchdringen. Vier weitere Gänge, jeder breit genug für eine Handvoll Reiter, führten zu weiteren Räumen, aus denen ein seltsames Glühen hervordrang.

„Darin müssen die Runen sein“, flüsterte Sam, der mehr von Charbonneaus Erklärungen des magischen Runenkonstrukts verstanden hatte als Shareena.

Schwere Gesänge wogten durch die Kammer, bildeten einen bizarren Rhythmus der Ekstase. Dreizehn Beschwörer der Zurhidon umgaben einen ringförmigen Altar. Shareena erkannte einen davon – den roten Magier, der neben einem Hohepriester in reich verzierten dunklen Kleidern stand.

Ein Dutzend flacher Stufen führte zu dem Podest empor, über dem eine seltsame Rune aus Energie schwebte. Mannshoch und leuchtend, ein Konstrukt wie aus Kristallen, doch von einem eigenartigen unheilvollen Widerschein.

Und Fantur, einst *ihr* Ritter, stand ebenfalls unter dem Runenkonstrukt, dunkel gerüstet, die Arme ausgestreckt. Rote Schemen huschten wie dämonische Diener um ihn herum, während ein Opfer vor seinen Füßen lag und der Hohepriester mit einer schwarzen Klinge in den Händen die Stufen zum Altar hinanschritt.

Asiya! Die Frage, ob sie Opfer oder Komplizin war, beantwortete der vermummte Hohepriester mit der teilnahmslos dreinblickenden Metallmaske. Er betrachtete Asiya und hob langsam die Klinge hoch über seinen Kopf.

Einen Herzschlag lang hielt Shareena inne, atmete nicht einmal. *Es ergibt alles einen Sinn: Fantur hatte irgendwie Kontakt zu den Zurhidon, hat ihnen immer verraten können, wo wir uns befanden. Er hat dafür gesorgt, dass wir in Harf eine ungünstige Schlachtinformation hatten. Die Wunde, die ihm Zarhir dort zugefügt hatte, war nur eine Farce.*

„Der alte Charbonneau hatte recht.“

Samuel.

Fast geräuschlos hörte sie Hauptmann Haveron Rykker und seine Männer durch das Portal kommen. Schwerter wurden gezogen und leise Befehle weitergegeben, als die Männer ausschwärmten.

Shareena blickte mit weit aufgerissenen Augen auf den Hohepriester mit der metallenen Maske und den hoch über den Kopf erhobenen Armen. Jonesy fauchte und zeigte wütend seine Reißzähne. *Ganz ruhig, mein Kleiner!*, dachte sie besorgt.

Blitze zuckten aus der Rune auf Fantur herab, doch die Energie verbrannte ihn nicht, sondern ließ ihn anwachsen, sich grotesk verformen. Seine Rüstung dehnte sich an den Schultern, an der Brust und an den Oberschenkeln aus und verschmolz sogleich mit seinen wie aufgepumpt wirkenden Muskeln.

Der Wangenschutz seines Helmes verlängerte sich, beinahe so, als sei das Metall lebendig. Suchend, zuckend passte es sich der neuen Form an, die der Mensch annahm.

Sam blinzelte und betrachtete das Runenkonstrukt. „Das ist die Rune von Varanas!"

Shareena verstand nicht. „Was meinst du?"

Sam deutete mit seinem Stab auf die Rune, aus der die Energieströme hervorschossen. „Vielleicht sollte ich besser sagen: Diese Rune dort ist ein Abbild der Rune von Varanas. Eine Art Spannungspotenzial zwischen dem Diesseits und dem Jenseits der Leere. Sie benutzen die ganze Stadt als gewaltige Rune!"

Sam verstand es endlich. *Sie nutzen den Grundriss von Varanas als gigantische Rune! Die Zurhidon schreiben Varanas ‚um': Eine gewaltige Rune aus Häusern, den seltsamen Zinnadern, die von den Statuen in den Häusern zu den dreizehn Runen in den Kammern verlaufen. Ein Organismus, dessen schlagendes Herz die Rune von Varanas an der Oberfläche und ihr diabolisches Abbild in dieser Kammer formen!*

Rykkers Männer bezogen im Schutz der Brüstung ihre Positionen, Schwerter und Armbrüste in ihren Händen. „Was in Ayvenas' Namen machen diese Narren?", knurrte der Soldat und betrachtete das energiereiche Geäst, welches sich wie ein lebendes Wesen aus Blitzen und Lichtern von der schwebenden Rune zu den vier Kammern bewegte und von dort aus …

Asiyas entsetzter Schrei riss sie aus ihren Überlegungen. Der Hohepriester griff ihren nackten Hals und riss die Klinge zurück. Der Gesang verstummte.

Shareena reagierte instinktiv. Der Pfeil hatte den Raum schon durchquert, bevor sie bemerkte, dass sie ihn aufgelegt hatte. Als der Hohepriester den Dolch in Asiyas Brust stoßen wollte, schlug das Geschoss ein und schleuderte ihn zurück. Der Mann verlor seine Maske, und Shareena nahm unbewusst wahr, dass es Zarhir war, der Anführer der Zurhidon.

So einfach. Aber er ist auch nicht mein Verräter! Sie beachtete ihn nicht mehr. Ihre Augen wanderten zu dem dunklen Ritter, der sich mit jedem Herzschlag mehr in ein unheiliges Etwas verwandelte.

„Bringen wir es zu Ende", knurrte sie durch die zusammengepressten Zähne und legte den nächsten Pfeil auf die Sehne.

„Keine Gefangenen", brüllte der Hauptmann des *Ordens der Dunklen Glorie*, und das laute Schnappen von Armbrüsten leitete den ersten Geschossschauer dieses Gefechts ein. Sam stieß einen Seufzer aus, nickte, streckte die Arme aus und hob seinen Stab. Laute wurden zu Silben, Silben zu Worten, Worten der Runen.

Der Stab schoss vor, und Feuer und Wind fielen aus dem Nichts.

Das Wesen löste sich aus der Wand. Die Pein der gequälten Seele hatte ihn angezogen, und er war über Candara gewandelt, um die

Quelle zu finden. Kurz war er ihr nahe gewesen. Dort, hier … in jenem seltsamen Grau zwischen den Welten der Existenz.

Leise, unsichtbar glitt er auf die Fee des Todes zu. Sie war gefangen wie er. Gefangen zwischen Leben und Tod. Gefangen und einem grausamen Schicksal ausgeliefert. Die mentale Gespielin eines kranken Geistes.

Sie litt. Sie schrie innerlich auf, als sie in die Kammer hinabblickte, in der ein Kampf entbrannt war, der nicht der ihre war, und doch hoffte sie, dass *er* fallen würde. Marcellus, ihr Peiniger. Er, den sie nicht antasten konnte, der sie mit einer Kette um den Hals hielt wie einen Hund. Nur dass diese Kette aus dunklem Zauber und Magie bestand.

Angewidert sah sie zu, wie der rot gewandete Magier seine Zauber webte, Söldner damit niederstreckte, sie in Klumpen aus zerhacktem und verbranntem Fleisch verwandelte, die nichts mehr mit den Menschen gemein hatten, die sie einen Herzschlag zuvor noch gewesen waren.

Als der Wiedergänger sie berührte, spürte sie auch seine Nähe. Die ätherische Flüchtigkeit seines Seins spülte die Wut fort. Sofort kannte sie ihn, seine Geheimnisse, Ängste und Wünsche.

„Dunstan.“

32. Runenspiel

Dreizehn Gesichter fixierten die große Rune von Varanas mit unheiligem Blick. Ihre Züge waren bizarr, verfremdet. Stumme Fratzen. Leidend. Anklagend.

Die Augen und Münder der Statuen glühten pulsierend auf, und Lichter krochen daraus hervor. Sie spähten umher wie Irrlichter, forschten nach ihrem Weg zu der schwebenden Runenkonstruktion, suchten sie heim, umschwirrten sie wie Insekten, die immer wieder auf ihr Opfer einstachen, um ihr Gift in dessen Körper zu spritzen. Um das Blut zu verseuchen.

Die junge Stadtwache, die in dieser Nacht ihren ersten Dienst im Verwaltungsbezirk von Varanas nachging – Urik war erst den Tag zuvor aus der Unterstadt Ost hierher abkommandiert worden –, sah die unheimliche Veränderung und wollte auf dem Absatz kehrtmachen, um von dem Vorgang zu berichten, als ihm eine Klinge in die Kehle fuhr. Ungläubig starrte er auf das Blut, das rhythmisch aus seinen geöffneten Adern sprudelte. Die schwarz gewandeten Zurhidon, die sich aus den Schatten der Gassen lösten und vor der Rune Position bezogen, nahm er nicht mehr wahr, als er zu Boden sackte.

Die Wirbel des vermummten Mannes knirschten, als Todd dem Zurhidon den Hals in einem unnatürlichen Winkel nach hinten drehte. Wutentbrannt schrie der Waffenbruder des Toten auf, doch da hatten Quentin und Sybilla ihm schon ihre Säbel in den

Bauch gerammt und mit Drehungen, die dem Mann schmatzend die Innereien zerschnitten, beinahe zugleich wieder herausgerissen.

Sie hatten Tomas und Victor schließlich im Untergeschoss ausfindig gemacht. Schwertkämpfer in ihrem Rücken und Magier der Zurhidon vor ihnen hatten einen blutigen Tribut gefordert. Von den Männern und Frauen unter ihrem Kommando lebten nur noch drei: Deborah, Kyker und Larood.

Quentin zündete einen Brandsatz, der die Magier einen Moment lang blendete und den Soldaten die Gelegenheit gab, diese im Nahkampf anzugehen. Der Schurke grinste siegessicher, rollte sich unter den wütenden Attacken zweier Zurhidonkrieger hindurch und nahm die Klinge eines Gefallenen auf. Mit zwei Klingen bewaffnet, blickte er die verdutzten Dämonenanbeter an und attackierte sie mit einer Serie wütender Hiebe, Stiche und Schläge.

„Quentin!“, rief Sybilla, die gerade mit einem anderen Krieger focht, um ihn auf einen der Magier aufmerksam zu machen, der seine Sicht wiederzuerlangen schien.

Spöttisch verneigte sich der Dieb in ihre Richtung, ohne die Gefahr wahrzunehmen. Entsetzen zeigte sich auf Sybillas Zügen, als der schwarze Magier seine Arme erhob und einen verdrehten, verzerrten Stab voller rot glühender Runen über sich hielt. „Nein!“

Der Magier entließ seinen Fluch.

Todd sprang dazwischen. Lichter umhüllten ihn, stachen und hackten auf ihn ein, als seien sie die Klauen eines Monsters. Dann explodierte aus Todds Körper heraus eine Feuerrose. Einen Herzschlag zuvor hatte der Zurhidon magische Samen auf ihn einregnen lassen und diese nun mit einem Wort der Macht entzündet. Der bullige Mann schrie auf, als seine Haut aufflammte. Er ging zu Boden.

Hämisch grinste der Magier der Zurhidon und hob die Hände für einen weiteren Zauber, als Schemen sich aus dem Rauch des brennenden Ganges hervorschälten. Schlangengleich bewegten sich die wabernden Schwaden auf den Magier zu, bissen und schnappten nach ihm.

Jon lief zu Todd und zog den nahezu besinnungslosen Mann aus dem Gang, während sein Schlangenfluch den Zurhidon peinigte. Jon flüsterte die dunklen Gebete, die ihm der alte Priester bei den Dieben von Varanas gelehrt hatte, und schwärende Wunden ließen den vermummten Magier straucheln. Zugleich waren Tomas und Quentin bei dem dunklen Magier und trieben ihre Klingen in das Fleisch des Mannes. Seine Leiden endeten mit einem aufheulenden Wehklagen.

Die Flammen waren außer Kontrolle geraten, und die Hitze machte ein weiteres Vorkommen unmöglich.

„Raus hier!“, brüllte Tomas und bedeutete ihnen, den Weg anzuführen, während Victor und er die Nachhut bildeten. Sybilla winkte Jon zu, er solle ihr gleichfalls folgen. Doch der junge Priester der Diebe schüttelte den Kopf und zerrte weiter an Todds massigen Körper.

„Lass ihn zurück, Jon!“ Noch immer spürte sie die Wut. Jede Nacht roch sie den stinkenden Atem Alexanders, den Todds Handel zu ihr gebracht hatte, fühlte seine Hände, seine …

Sie schüttelte die Gedanken ab, die sie wie Dämonen Nacht für Nacht heimsuchten, und lief zu Jon. Sybilla fasste Todd unsanft am Kragen und riss ihn aus dem Gang heraus. „Warum ich das mache, wissen nur die Götter“, murmelte sie.

Kurz darauf umhüllte sie kalte Nachtluft. Erschöpft blickte Sybilla zu dem in Flammen stehenden Gebäude zurück. Die Statuen, umzüngelt von Flammen, spien grünliche, tote Lichter aus, die durch die Nacht wanderten. Wie ein großes, krankhaftes Geschwür hatten sich die Konstrukte der Zurhidon im Antlitz Varanas' eingenistet und begannen es zu verseuchen.

Ein Glockenschlag, dumpf und nachhallend, wie das Geläut für eine Totenwache, erklang, und ein Zittern durchfuhr die Stadt, als die Lichter der Statuen die Rune von Varanas erreichten. Sie glühte auf, und nun spie auch sie ein unheiliges grünes Licht aus.

Ein Heulen, so als würden Hunderttausende aufschreien, fraß sich durch die Herzen der Menschen, und sie verkrochen sich in ihre Betten, hofften, dass der Albtraum enden würde. Einer schwarzen Flut gleich schwärmten neue vermummte Krieger aus. Hunderte Zurhidon, Magier, Schwertkämpfer, Spießträger, Priester der unheiligen *Dreizehn*, sie alle machten sich auf den Weg zur Rune.

Shareena stach dem Zurhidon mit dem Pfeil durch die Schlitze seiner Maske. Ein gequältes hohes Aufstöhnen sagte ihr, dass ihr Gegner eine Frau war. Die Zurhidon hatten alle Bereiche der Gesellschaft unterwandert, infiltriert. *Beschmutzt!*

Bevor die Tote zu Boden sackte, hatte Shareena den Pfeil auf die Sehne gelegt und ihn auf den nächsten Gegner geschossen, der sich ihr auf der breiten Treppe, die zur Altarebene hinabführte, entgegenstellte. Sam und sie sicherten den Vormarsch der Söldner von hinten, doch immer wieder gelang es den Zurhidon, aus Nischen und versteckt gelegenen Kammern hervorzutreten, die sie zuvor nicht wahrgenommen hatte.

Sie betrachtete ihr Schlachtfeld. Auf der Altarebene hatte sich der verletzte Hohepriester zu Marcellus und zwei anderen Priestern der Zurhidon zurückgezogen, wimmernd und wütend, weil der Pfeil mit der vampirischen Rune ihm das Blut verflüssigte und wie einen feinen Strom aus seinem Leib saugte. Asiya wand sich in ihren Fesseln, und Fantur verwandelte sich mit jedem Herzschlag weiter in ein pervertiertes Zerrbild seines ritterlichen Selbst.

Alle paar Schritte schoss Shareena ein Deckungsfeuer in Richtung der feindlichen Priester, um zu verhindern, dass das Blutopfer vollzogen wurde. Doch es schien, als hätten die wenigsten der Zurhidon nun, da die Krieger des *Ordens der Dunklen Glorie* ihnen mit Schwertern, Äxten und Armbrüsten zu Leibe rückten, noch einen Kopf dafür.

Eine Bewegung ließ sie herumfahren. Aus einer Kammer war eine weitere Person hervorgetreten und starrte sie mit fassungslosem Blick an. Shareenas Verstand brauchte einen Moment, um zu begreifen, wer vor ihr stand.

Brian Galart.

Eine mörderische Kälte erfüllte sie, und sie ließ ihren Bogen fallen. Ihr Schwert fand den Weg in ihre Hand. Galart jedoch dachte nicht an einen Kampf mit ihr. Er wich zurück, schlug die Tür der Kammer zu, die er gerade geöffnet hatte, verriegelte diese mit einer raschen Handbewegung und floh durch einen der anderen Gänge und Tunnel.

Shareena stemmte sich gegen die Tür, doch sie gab nicht nach. Einen Herzschlag später hörte sie Asiya aufschreien, und Fantur brüllte wie eine Kreatur aus einer anderen Welt, ein Monstrum, das einer der namenlosen Höllen entwichen war. Sie ließ von der Tür ab und eilte die Stufen hinab, um das Leben ihrer Gefährtin zu retten.

Samuel schickte Feuer und Wind durch den Raum, und das Klirren von Schwertern und Äxten mischte sich mit dem Schreien und Wehklagen, als Körperteile abgeschlagen, Muskeln durchtrennt und Knochen gebrochen wurden.

Shareena rollte sich unter dem Hieb eines Angreifers hindurch und durchtrennte ihm mit einem Hieb die Wirbelsäule über dem Becken. Der Zurhidon verlor die Kontrolle über seine unteren Gliedmaßen und sackte zu Boden, dazu verdammt, einen grausamen Tod zu sterben.

Als sie die Stufen zum Altar hinaufeilte, sah sie, wie Fantur Haveron Rykker gerade den Kopf von den Schultern hieb. Statt Schwerter in den Händen zu halten, hatte der dunkle Ritter zwei diabolisch verformte, verzerrte und mit Haken versehene Klingen, die aus seinen krallenbewehrten Händen wuchsen.

Shareena blieb keine Zeit, den Tod des jungen Hauptmanns zu bedauer. Sie rannte weiter. Fantur lachte irre, als hätte ihn die Transformation seinen Verstand gekostet. Er parierte mit schnellen Gesten die Flammenzauber, die Sam ihm entgegenschleuderte, und warf diese auf den Magier zurück.

„Ist das alles, Sam?", verhöhnte Fantur seinen einstigen Schützling. „Mehr hast du nicht lernen können?" Er schüttelte die Klingenhände, als würde er Dreck loswerden wollen. „Armselig, Sammy, sehr armselig." Ein bösartiges Funkeln umgab seine Züge. „Wie immer bist du nur zweitklassig!"

Sam schrie auf und entließ eine weitere Reihe von Zaubern, doch Fantur lachte nur spöttisch und stapfte auf ihn zu. „Zeit, dich aus der Zweitklassigkeit zu erlösen!"

Shareena ließ den runenverzierten Pfeil fliegen. Der magische Panzer, der den Ritter als Schild aus wabernder Energie umfloss, glühte auf, und der Pfeil fuhr ihm in die Brust, auf der ein Juwel funkelte. Fantur brach die Klinge nur achtlos ab, doch Shareena hatte mehr Augen für das seltsame Kleinod.

Die Rune der Neutralisierung!

Sie legte einen weiteren Pfeil auf.

Die Wache von Varanas griff in die Straßenschlacht ein.

Victor gab seinen Männern ein Zeichen, um eine breiter gefächerte Verteidigungsposition einzunehmen. Der Aufmarsch der Zurhidon hatte zumindest dafür gesorgt, dass ihnen endlich mehr Einheiten der Wache von Varanas zu Hilfe gekommen waren. „Sie sind zu stark!"

Laurana, eine junge Leutnantin der Wache von Varanas, die sich wie Victor ihre Sporen auf Patrouillen in Silberquell und den Heulenden Bergen verdient hatte, hatte ihre Einheit unter Tomas' Kommando gestellt, als sie die Gefahr erkannt hatte. Doch die Magier und Krieger der Zurhidon waren zu mächtig. Zu viele Feuerbälle, Blitzschläge und energiereiche Plasmaströme hagelten auf die Soldaten ein und zwangen sie, zurückzuweichen, statt vorwärtszukommen.

„Vic, wir müssen uns zurückziehen und eine zweite Verteidigungslinie aufbauen!"

Victor nickte grimmig und signalisierte Tomas am anderen Ende, was er zu tun gedachte.

Abseits, im Schutz einer Gasse, standen Sybilla und Quentin und beobachteten, wie die Soldaten sich unter schweren Gefechten neu formierten. Jon hatte Todd bei den verwundeten Soldaten auf den Boden gelegt und half den Verletzten; heilte, bis ihm der Schweiß auf der Stirn stand, und spendete den Sterbenden Trost.

„Wir beide können hier nichts mehr tun." Frustration lag in der Stimme der jungen Diebin, die mit ansehen musste, wie die Zurhidon die Rune von Varanas in etwas anderes transformierten, sie pervertierten. Sybilla strich sich durch die Haare und schlug plötzlich vor: „Bekämpfen wir doch Feuer mit Feuer." Quentin runzelte die Stirn. „Was hältst du davon?"

„Die seltsamen Statuen bei den Häusern der Zurhidon senden

diese Lichter zur Rune von Varanas. Was passiert, wenn wir die Statuen zerstören?“

„Finden wir es doch heraus“, knurrte Quentin und huschte in die Dunkelheit der Gassen.

„Nimm deine verfluchte Ratte weg!“, brüllte der Fantur-Dämon und schickte glühende Energien durch den Raum. Jonesy quiekte. Das Frettchen wurde von glühenden Lichtern eingehüllt und quer durch den Raum geschleudert. Reglos blieb der kleine Räuber auf dem Boden liegen.

Shareena schrie auf. „Du elender Mistkerl! Ich habe dir vertraut!“ In schneller Folge schickte sie Pfeile auf den Dämon, der sich vor ihr manifestiert hatte. *Fantur.*

Doch die junge Frau erkannte schnell, dass die Attacken müßig waren. Die *Rune der Neutralisierung* schützte das Fantur-Wesen nicht nur vor der zerstörerischen Energie der sich öffnenden Leere, sondern sie löste auch alle magischen Angriffe auf. So konnten ihm durch die Hiebe von Schwertern, Äxten und Pfeilen nur geringe Verletzungen zugefügt werden.

Fantur schleuderte die Söldner mit mächtigen Hieben beiseite und funkelte den roten Magier an. „Vollende es endlich, Magier!“, knurrte er. „Mache mich zu einem lebenden Gott!“

Shareena, Samuel und die Söldner waren gestoppt worden. Die Priester der Zurhidon schickten ihnen flammende Zauber entgegen, doch durch Shareenas Pfeile befand sich Asiya nun in einem Niemandsland. Keine der beiden Gruppen vermochte sie zu erreichen. Doch Shareena sah auch, wie der Hohepriester, Zarhir, die Lebensenergie eines seiner Jünger nutzte, um sich selbst wieder zu stärken, und sein Scherge Marcellus webte neue Zauber, die Kaskaden von ätherischer Energie durch den Raum jagten.

Ströme aus Licht und Schatten flossen zwischen Asiya und

Fantur hin und her, und die junge Priesterin schrie gellend auf vor Schmerzen.

„Gebt mir endlich das Blut der befleckten Frau!“, kicherte Fantur und zermalmte einen weiteren Schwertkämpfer des Ordens mit einem Hieb.

„Wir müssen uns beeilen“, rief Shareena zu Samuel. „Er wird mit jedem Augenblick mächtiger!“

Sam hob seinen Stab. Ein flammendes Gesicht formte sich, Abbild einer Präsenz, die auf der Ebene des Feuers existierte. Staunend betrachtete Shareena mit einem schnellen Seitenblick das Feuerelementarwesen, welches der junge Magier beschworen hatte, der nun gemeinsam mit seiner magischen Rückendeckung vorwärts stürmte.

„Ich befreie Asiya!“, rief er. Zwei, drei Schritte tat Sam nur und strauchelte dann. Unirdische Klingen ragten aus seinem Leib heraus. Stacheln, die der Fantur-Dämon ihm entgegengeschleudert hatte wie eine böse Saat. Zischend hatte der gefallene Ritter ein Wort der Macht gesprochen, und die Stacheln hatten von innen heraus ihren Weg durch den Leib des jungen Magiers gefunden.

Asiya!

Fassungslos starrte Sam auf die Stacheln, während sein Blick brach. Er versuchte sich zu konzentrieren, blickte zu Asiya, der er helfen wollte, aus diesem Albtraum zu entrinnen. *Ich liebe dich!*

Er hörte Shareena aufschreien, wütend und zornig, hörte Schwerthiebe und magische Entladungen durch den Raum fegen. Er fiel, doch den Boden spürte er nicht mehr.

Das Haus stürzte ein und schickte einen zornigen Regen aus Funken in den rotschwarzen Nachthimmel. Wie um sie zu verhöhnen, spie der glühende Höhlenschlund feurigen Atem aus seinen rotschwarzen Lungen. Flammen entsandten Schwärme von Funken, fauchten und knisterten, und über allem lag der kränkliche Schimmer der Statuen, denen absonderliche Tentakel aus magisch transformiertem Zinn aus Rücken, Armen und Beinen wuchsen und im Flammenmeer verschwanden.

Die Hitze hätte das Zinn längst schmelzen lassen müssen, doch nichts dergleichen war geschehen. Groteske Formen bildeten die Konstrukte aus Runen, Statuen und Adern, die nun offen gelegt worden waren. Die Innereien eines gewaltigen Monstrums, welches Varanas, Candara und dann ganz Taborea zu verschlingen gedachte.

„Wir erreichen nichts!“ Verzweiflung lag in Sybillas Stimme. „Alles, was wir geschafft haben, ist, ein weiteres Haus niederzubrennen. Die Konstrukte aber bleiben bestehen!“

Quentin blickte sie an. „Was wird nun?“

Sie zuckte die Schultern. Hilflosigkeit und Enttäuschung ließen ihre Züge eingefallen wirken. „Ich weiß es nicht“

Eine Person huschte an ihr vorbei. Sybilla sah Quentin kurz ins Gesicht und runzelte die Stirn. Grimmig wandte sie sich um und eilte dem Schemen nach, den sie einen Herzschlag zuvor gesehen hatte.

„Ich betrete den Altar aus freiem Willen!“

Knurrend, nach Shareenas verzehrendem Vampirpfeil noch immer nicht wieder völlig im Besitz seiner Kräfte, las Zarhir die rituellen Sätze aus dem Buch des Leonidyr vor. Auch der Großinquisitor von einst war ein geheimer Anhänger der Zurhidon gewesen. Ein wahrer Gläubiger, der einen weiteren Weg gefunden hatte, die Tore zwischen den Welten zu öffnen. Marcellus hatte Zarhir das Original beschafft, nicht eine jener fehlerhaften, verunstalteten und missinterpretierten Abschriften einer Abschrift, mit denen man Gefahr lief, wider Willen zu einem Bekämpfer des Bösen gemacht zu werden.

„Ich betrete den Altar aus freiem Willen!“, wiederholte die donnernde Stimme Fanturs.

Zarhir hob das Buch und las die nächste Zeile vor. „Ich unterwerfe mich dem Willen der wahren Götter und biete ihnen meinen Leib als Gefäß an!“

„Ich …“ begann Fantur und hielt abrupt inne. Seine Miene verzog sich in höhnischem Spott. Abfällig betrachtete er Marcellus und Zarhir. „Warum sollte ich das tun?“

Zu lange hatte er sich von Dogmen und Lehren und Ansichten anderer leiten, ja, *ver*leiten lassen. Er hatte genug von diesem Dasein, das ihm dem Willen anderer unterwarf. Er hielt grenzenlose Macht in den Händen, ja, er war sogar der Schlüssel hierzu. Hatten diese Narren wirklich geglaubt, er würde einem gefallenen Gott – einem *unfähigen* Gott – diese Macht anbieten, wenn er sie selbst behalten konnte?

„Zur Hölle mit den *Dreizehn*!“, bellte Fantur und sprang vor. Tief trieb er Zarhir seine Klingenhand in den Leib. Fassungslos starrte der Hohepriester der Zurhidon auf die gezackte Klinge, die die Kreatur ihm in die Eingeweide gestoßen hatte. Der dämonische Ritter hob ihn mit der Schneide in seinem Bauch hoch und führte das Gesicht des sich windenden Zurhidon dicht vor sein eigenes.

„Narr! Ihr habt mir genommen, was ich einst liebte. Und Ihr habt mir die Möglichkeit gegeben, mich zu rächen. Jetzt nehme ich mir jene Macht, die andere so leichtfertig preisgegeben haben!“

Fantur drehte die Klinge im Leib des Mannes herum und riss sie mit einer scharfen Bewegung heraus. Gurgelnd ging Zarhir zu Boden. Hilfe suchend streckte er die Hand zu Marcellus aus, doch der Magier wich zurück.

„Marcellus … Hilf mir!" Blut floss über sein Kinn.

Doch Marcellus starrte nur den Dämon an, der sich lachend vor dem Zurhidon aufbaute, seinen gepanzerten Stiefel in die klaffende Bauchwunde presste und sich an dem Schmerz des Sterbenden ergötzte.

Brüsk wandte sich der Magier um und rief nach seiner gehorsamen Dienerin, dem Geist jenes Mädchens, den er gezwungen hatte, ihm hörig zu sein. „Linette!" schrie er nochmals und eilte an den kämpfenden Zurhidon vorbei, die sich nun in einem Zweifrontenkrieg gefangen sahen. Die Zurhidon wurden zurückgedrängt, hinauf auf den Altar, wo der dämonische Ritter Zurhidon wie Söldner der *Dunklen Glorie* gleichermaßen zerfetzte.

Zarhir spürte, wie das Leben seinen Leib verließ. Und Marcellus eilte davon und schrie den Namen seiner geisterhaften Hure. Mit glasigen Augen sah er sie. Schemenhaft huschte sie wie eine geprügelte Hündin durch den Raum, auf ewig dazu verdammt, dem Magier zu gehorchen.

Hass und Zorn, die einzigen Emotionen, derer Zarhir sich noch erinnern konnte, kochten in ihm auf. Er war verraten worden. Marcellus hatte ihn verraten. Er hatte dem Magier die Macht gegeben, den Geist der von ihm begehrten Linette zu beschwören, und als Dank hatte Marcellus ihn nun im Stich gelassen. Zarhir berührte die Rune, die er unter seiner Kutte trug, und sprach seinen letzten Zauber.

„Ich gebe dich frei, Linette!"

Wie von einem grünlichen Schimmel verseucht, glühte der Verwaltungsbezirk von Varanas im kranken Licht der Großrune auf. Männer und Frauen, gefallen und verstümmelt, lagen auf dem Boden in ihrem Blut. Die wenigen, die noch lebten, schrien ihren Schmerz und ihre Furcht in die Nacht hinaus.

Die Zurhidon hatten die Angreifer wieder und wieder zurückgeworfen, hatten sie mit Schwert, Feuer, Blitz, und Wind heimgesucht. Kochende Plasmaströme wurden aus dem Nexus kanalisiert und ihren Angreifern entgegengeschleudert, und nun war der Gegner nahezu besiegt. Die Wache von Varanas konnte der Übermacht der Zurhidon kaum noch standhalten.

Eruptionen schossen aus dem Boden hervor, und Tomas schrie heiser auf, als ihm feurige Partikel die linke Gesichtshälfte verbrannten. Victor duckte sich unter einer Attacke aus flammenden Energien hindurch und wollte den fallenden Freund auffangen. Doch bevor er Tomas erreichen konnte, wurde dieser von einem Netz aus gleißenden Blitzen eingehüllt, die auf Augen und Brust einstachen.

„Tomas!“, rief Victor. Doch der verkohlte Körper, der auf dem blutverschmierten Pflaster der weißen Stadt aufschlug, hatte nicht mehr viel mit seinem Kameraden gemein.

Gepeinigt brüllte Victor auf und hob seine Klinge, um die Attacke eines weiteren Schwertträgers abzuwehren. Sein Schwert blockte den Angriff und ließ sowohl seine Deckung wie auch die des Angreifers offen. Eine dritte Klinge glitt an ihm vorbei und bohrte sich tief ins Fleisch des Vermummten. *Laurana.*

„Vic!“, sprach sie mit einer Ruhe, die das Chaos und Sterben und Töten um sie herum durchdrang. „Vic, es ist vorbei. Und so wie es aussieht, hast du nun das Kommando!“

Er starrte sie an – einen Herzschlag lang nur –, und er wusste, dass sie gescheitert waren. Die Wache hatte die Zurhidon nicht aufhalten können. Er hob sein Schwert und brüllte. „Rückzug! Wir ziehen uns zurück!“

Ob eine Welle der Erleichterung durch die Männer und Frauen der Wache drang, vermochte er nicht zu sagen, doch sie kamen seinem Befehl nach. Zu viel Tod und Schmerz hatte diese Nacht gebracht.

„Wir ziehen uns zurück!“, rief er erneut.

„Wir ziehen uns zurück?“, donnerte eine tiefe Stimme hinter ihm. „Das glaube ich nicht, mein Junge! Ein Soldat von Varanas zieht allenfalls *ab*!“

Victor und Laurana fuhren herum. Gepanzerte Krieger, gehüllt in runenverzierte Plattenrüstungen mit Äxten, Schwertern und Schilden in ihren Händen, standen dort, wo ihre Verwundeten lagen. Vor ihnen knieten drei Dutzend Armbrustschützen.

Doch am beeindruckendsten war der Oberbefehlshaber des *Ordens der Dunklen Glorie*. Die langen weißen Haare umwehten die massige Gestalt eines alten Kriegers, dessen vernarbtes Gesicht Kunde von den Schlachten gab, die er geschlagen hatte. Lajos Halko grinste kalt zu den Zurhidon herüber und nickte DeVanano zu.

„Deckung, Wache von Varanas!“

Victor und Laurana gehorchten ohne nachzudenken. Ihre noch lebenden Gefährten taten es ihnen gleich, und einen Herzschlag später ließ General DeVanano seinen Arm herunterfahren. Ein hundertfaches Schnappen von Armbrüsten erklang, als die Söldner die magisch verstärkten Bolzen abfeuerten und die Krieger der Zurhidon niederstreckten.

Der Nexus, der sich um die verseuchte Großrune herum bewegte, kochte, und die vermummten Zauberer begannen, die Angreifer mit einer neuen Welle aus Feuer und Wind einzudecken, doch diesmal verpufften ihre glühenden Energien.

Schilde, geformt aus reiner Energie, bildeten einen Schutzwall, und erst jetzt sah Victor den dicken Magier, der eine Gruppe von fremden Zauberkundigen anführte. Er erkannte Sharlin und einige andere, die er in Berols Ratshalle dann und wann gesehen hatte: Magier des *Auges der Weisheit*.

Charbonneau fluchte immer wieder herzhaft und stachelte die

jüngeren Magier an, sich zu konzentrieren und ihre Künste gegen den Feind zu wirken. Halka, DeVanano und der dicke Magier bildeten Augen der Ruhe in dem stürmischen Chaos der Schlacht.

Victor legte Laurana kameradschaftlich die Hand auf die Schulter und schickte sie aus der Gefechtszone, bevor er zu General DeVanano und Charbonneau eilte, um ihnen einen Überblick über die Lage zu geben.

„Die Rune von Varanas wird aus vier Häusern genährt. Seltsame Statuen befinden sich dort“, schloss Victor seinen Bericht.

„Dreizehn?“, fragte Charbonneau und rieb sich das Kinn. „Shareenas Runen!“

„Shareena!“, rief Victor aus. „Ihr kennt meine Schwester?“

Charbonneau nickte abwesend und fixierte die große Rune von Varanas, die wild und unangenehm leuchtend pulsierte. „Dreizehn Runen also! Sie neutralisieren höchstwahrscheinlich die alten Schlösser, die die Dämonenfürsten in die Leere sperren! Dieses ganze Konstrukt ist ein Schlüssel, der im Schloss zwischen den Welten umgedreht wird!“

Victor schüttelte ungläubig den Kopf und blickte zu dem Gefecht, welches unter dem wütend pulsierenden Nexus entfesselt worden war. Die Söldner der *Dunklen Glorie* bildeten eine mächtige Flut mit ihren magisch modifizierten Rüstungen und Waffen. Gefangene wurden nicht gemacht. Kein Magier, kein Krieger und kein vom wahren Glauben abgefallener Priester wurde verschont. „Ich bin nur ein einfacher Soldat, Zauberer. Und ich muss meine Schwester suchen!“

Charbonneau betrachtete den jungen Kämpfer, nickte entschlossen und winkte Sharlin heran. Die Magierin mit dem silbergrauen Haar eilte herbei und Charbonneau übertrug ihr das Kommando.

„Deine Schwester ist im Zentrum dieses Nexus. An der Quelle, die diese Obszönität nährt, Victor.“ Er legte dem kampfmüden

Soldaten die Hand auf die Schulter. „Ruhe dich aus, junger Kämpfer. Wir übernehmen hier!“

Unschlüssig blickte Victor zu den erschöpften Soldaten im Wappenrock von Varanas, die nun müde auf dem Boden saßen und Wasser von Helfern gereicht bekamen, die der Streitmacht der *Dunklen Glorie* hierher gefolgt waren. Er verabschiedete sich bei Laurana und machte sich auf die Suche nach Sybilla.

33. Nemesis

Energie floss durch den magischen Organismus, den das komplexe Konstrukt bildete, im Zentrum der Fantur-Dämon, der seine Energie aus dieser Welt und der Leere bezog.

Lichter wanderten von dem rotierenden Nexus in die vier Kammern der Schreine, durch die Adern hinauf in die Stadt und wieder zur verseuchten Rune von Varanas, um ins Herz des Nexus zurückzufließen. Ein gewaltiger Kreislauf der Magie, organisch und lebendig, der das Tor zur Leere bildete. Schichten aus Realitäten, die einander überlappten.

Shareena hatte Asiya von der rückseitigen Treppe des Altars aus erreicht und durchtrennte jetzt die Fesseln, die die Freundin an den Altar banden. Doch es gelang ihr nicht, die Gefährtin von der Altarfläche fortzuziehen. Asiya riss sich los und kroch auf allen Vieren zu Sam. Weinend hielt sie ihn im Arm und wiegte den Toten an ihrer Brust. „Warum tust du uns das an?“, rief sie.

„Warum? Warum? Warum soll ich Macht teilen?“, bellte der Fantur-Dämon und spaltete mit einem einzigen Hieb den Körper des letzten Zurhidonpriesters, der sich ihm in den Weg gestellt hatte, um das Ritual zu beenden. Achtlos fegte er die Reste des Kadavers mit seinen nun absonderlich verformten, gepanzerten Klauenfüßen beiseite.

„Die Götter haben uns nicht geholfen! Warum sollten wir ihnen helfen? Warum soll ich noch mehr opfern, als ich schon gegeben habe?“

„Du bist ein Monster, Fantur!“, schrie Asiya. Sie war wütend und enttäuscht.

„Nein, Asiya. Ich bekomme Macht. Das ist alles. Es geht immer nur um mehr Macht!“ Er blieb stehen und schleuderte zwei Söldner der *Dunklen Glorie* zu Boden. „Hättest du mehr Macht“, ein diabolischer Zug stahl sich auf seine Züge, „wie deine Cousine Ahira, hättest du deinen Samuel retten können. Doch du hast keine Macht. Bist schwach. Und zerbrechlich.“

Asiya schrie auf und flehte Ayvenas an, bettelte um Unterstützung bei Narfas, der Götterbotin und Dienerin des Quellgotts, doch die Gebete lösten sich vor ihrem geistigen Auge zu schnell wieder auf. Ihre Lebensenergie nährte den Dämon, er sog ihr Mana und ihre Stärke ab, so wie ein trockener Schwamm Wasser aus einer Lache aufsaugt.

„Schwach“, wiederholte Fantur und betrachtete fasziniert das erneute Anwachsen seiner Muskeln. Der Nexus rotierte stärker. Fantur spürte die Präsenz auf der anderen Seite. „Der Erste der *Dreizehn* wartet auf dein Blut, Asiya. Ein Schemen, der hinter der Tür lauert.“

Fantur streckte seine Arme und seine Klingen aus, die im Licht des Feldes aus wabernder Energie rot erstrahlten. „Der Erste der *Dreizehn* will *mich* als dämonisches Gefäß, genährt aus der Energie zwischen der Welt und der Leere. Jahrhundertelang hat er die Zurhidon dazu gebracht, diesen Tag zu planen.“ Fantur lachte. Doch Wut und Hass lag in diesem kalten Lachen. „Doch ich denke nicht daran, ihn hereinzulassen!“

„Wie nett von dir, Fantur!“

Shareena.

Der Pfeil erreichte ihn nicht. Zu schnell waren seine Reflexe, und er fegte das Geschoss achtlos beiseite. „Du hättest ihren Platz haben können, Reena. Dom hat auch dich befleckt, aber Asiyas *ungewöhnliche* Erfahrung machte sie zu der perfekten Kandidatin, Kindchen."

Er streckte seine Faust drohend dem pulsierenden Nexus entgegen. Seine Stimme wurde ein donnerndes Fauchen, als er schrie: *„Der einzige Gott hier bin ICH!"*

„Du bist kein Gott! Du bist wahnsinnig!" Shareena feuerte einen neuen Pfeil auf den Dämon, doch auch dieser zeigte keine Wirkung. Fantur fauchte und lachte. Schwingen, die denen einer gigantischen Fledermaus glichen, entfalteten sich mit einem schmatzenden Geräusch an seinem Rücken, und der Körper überragte sie nun um eine halbe Körperlänge.

Fantur bleckte seine Zähne und schritt auf sie zu.

Das Wesen erwachte und schüttelte sich. Die Transformation war nahezu abgeschlossen, und eine neue Kraft durchfloss den vormals zerbrechlichen Körper.

Andere Wesen kämpften miteinander, und Blut wurde vergossen. Ein Geruch nach Eisen und rohem Fleisch vermischte sich mit dem von Feuer und Rauch, von Schwefel und Tod.

Dann formte sich ein neuer Gedanke. Etwas Fremdes und doch Vertrautes. Der erste Gedanke, der über Fressen und Gefressenwerden, hinausging. *Shareena ist in Gefahr!*

Knurrend fletschte Jonesy seine Zähne und spreizte seine neuen Flughäute. Das Frettchen katapultierte sich in die Lüfte und hielt auf den Dämon zu.

Erschrocken fuhr Brian Galart herum und betrachtete die Klinge, die Sybilla ihm an die Halsschlagader presste. „Ihr geht nirgendwo hin, Galart!", flüsterte sie leise und kalt.

Galart musterte sie mit jener gewohnten Abfälligkeit, mit der er Bedienstete immer betrachtete. „Oh, die kleine Liebesdienerin!"

Er blickte zu der Börse mit Goldstücken und Diamanten, die er gerade aus seiner Schreibtischschublade geholt hatte. Geld für seine Flucht. „Ich denke, du wirst entdecken, dass jeder einen Preis hat.“ Er deutete mit einer Hand auf die Börse. „Also, Sabina …“

„Sybilla“, korrigierte sie ihn und schalt sich sogleich dafür, dass sie ihm überhaupt zuhörte.

„Sybilla“, wiederholte er, als würden sie ein Gespräch auf der Straße unter alten Bekannten führen. „Wie viel kostet es, dich vergessen zu lassen, was mein Neffe dir angetan hat, was dir durch die …“ Galart wägte seine Worte vorsichtig ab, bevor er fortfuhr: „Dir durch die Umstände widerfahren ist?“

Sybilla drückte die Klinge stärker an seinen Hals. „Geld? Diamanten? Glaubt Ihr, Ihr könnt mich wie eine Hure bestechen? Mich zur Hure *machen*, indem ich Euer Gold annehme? Nein, Galart, ich will Euren Tod!“, presste sie zwischen zusammengebissenen Zähnen hervor.

„Tu es, Kindchen.“ Galart betrachtete sie wissend. Doch wieder brachte Sybilla es nicht fertig, den Schritt zu tun. Sie hatte Zurhidon getötet, aber den Drahtzieher des Menschen, der ihr all dies angetan hatte, konnte sie nun nicht töten.

„Tu es!“, rief eine andere Stimme hinter ihr. „Töte das Schwein, Sybilla!“

Victor.

Sybilla sah nach hinten und Schmerz durchfloss ihren Arm. Galart hatte ihr den Arm nach hinten gerissen und entrang ihr die Klinge. Bevor sie wusste, wie ihr geschah, hüllten Ströme der Magie sie ein, und sie wurde zu Boden gerissen.

Kräftige Hände griffen sie und hoben sie empor. Victor schloss sie in seine Arme, und Sybilla sah, wie ein dickbäuchiger Magier seinen Stab gegen den Kopf des besinnungslosen Galart stieß. „Keine Sorge, junge Dame, wenn der Richtspruch für diesen Verräter gesprochen wurde, wird er sich wünschen, du hättest es getan."

Charbonneau gab den Söldnern, die sie hierher begleitet hatten, einen Wink, und Galart wurde in Eisen gelegt. Der Magier holte sein Transportbuch hervor, blätterte darin und winkte den beiden zum Abschied zu. „Wir sehen uns später, Kinder!" Einen Herzschlag später war der Magier verschwunden.

Victor hielt Sybilla im Arm, und zum ersten Mal hatte sie nicht mehr den Impuls, sich aus einer ungewollten Nähe befreien zu müssen. Sie gab nach und schmiegte sich an ihn.

Fantur setzte Shareena durch die Kammer nach, doch die geschickte Kämpferin wich den Attacken aus. Der Dämon brüllte frustriert auf. Drei, vier Hiebe verfehlten sie, dann traf sie eine der Klingen auf den ledernen Brustpanzer, doch die Macht der Runen, die Charbonneau in der Obsidianfeste in ihre Ausrüstung hatte implementieren lassen, ließ die tödlichen Energien abperlen wie Wassertropfen auf einer heißen Eisenplatte über dem Herdfeuer.

„Magie, eh?", schnaubte das Fantur-Wesen und trat zurück, um seine Gegnerin mit neuem Blick zu betrachten. Shareenas offenherzige Rüstung hatte mehr Fassungen für Runen erhalten, als er es für möglich gehalten hätte. „Ah, der alte Hund Charbonneau hat dich gut ausgestattet, mein Kind. Und doch, was nützt es dir? Nichts!"

„Warum, Fantur?" Shareena setzte mit schnellen Hieben nach und trieb die Kreatur einen Schritt zurück.

„Du verstehst das nicht, Kind. Mein Leben ist eine Lüge. Ritterlichkeit, Ehre. Ich habe alles dafür gegeben, und wie haben die Götter mich entlohnt? Sie nahmen mir meine Frau und meine Kinder."

Wütend parierte er ihre Angriffe und zwang sie dazu, sich wieder zurückzuziehen. „Und dann diese neuen sogenannten Ritter. Aufschneider. Nicht geschlagen. Nicht aufgrund ihrer adeligen Blutlinie dazu ausersehen, sondern Schranzen, die sich ‚Ritter' schimpfen! Nein, diese Welt verdient es, gereinigt zu werden. Und was reinigt besser als Feuer?"

Fantur ließ seine Klingenhände aufflammen und in einem Funkenregen auf Shareena niederfahren, als ein eisiger Nebel seine Muskeln erfasste. Asiya hatte sich erhoben und schickte dem Dämon die Macht der Götter entgegen. Wut und Verzweiflung standen ihr ins Gesicht geschrieben, zornige Energien fauchten aus ihren Händen und verzögerten Fanturs Bewegungen. Shareena rollte sich aus der verlangsamten Attacke heraus und trieb ihm ihr Schwert in den Oberschenkel. Fantur brüllte vor Schmerz auf und versetzte ihr mit dem Handrücken einen Hieb, der sie durch den Raum schleuderte.

Zornig wandte er sich zu der Priesterin um, die über dem Körper Samuels kauerte. „Oh, da hat jemand neuen Mut geschöpft! Nun, Asiya, lerne, dass Hoffnung eine trügerische Hure ist!"

Er machte einen Satz auf sie zu und wollte sie mit einem Hieb spalten, doch eine neue Wand aus wabernder Energie blockierte seinen Angriff. Grinsend, das Gesicht zu einer unmenschlichen Fratze verzerrt, berührte der Dämon die Wand, und die Rune auf seiner Brust glühte auf. Keckernd schritt er auf Asiya zu und durchschritt die Barriere, die die Rune neutralisierte.

„Dein Blut mag nicht die alten Dämonenfürsten zurückbringen, Kind. Aber es wird mir Kraft geben!"

„Das glaube ich nicht!"

Flammende Funken und Blitze hagelten auf den Dämon ein und ließen ihn in seinem Vormarsch innehalten. Matt erhob sich Samuel. Fantur starrte ihn fassungslos an. „Du?", brüllte und fauchte er. „Du!"

Nach und nach sickerte die Erkenntnis in seinen Verstand: Asiya hatte letztlich gelernt, die priesterlichen Gebete der *Regeneration* und des *Seelenbundes* zu beschwören.

„Welche Verschwendung“, spottete er voller Missgunst. Fantur holte aus, um Samuel wieder ins Reich der Schatten zu verbannen, als ein Schemen ihm in den breiten, hornbewehrten Nacken huschte. Pelzig und mit Fängen und Klauen bewehrt.

Jonesy biss dem Dämonen-Ritter ins Gesicht, kratzte und zerrte mit seinen Fängen das linke Auge aus der Höhle. Fantur brüllte und hieb nach der kleinen Kreatur, doch das Frettchen war schneller, wich seinen Hieben aus und attackierte ihn mal von dieser und mal von jener Seite. Endlich bekam er den Quälgeist zu fassen und schleuderte ihn durch den Raum.

Er hob den Fuß und wollte die Kreatur mit einem Sprung zermalmen, als er merkte, dass die Rune nicht länger in seiner Brust funkelte. Shareena eilte zu Jonesy und hob ihn hoch. Die mächtige Rune fiel ihr in die Hände, als das Frettchen diese freigab.

„Nein!“, fauchte Fantur und bewegte sich auf sie zu, doch eine neue Wand hielt ihn auf. Sengende Energien schossen aus den vier Kammern mit den dreizehn Runensteinen, die die Altarkammer umgaben. Fantur spürte die Erschütterung in jeder Faser seiner Existenz. Die Verbindung zu den Dämonenfürsten, die in der Leere lauerten, wurde schwächer, doch noch hielt der Nexus.

Er sah sich um. Charbonneau stand am Rand der Plattform und schleuderte dem Dämon Energiewelle um Energiewelle entgegen.

„Schließ das Portal, Shareena!“, rief der Magier, der sich schützend neben Asiya aufgebaut hatte. „Zerstöre den Nexus!“

Shareena rannte mit der Rune in der Hand zu der Stelle, an der sie ihren Bogen verloren hatte. Sie wusste, was zu tun war.

Marcellus war wie von Furien gehetzt geflohen. Linette hatte sich von einem Augenblick auf den anderen in seinen Albtraum verwandelt. War sie zuvor seine astrale Gespielin wider Willen gewesen, glühte ihr Leib nun kalt auf, erstrahlte wie ein invertiertes Bildnis und wehte in einem Wind, der nicht von dieser Welt war. Marcellus begriff voller Entsetzen: Zarhir hatte den Bann über sie aufgehoben, und nun suchte ihn die Kreatur heim, die er selbst geschaffen hatte.

Er eilte durch die Gänge, hinauf, hinauf! Zur Oberfläche, nur Treppen und Stufen hinauf! Und dann erkannte er die Sackgasse, in die ihn seine Ambitionen geführt hatten.

Das Gebäude, welches aus den Gewölben der Zurhidon führte, lag im Verwaltungsbezirk zu Varanas. Hoch aufragend und mit Türmen und Erkern versehen. Dorthin hetzte ihn die Kreatur. Und immer, wenn er glaubte, ihr entkommen zu sein, sah er einen anderen Schemen, einen Seemann, gleichfalls geisterhaft und voller Zorn in seinen Zügen. Marcellus rannte, zu müde, um noch Zauber wirken zu können. Ihm war das Mana, welches dazu notwendig war, abhandengekommen.

Die letzte Tür führte auf eine Plattform, und er blickte über Varanas, sah die vier brennenden Häuser, sah die Rune von Varanas, die noch immer seltsam grün pulsierte und ein Spiegelbild des Nexus in der Tiefe unter sich erzeugt hatte. Spannungspotenziale der Magie.

Ein Luftschiff war an der Plattform festgebunden. Rettung vor den Geistern, doch …

„Noch immer Angst vor Höhen, Marcellus?“ Ihre Stimme war bar jeden Mitgefühls. Kalt.

Eine Totenstimme.

Marcellus drehte sich langsam um, unfähig, die rettenden Schritte zu dem Gefährt zu tun. Rachsüchtig grub sie ihre ätherischen Klauen in seine Existenz, und das Leben verließ ihn. Seine Haut wurde trocken, und die Muskeln schrumpelten zu ledrigen Bändern zusammen.

Er sah den Wiedergänger hinter ihr durch die Wand treten. Die schemenhaften Züge kamen ihm vertraut vor. *Der Steuermann der Janus?*

Zwei Geister, die ihn gehetzt hatten. Geister, die er durch seine Taten beschworen hatte. Der Wiedergänger nickte der Todesfee zu, eine allzu menschliche Geste für eine untote Kreatur. Sie huschte näher, glitt, schwebte.

„Leb wohl, *Geliebter*!“, höhnte sie, und ein Hieb aus reiner Wut und Hass und Verachtung und Trauer katapultierte ihn über den Rand der Plattform.

Marcellus fiel. Den Aufprall, der seinen ausgetrockneten Leib in Myriaden von Aschekrümeln zerbröseln ließ, spürte er nicht mehr.

„Du hast gefehlt, Fantur!“, schrie Shareena und rannte zur Ecke der Plattform, auf der Asiya, Sam und Charbonneau den Dämonenritter in Schach hielten. „Die dreizehn Runen sind zerstört, und es ist kein Platz für deinesgleichen auf dieser Welt. Keine Macht mehr aus der Leere für Fantur!“

Sie hob den Bogen. Die Rune hatte sie in die Fassung eines Pfeils gelegt und mit einem Streifen Stoff aus ihrem Gewand festgebunden.

„Du hast deine Freunde verraten! Deine Frau, deine Kinder, deine Welt!“ Sie war wütend. Enttäuscht.

Einen Moment lang betrachtete er die junge Frau, wägte den nächsten Angriff ab und hielt dann inne. Reue lag in seiner Stimme. „Ich habe meine Freundschaften verspielt.“

Er nickte ihr zu und schloss das verbleibende Auge. Shareena flossen Tränen über die Wangen, als sie die Sehne zurückzog und den Pfeil durch den Raum schickte.

Der Pfeil berührte den Nexus, drang darin ein und verschwand einen Herzschlag später. Ein unirdischer Aufschrei erschütterte die Kammer. Kreaturen, Unholde und Dämonen auf der anderen Seite, die von dem Portal angezogen worden waren wie ein verseuchter Schwarm Motten, brüllten und fauchten und zeterten. Der Erste der *Dreizehn*, der sich betrogen sah, warf sich von der anderen Seite gegen das sich schließende Portal, doch der Zugang war ihm verwehrt. Die Kammer erzitterte, und die Ebenen der Realität lösten ihre Verbindung.

Fantur wand sich, und sein Körper löste sich aus der Transformation. Mit jedem Herzschlag verlor er seine dämonische Gestalt mehr und mehr.

Natürlich. Das Ritual war nicht abgeschlossen. Asiyas Blut fehlte, dachte Shareena. Fantur fuhr zu ihr herum, getrieben von seiner dunklen Seite, die ihn in Furcht und Panik verleiten wollte, das Ritual zu vollenden, bevor der Nexus vollends geschlossen wurde. Doch dann würde er die Kontrolle über die Macht verlieren und sie an einen der *Dreizehn* übergeben müssen. Fantur hielt inne. *Tue Buße, alter Ritter. Du musst für deine Sünden büßen!*

Shareena erreichte Charbonneau, Sam und Asiya. Jonesy sprang ihr auf die Schulter, und der dicke Magier brachte sie aus der Kammer fort.

Die Kammern der Zurhidon, verbunden mit anderen Ebenen der Realität, lösten die Verschiebung ihrer Existenzphasen, und die Leere füllte sich wieder mit Erde und Fels. Fantur, alt und gebrechlich – die Rücktransformation hatte seine Muskeln zerrissen und seine Knochen bersten lassen –, starb.

Erlösung.

Epilog

Lichte Staubwolken schwebten über dem Pfad.

Die vier Reiter ließen ihre Tiere im Schritt laufen, und das rhythmische Klappern der beschlagenen Hufe auf dem trockenen Boden hallte weit und dumpf über die Wiesen und Felder südlich von Logar.

Shareena hatte Sibylla nach Galarts Hinrichtung Lebewohl gesagt. Sibylla wollte der Hinrichtung nicht beiwohnen, doch Shareena und Victor – Letzterer in seinem neuen Amt als Sheriff der Wache von Varanas – waren dort gewesen und hatten mit angesehen, wie das Leben Galart Schritt für Schritt verließ. Der Scharfrichter schickte ihn in eine Hölle, in der er auf ewig brennen sollte. Und als Galart seinen letzten, heiseren Schrei ausstieß, hatte sie lakonisch verkündet, dass das Eheversprechen nun wohl aufgehoben sei. Sie war endlich frei!

Shareena wollte nach Hause reisen, um ihren Frieden mit Todd zu machen. Der alte Vorarbeiter hatte aufgrund seiner Verletzungen sein Amt an Gyor übergeben und wollte sich zur Ruhe setzen. Sybilla selbst hatte kein Interesse daran, den Ort ihrer alten Pein erneut aufzusuchen und zog es vor, in Varanas zu bleiben. Mit Victor. Eine Diebin wider Willen und der Sheriff von Varanas: Ironie des Schicksals.

Shareena hatte gespürt, wie das Band der Freundschaft zwischen ihnen zwar noch immer da war, doch die alte, goldene Vertrautheit war fort, hatte sich verschoben. Die Jugendfreundin von einst war nicht länger die Gefährtin, mit der sie jene endlose Seelenverbundenheit verspürte. Asiya hatte ihren Platz eingenommen, war ihre Vertraute.

Charbonneau ritt neben Samuel, der nach seiner eigenen Wiederbelebung noch immer geschwächt war, doch schnell an neuer Kraft und Lebensfreude gewann. Der dicke Magier hatte Samuel angeboten, gemeinsam mit Ahira seine Ausbildung zu beenden – *nachdem* Sam wieder genesen war.

„Ich kann noch immer nicht glauben, dass Fantur vom wahren Glauben abgefallen ist", sagte der junge Magier. Shareena trieb ihr Pferd neben die beiden. „Er war enttäuscht vom Leben. Nur hat er einen Weg eingeschlagen, der ihn tiefer und tiefer in seine eigenen Gedanken aus Wut und Zorn führte."

Sam nickte und schnalzte mit der Zunge. „Zumindest die Pläne der Zurhidon wurden vereitelt."

Charbonneau wiegte den Kopf hin und her. „Ja, aber wir wissen nun, dass die Siegel von einst zerbrechlich sind, vielleicht sogar gebrochen sind. Und wir wissen auch, dass die Dämonenfürsten ihre Macht noch immer ausüben, sogar von der Leere aus. Wie ein gefangener Pate der Diebesgilde von Varanas, der vom Kerker aus die Fäden seiner Schergen lenkt!"

Er zwinkerte Asiya zu, die lachte und sagte: „Ich meine mich zu erinnern, dass es in Varanas keine Diebesgilde gibt. Aber Ihr habt recht. Zu viel Korruption und Verrat liegen in den Herzen der Menschen von Candara. Es gibt viel zu tun für die wahren Ritter und Priester!"

Shareena betrachtete Asiya mit einer innigen Freude. Ihre Freundin war aufgeblüht und von einem frischen Lebensmut beseelt. Ihre neuen Fertigkeiten und Künste im Umgang mit den Kräften der göttlichen Magie hatten ihr den Respekt der anderen eingebracht. Und sie hatte zu ihren Gefühlen gegenüber Sam gefunden.

Die Sonne brannte warm auf ihrem Gesicht, und sie genoss das Gefühl einen Moment lang. „Charbonneau“, hob sie an. „Ich frage mich, ob – wenn Runen jede Größe haben können – nicht sogar die Gestirne selbst Runen der Götter sein könnten.“

Der Magier rieb sich übers Kinn und dachte nach. „Ein interessanter Gedanke. Völlig abwegig natürlich, aber interessant. Doch du hast recht, Kind. Eine Rune kann jede Größe haben. Ganz Varanas als Rune für die Erschaffung eines Nexus zu nutzen, war brillant. Bösartig, aber brillant.“

„Und doch ist der Plan der Zurhidon gescheitert“, fügte Asiya hinzu.

Sam lachte. „Ja, sie haben Fehler gemacht: Fantur, Shareena – und Jonesy!“

Er sah zu dem Frettchen hin, das auf Shareenas Schulter saß, und warf ihm ein Stück von dem Apfel zu, den er gerade aß. Jonesy katapultierte sich von der Schulter und fing das Stück Obst im Flug auf. Sanft schwebte er eine Runde und kam dann zu Shareena zurück.

Der kleine Kerl ist gut gerüstet für die Gefahren dieser Welt seit seiner eigenen Transformation, dachte sie im Stillen. *So viele Gefahren, so viele Wunder, die es noch zu schauen gilt.*

Ihre Gedanken wanderten zu Dunstan und Linette. Zwei Untote, zwei Geister, die sich letztlich als Verbündete erwiesen hatten. Linette hatte Fanturs Gedanken gelesen, als die Zweifel ihn plagten, hatte seine Anfälligkeit erkannt – und Marcellus hatte sie gezwungen, dies preiszugeben. Bis Fantur selbst den Kontakt gesucht hatte. Eine Komplizin der Zurhidon? Oder ein Opfer? Shareena glaubte an Letzteres. Charbonneau hatte lange gemurrt, dass mit Marcellus' Tod auch viel Wissen über die Künste der Teleportation verloren gegangen war, doch er hatte die Tat der Geister nicht verurteilt. Vor ihrer Abreise hatte er Linette befragt, ob er ein

Ritual der Erlösung an einem der Steinkreise durchführen sollte, um sie endlich zu erlösen, doch auch zwischen ihr und Dunstan hatte sich ein neues Band entwickelt.

Liebe über den Tod hinaus? Kann es diese geben? Sie stellte sich das verblüffte Gesicht Ahiras vor, wenn Dunstan und seine geisterhafte Gefährtin Linette Zuflucht bei ihr suchen würden. *Nun, Charbonneaus Schreiben wird ihr zumindest erklären, was es mit ihren beiden neuen Hausgeistern auf sich hat. Am besten, sie erzählt es Andhor erst gar nicht!* Der Gedanke ließ sie einen Augenblick lang lächeln, dann zwang sie sich, wieder den Ausführungen ihrer Freunde zuzuhören, als Asiya gerade ausrief: „Oh mächtiger Ayvenas! Was wäre, wenn Varanas zuvor schon eine Rune gewesen ist? Was, wenn die Anordnung von Straßenzügen und bestimmten Gebäuden die Knotenpunkte der Magieströme der Rune darstellen? Dann hätten die Zurhidon unwissentlich versucht, sie umzuschreiben!"

Shareena streichelte Jonesy, der an einem Apfel knabberte. „Varanas? Ein gewaltiges Siegel, um die Dämonen auszusperren?" Sie blickte zu Charbonneau, der sie anblickte, als ob sie den Verstand verloren hätte. „Hmm, die Zurhidon leben von der Infiltration anderer Gruppen. Was, wenn Varanas schon als Rune gebaut wurde, um das Siegel aufzusperren, damit die *Dreizehn* wieder durchbrechen können? Himmel auch!"

Shareena trieb ihr Pferd an, als sie die Pioniersiedlung hinter der nächsten Bergkuppe auftauchen sah. „Dann müssen wir wachsam sein!"

Im gestreckten Galopp eilte sie auf die Siedlung zu. Ropings Hunde bellten, und Laif Cindai winkte ihr den Gruß der Silberschatten zu. Shareena winkte glücklich und stolz zurück. Sie traf endlich ihre eigenen Entscheidungen. Sie war ihre eigene Herrin. Und sie hatte Freunde gefunden, denen sie ihr Leben anvertrauen konnte, wenn sie sich in den kommenden Tagen, Monaten und Jahren dem aufziehenden Sturm stellen würden.

„Wir werden sehr wachsam sein!“

ENDE

Danksagungen

Meine Geschichten entstehen nicht im stillen Kämmerlein. Viele Menschen haben dazu beigetragen, dass ich diesen Roman schreiben konnte (manche von ihnen, ohne dies zu wissen).

Ich möchte Dank sagen:

Meiner Frau Svenja, einfach dafür, dass sie da ist, mich bestärkt oder bremst, mir Kritik gibt und es mit einem Chaoten wie mir aushält.

Janika-Yvonne Pöpel, Anke Becker, Janina Peske, Svenja Walter, Medea Nadja von Ah und Clara Bitter für Anregungen, Anekdoten, Ideen und Gespräche. Ladys, wenn ihr genau hinschaut, werdet ihr die eine oder andere Situation wiedererkennen. Betrachtet sie als die euren!

Meiner humorvollen Lektorin Susanne Picard für das konstruktive und respektvolle Schleifen meiner Texte und die kurzweiligen Telefonate, bei denen sie mich von der „Drei-Pünktchen-Krankheit" heilte. Danke, Susie!

Jo Löffler, Steffen Volkmer und Holger Wiest von Panini für ihr offenes Ohr und die freundliche, entspannte Atmosphäre, die sie immer schaffen. Gents, es war mir wieder eine Freude!

Andreas Weidenhaupt, Philip Senkbeil, Mike Kiefer, Daniel Ullrich, Thomas Elz und allen anderen bei Frogster und Runewaker für eine jederzeit schnelle Hilfe bei Rückfragen, der Versorgung mit Codes und Material aller Art und für die Führung durch die faszinierende Welt von RUNES OF MAGIC.

Über den Autor

Michael T. Bhatty (*1967, Braunschweig) beginnt bereits als Schüler mit dem Drehen von Science-Fiction- und Abenteuerfilmen. Der Kampfsportler und Fechter inszenierte während seines Magisterstudiums der Kunst-, Literatur- und Medienwissenschaften zahlreiche Fantasy-Kurzfilme mit aufwendigen Schwertkampfchoreographien wie auch preisgekrönte Dokumentationen.

Während er nach dem Studium als Projektleiter zahlreiche Medienproduktionen in den Bereichen Film/Video, Radio, Foto und Multimedia realisiert, verfasst er zugleich die erste medienwissenschaftliche Dissertation zum Thema *Interaktives Story Telling* (Shaker, 1999) und erhält die Doktorwürde. In dieser Zeit beginnt er auch mit der Spiele-Entwicklung: 1998 erscheint bei Fokus e. V. zum 350-jährigen Jahrestag des Westfälischen Friedens das Spiel *PAX Westfalica*.

Ab 2000 baut er bei der Ascaron Software/Entertainment GmbH den Bereich für Action- und Abenteuerspiele mit aus und konzipiert als *Lead Game Designer* von *SACRED* die Story und Welt des international erfolgreichen Action-Rollenspiels, bevor er Ende 2005 als *Chief Executive Producer* bei der Phenomedia Publishing GmbH die Entwicklung von Casual Games leitet.

Um zudem die Professionalisierung der Spielebranche voranzutreiben, lehrt er u. a. an der Games Academy in Berlin die Konvergenzbereiche von Film, TV und Games.

Anfang 2007 gründet er seine Firma Michael Bhatty Entertainment und verfasst – neben zahlreichen anderen Projekten – für Panini die offiziellen FARCRY-Romane *FARCRY – Götterdämmerung* (2007) und *FARCRY 2 – Blutige Diamanten* (2008).

HALO Band 1:
Die Schlacht um Reach
ISBN 978-3-8332-1345-8

HALO Band 2:
Die Invasion
ISBN 978-3-8332-1082-2

HALO Band 3:
Erstschlag
ISBN 978-3-8332-1083-9

HALO Band 4:
Geister von Onyx
ISBN 978-3-8332-1458-5

HALO Band 5:
Erstkontakt
ISBN 978-3-8332-1645-9

HALO Graphic Novel – der erste HALO Comicband:
128 Seiten, Softcover, € 16,95
ISBN 978-3-86607-480-4

HALO Premium-Ausgabe Band 1–3:
Limitiertes Hardcover
ISBN 978-3-8332-1307-6

The Art of HALO:
Die Erschaffung einer virtuellen Welt
ISBN 978-3-8332-1260-4

PANINI BOOKS

Halo and related elements © 2008 Microsoft Corporation. All Rights Reserved.

www.paninicomics.de/videogame

HELLGATE
LONDON

Die Romanreihe

Die offiziellen Romane zum Action-Rollenspiel von Flagship Studios

London, 2038

Die einst stolze Stadt liegt in Trümmern. Die Welt, wie wir sie kennen, existiert nicht mehr. Dämonen – Kreaturen aus unseren schlimmsten Alpträumen – beherrschen die zerstörten Straßen der Stadt. Verborgen im Schutz der U-Bahnschächte, führt der Rest der Bevölkerung einen verzweifelten Krieg gegen die Apokalypse.

Das große Finale der Trilogie!

Hellgate London
Band 1 – Exodus
ISBN 978-3-8332-1646-6

Hellgate London
Band 2 – Goetia
ISBN 978-3-8332-1746-3

Hellgate London
Band 3 – Allianz
ISBN 978-3-8332-1784-5

Im Buch- und Comic-Fachhandel erhältlich

panini BOOKS

Weitere Infos unter
www.paninicomics.de/videogame

© 2009 Flagship Studios, Inc. Flagship Studios and Hellgate: London are trademarks and/or registered trademarks of Flagship Studios.

DRAGON AGE
© 2009 Electronic Arts Inc. All Rights Reserved.
Basierend auf dem preisgekrönten PC-Rollenspiel von BioWare
DRAGON AGE
DER GESTOHLENE THRON
David Gaider
Die Offizielle Vorgeschichte zu DRAGON AGE: ORIGINS
Exklusiv als spannender Fantasy-Roman!
Die Rebellenkönigin ist tot! Verraten und ermordet von ihren eigenen abtrünnigen Lords. Ihr Sohn Maric versammelt nun eine Armee von Aufständischen um sich, in dem verzweifelten Versuch, seine Nation dem Griff eines Tyrannen zu entreißen.
Doch die Zeichen stehen gegen ihn. Sein Volk lebt in Angst und seine Kommandeure sehen in ihm nur den unerfahrenen Jüngling. Seine einzigen Verbündeten sind ein junger ungestümer Gesetzloser und Rowan, eine wunderschöne Kriegerin, die ihm seit seiner Geburt versprochen ist. Umgeben von Spionen und Verrätern muss Maric einen Weg finden, seine höchsten Ziele zu erreichen: Freiheit für Ferelden und die Rückkehr seiner Blutlinie auf den Thron.
Jetzt im Buchhandel erhältlich
DRAGON AGE: DER GESTOHLENE THRON
Prinz Marics Weg zurück auf den Thron seiner Vorfahren. Roman von David Gaider zum neuen Rollenspiel-Universum von BioWare.
ISBN 978-3-8332-1941-2
PANINI BOOKS
www.paninicomics.de

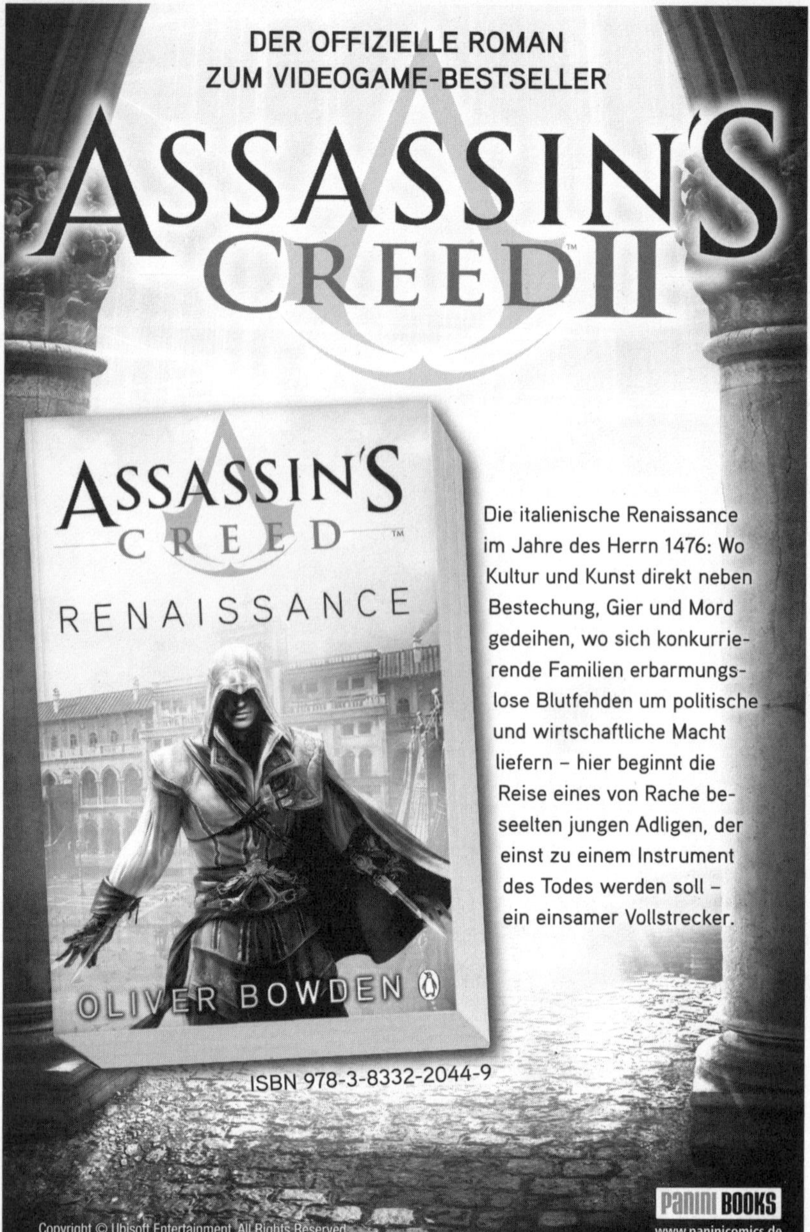
DER OFFIZIELLE ROMAN
ZUM VIDEOGAME-BESTSELLER
ASSASSIN'S CREED II
ASSASSIN'S CREED
RENAISSANCE
OLIVER BOWDEN
Die italienische Renaissance im Jahre des Herrn 1476: Wo Kultur und Kunst direkt neben Bestechung, Gier und Mord gedeihen, wo sich konkurrierende Familien erbarmungslose Blutfehden um politische und wirtschaftliche Macht liefern – hier beginnt die Reise eines von Rache beseelten jungen Adligen, der einst zu einem Instrument des Todes werden soll – ein einsamer Vollstrecker.
ISBN 978-3-8332-2044-9
PANINI BOOKS
www.paninicomics.de
Copyright © Ubisoft Entertainment. All Rights Reserved.